Sur l'auteure

Née en 1972 en Irlande du Nord, Maggie O'Farrell a grandi au pays de Galles et en Écosse. À la suite du succès de son premier roman, *Quand tu es parti*, elle a abandonné sa carrière de journaliste littéraire pour se consacrer à l'écriture. Elle est l'auteure de *La Maîtresse de mon amant*, *La Distance entre nous*, *L'Étrange Disparition d'Esme Lennox*, *Cette main qui a pris la mienne*, lauréat du prestigieux Costa Book Award 2010, *En cas de forte chaleur*, *Assez de bleu dans le ciel*, *I am, I am, I am*, *Hamnet*, lauréat du Women's Prize for Fiction, élu meilleur livre 2020 par le *Guardian* et le *New York Times*, et *Le Portrait de mariage*.

De la même auteure
aux Éditions 10/18

QUAND TU ES PARTI, n° 3524
LA MAÎTRESSE DE MON AMANT, n° 3805
LA DISTANCE ENTRE NOUS, n° 4122
L'ÉTRANGE DISPARITION D'ESME LENNOX, n° 4282
CETTE MAIN QUI A PRIS LA MIENNE, n° 4640
EN CAS DE FORTE CHALEUR, n° 4944
ASSEZ DE BLEU DANS LE CIEL, n° 5350
I AM, I AM, I AM, n° 5521
HAMNET, n° 5751
LE PORTRAIT DE MARIAGE, n° 5986

MAGGIE O'FARRELL

LE PORTRAIT DE MARIAGE

Traduit de l'anglais (Irlande)
par Sarah Tardy

10/18

BELFOND

Tous les personnages de cet ouvrage, à l'exception de certaines figures historiques, sont fictifs et toute ressemblance avec des personnes réelles, vivantes ou mortes, est purement fortuite.

Titre original :
The Marriage Portrait
publié par Tinder Press,
une marque de Headline Publishing Group, Londres

ISBN 978-2-264-08380-7
Dépôt légal : août 2024

Pour Mary-Anne et Victoria

Note historique

En 1560, âgée de quinze ans, Lucrèce de Médicis quitta Florence pour entamer sa vie maritale auprès d'Alfonso II d'Este, duc de Ferrare.

Moins d'un an plus tard, elle serait morte.

Une « fièvre putride » fut officiellement désignée comme cause de sa mort, mais la rumeur courut qu'elle avait été assassinée par son époux.

« Peinte sur le mur, voilà ma dernière
duchesse,
Ne la croirait-on pas vivante ? »

Robert Browning,
« Ma dernière duchesse »

« Les dames […] sans cesse contraintes de refermer en elles-mêmes leurs volontés et leurs désirs, esclaves des pères, des mères, des frères, des maris, qui la plupart du temps les retiennent prisonnières dans l'étroite enceinte de leur chambre, où elles demeurent oisives, sont livrées aux caprices de leur imagination, qui travaille ; mille pensées diverses les assiègent à la même heure… »

Boccace, *Le Décaméron*

Un lieu sauvage et solitaire

La forteresse, région de Bondeno, 1561

Lucrèce s'installe à la longue table de dîner, une table au plateau lisse et miroitant comme de l'eau, recouverte de plats, de coupes retournées, d'une couronne de sapin tressée. Son époux est assis, non à sa place habituelle, à l'extrémité opposée, mais à côté d'elle, assez près pour qu'elle puisse poser sa tête sur son épaule si l'envie lui en prenait ; il déplie sa serviette, rajuste la position de son couteau, rapproche d'eux la chandelle quand vient à Lucrèce, avec une évidence soudaine – comme si un fragment de verre coloré, devant ses yeux, avait été placé ou peut-être retiré –, la certitude que son époux projette de la tuer.

Elle a seize ans, et une année entière ne s'est pas encore écoulée depuis qu'ils se sont mariés. Cette journée a presque été entièrement consacrée à leur voyage, car il fallait profiter du peu de lumière qu'offre la saison, quitter Ferrare à l'aube pour chevaucher jusqu'à ce lieu qu'il lui avait décrit comme un pavillon de chasse, tout au nord-ouest de la province.

Mais cela n'a rien d'un pavillon de chasse, aurait-elle voulu lui dire une fois à destination : un édifice en pierres sombres, aux murs élevés, bordé d'un côté par une dense forêt et de l'autre par les méandres sinueux du Pô. Elle aurait aimé pouvoir se retourner sur sa selle et lui demander : Pourquoi m'avez-vous emmenée ici ?

Elle n'a rien dit, cependant, a laissé sa jument le suivre le long du sentier, au milieu des arbres ruisselants, sur le pont arqué, dans la cour de cet étrange bâtiment fortifié, en forme d'étoile qui, déjà au moment de leur arrivée, lui avait semblé particulièrement vide.

Les chevaux ont été emmenés, Lucrèce a ôté son manteau et son chapeau détrempés, et son époux l'a regardée faire, debout, dos aux flammes qui brûlaient dans l'âtre, son époux qui à présent invite d'un geste les serviteurs de campagne rangés dans l'ombre de la salle à manger à s'avancer et à poser des mets dans leurs assiettes, trancher le pain, verser le vin dans leurs coupes, et reviennent alors brusquement à la mémoire de Lucrèce les mots de sa belle-sœur, soufflés d'une voix rauque à son oreille : Vous serez punie.

Ses doigts se crispent sur le bord de son assiette. La certitude selon laquelle il nourrit le projet de la voir mourir est comme une présence à côté d'elle, un oiseau de proie au plumage sombre posé sur le bras de sa chaise.

Voilà la raison de ce départ précipité pour ce lieu sauvage et solitaire. Il l'a emmenée ici, jusqu'à cette forteresse de pierre, pour la tuer.

La sidération la sort de son propre corps ; elle manque d'en éclater de rire : la voilà qui flotte sous le plafond voûté, se voit elle-même et le voit lui, tous deux assis à table, enfournant dans leur bouche du bouillon et du pain salé. Elle voit la manière dont il se penche vers elle, pose ses doigts sur la peau nue de son poignet tout en lui murmurant quelques mots ; elle se regarde elle-même, acquiesçant, avalant sa bouchée, émettant un commentaire sur le périple qui les a menés ici et les paysages remarquables qu'ils ont traversés, comme si de rien n'était, comme s'il s'agissait d'un dîner on ne peut plus commun à l'issue duquel le couple se retirerait dans ses appartements.

En vérité, pense-t-elle, toujours là-haut, sous les pierres froides du plafond de la salle à manger perlant d'humidité, leur chevauchée depuis la cour fut morne, succession de champs désolés et gelés, et le ciel au-dessus des arbres nus était si bas qu'on l'aurait dit affaissé, exténué. Son époux donnait la cadence, un trot, des kilomètres et des kilomètres à rebondir sur la selle, à souffrir du dos, à subir le frottement de ses jambes dans leurs bas trempés. Malgré ses gants fourrés de peau d'écureuil, le froid avait pétrifié ses doigts sur les rênes, et peu de temps après leur départ, la crinière de sa jument avait givré. Son époux chevauchait en tête, suivi par deux gardes. À mesure que la ville laissait place à la campagne, Lucrèce devenait habitée par l'envie d'éperonner sa monture, d'enfoncer ses talons dans ses flancs, de sentir ses sabots voler au-dessus des pierres et de la terre, de filer à toute vitesse à travers les plates étendues de la vallée, mais elle savait qu'il ne fallait pas, que sa place était derrière son époux ou à côté, s'il l'y invitait, mais jamais devant. Ainsi avaient-ils continué à trotter.

À table, près de l'homme qui, soupçonne-t-elle, va bientôt la tuer, elle regrette de ne pas l'avoir fait, de ne pas avoir lancé sa jument au grand galop. Elle regrette de ne pas avoir dépassé son époux en pouffant, exaltée par ce délicieux interdit, cheveux et manteau au vent, projetant derrière elle des giclées de boue. Elle regrette de ne pas avoir dirigé les rênes vers les collines lointaines, de ne pas s'être fondue parmi les plis et les pics rocheux pour qu'il ne la retrouve jamais.

Il positionne ses coudes de part et d'autre de son assiette tout en lui racontant que ce pavillon – puisqu'il persiste à l'appeler ainsi – était l'endroit où son père l'emmenait chasser, enfant. Elle écoute un récit dans lequel il est question de flèches qu'on l'obligeait à décocher, encore et encore, pour toucher un arbre, jusqu'à ce que ses doigts saignent. Elle hoche la tête, répond lorsqu'il le faut par quelques murmures compatissants, même si elle brûle de le regarder dans les yeux et de lui dire : Je sais ce que vous préparez.

Serait-il surpris, décontenancé ? N'est-elle pour lui qu'une épouse naïve, innocente, tout juste sortie de sa chambre d'enfant ? Lucrèce voit tout. Elle voit le soin, la précision avec laquelle son époux a élaboré son plan, en la séparant des autres, en s'assurant que ses domestiques resteraient à Ferrare, qu'elle serait seule, qu'il n'y aurait ici personne appartenant au château, juste lui et elle, deux gardes postés dehors et une poignée de serviteurs de campagne pour s'occuper d'eux.

Comment compte-t-il s'y prendre ? Une part d'elle-même voudrait lui poser cette question. Un couteau dans un couloir sombre ? Ses mains autour de sa gorge ? Une chute de cheval qui passerait pour un accident ? Il ne fait aucun doute que chacune de ces idées a pu être nourrie par lui. Et mieux vaut réussir le passage à l'acte, aurait-elle envie de lui dire, car son père ne sera pas du genre à se montrer indulgent face à l'assassin de sa fille.

Elle pose sa coupe ; lève le menton ; tourne le regard vers son époux, Alfonso, duc de Ferrare, et se demande ce qui l'attend.

Les circonstances malheureuses dans lesquelles Lucrèce a été conçue

Le palais, Florence, 1544

Dans les années qui suivront, Éléonore regrettera amèrement les circonstances dans lesquelles son cinquième enfant a été conçu.

Imaginez Éléonore. Nous sommes à l'automne 1544 : elle se trouve dans la Sala delle Carte Geografiche, la salle des Cartes du palais de Florence, et tient un plan devant son visage (elle est un peu myope, mais refusera toujours de l'avouer à quiconque). Ses dames restent à l'écart, aussi près des fenêtres qu'elles le peuvent ; bien que nous soyons au mois de septembre, la ville suffoque sous une chaleur accablante. Le puits dans la cour, en bas, semble s'être transformé en four, crachant de l'air chaud par sa bouche de pierre rectangulaire. Le ciel est bas et figé ; pas un souffle d'air ne vient soulever les tentures de soie aux fenêtres ni les drapeaux mous, flaccides sur les remparts du palais. Les dames de compagnie s'éventent et se tamponnent le front avec leur mouchoir, poussent des soupirs muets ; chacune se demande combien de temps encore leur présence sera requise dans cette salle lambrissée, combien de temps encore Éléonore désirera regarder cette carte, et qu'est-ce qui, enfin, suscite à ce point son intérêt.

Les yeux d'Éléonore se promènent sur cette représentation de la Toscane dessinée à la pointe d'argent : lignes brisées pour les collines, lignes sinueuses de corps d'anguille pour les rivières, dents de scie pour la côte qui s'étire vers le nord. Son regard survole les routes agglomérées en nœuds autour des villes de Sienne, Pise et Livourne. Éléonore est une femme consciente de sa rareté et de sa valeur : elle ne possède pas seulement un corps capable de produire toute une lignée d'héritiers, mais aussi un visage gracieux au front sculpté dans de l'ivoire, des yeux bien écartés, d'un brun profond, et une bouche toujours jolie, qu'elle soit souriante ou boudeuse. Son esprit, de surcroît, est vif et versatile. Contrairement à la plupart des autres femmes, elle peut déchiffrer d'un regard les marques griffonnées sur la carte et les transposer en champs regorgeant de céréales, en coteaux plantés de vignes, en récoltes, en fermes, en couvents, en métairies.

Elle repose la carte mais, juste au moment où ses dames commencent à faire résonner les froufrous de leurs robes, prêtes à quitter cette salle pour une autre, mieux ventilée, Éléonore en attrape une deuxième. Elle étudie la zone qui borde la côte, une zone vierge, semble-t-il, à l'exception de quelques vagues points d'eau aux contours irréguliers.

S'il existe une chose qu'Éléonore ne peut supporter, c'est la vacuité. Sous ses ordres, chaque salle, chaque couloir, chaque antichambre de ce palais a été rénové dans le but d'occuper une fonction. Chaque parcelle de mur nu a été décorée et mise en valeur. Jamais elle ne tolérerait de voir ses enfants, ses servantes ou ses dames oisifs, ne serait-ce qu'une minute de leur journée. De l'instant où leurs yeux s'ouvrent le matin jusqu'à celui où leur tête se pose sur leur oreiller, tous sont occupés par un emploi du temps qu'elle a déterminé. À moins qu'elle ne dorme, Éléonore elle-même s'attelle constamment à une tâche : écrire des lettres, recevoir des leçons de langues étrangères, élaborer des projets ou des listes ou superviser les soins et l'éducation des enfants.

Son esprit commence à fourmiller devant cette tourbière. Il faut l'assécher. Non, l'irriguer. Ils pourraient y planter des champs. Ils pourraient y bâtir une ville. Ils pourraient y installer un système de lacs pour élever des poissons. Ou bien un aqueduc, ou…

Ses pensées sont interrompues par une porte qu'on ouvre et le bruit de bottes sur le sol : un pas assuré, affirmé. Au lieu de se retourner, elle se sourit à elle-même et brandit à la lumière la carte, admirant la manière dont l'éclat du soleil accentue les montagnes, les villes et les champs.

Une main atterrit sur sa taille, une autre sur son épaule. Elle sent le bout pointu d'une barbe, la pression de deux lèvres humides dans son cou.

« Que trame encore ma petite abeille travailleuse ? lui murmure à l'oreille son époux.

— Je m'interroge sur cette terre, répond-elle en continuant de brandir la carte. Sur la côte, là, voyez-vous ?

— Mmm, dit-il, et il glisse son bras autour d'elle avant d'enfouir son visage dans ses cheveux relevés par des épingles, la coinçant entre son corps et le rebord dur de la table.

— Si nous l'asséchions, il pourrait devenir possible de l'exploiter soit en la cultivant, soit en y construisant des… »

Elle s'interrompt, car il cherche à soulever ses jupons pour glisser sa main sur son genou et remonter le long de sa cuisse, puis plus haut, bien plus haut encore. « Cosme », le réprimande-t-elle en chuchotant, mais il n'y a aucune inquiétude à nourrir car les dames se retirent déjà en froufroutant, leurs robes au ras du sol, et les serviteurs de Cosme les imitent, tous se pressent vers la sortie, impatients de déguerpir.

La porte se referme.

« L'air est mauvais là-bas, poursuit-elle tout en continuant de pincer la carte entre ses doigts à la peau blanche, longs et fins, comme si rien ne se passait, comme si un homme, derrière elle, n'était pas en train d'essayer de se frayer un chemin à travers ses couches de sous-vêtements. Malodorant, malsain, et je suis d'avis que si… »

Cosme la fait tourner sur elle-même et lui arrache la carte des mains.

« Oui, mon amour, dit-il en la faisant reculer vers la table. Tout ce que vous direz, tout ce que vous voudrez.

— Mais, Cosme, regardez juste…

— Plus tard. » Il jette la carte et empoigne la masse de jupons pour poser Éléonore sur la table. « Plus tard. »

Éléonore laisse échapper un soupir résigné, tout en plissant ses yeux de chat. Vouloir détourner son attention serait vain. Mais elle lui attrape quand même la main.

« Promettez-vous ? demande-t-elle. Promettez-moi. Donnez-moi la permission de me servir de cette terre. »

Leurs mains se chamaillent. C'est un jeu, un simulacre, tous deux le savent très bien. Un bras de Cosme fait deux fois l'épaisseur du sien. Serait-il un autre genre d'homme, il ne lui suffirait que de quelques secondes pour lui arracher sa robe, avec ou sans son consentement.

« Je promets », lâche-t-il, puis il l'embrasse, et elle lui lâche la main.

Elle ne lui a jamais, songe-t-elle alors qu'il commence à s'affairer, jamais opposé de refus. Elle ne lui en opposera jamais. Il existe pourtant bien des domaines dans leur mariage dans lesquels son influence est palpable, et plus que pour d'autres épouses de son rang. De son point de vue, cet accès libre à son corps n'est qu'un petit prix à payer au regard des nombreuses libertés et de l'autorité qui lui sont octroyées.

Elle est déjà mère de quatre enfants ; elle en aimerait davantage, autant que son époux voudra bien lui en donner. Une grande famille au pouvoir, voilà ce dont cette province a besoin pour garantir sa stabilité et sa longévité. Avant son mariage avec Cosme, la dynastie était en péril, en passe de se dissoudre dans l'histoire. Et maintenant ? La souveraineté de Cosme et la puissance de la région sont assurées. Grâce à elle, la pouponnière compte déjà deux héritiers mâles que l'on éduquera pour marcher dans les pas de leur père, et deux filles qu'ils pourront marier à des familles de pouvoir.

Son attention reste focalisée sur ces idées, car elle voudrait concevoir à nouveau, et cesser de s'appesantir sur cette âme non baptisée qu'elle a perdue l'an passé. Elle n'en parle jamais, ne raconte à personne, pas même au confessionnal, que ce petit visage gris perle et ces doigts recroquevillés hantent encore ses rêves, qu'elle le regrette et le voudrait auprès d'elle, même tout ce temps après, que son absence a percé un trou directement à travers elle. Le remède à cette mélancolie secrète est simple : avoir un nouveau bébé, dès que possible. Il faut donc tomber enceinte et tout sera réglé. Son corps est fort et fécond. Le peuple de Toscane, d'après ce qu'on lui a rapporté, l'appelle « La Fecundissima », et ce surnom lui sied tout à fait : donner naissance à ses enfants n'a pas été l'agonie, l'enfer qu'on lui avait décrit. Elle était arrivée accompagnée de sa propre nourrice, Sofia, lorsqu'elle avait quitté la maison de son père, et c'est à présent cette femme qui prend soin de sa progéniture. Elle, Éléonore, est jeune, belle, mariée à un homme qui l'aime, un homme fidèle, prêt à tout pour la contenter. Cette pouponnière sera remplie jusqu'à ras bord, croulera sous leur descendance ; Éléonore engendrera enfant après enfant après enfant. Pourquoi pas ? Plus jamais aucun bébé ne lui glissera entre les doigts avant terme : elle ne le permettra pas.

Tandis que Cosme s'affaire au milieu de la salle des Cartes, ses serviteurs et les dames d'Éléonore attendent avec lassitude dans la pièce attenante, échangeant bâillements et coups d'œil résignés. Les pensées d'Éléonore s'éloignent du petit mort-né pour retourner à la tourbière, planant au-dessus des roseaux, de leurs houppes blondes et des herbes volumineuses. Son esprit se coule puis émerge au milieu des brumes et des vapeurs. Il se figure des ingénieurs attendant la livraison de machines et de tuyaux qui nettoieront toute cette lie, froide, mouillée, indésirable. Il les remplace par des champs verdoyants, des troupeaux de bétail gras, des villages peuplés de sujets dévoués et reconnaissants.

Elle pose les bras sur les épaules de son époux et plante son regard sur les cartes affichées sur le mur opposé alors qu'il approche du plaisir : Grèce antique,

Byzance, expansion de l'Empire romain, constellations des cieux, mers explorées, îles réelles et imaginaires, montagnes aux cimes cachées par l'orage.

Impossible alors de comprendre que cette rêverie est une erreur, qu'elle aurait dû fermer les yeux, rediriger ses pensées vers cette salle, son devoir conjugal, son beau et fort époux qui, même après tout ce temps, la désire toujours. Comment aurait-elle pu savoir que l'enfant né de cet accouplement serait différent des autres, tous de nature douce, de tempérament agréable ? Principe d'impression maternelle, si facilement balayé sur le moment. Plus tard, elle se reprochera sa distraction, son inattention. Que le caractère d'un enfant était déterminé par les pensées de la mère au moment de la conception lui a pourtant été martelé tant de fois par les prêtres comme par les médecins.

Mais trop tard. Les pensées d'Éléonore, ici dans la salle des Cartes, sont instables, farouches, s'en vont là où elles l'ont décidé. Elle regarde les cartes, les paysages, la nature sauvage.

Cosme, grand-duc de Toscane, termine son affaire avec le même petit cri grogné qu'à chaque fois, s'accrochant une dernière fois à sa femme avec tendresse, puis Éléonore, touchée par ce geste, mais en même temps soulagée (c'est une journée particulièrement chaude, après tout), le laisse l'aider à descendre de la table. Elle appelle ses dames de compagnie pour se faire escorter jusqu'à ses appartements. Elle aimerait, leur dit-elle, une infusion à la menthe, une sieste, et peut-être aussi un change propre.

Neuf mois plus tard, lorsque lui est présenté un bébé qui hurle, se tortille et rejette les langes dont on l'emmaillote, un bébé incapable de tenir en place ou de dormir ou de rester calme sauf à le bercer constamment, un bébé qui accepte le sein de la nourrice – soigneusement sélectionnée par Sofia – pendant quelques minutes, mais qui jamais ne prend jusqu'au bout la tétée, un bébé dont les yeux sont ouverts, tout le temps, comme s'ils cherchaient de lointains horizons, Éléonore se sent habitée par un sentiment proche de la culpabilité. Est-elle la cause de son agitation ? Est-elle la responsable ? Elle n'en parle à personne, surtout pas à Cosme. L'existence de ce bébé la terrifie, érode peu à peu sa certitude d'être une excellente mère, de produire une progéniture saine de corps comme d'esprit. L'un de ses enfants est si difficile, si intraitable que l'essence même de son rôle ici, à Florence, se craquelle.

Au cours d'une visite à la pouponnière pendant laquelle elle tente, durant une matinée entière, de tenir dans ses bras un bébé hurlant, Éléonore remarque à quel point le bruit affecte ses quatre aînés, qui se bouchent les oreilles et partent se réfugier dans d'autres pièces en courant. Une peur s'empare d'elle, celle que le comportement du bébé ne déteigne sur eux. Vont-ils, subitement, devenir aussi ingérables, aussi inconsolables ? Sans attendre, elle décide de retirer Lucrèce de la pouponnière et de l'installer dans une autre partie du *palazzo*. Pour un temps seulement, en attendant qu'elle se calme. Elle donne les ordres adéquats, puis engage les services d'une nouvelle nourrice, l'une des servantes travaillant en cuisine. C'est une femme aux hanches larges, au tempérament gai, qui accueille avec la plus grande joie la perspective de prendre soin du bébé – sa propre fille, âgée de presque deux ans, capable de jouer seule sur les dalles du palais, est prête à être sevrée. Chaque jour, Éléonore fait descendre l'une de ses dames pour prendre des nouvelles du bébé ; il était de son devoir d'agir ainsi, elle en est persuadée. Une seule ombre : son choix n'est pas approuvé par Sofia, sa vieille nourrice, qui conteste avec vigueur cet acte qu'elle qualifie de « bannissement » et qui, par ailleurs, ne voyait rien à redire au travail de la nourrice qu'elle avait elle-même choisie en premier lieu. Mais Éléonore persiste curieusement : cet enfant vivra à l'écart du reste de la famille, au sous-sol, dans les cuisines, avec les servantes, les domestiques, au milieu des bruits de casserole et de la chaleur des grands feux. Ainsi Lucrèce passe-t-elle les premiers temps de sa vie dans une cuve de lavandière, sous la surveillance de la fille de la nourrice qui lui donne des caresses sur ses petits poings serrés et appelle sa mère sitôt que le visage du bébé se plisse pour entrer dans une colère.

Au moment où Lucrèce fait ses premiers pas, un accident avec une marmite d'eau bouillante est évité de justesse, qui la conduit à être renvoyée dans les étages. Privée de la vapeur ambiante et du brouhaha des cuisines qu'elle connaissait si bien, parachutée au milieu de quatre enfants dont elle n'a aucun souvenir, Lucrèce passe deux jours à hurler. Elle hurle pour réclamer sa nourrice du sous-sol, les cuillères en bois qu'on lui donnait à suçoter quand ses gencives lui faisaient mal, pour revoir la silhouette des bouquets d'herbes aromatiques devant les fenêtres carrées, pour retrouver cette main qui descendait vers elle avec une tranche de pain chaud ou une croûte de fromage à mâchonner. Elle refuse cette chambre, là-haut sous les toits, remplie de lits alignés et de figures qui la fixent de leurs yeux noirs impassibles, qui murmurent entre elles puis, brusquement, se lèvent sur leurs pieds et décident de partir. Un souvenir vague l'habite, celui d'un grand pot noir basculant vers elle, puis d'un liquide crépitant. Elle refuse les bras et les genoux des nouvelles nourrices ; jamais elle ne les laissera l'habiller ou la nourrir. Elle veut la cuisinière du sous-sol, sa maman de lait ; elle veut sombrer dans le sommeil tout en massant entre son pouce et son index une mèche de ses cheveux soyeux, blottie bien à l'abri dans le creux de ses cuisses. Elle veut le gentil visage de sa sœur de lait, qui lui chante des chansons et la laisse dessiner dans la cendre de l'âtre avec un bâton. Sofia secoue la tête, marmonne qu'elle l'avait prévenue, qu'elle avait dit à Éléonore qu'elle ne tirerait rien de bon à envoyer cette petite en bas. Le seul moyen pour que Lucrèce mange consiste à lui laisser son repas par terre, à côté d'elle. Comme un animal sauvage, remarque Sofia.

Lorsque tous ces faits sont rapportés à Éléonore par Sofia, qui tient à venir en personne les lui délivrer, poings sur les hanches, dans ces appartements où elle travaillait autrefois, Éléonore pousse un soupir et jette dans sa bouche une amande fraîchement décortiquée. Elle est à quelques jours de donner à nouveau la vie ; son ventre saille comme une montagne sous les draps – elle espère un garçon. Elle a joué la prudence, cette fois, demandant que sa chambre soit décorée par des tableaux de jeunes hommes vigoureux, dépeints dans des scènes masculines, viriles – un concours de lancer, une joute. Son refus de s'accoupler dans un autre endroit du *palazzo* que celui-ci a été complet, à la grande déception de Cosme – qui depuis toujours nourrissait un penchant pour les accouplements empressés au détour d'un couloir ou d'une coursive. Mais Éléonore ne refera pas la même erreur deux fois.

À quatre ans, Lucrèce ne joue pas à la poupée comme le faisaient ses sœurs, ne s'assoit pas à table pour manger, ne se joint pas à ses frères et sœurs pour jouer, mais préfère passer son temps seule, à courir comme une sauvage d'un bout à l'autre de l'allée, ou à contempler la ville et les vallées au loin, agenouillée derrière la fenêtre. À l'âge de six ans, elle s'agite et se tortille devant le peintre qui tente de la dessiner, tant et si bien qu'Éléonore, perdant patience, déclare qu'il n'y aura finalement pas de portrait de sa fille – qui peut retourner dans ses quartiers. À huit ou neuf ans survient une période pendant laquelle Lucrèce refuse de porter toute chaussure, même lorsque Sofia la frappe pour sa désobéissance. Et à l'âge de quinze ans, alors qu'elle se trouve sur le point d'être mariée, Lucrèce crée un énorme scandale à propos de sa robe qu'Éléonore a pourtant elle-même choisie, optant pour un splendide mélange de soie bleue et de brocart doré. Lucrèce fait irruption dans les appartements de sa mère, sans s'être annoncée, hurlant à pleins poumons qu'elle ne la portera pas, jamais, que cette robe est trop grande. Éléonore qui, assise devant son écritoire, est occupée à écrire à l'une de ses amies abbesses, s'efforce de garder son sang-froid et répond à Lucrèce, d'un ton ferme, que cette robe a été retaillée spécialement pour elle, comme elle le sait. Mais Lucrèce, bien sûr, va trop loin. Pourquoi, demande-t-elle, déchaînée, pourquoi devrait-elle porter une robe cousue pour sa sœur, Maria, qui est morte, n'est-il pas déjà suffisamment atroce qu'elle doive épouser le fiancé de Maria sans qu'on lui impose en plus de porter sa robe ? Les pensées d'Éléonore, tandis qu'elle pose son stylet et se lève pour se diriger vers sa fille en traversant le porche voûté, retournent une fois encore au moment de sa conception, à la manière dont son regard avait parcouru les cartes de ces contrées d'autrefois, s'était attardé sur ces mers étranges et dangereuses peuplées de monstres et de dragons, agitées par des vents capables de dévier les navires de leur trajectoire. Quelle erreur n'avait-elle pas commise ! Elle se trouvait désormais hantée, punie !

À l'autre bout de ses appartements, Éléonore voit le visage anguleux de sa fille, strié de larmes, s'ouvrir comme une fleur sous l'effet de l'espoir. Éléonore sait qu'elle se dit : Ma mère arrive. Ma mère vient à mon secours, m'épargnera peut-être cette robe, ce mariage. Et peut-être que tout ira bien.

Le premier tigre de Toscane

Le palais, Florence, 1552

Un dignitaire étranger de passage à Florence se présenta au grand-duc avec le tableau d'un tigre. Ce présent eut le plus grand effet sur Cosme qui, rapidement, exprima le désir de posséder lui-même l'une de ces bêtes rares et féroces. Il avait fait installer une ménagerie dans les sous-sols du palais pour distraire ses visiteurs, et son intuition lui disait qu'un tigre compléterait de la plus belle manière sa collection.

Il donna l'ordre à Vitelli, son *consigliere ducale*, de trouver un tigre, de le faire capturer et de le ramener jusqu'à Florence. Vitelli, qui avait pressenti la demande dès le moment où le tableau était arrivé à la cour, émit un soupir profond, que lui seul entendit, avant d'en prendre note d'une main désabusée dans son grand livre de comptes. Il espérait que le grand-duc se laisserait dissuader ou oublierait son projet, occupés qu'ils étaient à l'époque par le soulèvement républicain qui agitait Sienne.

Cependant, Cosme n'exauça pas le désir secret de son conseiller.

« Quels sont vos progrès avec le tigre ? » demanda-t-il un jour, de but en blanc, tandis qu'il se préparait sur la terrasse à sa séance quotidienne d'exercice, ôtant son *lucco* pour se parer de ses armes. Vitelli, décontenancé, dénoua avec maladresse les cordons de son grand livre de comptes et parvint à bredouiller une réponse dans laquelle il fut question de difficultés sur les routes maritimes orientales. Cosme ne fut pas dupe. Il braqua son œil gauche sur Vitelli pendant que son œil droit, moins mobile, fixait un point indéfini, juste à côté.

« Je suis déçu de l'apprendre, répondit Cosme tout en glissant dans sa botte une première dague, puis une seconde, ainsi qu'il en avait l'habitude lorsqu'il comptait s'aventurer en dehors des murs du palais. Fortement déçu. Comme vous le savez, tout a été fait pour préparer la cage, au sous-sol : le sol a été balayé, les barreaux renforcés. » Il accepta la ceinture de cuir que lui tendait un serviteur, qu'il attacha à sa taille. « Quel dommage qu'elle demeure vide. Il faudra quelque chose – ou quelqu'un – pour l'occuper. »

Cosme leva son épée, légère et effilée, à la lame décorée, une épée qui plaisait tout particulièrement à Vitelli. Puis il fendit l'air en la faisant siffler et, l'espace d'un instant, les deux yeux du grand-duc, animés d'une malicieuse lueur métallique, se braquèrent simultanément sur le conseiller.

Cosme inséra ensuite l'épée dans le fourreau de sa ceinture et quitta la terrasse ; Vitelli l'entendit descendre l'escalier dans une cascade de pas puissants. Derrière lui, les secrétaires se mirent à bruisser, à murmurer, abasourdis par cette petite démonstration – il entendit, distinctement, l'un d'entre eux réprimer un rire sot.

« Vous, au travail, ordonna sèchement Vitelli avec un claquement de mains sonore. Tous ! »

Les secrétaires s'éclipsèrent, et Vitelli retourna à son bureau, où il s'assit lourdement, broyant du noir pendant un moment avant de rapprocher de lui sa plume et son pot d'encre.

La lubie du grand-duc fut transmise à un émissaire, puis à un ambassadeur, à un capitaine de navire, à un marchand de soie, au conseiller d'un sultan, à un vice-roi, à un marchand d'épices, au sous-secrétaire du palais d'un maharajah, au cousin du maharajah, au maharajah lui-même, à son épouse, à son fils, de nouveau à son sous-secrétaire, à un groupe de soldats, puis à des villageois dans un coin reculé du Bengale.

Capturé, emprisonné dans un filet et ligoté à un poteau, le tigre quitta la chaleur, les pluies et la luxuriance de son pays natal. Il passa des mois et des semaines en mer, sous le pont, dans une cale humide et incrustée de sel, avant d'être débarqué sur le port de Livourne. De là, il fut convoyé vers l'intérieur des terres à bord d'une cage en bois rattachée à une charrette tirée par six mules terrifiées.

Lorsque Vitelli apprit que le convoi qui transportait la bête approchait de Florence, il envoya dire qu'il fallait attendre à l'extérieur des remparts de la ville jusqu'à la nuit tombée. « Surtout, ne traversez pas la ville en plein jour, avertit Vitelli, cachez la charrette dans une forêt dense et ne bougez pas avant la nuit. »

On n'avait jamais vu de tigre à Florence. Devant une telle créature, des bousculades auraient éclaté, les gens auraient hurlé, les dames se seraient évanouies. Au passage de la bête, les hommes jeunes se seraient battus pour aller la provoquer dans sa cage, l'auraient tisonnée avec des lances et des pieux. Et si l'animal, enragé, avait rompu ses liens, s'était enfui dans les rues, dévorant enfants et citoyens ? Mieux valait attendre les heures les plus sombres, après minuit, décida Vitelli : personne ne les entendrait ; personne ne saurait jamais.

Personne à part la petite Lucrèce, qui se trouvait au lit à côté de ses deux sœurs, dans une chambre sous les toits du palais. Lucrèce au regard grave, aux cheveux fins et clairs – curieusement, alors que tous ses frères et sœurs avaient hérité du brun-roux soyeux de leur mère espagnole. Lucrèce, fluette et petite pour son âge, qui toutes les nuits se retrouvait poussée au bord du matelas par Maria, l'aînée, dotée de coudes pointus et d'une propension à vouloir s'étaler en plein milieu du lit, bras et jambes écartés. Lucrèce, qui n'avait jamais été une bonne dormeuse.

Elle et elle seule entendit le cri que poussa la tigresse tandis que la charrette passait le portail du palais ; un long cri sourd, semblable au bruit du vent dans un tuyau. Sa note pleine de tristesse trancha la nuit – une fois, deux fois – avant de mourir sous le bruit des sabots.

Lucrèce se dressa dans le lit, aussi vive que si une aiguille l'avait piquée. Quel était ce bruit, ce cri inconnu parvenu jusque dans son rêve, qui l'avait réveillée ? Elle tourna la tête d'un côté, puis de l'autre.

Son ouïe était particulièrement fine : Lucrèce était parfois capable d'entendre des discussions à l'étage du dessous ou à l'autre extrémité de la plus grande salle d'apparat. Le *palazzo* était un endroit à l'acoustique particulière où les sons, les vibrations, les murmures et les pas circulaient le long des solives, derrière les reliefs de marbre, sur les colonnes vertébrales des statues, à travers les remous des fontaines. Lucrèce, en dépit de ses sept ans, avait découvert qu'en collant son oreille contre le panneau ou le cadre de la porte, toutes sortes de choses devenaient audibles. L'ordination d'un cardinal, par exemple, l'arrivée caractéristique de tel frère ou de telle sœur, la présence d'une armée étrangère en amont sur le fleuve, la mort soudaine d'un ennemi dans les rues de Vérone ou la livraison imminente d'une tigresse. Toutes ces conversations, dont elle n'était pas la destinataire, s'étaient immiscées dans sa tête pour y prendre racine.

Le cri, encore ! Ce n'était pas le rugissement auquel elle s'attendait, non : il y avait dedans quelque chose d'écorché, de plaintif. Ce bruit, pensa-t-elle, vient d'une créature capturée contre sa volonté, une créature dont tous les désirs ont été bafoués.

Lucrèce s'extirpa des draps emmêlés et des plis de la chemise de nuit de Maria, puis se glissa hors du lit. Malgré sa profonde maladresse en leçon de danse – qui régulièrement lui valait des châtiments –, elle avait toujours su traverser la pouponnière sans le moindre bruit, posant les pieds juste au bon endroit, jamais sur les dalles branlantes ou bruyantes. Sur la pointe des pieds, elle passa devant le lit de ses frères entassés en un méli-mélo de bras et de jambes, puis devant le lit gigogne étroit où le bébé, Pietro, dormait fermement enlacé par sa *balia*. Près de la porte dormaient encore deux autres nourrices que Lucrèce enjamba avant d'ouvrir discrètement les deux verrous de la porte.

Une fois dehors, elle longea le couloir et s'arrêta pour vérifier que Sofia, la plus vieille des nourrices, ronflait avec la régularité habituelle, puis sa petite main chercha à tâtons l'anneau de cuivre sur le mur lambrissé. Elle ne trouva rien la première fois. La seconde, le panneau s'ouvrit vers l'intérieur et Lucrèce disparut à travers une ouverture à peine plus large que son corps menu.

Le palais était truffé de passages secrets : Lucrèce se représentait parfois cet immense édifice aux murs épais comme une pomme creusée par les vers. Elle avait entendu dire – de la bouche de Sofia, qui n'aurait jamais imaginé que Lucrèce comprenait à peu près tout au dialecte napolitain que les trois nourrices employaient entre elles – que ces passages avaient été prévus pour permettre au duc et à sa famille de s'enfuir si le palais était attaqué. Lucrèce aurait aimé leur demander, attaqué par qui, mais eut la présence d'esprit de se retenir : comprendre ce que se disaient les nourrices par-dessus les têtes des enfants était bien pratique – mieux valait donc garder pour elle cette faculté.

Ce passage en particulier était un raccourci vers la grande cour à laquelle un escalier venteux glissant et irrégulier donnait accès. Lucrèce n'avait pas peur ; elle n'avait pas peur, non. Elle avança tout de même en retenant sa respiration et en serrant le bas de sa chemise de nuit afin de ne pas tomber. En cas de chute, qui sait combien de temps aurait pu s'écouler avant qu'on ne la trouve derrière ces murs, blessée ? Aurait-on seulement entendu ses appels ?

L'escalier tournait, tournait sur lui-même, pareil à une corde enroulée. L'air était humide et vicié comme si une chose vivante avait vécu enfermée ici pendant des années. Elle s'obligea à garder le menton levé, à ne pas s'arrêter ; elle avait connu pire. La perspective de voir la bête l'encourageait. Elle verrait cette tigresse – il le fallait.

Au moment où l'obscurité et l'odeur environnante commençaient à devenir insoutenables, un mince rai de lumière lui indiqua qu'elle avait atteint sa destination. Elle chercha la poignée de la porte – un petit loquet froid –, l'actionna et se retrouva soudain sous le plafond d'un nouvel escalier, dont les fenêtres biseautées donnaient sur la cour. À cette heure de la nuit, où tout semblait paré de velours noir, pas un garde, pas un domestique en vue ; elle vérifia plusieurs fois. Puis elle avança.

Elle entendit en dessous les hennissements nerveux des mules, le crissement de leurs sabots, puis un grondement furieux, comme un coup de tonnerre lointain.

Posant les mains sur le rebord en marbre de la fenêtre, elle regarda en contrebas.

La cour se déployait en un rectangle obscur à ses pieds, seulement illuminée par la flamme des torches accrochées aux piliers. Il y avait les mules, six, les unes derrière les autres, harnachées. Autour d'elles se disputait un groupe d'hommes, des hommes de son père vêtus de la livrée rouge et or. Ils avaient encerclé la charrette, tous munis d'un pieu bien aiguisé, et s'interpellaient les uns les autres. Recule, disaient-ils, non, pas si près, ne bouge plus, ne mets pas ta main ici, tiens la bride, doucement.

L'un d'eux décrocha une torche d'un pilier, puis la brandit devant la charrette, créant au milieu de la nuit un arc de feu. Et ce fut alors que retentit un sifflement, réponse de la bête à ces flammes. De nouveau, on agita la torche et Lucrèce entendit sa fureur.

C'est à cet instant, agrippée au rebord de la fenêtre, qu'elle la découvrit : une forme effilée, sinueuse, se mouvant d'un bout à l'autre de la cage. La tigresse ne semblait pas marcher, mais couler, comme si son essence même était fluide, bouillonnante, telle la lave d'un volcan. Dans le noir, les barreaux de la cage en regard des rayures de son pelage semblaient presque invisibles. La tigresse était orange, couleur de vieil or, feu fait chair ; elle était puissance et colère, elle était exquise et féroce. Elle portait sur son corps les barres verticales d'une geôle, comme marquée pour ce sort précisément, comme destinée à la captivité depuis le départ.

Les mules s'agitaient sous leur harnais, projetant la tête de tous côtés, retroussant les lèvres de terreur. Elles ne pouvaient pas voir la bête tant leurs yeux étaient bien cachés, mais elles sentaient sa présence, son odeur ; les mules savaient que la tigresse était là, et qu'elles se trouvaient avec elle dans un espace confiné. Elles savaient que sans cette cage de bois, la tigresse aurait écharpé tout ce qui dans cette cour se trouvait : hommes et mules.

Dans un même mouvement, les mules bondirent en avant et cage et charrette furent englouties sous l'une des arches, telle une bouche acceptant à manger. Lucrèce se retrouva seule devant la cour vide, tandis que brûlaient toujours les flammes des torches, comme si de rien n'était.

*

Le palais du père de Lucrèce était un édifice versatile, aussi changeant qu'une girouette. Il donnait parfois l'impression d'être l'endroit le plus sûr au monde, un roc protégé par une garnison entière, abritant les enfants du grand-duc comme une vitrine abriterait des figurines de verre ; et parfois il semblait aussi oppressant qu'une prison.

Il était érigé dans l'angle de l'une des places les plus importantes de Florence, dos au fleuve, ses murs dressés au-dessus des citoyens comme de grandes falaises escarpées. Ses fenêtres hautes et étroites empêchaient quiconque de voir ce qui s'y tramait. Une tour carrée dominait le toit, pourvue de gigantesques cloches que l'on entendait carillonner à chaque heure, offrant à la ville tout entière une notion du temps. Des remparts hérissés de créneaux couraient le long de chaque façade comme le feston sur le bord d'un chapeau ; rares étaient les fois où les enfants obtenaient le droit d'y monter. Pour leur promenade quotidienne, Sofia préférait les emmener sur la coursive. Leur maman, leur disait-elle, prétendait que c'était à force d'exercice que se développaient les enfants, si bien qu'on les encourageait à se poursuivre, à courir d'un conduit d'aération à l'autre. Ce faisant, les enfants en profitaient pour observer les allées et venues des passants sur la place, à leurs pieds.

On pouvait apercevoir, depuis l'extrémité de la coursive, la statue érigée près des portes du palais, une silhouette blanche portant un lance-pierre sur son épaule, à la tête tournée de côté comme pour se protéger du regard du spectateur placé devant. Lucrèce apercevait parfois ses parents contourner la statue pour se rendre jusqu'à leur carrosse, sa mère emmitouflée dans ses fourrures par temps d'hiver ou parée de soies colorées en été. Des jaunes, des rouges, des violets raisin. Lorsqu'elle voyait le carrosse approcher, Lucrèce se penchait aussi loin que possible sur le parapet pour tenter de capter le bruit du pas de ses parents : la démarche légère de sa mère, le martèlement affirmé de son père sur lequel se calquait le mouvement de la plume de son chapeau promenée d'avant en arrière.

Sofia, qui prétendait avoir exploré les moindres recoins du palais, leur avait raconté que les murs étaient aussi épais que trois hommes allongés bout à bout. Qu'il existait une salle entière uniquement dédiée aux armes, où sur chaque pan étaient alignées des armures et des épées, et puis une autre, dédiée aux livres cette fois. Des livres à perte de vue, leur avait-elle raconté pendant qu'ils se frottaient le visage avec un linge ou boutonnaient leur sarrau, partout sur des étagères bien plus hautes que leur tête. Une vie aurait été nécessaire, voire plus, pour tout lire. Une autre salle était décorée par des cartes de tous les endroits du monde et de toutes les étoiles du ciel. Il y avait aussi un coffre-fort ceint de fer, fermé par de multiples verrous, où leur maman rangeait ses bijoux, tous ces bijoux qu'elle avait apportés de la cour d'Espagne et tous ceux que leur papa lui avait offerts, bien que la nourrice ne les ait jamais vus de ses yeux – personne ne les avait jamais vus, car le seul à pouvoir ouvrir ce coffre était leur père. Il y avait aussi une immense salle tout en longueur, aussi grande qu'une place, au plafond orné de peintures. Peintures de quoi ? avait demandé Lucrèce en esquivant le linge pour regarder la nourrice, pour vérifier qu'elle disait vrai, qu'elle avait réellement vu ces fresques. Oh, d'anges et de chérubins et de grands guerriers et de batailles, avait répondu Sofia en rabaissant la tête de Lucrèce. Ce genre de choses.

Lorsqu'elle avait du mal à dormir – ce qui était souvent le cas –, Lucrèce songeait à ces salles, empilées dans son esprit comme les cubes des tours que son petit frère s'amusait à construire. La salle des Armes, la salle des Cartes, la salle des Peintures, la salle des Bijoux. Sa sœur Isabella disait vouloir voir plus que toute autre la salle des Bijoux ; Maria aurait préféré contempler les chérubins dorés sur le plafond. Francesco, qui un jour deviendrait duc, avait remarqué avec hauteur qu'il avait quant à lui déjà vu toutes les parties du palais. Plusieurs fois. Giovanni, âgé seulement d'un an de moins qu'Isabella, avait levé les yeux au ciel, pour recevoir en réponse un coup dans les tibias de la part de Francesco.

Personne n'avait demandé à Lucrèce quelle était la salle qu'elle convoitait, et Lucrèce se garda de le dire. Aurait-elle été interrogée, elle aurait toutefois répondu qu'elle aurait aimé voir la Sala dei Leoni : la salle des Lions. Il se disait que leur père y avait fait installer une ménagerie entre des murs spécialement consolidés, dans les sous-sols du palais. Leur père aimait tout particulièrement montrer les lions à ses invités les plus prestigieux, et organisait même parfois des affrontements, pour le spectacle, avec d'autres bêtes : ours, sangliers, ainsi qu'un gorille, une fois. Un serviteur qui leur avait apporté des plats leur avait soufflé, dans un murmure, que ces lions aimaient tellement le duc qu'ils le laissaient pénétrer dans leur cage. Le duc entrait avec dans une main un pic sur lequel était embroché un morceau de viande, et dans l'autre un fouet. Les enfants n'avaient jamais vu l'intérieur de la salle des Lions – même si Francesco affirmait le contraire –, mais, lorsque le vent soufflait dans une certaine direction, leur parvenaient les hurlements étouffés des animaux. Par temps chaud, une odeur bien spécifique s'élevait jusqu'à la coursive, surtout à l'arrière du palais qui dominait la via dei Leoni – une odeur suffocante, envahissante, d'immondices et de sueur.

Une odeur qui déclenchait les plaintes de Maria et d'Isabella et les faisait se couvrir le nez avec leurs étoles, mais Lucrèce, elle, demeurait sur la coursive, au-dessus de la rue, espérant apercevoir le battement furtif d'une queue ou l'ombre d'une crinière emmêlée.

*

Au lendemain de l'arrivée de la tigresse, lorsqu'elle se réveilla, elle trouva autour d'elle une chambre tellement silencieuse qu'elle crut pendant un instant ses oreilles bouchées par de la cire. Son visage était enfoui dans son oreiller ; quand elle leva la tête, elle se découvrit allongée au milieu du lit, toute seule. Sans sœurs pour la pousser sur le côté. Sans frères non plus dans le lit à l'autre bout de la chambre. Sans bébés dans le lit gigogne.

Abasourdie par cette paix, elle contempla la pièce qui l'entourait : les murs blanchis à la chaux, les couvre-lits pliés, les marches de pierre pour accéder à la banquette, sous la fenêtre, la carafe d'eau sur une étagère.

Par la porte ouverte, elle entendait les bruits de ses frères et sœurs au petit déjeuner : les cris aigus et les pleurs des plus petits, le tintement des cuillères et des assiettes.

Comme une nageuse, elle écarta les bras et les jambes au milieu des draps frais et libres. L'espace d'un instant, elle fut tentée de se réenfouir dans son oreiller pour voir si le sommeil la gagnerait de nouveau, mais ce fut alors que l'image lui revint de deux omoplates roulant, souples, marquées de rayures noires. Une pensée irrévocable se forma dans sa tête : voir l'animal de près. Elle le devait. N'avait pas le choix. Elle voulait se tenir devant lui, voir comment les bandes noires se mariaient à l'orange de la fourrure. Arriverait-elle à se glisser dans la salle des Lions ? Il n'existait aucun passage secret pour y accéder, pas à sa connaissance, et quelqu'un la verrait forcément en empruntant les coursives et les couloirs. Comment, comment allait-elle faire ?

Revigorée par ce projet, elle glissa hors du lit. Les dalles du sol froides et rugueuses semblèrent s'arquer pour lui taquiner la plante des pieds. Elle s'habilla à la hâte, enfilant sa jupe de laine par-dessus sa chemise de nuit avant de glisser ses pieds dans ses souliers. L'air de la chambre était glacial et statique ; se mouvoir à travers lui donna l'impression d'avancer au milieu d'un lac glacé.

Arrivée sur le seuil de la salle du petit déjeuner, elle s'arrêta pour évaluer les possibilités qui s'offraient à elle afin de voir la tigresse. D'un côté de la table étaient installés ses sœurs et frères aînés – quatre enfants aux cheveux auburn identiques, assis par ordre de taille. Tous avaient très exactement un an d'écart : Maria avait douze ans, Francesco onze, Isabella dix, Giovanni neuf. Tous se suivaient comme les marches d'un escalier. Ils se tenaient assis tout près les uns des autres, ce matin-là, presque tête contre tête, s'échangeant des murmures au-dessus de leur pain et de leur lait.

De l'autre côté de la table, les nourrices étaient assises avec les plus petits, les trois bébés, trois garçons séparés par le même intervalle : Garzia avait trois ans, Ferdinando deux et Pietro pas tout à fait un an.

Autour de Lucrèce, cependant, existait un vide étonnant, plus de deux ans au-dessus comme en dessous. Aucun enfant n'occupait les années qui séparaient la naissance de Giovanni de la sienne, ou le trou entre elle et Garzia. Elle avait interrogé Sofia, un jour, sur la raison de ce vide. Pourquoi n'avait-elle aucun frère, aucune sœur proche d'elle en âge ? Sofia, qui se trouvait alors occupée à se bagarrer avec Ferdinando pour le faire asseoir sur son pot de chambre, ayant décrété que le moment était venu pour lui de devenir grand, lui avait répondu d'un air exaspéré : Peut-être parce que votre mère avait besoin d'un peu de répit.

Lucrèce s'approcha de la table à pas chassés, un pied à côté de l'autre. Dans sa tête, elle était la tigresse, se mouvait sur ses pattes puissantes, inspirant de la terreur à quiconque la voyait.

Aucune place ne lui avait apparemment été réservée. La chaise qui était d'ordinaire la sienne se trouvait occupée par la nourrice de lait, qui tenait sous son châle Pietro pour la tétée ; Lucrèce vit dépasser ses pieds, dont les doigts minuscules ne cessaient de s'ouvrir et de se fermer.

Elle resta là, debout, entre la nourrice de lait et le dos de Giovanni, avant de tendre le bras pour attraper un morceau de pain. Toujours debout, elle le porta à sa bouche et le rompit avec ses dents. Elle était la tigresse, dévorant un ennemi. Elle jeta un coup d'œil autour de la table, presque en souriant. Il y avait une tigresse parmi eux, et ils ne l'avaient même pas remarquée : ni Maria, qui avait passé un bras autour des épaules d'Isabella pour dire quelque chose à Francesco, ni Garzia, qui se débattait pour descendre des genoux de Sofia et s'en aller gambader.

Ce ne fut qu'au moment où Lucrèce versa du lait dans un bol et se mit à le laper qu'elle cessa d'être invisible.

« Lucrèce ! s'écria Sofia. Arrêtez immédiatement ! Grand Dieu, que dirait votre mère ? » Elle relâcha Garzia, qui aussitôt se précipita vers ses cubes. « Et qu'est-il arrivé à vos cheveux ? Avez-vous traversé une tempête ? Et que faites-vous avec votre sarrau à l'envers ? Ah, fit-elle en se tournant vers les autres nourrices, tout en lui ôtant le vêtement d'un geste sec, cette enfant me tuera. »

Lucrèce resta aussi immobile que la statue à l'entrée du palais pendant que Sofia lui démêlait les cheveux et essuyait son menton couvert de lait – elle n'avait pas le choix. La nourrice avait un corps quasiment aussi large que haut, des mains dures et de fortes épaules. Son sourire, que l'on voyait rarement, était parsemé de trous ; elle était presque édentée. Elle ne montrait aucune patience à l'égard des désobéissants ou des agités. Cette pouponnière était la sienne, comme elle le rappelait constamment, et fonctionnait selon son bon vouloir. Isabella avait un jour répondu tout bas, Cette pouponnière appartient à ma mère, grosse vache. La sanction avait été aussi terrible qu'immédiate : six coups de cravache et au lit sans souper.

Elle n'était pas rancunière, en revanche. Le lendemain, observant la scène du coin de l'œil, Lucrèce avait été témoin du retour en grâce d'Isabella. Étonnamment calmée, elle avait placé les bras autour du cou de la nourrice avant de l'embrasser sur la joue, tout en murmurant des choses dans sa coiffe. Un grand sourire s'était dessiné sur le visage de Sofia, révélant les trous noirs sur ses gencives, avant qu'elle ne gratifie l'enfant d'une tape sur le bras et ne l'invite à table.

Sofia, des épingles entre les dents, passait la brosse dans les cheveux de Lucrèce tout en la maintenant par l'oreille de son autre main. Elle donna l'ordre à la nourrice d'arrêter la tétée de Pietro, de le faire roter, à Francesco de ne pas engloutir son petit déjeuner et de prendre le temps de mâcher, et répondit à une question de Maria qui s'interrogeait sur les leçons du matin.

Lucrèce grimaça lorsque les pics de la brosse trouvèrent un nœud ; elle se retint de crier. Cela n'aurait servi à rien. Ce genre de réaction aurait simplement incité Sofia à retirer la brosse de ses cheveux pour s'en servir comme matraque sur ses jambes, juste à l'endroit le plus douloureux. Son oreille, entre les doigts de la nourrice, brûlait comme le feu.

Elle tenta de s'échapper mentalement, un instant. Elle imagina le sous-sol du palais et la salle des Lions. Elle imagina la tigresse, approchant d'elle à pas feutrés, le grondement dans sa gorge. Mais la tigresse ne la mordait pas, non ; elle la toisait d'un regard serein auquel Lucrèce répondait par un grognement amical et…

Une violente traction sur son oreille la ramena dans la pouponnière. Une explosion de cris et de huées résonnait autour d'elle. Sans doute avait-elle manqué quelque chose – forcément. Ses frères et sœurs aînés la regardaient pour la première fois depuis qu'elle s'était levée, riant et la pointant du doigt ; Isabella, pliée en deux, hilare, se couvrait la bouche.

« Quoi ? demanda Lucrèce en se massant le lobe.

— Tu… lâcha Giovanni avant de se mettre à pouffer.

— Je quoi ? » demanda-t-elle férocement, sans comprendre la raison pour laquelle tout le monde la regardait ainsi.

Par réflexe, elle se jeta, bras en avant, sur le ventre familier de Sofia et enfouit son visage dedans.

« Tu grognais », entendit-elle.

C'était la voix désapprobatrice de Maria, glaciale.

« Comme un ours ! ajouta Isabella. Oh, tu étais si drôle, Lucrèce. »

Ils sortirent de table et quittèrent la pièce tout en continuant à émettre des commentaires sur son imitation d'ours.

La nourrice lui caressa le dos, entre les omoplates – des caresses fermes, vers le bas. Lucrèce enfonça son nez plus profond dans son tablier et inhala cette odeur qui n'appartenait qu'à Sofia : mélange de levure, de sel, de sueur, avec une note épicée, pas si loin de la cannelle.

« Venez, lui dit Sofia. Ne vous en faites pas. »

Lucrèce pencha la tête en arrière pour regarder la nourrice, les bras toujours autour de sa taille. Elle sentait le secret de la tigresse onduler en elle, comme un ruban de couleur vive entre ses côtes. Devait-elle raconter ce qu'elle avait vu à Sofia ? Allait-elle le faire ?

« Pourquoi n'avez-vous pas de dents ? » demanda-t-elle à la place.

Sofia lui asséna un coup de brosse sur la tête.

« Parce qu'il fallait bien que quelqu'un nourrisse votre mère, vos sœurs, vos frères, et que chaque bébé est une dent de perdue. Quand ce n'est pas deux ou trois. »

Cette remarque déconcerta Lucrèce. Elle jeta un coup d'œil à la nourrice de lait qui reboutonnait son corsage, Pietro plié en deux sur son épaule. Ses dents allaient-elles tomber ? Les perdrait-elle toutes d'un coup ? Bébés et dents, lait et frères et sœurs. Est-ce que

Maria, Francesco, Isabella, Giovanni et elle-même avaient coûté à toutes leurs nourrices deux ou trois dents ?

Sofia se pencha pour prendre Garzia sur sa hanche, et le bébé attrapa sa nourrice par le cou tout en babillant.

« Mais, commença Lucrèce, pourquoi donc…

— Assez de questions, répondit Sofia. C'est l'heure de vos leçons. Allez. »

Lucrèce se rendit d'un pas traînant jusqu'à la salle de classe. Leur précepteur d'histoire antique déroulait des cartes et des plans dans un flot ininterrompu d'explications, tout en pointant des lieux du bout de son bâton. Francesco regardait par la fenêtre ; Maria était studieusement penchée sur son ardoise, recopiant ce que racontait leur professeur sur la guerre de Troie ; à côté d'elle, Isabella faisait des grimaces à Giovanni chaque fois que le précepteur tournait le dos, des grimaces qu'elle agrémentait de mains brandies en l'air, les doigts recroquevillés comme des griffes, et Lucrèce comprit alors avec une légère tristesse qu'elle était toujours l'objet de moqueries à cause de son grognement inopiné.

Elle se glissa à sa place, au fond de la salle, une petite table située derrière celle, plus large, de Maria et Isabella. Cela faisait quelques mois qu'elle avait rejoint leurs rangs, depuis ses sept ans, âge auquel son père estimait que devait commencer l'apprentissage des enfants.

Leur précepteur d'histoire antique, un homme jeune à la barbe pointue, se tenait debout devant eux, une main déployée, remuant et remuant les lèvres. Une fois sa leçon terminée, le précepteur de musique arriverait et tout le monde devrait sortir son instrument, puis ce serait au tour du précepteur de dessin, et Lucrèce se verrait confier la tâche ennuyeuse de copier les lettres de l'alphabet pendant que ses frères et sœurs auraient le droit de dessiner. Lucrèce avait demandé à faire comme eux – cette leçon l'intéressait plus que toute autre, transposer le monde sur la surface plane du papier, faire passer ce qu'une personne voit de ses yeux à travers son cerveau, ses doigts puis sa craie –, mais il lui fut répondu qu'elle devait attendre d'avoir dix ans avant de pouvoir commencer. Les mois et les années qui l'en séparaient semblaient se succéder devant elle, implacablement prévisibles et répétitifs.

Lucrèce retournait toujours dans sa tête ses pensées à propos de l'allaitement des bébés. Et des dents manquantes de Sofia. Et de la tigresse. Et de ses désirs multiples – voir la bête, recevoir l'autorisation de participer aux leçons de dessin, retourner dans l'une de leurs villas de campagne où la fratrie avait appris à monter à cheval, où il était permis de courir dans les jardins. Son esprit finit ainsi par dériver. Elle se vit soudain bébé, nourrie par la mamelle d'une tigresse sans crocs, une créature douce au pelage de soie, aux pattes caressantes, et bébé Lucrèce passait toutes ses journées dans la salle des Lions, blottie contre le flanc chaud du félin, et jamais personne ne venait, jamais personne ne cherchait à savoir où…

Un coup de bâton sur la carte de géographie la tira brusquement de sa rêverie, l'obligeant un bref instant à se reconcentrer sur les propos du précepteur d'histoire antique.

« Et à quel endroit la flotte grecque, sur la route de Troie, a-t-elle été retenue ? »

Francesco regarda devant lui en clignant des yeux, Maria fit la moue, comme traversée par une pensée déplaisante ; son coude était posé sur la manche d'Isabella, qui lui murmurait quelque chose à l'oreille.

Aulis, pensa Lucrèce. Elle ramassa son stylet et, sur le dos de la feuille posée en face d'elle, dessina une longue ligne d'horizon barrée par les mâts de navires amarrés ; elle les dessina grands, voiles repliées, avec des cordes qui, partant de leur proue, s'étiraient vers des ancres cachées sous l'eau. Puis elle dessina un autel précédé de marches sur lesquelles se tenaient des gens. Ce faisant, elle se remémora la leçon sur la perspective que le précepteur d'art avait donnée à ses frères et sœurs la semaine précédente, pendant qu'elle-même copiait l'alphabet. La théorie expliquée par le précepteur consistait à dire que le monde était constitué de différentes couches et profondeurs, comme un océan, qui pouvaient être décomposées en lignes convergentes et entrecroisées. Lucrèce avait eu envie d'essayer.

« Isabella ? » demanda le précepteur en plissant les yeux.

Isabella, tournée vers Maria, se remit de face.

« Oui ?

— L'endroit où la flotte grecque a été retenue, s'il vous plaît. »

Aulis, pensa une nouvelle fois Lucrèce pendant qu'elle dessinait. Sur le chemin, elle ajouta une jeune fille avec une robe longue, marchant vers l'autel. Elle fronça les sourcils tandis qu'elle tentait de faire converger peu à peu les deux traits du chemin comme le voulaient les lois de la perspective, pour obtenir ce que le précepteur de dessin avait appelé un « point de fuite ».

Isabella s'était quant à elle lancée dans un véritable numéro.

« Est-ce que la réponse commence par un *y* ? demanda-t-elle en prenant un air attendrissant, la tête penchée sur le côté, minaudant.

— Non, répondit platement le précepteur. Giovanni ? Maria ? »

Les deux secouèrent la tête. Le précepteur soupira.

« Aulis, déclara-t-il. Souvenez-vous, nous en avons parlé la semaine dernière. Et comment le grand roi Agamemnon a-t-il persuadé les dieux de lui donner des vents favorables ? »

Silence. Isabella leva la main vers ses cheveux pour remettre une mèche derrière son oreille ; Francesco tritura sa manche.

En sacrifiant sa fille, pensa Lucrèce. Elle ajouta des tentures à l'autel, qu'elle fit pendre mollement comme les voilures des navires. Elle ne représenterait pas Achille, feignant d'attendre devant l'autel. Pas question.

« Qu'a fait Agamemnon, redemanda le précepteur, pour faire souffler des vents capables de mener la flotte grecque jusqu'à Troie ? »

Trancher la gorge de sa fille, se dit Lucrèce à elle-même. Elle se souvenait de chaque mot de l'histoire que le précepteur leur avait racontée la dernière fois – son cerveau était ainsi fait. Les mots s'imprimaient dans sa mémoire comme une semelle dans la boue fraîche qui ensuite sèche et durcit, conservant l'empreinte à jamais. Lucrèce, parfois, se sentait remplie, saturée de mots, de visages, de noms, de voix, de conversations, des palpitations douloureuses retentissaient dans sa tête et le poids de toutes ces choses finissait par lui faire perdre pied et, titubant, elle se cognait dans les tables et dans les murs. Sofia l'emmenait alors se coucher, tirait les rideaux et lui donnait à boire une tisane, puis

Lucrèce dormait. Quand elle se réveillait, elle avait l'impression que sa tête était comme un placard qu'on aurait rangé : toujours remplie, mais mieux ordonnée.

Dans la salle de classe, le précepteur posait sa question sur Agamemnon et les vents. Lucrèce mit la tête sur ses bras et souffla un avertissement silencieux à la jeune fille sur son dessin, qu'on appelait Iphigénie, un nom que Lucrèce n'avait jamais entendu. Méfie-toi, articula-t-elle tout bas, méfie-toi. L'idée que son père l'ait ainsi piégée pour la donner en sacrifice, en lui faisant croire qu'elle se rendait à son mariage, la révoltait. Et un mariage avec Achille, de surcroît, le célèbre mais insensible guerrier, fils d'une nymphe marine. D'un pas insouciant, Iphigénie s'était rendue jusqu'à cet autel qu'elle croyait dressé pour son mariage, mais qui, en réalité, n'était autre qu'un autel sacrificiel. Agamemnon lui avait tranché la gorge avec un couteau.

Lucrèce ne voulait même pas y penser, ne voulait pas se représenter l'image de cette jeune fille piégée, l'éclat de la lame, le paysage paisible et la mer chaude derrière eux, ce traître de père, les flots de sang qui avaient inondé l'autel. Cette histoire, elle en ferait des cauchemars au beau milieu de la nuit, elle le savait. Iphigénie et sa gorge tranchée, comme un foulard vermeil, s'avançant à pas traînants jusqu'à son lit, tâtant les couvertures pour la toucher de ses doigts froids et ensanglantés.

Lucrèce réprima un gémissement, glissa son dessin sous son manuel, puis appuya sur ses paupières jusqu'à ce que se forment des points lumineux colorés ; elle entendit le précepteur prononcer les mots « Iphigénie », « sacrifice », « fille », et puis encore : « Mais que lui arrive-t-il ? Est-elle malade ? »

La réponse de Maria fusa aussitôt :

« Oh, ne vous préoccupez pas d'elle. Elle cherche simplement à attirer l'attention. Maman dit qu'il faut l'ignorer et qu'elle arrêtera d'elle-même.

— Vraiment ? fit la voix du précepteur avec hésitation, à l'opposé du ton qu'il employait lorsqu'il parlait des Grecs et des Troyens, de leurs navires et de leurs sièges. Conviendrait-il d'appeler la… la nourrice ? »

Lucrèce retira les doigts de ses yeux. La lumière fut soudain si forte qu'elle ne distingua plus rien. Mais quelques instants plus tard, elle finit par découvrir ses frères et sœurs, ainsi que le précepteur d'histoire antique, tous tournés vers elle.

Et derrière, sur le seuil de la porte, leur père.

Sa première pensée en le voyant fut : La tigresse, il possède une tigresse, cachée dans les sous-sols. Le dos d'Isabella se redressa instantanément, comme un roseau. Giovanni se mit à écrire sur son ardoise avec application. Francesco leva la main.

« Oui, Francesco », dit le précepteur d'un ton parfaitement neutre, mais ni la rougeur qui avait empourpré ses joues ni la raideur de ses épaules n'avaient échappé à Lucrèce : comme les enfants, le précepteur avait remarqué que le grand-duc Cosme Ier, régnant sur la Toscane, se trouvait parmi eux.

Leur père était un fin connaisseur, un passionné du monde classique. Il s'était lui-même chargé de recruter le précepteur. Lucrèce l'avait entendu décréter que tous ses enfants devaient recevoir un enseignement en histoire grecque et romaine à partir de sept ans – ses fils comme ses filles. Le précepteur leur avait révélé que le grand-duc possédait une collection impressionnante de manuscrits anciens, qu'il s'était fait acheminer récemment depuis Constantinople : le précepteur avait reçu l'autorisation de les voir, et même d'en toucher certains, avait-il ajouté non sans une certaine fierté.

Cosme pénétra plus avant dans la salle de classe, les mains derrière le dos. Il se promena à travers les rangs, examinant ce que ses enfants écrivaient. Il posa une main sur la tête de Francesco, opina du chef devant Maria, donna une tape sur l'épaule d'Isabella ; puis il passa devant la table de Lucrèce d'un pas lent et affirmé. Elle vit l'extrémité recourbée de ses souliers, la frange sur le poignet de sa manche. Elle s'était assurée d'avoir caché son dessin. Il marcha jusqu'à la fenêtre et resta immobile quelques instants avant de dire :

« Continuez, je vous prie, *signore.* » Il sourit, révélant toutes ses dents blanches et régulières. « Faites comme si je n'étais pas là. »

Le précepteur s'éclaircit la gorge, passa rapidement sa main sur sa barbe, puis recommença à pointer son bâton sur la carte de la Grèce antique.

« Isabella », dit-il.

Lucrèce fut tout de suite interpellée par ce choix : avait-il fait exprès d'interroger la fille préférée de Cosme ? Savait-il que les chances étaient nulles qu'Isabella puisse lui répondre ? Allait-il délibérément poser une question facile ?

« Pourriez-vous nous dire, je vous prie, poursuivit le précepteur, comment Agamemnon a mené l'expédition contre Troie ? Quel était son lien avec Hélène de Sparte ? »

Lucrèce observa le dos d'Isabella : sa colonne vertébrale volontairement droite, sa mèche de cheveux soigneusement dégagée, ses coudes tenus près de son corps. Elle regarda ensuite leur père qui se tenait debout près du mur, se hissant sur la pointe des pieds pour retomber sur ses talons. Ce fut alors que lui vint une idée brillante.

« Isabella ? » Le précepteur frappa son bâton contre sa cuisse. « Le lien entre Agamemnon et Hélène ? »

Lucrèce se pencha vers l'avant comme pour attraper son stylet. D'un air innocent, elle plaça sa main en coupelle devant sa bouche et souffla en direction du dos de sa sœur : « Hélène était mariée à son frère Ménélas. »

Puis elle se radossa. Isabella sembla pencher la tête de surprise. Maria se retourna à moitié sur sa chaise pour foudroyer Lucrèce du regard, fronçant les sourcils d'un air menaçant et outré. Enfin, d'une voix claire, Isabella répondit :

« Elle était mariée à son frère… Méné… quelque chose. »

Lucrèce attendit. Le précepteur sourit, visiblement soulagé ; son père hocha la tête tandis qu'il félicitait Isabella, s'émerveillait de sa réponse et précisait que le nom se prononçait « Mé-né-las », et voilà comme il s'écrit en grec, voudriez-vous bien le recopier sur vos ardoises, s'il vous plaît ?

Lucrèce s'exécuta rapidement, puis se pencha à nouveau vers ses sœurs.

« Maria ! leur souffla-t-elle. Isabella ! Papa a une tigresse. Elle est arrivée cette nuit. »

De nouveau, Maria se tourna vers elle avant de reprendre sa position : le précepteur arrivait dans leur direction pour inspecter les ardoises. Il fit remarquer à Giovanni une lettre qui méritait d'être perfectionnée ici, puis une courbe, là. Le regard de leur père était maintenant tourné vers la porte. Lucrèce retint sa respiration. Allait-il s'en aller ?

Le précepteur arriva à la hauteur d'Isabella sans émettre aucun commentaire, mais alors qu'il parvenait devant l'ardoise de Lucrèce, Isabella s'écria :

« Papa ! »

Le grand-duc se retourna, la main sur la porte.

« Oui ?

— Il y a une rumeur, déclara Isabella en appuyant son index sur sa joue.

— Vraiment ? Quelle rumeur ? »

Maria s'immisça brusquement dans la conversation :

« Il paraît qu'un tigre est arrivé. »

Leur père les regarda, médusé. Il resta silencieux pendant quelques instants, puis sourit.

« Incroyable. Avez-vous entendu, *signore* ? Mes filles savent tout de ce qui se passe dans ce palais. » Puis il leva un doigt et dit à Maria et Isabella : « Vous êtes votre mère tout craché, toutes les deux.

— Pourrons-nous le voir ? demanda Isabella en joignant les mains. S'il vous plaît, Babbo, nous laisserez-vous ? S'il vous plaît ! »

Leur père éclata de rire.

« Peut-être. Je vous emmènerai tous, si votre précepteur me dit que vous avez bien travaillé aujourd'hui. »

*

La leçon terminée, lorsque les enfants auront déguerpi avec leur instrument sous le bras pour recevoir leur leçon de musique, à l'étage inférieur, le précepteur d'histoire antique déambulera à l'intérieur de la salle, remettant à leur place ardoises et stylets. Ses pieds lui feront mal et son désir sera grand de pouvoir déguster l'assiette de haricots blancs et de pain qu'on lui donnera dans les cuisines avant qu'il ne regagne sa chambre, pas plus grande qu'une cellule. C'est avec hâte qu'il accomplira ces dernières tâches de la journée, pressé de se remettre à ses propres études. Malgré tout cela, en arrivant à la hauteur de la petite table de Lucrèce, au fond de la salle, le précepteur s'attardera, déconcerté, après avoir soulevé une feuille de papier entre son pouce et son index et regardé attentivement son contenu : point d'alphabet grec, mais une représentation en perspective dont les points de fuite et les proportions ont été parfaitement respectés. À sa grande surprise, il y découvrira Aulis : la flotte immobilisée, la mer étale et là, Agamemnon, attendant sur le traître autel, et puis la pauvre Iphigénie, se dirigeant vers lui.

Le précepteur sera tellement abasourdi qu'il lèvera les yeux et balaiera la salle du regard, comme par crainte qu'un tour ne lui ait été joué.

Comment ce dessin pourrait-il être l'œuvre d'une enfant si jeune, tellement discrète que lui-même en oublie souvent la présence ? Voilà qui paraît improbable et pourtant, le précepteur n'entrevoit aucune autre explication. Il voudrait s'insurger – l'enfant aurait dû prêter attention à sa leçon plutôt que de dessiner –, mais l'image représentée est si percutante, si saisissante que sa colère professorale s'envole.

Le précepteur d'histoire antique roulera la feuille et la glissera dans son veston, où elle demeurera pour le restant de la journée, car sa présence lui aura temporairement échappé. Le soir venu, en se déshabillant, il fera tomber le rouleau par terre et, de nouveau, l'examinera, cette fois à la lueur d'une chandelle, se laissant encore transporter vers ce lieu étrange, où aucun vent n'agite l'air, qu'est Aulis. Le lendemain, dans un couloir de service, il croisera le chemin du précepteur de dessin – un jeune homme nourrissant un penchant pour les bérets de velours, issu de l'atelier de Giorgio Vasari, l'artiste attitré de la cour.

J'aimerais vous montrer quelque chose, lui dira-t-il en sortant le dessin de Lucrèce de sa pochette en cuir. Qu'en pensez-vous ?

Le précepteur de dessin s'arrêtera avec un sourire – cet homme, avec son zèle et son sérieux si particuliers, et ses lunettes sur lesquelles se reflète l'éclat du soleil, attire depuis quelque temps sa sympathie. D'un geste plein d'emphase, son sourire le plus charmeur aux lèvres, il se saisira de la page avant de dégager de son front le pompon de son béret. Il n'en attend pas grand-chose : ses arrière-pensées gravitent plutôt autour de la question de savoir si, oui ou non, il osera un jour proposer au précepteur d'histoire antique de s'échapper avec lui du *palazzo*, d'abandonner sa petite chambre poussiéreuse pour qu'ils s'aventurent ensemble dans les rues étroites de la ville. Ses yeux vert clair se promènent sur la page pendant qu'il réfléchit à la manière de formuler son invitation. Mais soudain, le précepteur de dessin oubliera tout : son regard se plantera tour à tour sur l'horizon, les navires, l'autel, les tentures ; il prendra la mesure du mouvement, de la légèreté donnée au personnage marchant sur le chemin, de la menace contenue dans l'homme qui attend ; il remarquera la manière dont convergent les bords du chemin, les proportions et la disposition des navires, leur combinaison faite pour donner à l'œil une impression graduelle de profondeur.

Qui a fait ça ? demandera-t-il à la place en examinant tour à tour le recto puis le verso de la page. Pas Maria ? *Il principe* – Francesco ?

Le précepteur d'histoire antique, après avoir secoué la tête, répondra : Lucrèce.

Le précepteur de dessin devra prendre un instant pour réfléchir. Quoi, la fillette toute menue assise dans le fond de la classe ?

Oui, elle. Hochant gravement la tête, le précepteur d'histoire antique ajoutera : J'ai cru bon de vous le faire savoir.

Puis il s'en va le long du couloir, ses livres et ses cartes contre son torse. Le précepteur de dessin, resté sur place, le regard rivé sur lui, se rend compte qu'il a manqué sa chance, encore une fois. De nouveau, il considère le dessin qu'il tient à la main. Il y a dedans quelque chose de spontané, de vivant. Quelque chose d'improbable. Des domestiques et des gardes passent devant lui tandis qu'il demeure là, à se demander quoi faire avec cette œuvre et l'enfant qui l'a produite.

*

Le trajet nocturne qui les conduisit jusqu'à la salle des Lions restera un souvenir à jamais gravé dans la mémoire des cinq enfants, quoique pour des raisons différentes. Francesco se rappellera les soldats postés devant chaque portail, arme au poing, saluant leur père sur leur passage. Pour Maria reviendra régulièrement le souvenir de l'eau jaillissant des fontaines, et de sa surprise en découvrant que celles-ci fonctionnaient aussi de nuit, que le dauphin avalait et régurgitait de l'eau en fait continuellement. Giovanni se souviendra surtout des grimaces d'Isabella, imitant les expressions solennelles des portraits devant lesquels ils étaient passés : un ancêtre lançant un regard agacé sous son tricorne, une dame aux doigts posés sur son collier de perles, semblant particulièrement fière d'elle, un homme hautain avec un chien ridiculement petit à ses pieds, deux enfants au teint blafard devant un globe terrestre. Les yeux luisants de malice, Isabella les avait tous parfaitement saisis.

Lucrèce était restée collée au manteau de son père, l'avait suivi d'un pas pressé, tournant la tête de tous les côtés pour ne rien manquer. Les grandes dalles de pierre des escaliers, les rampes incrustées dans les murs, les salles débouchant sur d'autres salles, les plafonds décorés de fresques étoilées ou de lys dorés, les boucliers de la famille gravés dans les linteaux, les serviteurs marchant à pas feutrés, rasant les murs, baissant les yeux à la vue du grand-duc et de ses enfants, les lourdes portes que son père avait déverrouillées avant de s'y engouffrer. La manière dont la lumière d'opale du crépuscule, tombant à l'oblique, étranglée, éclairait la première cour, alors que la seconde paraissait plus sombre et plus vaste, avec ses portes, ses arches et ses petits robinets cachés dans les coins. Et cette impression de sentir la salle des Lions avant même de l'avoir atteinte.

L'immensité du palais. Et la parfaite connaissance que son père en avait : son pas, absolument confiant tandis qu'il le traversait.

Cosme s'arrêta devant une petite porte à moitié cachée par deux autres qui l'entouraient et patienta tandis qu'un serviteur se pressait de l'ouvrir. Ils descendirent ensuite un escalier étroit. Ils descendirent, descendirent. En bas, ils trouvèrent une autre porte – renforcée par du fer et des clous. Tirant de sa botte une dague fine, leur père se servit du manche pour toquer.

Ils attendirent. Isabella avança à pas discrets vers Maria, et Giovanni prit sa main. Francesco, livide, l'air fermé, levait le visage vers celui de leur père comme pour y lire un indice sur l'attitude qu'ils étaient supposés adopter.

La porte s'ouvrit d'un coup et l'odeur les frappa : une puanteur suffocante, mélange de crasse et de viande avariée. Les animaux à l'intérieur – combien pouvait-il y en avoir ? – hurlaient, jappaient, aboyaient, parlant des langues que Lucrèce ne pouvait comprendre, lui racontant des choses qu'elle ne pouvait saisir.

Ils passèrent devant une cage à l'intérieur de laquelle deux singes se tenaient assis, serrés dans les bras l'un de l'autre, deux yeux brillants vissés sur leur tête, une chemise de nuit sur le dos, des châles et des pantoufles aux pieds. Dans la cage suivante, un loup brun argenté, seul, était couché tellement à plat qu'il semblait vouloir se faire passer pour un tapis ; il y avait un ours avachi contre un mur, les quatre pattes menottées ensemble, sa muselière pendant à son cou. À la suite, un aquarium rempli d'eau, dont l'onde était on ne peut plus immobile : son habitant, quel qu'il soit, restait caché ce soir-là. Devant une cage, presque à la fin de la rangée, leur père s'arrêta. Le tableau était stupéfiant : deux lions marchaient l'un derrière l'autre, en rond, mâle et femelle, et tous les quatre pas – Lucrèce les compta –, le lion rejetait la tête en arrière et rugissait. La lionne bascula la tête vers eux, les considéra de ses yeux brun citron, puis se détourna et poursuivit sa déambulation.

Lucrèce leva les yeux vers son père. Était-ce cette lionne qu'il disait adorer ? Celle qu'il nourrissait avec de la viande sur une dague ?

Le regard de son père était fixé sur l'animal, suivait les cercles qu'il décrivait dans la cage. Il fit claquer sa langue sur son palais. Lucrèce vit les oreilles de la lionne tressauter, mais elle n'interrompit pas sa marche pour autant, ne s'approcha pas des barreaux.

« Hmm, dit son père. Elle n'est pas de bonne humeur ce soir.

— Pourquoi, Papa ? demanda Maria.

— Parce qu'ils sentent le tigre. Ils savent qu'il est là. »

Et finalement, finalement, leur père avança. Il restait une cage vide, puis une autre – qu'était-il advenu des animaux qui les occupaient ? –, et enfin, il s'arrêta.

C'était la dernière cage de la rangée. Elle était adossée au mur du palais donnant sur la rue. Ils étaient arrivés tout au bout du bâtiment. De l'autre côté se trouvaient une rue, une autre puis une autre, et enfin le fleuve qui scindait la ville de ses méandres d'ocre.

La cage comportait des barreaux de fer partout, de haut en bas. La flamme de la torche accrochée au mur projetait à l'avant de la structure un triangle de lumière, mais le fond restait plongé dans une obscurité absolue. Un morceau de viande marbré de gras blanc gisait par terre, intact. Néanmoins, à part cela, rien n'indiquait que la tigresse se trouvait là.

Lucrèce la chercha. Elle la chercha encore et encore dans le noir ; ses yeux se démenaient pour déceler une trace d'orange, la brillance d'un œil, un mouvement, même le plus infime, ou un signe confirmant que la bête était présente. Mais rien.

« Papa ? demanda Isabella après un moment. Est-ce que le tigre est vraiment là ?

— Il l'est, répondit leur père en tendant le cou vers l'avant. Quelque part. »

Un nouveau silence passa. Lucrèce joignit ses mains sur sa poitrine. S'il te plaît, dit-elle dans sa tête, s'adressant à la bête qu'elle avait vue sur la charrette, emprisonnée dans une grossière cage en bois, s'il te plaît, montre-toi. Je ne pourrai venir qu'une seule fois. Sors, s'il te plaît.

« Est-ce qu'il dort ? demanda Giovanni d'un ton peu convaincu.

— Peut-être », répondit leur père.

Isabella se mit à danser sur place.

« Réveille-toi ! s'écria-t-elle. Réveille-toi ! Allez, minette, allez ! »

Leur père baissa le regard vers elle et lui sourit en posant une main sur sa tête.

« Cette minette est bien fainéante, finit-il par dire. Elle refuse de venir saluer ses nouveaux amis.

— Babbo, répondit Isabella en lui prenant la main. Pourrions-nous retourner voir les lions ? Je les adore.

— En effet, répondit leur père en s'égayant. C'est une excellente idée. Les lions seront bien plus intéressants qu'un tigre amorphe. Venez, allons-y. »

Il fit déguerpir les enfants campés devant la cage et tout le monde rebroussa chemin dans le couloir, suivi par le domestique qui portait une torche.

Quoi de plus facile alors pour Lucrèce que d'amorcer un pas ou deux, puis de se laisser dépasser par le domestique et ne plus bouger pour que l'obscurité l'avale, se drape autour d'elle comme une cape ? Il lui suffit alors de retourner sur ses pas, au fond, tout au fond du couloir, jusqu'aux barreaux de la cage.

Elle s'accroupit devant, appuyée sur ses talons. Seule la torche au mur éclairait les environs. Elle entendit les pas des autres s'éloigner vers les lions qui n'avaient pas cessé de rugir ni de tourner en rond. D'une voix aiguë, Isabella posait des questions, interrogeait leur père sur la lionne et d'éventuels lionceaux, et pourrait-elle, elle, Isabella, en avoir un, car elle aurait tellement aimé avoir un petit lion. Giovanni et Maria derrière renchérirent, Nous aussi, oh, nous aussi, Papa, pourrions-nous avoir un petit lion ?

Lucrèce regarda le triangle de lumière qui se détachait dans le noir. Il semblait battre comme un cœur, bourdonner. Elle scruta la cage d'un bout à l'autre. Elle essaya de s'imaginer à la place de la bête qu'elle renfermait, de se figurer ce que pouvait ressentir un être capturé dans un pays lointain pour se voir emmener ici, jusqu'en Toscane, dans un bateau et abandonné là, dans une cellule de pierre.

S'il te plaît, pria-t-elle à nouveau, avec bien plus de ferveur qu'elle ne le faisait sur les bancs de la chapelle. S'il te plaît.

La viande zébrée de gras dégageait une odeur âcre et ferreuse. Pourquoi la tigresse ne l'avait-elle pas mangée ? Parce qu'elle était trop triste ? Parce qu'elle avait peur des lions ?

Lucrèce fixait du regard cette obscurité sans fond, à la recherche d'un mouvement, d'une couleur, de n'importe quoi, mais sans doute ses yeux ne devaient-ils pas bien voir ou peut-être regardait-elle dans la mauvaise direction, car tout à coup, quelque chose bougea près du mur de pierre du *palazzo* et à peine eut-elle le temps de tourner la tête que la tigresse apparut, juste devant elle.

Ses mouvements étaient aussi fluides que du miel tombant d'une cuillère. Elle sortit de l'ombre de sa cage comme si la jungle tout entière était son royaume, faisant rouler sous ses pattes la terre de Florence qui composait ce sol crasseux. Une minette ? Certainement pas. Cette bête frémissait, crépitait, bouillonnait, habitée par un feu, étonnante avec sa gueule à la symétrie parfaite. Lucrèce n'avait jamais rien vu d'aussi beau de toute sa vie. La flamboyance de ce dos et de ces flancs, ce bas-ventre clair. Les marques sur son pelage, remarqua-t-elle, n'étaient pas des rayures, non – le mot était trop faible. Elles étaient une dentelle noire et virtuose, une parure, un camouflage ; elles la définissaient, la sauvaient.

Plus près, plus près encore vint la tigresse, s'avançant jusque dans le triangle de lumière. Son regard était planté sur Lucrèce. Pendant un instant, elle sembla sur le point de passer devant elle comme l'avait fait la lionne, mais elle s'arrêta juste en face de la fillette. Contrairement à la lionne, son esprit n'était pas ailleurs. La tigresse l'avait remarquée : la tigresse était là, avec Lucrèce ; et toutes les deux avaient quantité de choses à se dire. Lucrèce le savait, et la tigresse aussi.

Lucrèce s'approcha de la cage en se mettant à genoux. Le flanc de la tigresse était là, devant elle, répétition d'ellipses et d'incisions noires sur l'ambre de son pelage. Elle voyait son souffle entrer dans son corps, puis en sortir ; elle voyait l'endroit où l'inclinaison de son poitrail laissait place à la douceur du bas-ventre, au velouté de ses pattes déployées, aux tressaillements qui agitaient ses membres. Elle voyait la manière dont l'animal levait son museau lustré pour renifler l'air, y chercher toutes les informations sur cette fillette qu'elle pourrait trouver. Lucrèce ressentait la tristesse, la solitude qui se dégageaient de la bête, son traumatisme d'avoir été arrachée à son environnement naturel, l'horreur de toutes ces semaines passées en mer. Elle ressentait les brûlures des coups de fouet, sa nostalgie amère pour la canopée humide et vaporeuse de la jungle et ses formidables tunnels de verdure sur lesquels elle seule régnait, et la douleur qui désormais lui transperçait le cœur derrière ces barreaux qui la retenaient prisonnière. N'y avait-il aucun espoir ? semblait lui demander la tigresse. Vais-je rester ici à jamais ? Ne retournerai-je jamais chez moi ?

Lucrèce sentait les larmes lui monter aux yeux. Comment pouvait-on être laissé seul dans un tel endroit ? Ce n'était pas bien, pas juste. Il fallait qu'elle demande à son père de renvoyer la tigresse. Ils n'avaient qu'à la remettre sur le bateau, la ramener jusque dans les contrées lointaines où ils l'avaient trouvée, ouvrir la cage et la regarder disparaître à travers les immenses arbres lichéneux.

Lentement, lentement, Lucrèce ouvrit sa main. Elle glissa ses doigts entre les barreaux de fer et tendit le bras, l'étira jusqu'à sentir la jointure de son épaule proche de se démettre, le plus en avant possible, le visage collé aux barreaux.

La fourrure de la tigresse était souple, chaude, aussi douce que du duvet d'oiseau. Elle promena ses doigts le long de son dos, sentant les tressaillements de ses muscles et les perles articulées de sa colonne vertébrale. Il n'existait pas de différence entre la fourrure orange et la fourrure noire, pas de liaison, comme le pensait Lucrèce. Les deux couleurs se chevauchaient, se confondaient sans la moindre démarcation.

La tigresse fit chavirer sa gueule si vivante, si complexe, comme par envie de savoir qui se cachait derrière une telle caresse, comme pour vérifier ses intentions. Lucrèce la regarda dans les yeux, avec l'impression de contempler le visage d'une divinité incandescente, interdite.

Pendant un long instant, Lucrèce et la tigresse se regardèrent, la main de l'enfant sur le dos de la bête. Le temps s'arrêta et la Terre cessa de tourner. La vie de Lucrèce, son nom, sa famille et tout ce qui l'entourait s'évaporèrent, se muèrent en un vide. Il ne restait plus que son propre cœur et celui de la tigresse, battant entre leurs côtes, pompant le sang écarlate pour le réinjecter dans leurs veines inondées. Elle respirait à peine, ne cillait plus.

Puis, soudain, un cri, les hurlements de Maria : Papa, Papa, regardez, et le monde rejaillit. Maria se trouvait devant elle, effrayante silhouette blanche se détachant dans l'obscurité, le bras levé, un doigt dénonciateur pointé sur elle. Bruits de pas précipités, des gens criaient, elle se sentit happée, traînée vers l'arrière, à l'écart du tigre, si vite que son poignet heurtant les barreaux se fêla. Elle entendait son père crier des ordres ; quelqu'un parmi ses frères et sœurs hurlait, et il y avait aussi sa propre voix : Non, non, lâchez-moi.

Alors elle fut évacuée par le couloir, dans les bras de l'un des soldats de son père. Maria, non loin de là, disait de sa voix froide et directive : Mais quelle bêtise, quelle bêtise, elle aurait pu se faire tuer, je vous avais dit qu'elle était trop petite pour nous accompagner, je me demande ce que Maman va dire quand elle l'apprendra. La douleur battait dans le poignet de Lucrèce, ses doigts lui semblaient nus, écorchés : ils étaient encore imprégnés de la sensation procurée par cette fourrure chaude, ces rayures soyeuses.

Elle n'eut aucune pensée pour ses frères et sœurs, pas plus que pour son père – étaient-ils avec elle ? devant ? derrière ? Étaient-ils restés près des lions ? Elle l'ignorait. Elle ne savait qu'une chose : elle était en train de se voir éloigner de ce qu'elle aimait le plus au monde, et à chaque pas la distance entre elle et la tigresse se creusait. Elle criait, suppliait qu'on la pose, qu'on la laisse y retourner, mais tout le monde restait sourd à ses protestations. Le plus longtemps possible, elle fit en sorte de ne pas perdre la cage de vue. Par-dessus l'épaule de l'homme qui l'emportait, elle la regarda, la regarda, les yeux plissés dans le noir, et vit soudain – elle en resta à jamais persuadée – la tigresse qui, lors d'un ultime instant, lui rendit son regard avant de disparaître, de se fondre à nouveau dans l'obscurité de son repaire, sa queue rayée ondulant comme un fouet.

Du gibier cuit dans le vin

La forteresse, région de Bondeno, 1561

« Et peut-être demain irons-nous nous promener à cheval le long du fleuve, lui dit son époux en penchant son bol pour racler les dernières cuillerées de soupe. La vue sur l'ouest y est imprenable. Je veillerai à faire vérifier que votre selle est bien ajustée – j'ai remarqué aujourd'hui qu'elle penchait. Et je crains que les fers de votre jument méritent aussi d'être vérifiés, car il ne faudrait pas qu'à notre retour… »

Le sens de ses mots s'annihile à mesure que Lucrèce le regarde fixement. De sa bouche ne sort plus qu'un chapelet de bafouillages et de sons incohérents, aboiements d'une bête. Pourquoi lui dit-il tout cela ? Comment peut-il être assis là, à déguster sereinement ses plats, à parler de l'écuyer et des fers de sa jument alors que quelque part dans son esprit est tapi le projet d'attenter à la vie de son épouse ?

Encore une fois, Lucrèce croit entendre la voix rauque d'Elisabetta dans le creux de son oreille : Vous n'avez pas idée de quoi il est capable.

Malgré le feu qui grogne et fait résonner ses éclats dans le grand âtre, malgré le souffle qui émane de sa propre bouche, de celle de son époux, des bouches des serviteurs rangés dans l'ombre, l'air dans la salle à manger est aussi glacial que du fer. L'hiver a été exceptionnellement rude et ne montre aucun signe de redoux. Même les chandelles, dressées sur le bougeoir de cuivre ciselé, semblent frissonner, projetant une lumière incertaine qui ne parvient pas jusqu'aux murs. Le visage de son mari n'est visible que par intermittence. Lucrèce l'observe, feignant l'intérêt, tandis que son expression se métamorphose à chaque vacillement des flammes : d'abord pensive, puis aimable, et maintenant sévère, puis exaltée, dure, charmeuse, amoureuse, et finalement indifférente. Cela est vrai : elle ne sait pas de quoi il est capable et n'a pas envie de le savoir.

Une fois encore, son désarroi lui procure la sensation d'une bulle qui, sous ses côtes, la chatouille. Si elle ne se retenait pas, elle éclaterait de rire tant cette situation tout entière lui paraît absurde, son discours, ses faux-semblants, son jeu d'apparences, ses regards trompeurs.

Son époux, qui projette de la tuer, soit de ses propres mains, soit en donnant l'ordre à un autre de le faire, pince le bout pointu de sa serviette et se tamponne la joue avec, comme si une trace de soupe pouvait avoir une quelconque importance en pareilles circonstances. Son époux, qui désire la voir morte, passe plusieurs instants à dégager une mèche folle de son front, avant de la coincer derrière son oreille. Son époux, l'assassin, lance par-dessus son épaule, à l'intention d'un serviteur, qu'il conviendrait de dire au cuisinier de saler davantage. Comme si l'assaisonnement était la question qui importait à ce moment. Son époux, qui bientôt la tuera, tend la main pour prendre ses doigts glacés et les replier dans le creux de sa paume. C'est ce geste qui, pour elle, dit tout. Lucrèce sort de son inertie, retire sa main et attrape une cuillère qu'elle plonge dans son bol.

Et à cet instant, le rire qu'elle retenait se flétrit, se consume, et ne reste plus qu'une rage parfaitement pure et incandescente. Comment ose-t-il ?

Elle porte la cuillère du bol à sa bouche, et sa main tremble tant l'effort est grand pour lui dissimuler ce qu'elle pense. Car ici tout est question de dissimulation. La surface du potage est maculée de taches d'huile jaunes. Elle plante son regard dessus plutôt que sur lui. La simple vue de son visage, de sa raie soigneusement tracée, de la blancheur de ses dents, risque de faire déborder sa fureur. Elle pourrait lui hurler dessus, le frapper ou quitter la salle à manger en trombe.

Elle ne le laissera pas la tuer, l'éliminer. Mais comment peut-elle, elle, la jeune mariée de seize ans, petite pour son âge, qui ne possède ici aucun ami, aucun allié, comment peut-elle lutter contre un soldat, un duc, un homme de vingt-sept ans ? Elle se rappelle les leçons de combat que recevaient ses frères, des heures et des heures qu'ils passaient à s'entraîner avec des épées, des piques et des lances, des cordes pour étrangler, des bâtons pour frapper, des dagues pour trancher et poignarder, à apprendre à parer, repousser, estropier, à bloquer un coup d'une main pour répondre de l'autre, à faire volte-face et esquiver, à échapper à une prise, à tuer et à survivre. Tout cela leur avait été enseigné, et il devait en être de même pour Alfonso, pendant que Lucrèce, Isabella et Maria étaient cloîtrées là-haut à apprendre comment répliquer une fleur avec des fils de soie colorés.

« Il vous faut un plan d'action », entend-elle – ou croit-elle entendre – de la bouche de son ancienne nourrice, Sofia. La voix semble provenir d'en dessous, quelque part près de son coude. « Perdre votre sang-froid, c'est perdre la bataille. »

Un plan d'action. Une stratégie. Sofia a toujours été une femme organisée. Elle aurait fait un merveilleux *condottierro*, un vrai chef de guerre, lui avait souvent dit Lucrèce, si elle était née homme.

Qu'il en soit ainsi, répond-elle à l'invisible Sofia. Qu'il en soit ainsi.

Lentement, elle souffle par le nez. Elle se force à sourire à son époux, à soulever son couvert et à avaler une cuillerée de soupe.

*

Lucrèce avait un plan d'action, trois ans plus tôt, le jour où elle était allée trouver son père dans son étude (vois plutôt le résultat, aimerait-elle dire à Sofia si cette dernière se tenait réellement avec elle dans cette salle à manger, et sans doute son impertinence lui vaudrait-elle une claque sur l'oreille). Debout sur le seuil de la sacro-sainte étude, Lucrèce, les mains jointes, avait dressé la tête, son plan parfaitement clair dans son esprit.

Plusieurs personnes parmi les secrétaires et les scribes de son père avaient levé les yeux, effarées de la voir ici, avant de se courber sur leurs papiers. Derrière la fenêtre s'étalait un ciel monotone d'un blanc de parchemin. Des bribes sonores parvenaient depuis la place, en bas, séparée d'eux par plusieurs étages : l'ouïe aiguisée de Lucrèce percevait le chant d'un groupe, une chanson un peu paillarde, les cris d'un enfant fatigué vrillant l'air, le rire haut perché et déclinant d'une jeune femme.

« Papa », déclara-t-elle.

Son père, posté derrière un pupitre, lisait un texte qu'il suivait sur la page d'un doigt rapide et précis.

« Papa ? »

Il ne leva pas les yeux. Vitelli se tenait près de lui, scrutant le document par-dessus son épaule. Il dressa une main, paume blanche face à elle, pour lui signifier de ne pas l'interrompre.

Mais Lucrèce ne pouvait retenir ses mots. À tout moment, le contrat de mariage pouvait être finalisé, scellé et envoyé devant la cour de Ferrare ; elle devait parler maintenant ou il serait trop tard.

« Babbo. » Elle employa le petit nom qu'Isabella donnait à leur père, puis s'efforça de se souvenir des mots qu'elle avait répétés dans sa chambre. « Je ne souhaite pas épouser cet homme. Je suis désolée de vous décevoir, mais… »

Sans retirer son doigt de la page, son père murmura quelque chose d'inaudible à Vitelli. Puis il se tourna enfin vers elle.

« Ma chère », commença-t-il en contournant son pupitre pour s'approcher d'elle, la tête penchée sur le côté, comme pour apprécier l'effet que produisait la présence inédite de sa fille en ce lieu, dans ses quartiers privés.

Lucrèce remarqua que son œil défaillant, du côté droit de son visage, était plus décentré encore que d'habitude, ce qui signifiait que son père était soit fatigué, soit furieux. Était-ce l'un ou l'autre ?

« Venez, lui dit-il en redressant un doigt recroquevillé. Venez par ici. »

Elle s'approcha de lui sans trop savoir si une étreinte ou un châtiment l'attendait, pendant que son père la suivait d'un œil parfaitement fixe, tandis que l'autre balayait les murs partout autour, comme incapable de se focaliser sur un seul point.

Lorsqu'elle s'arrêta devant lui, il posa d'abord une main sur son épaule, puis la seconde sur son autre épaule, de sorte que Lucrèce se retrouva prise entre les deux pans de son manteau.

« Lucrè, dit-il, et il baissa la tête pour être au plus près de son visage, dans l'intimité de cet espace clos. Je comprends. Le mariage est un grand pas pour une jeune femme. C'est intimidant, n'est-ce pas ? Je le sais, je le vois. Mais vous ne devez point vous inquiéter. Votre mère saura vous préparer comme il se doit à absolument tous ses aspects. Quant à moi, jamais je n'aurais choisi pour vous un autre que le meilleur des hommes. Comment pourrais-je vous laisser partir, sinon ? »

Il lui pinça tendrement le menton, ses deux yeux revenus dans le même axe le temps d'un court instant.

« Vous faites confiance à votre papa, n'est-ce pas ? »

Lucrèce hocha la tête.

« Bien sûr, je…

— Ne vous ai-je pas depuis toujours bien, très bien choyée ?

— Si, mais…

— Eh bien ! Toutes ces inquiétudes pour rien. Alfonso est un homme remarquable. Il sera duc un jour, il possède une grande culture et…

— Il est si vieux ! s'écria Lucrèce. Et il…

— Il n'a même pas trente ans. Est-ce ainsi que vous définissez la vieillesse ? Que suis-je pour vous, alors ? » Il ôta ses mains de ses épaules d'un air exagérément offensé. « Un vieillard bon pour la tombe ? »

À son ton badin, les domestiques et secrétaires émirent des rires dévoués, mais Lucrèce n'était pas dupe : son regard était grave et vigilant.

« Il ne faut plus vous inquiéter, lui dit-il tandis qu'il la reconduisait vers la porte. Car ce mariage sera une réussite absolue. J'en suis certain. Regardez votre mère et moi-même. Nous ne nous étions pratiquement jamais vus, comme vous le savez, et pourtant nous… »

Mais Lucrèce coupa la parole à son père et dévoila d'un coup le plan qu'elle avait échafaudé dans sa chambre, le matin même :

« Ne pourrions-nous pas lui donner ma cousine pour épouse, à la place ? »

Cosme s'arrêta et son visage devint de marbre, comme s'il venait seulement de comprendre l'ampleur et la profondeur de sa récalcitrance.

« Votre cousine ? répéta-t-il d'une façon qui suggérait qu'il aurait tout aussi bien pu dire, *votre chien* ?

— Nous pourrions prétendre que je ne suis pas dans de bonnes dispositions, ou malade. Ou bien… ou bien autre chose. Dianora est en âge d'être mariée et elle est d'une grande beauté. Je suis certaine qu'Alfonso et son père l'apprécieraient s'ils la voyaient. Ne pourrait-on pas la lui proposer comme…

— Dianora, répondit son père en détachant chaque syllabe, est promise à votre frère, Pietro.

— Pietro ? » La nouvelle la surprit au plus haut point. La charmante Dianora avec ce gosse irascible de Pietro ? L'assortiment semblait des plus malvenus. « Mais si nous…

— Tout a déjà été décidé, déclara Cosme, et ses deux yeux regardaient ailleurs à présent, envoyant un signal indécodable à une personne qu'elle ne pouvait voir.

— Dans ce cas… » répondit Lucrèce, qui sentait le chemin vers la liberté lui échapper, la porte se fermer et la clé se tourner à jamais.

Vite, elle essaya de réfléchir à un plan de secours, à une autre idée. Que ferait Sofia ? Que suggérerait-elle ? Si Dianora était réellement promise à Pietro, alors…

« Regardez votre sœur, dit son père en la gratifiant d'une tape, ferme, sur la main. Isabella, elle aussi, était nerveuse avant son mariage. Et n'est-elle pas épanouie, à présent ?

— Oui, je présume », répondit Lucrèce à contrecœur, songeant qu'Isabella était loin d'être nerveuse et que son mariage n'avait eu, en réalité, qu'un impact minime sur sa vie : elle avait obtenu la permission de rester vivre à Florence alors que son époux était rentré à Rome, si bien que le couple ne se voyait que quelques fois par an.

Lucrèce, en revanche, allait devoir quitter sa ville natale pour partir à Ferrare, un endroit qui lui était étranger, où l'attendait un homme qu'elle ne connaissait pas. Mais Cosme, comme la plupart des adultes, réécrivait l'histoire à sa façon, et il aurait été vain de tenter de faire valoir cet argument.

« N'est-elle pas heureuse auprès de celui que je lui ai trouvé ?

— Si, mais…

— Et vous le serez aussi, Lucrè. Je vous le promets. » Cosme sourit, puis hocha la tête, comme si cette discussion avait trouvé son issue. « Le père d'Alfonso et moi-même avons correspondu quantité de fois, et lui comme moi sommes certains que ce mariage sera une réussite. Viendra un jour où vous repenserez à cette conversation et…

— Papa ! » s'écria Lucrèce, et sa voix dérailla. Les larmes n'étaient plus très loin. « Je ne veux pas l'épouser. Par pitié, ne me donnez pas à cet homme. »

On aurait alors pu croire que des vapeurs toxiques s'étaient dégagées de ces mots dans lesquels Lucrèce avait mis tant de ferveur, car toutes les personnes présentes dans la salle eurent un mouvement de recul. Son père lui-même fit volte-face et retourna derrière son pupitre, dans l'ombre de Vitelli, pendant que les secrétaires se dépêchaient de regagner leur table.

« C'est intolérable », entendit-elle marmonner. Son père s'adressait peut-être à Vitelli, peut-être à elle, peut-être à la salle tout entière. Quoi qu'il en soit, Lucrèce ne sut jamais à qui exactement étaient destinés les propos qui suivirent : « Il y a quelque chose en elle qui depuis toujours me fait douter de la possibilité de la marier – nous pourrons considérer qu'il s'agit d'un miracle si la famille de l'époux ne regrette pas cette union et ne nous la renvoie pas en moins d'un mois. »

*

Alfonso insiste pour que Lucrèce dîne copieusement, mais la perspective de sa mort imminente lui a coupé l'appétit. Il continue, cependant, à l'inciter à goûter au gibier cuit dans le vin, à prendre une bouchée, puis une autre. Elle est, lui dit-il, maigrelette – il voudrait qu'elle retrouve des forces après sa récente maladie. Le gibier fouette le sang, lui dit-il : le corps a besoin que le jus des viandes circule dans ses veines. Elle accepte de manger une fourchetée ou deux, mais coupe le reste de sa part en petits morceaux et les glisse dans sa serviette. Son époux rompt à la main un morceau de pain dont il retire soigneusement la croûte avant de le plonger dans la sauce et de le maintenir, dégoulinant, devant la bouche de Lucrèce. Elle se retient de lui dire que ce fluide qui s'échappe de la tranche de gibier striée de fibres musculaires et de gras, que ce morceau baignant dans cette mare rouge qui pourrait tout aussi bien être du vin que du sang l'écœure au plus haut point.

Elle ouvre la bouche, attrape la mie détrempée qu'il tient entre ses doigts et oblige les muscles de sa gorge à l'avaler.

Son époux est en train de lui faire le récit d'une partie de chasse avec son père, ici, dans sa jeunesse – « à l'âge de huit ou neuf ans » –, lors de laquelle il avait croisé le chemin d'un sanglier au détour d'une clairière. Il avait levé vers l'animal son arc, mais n'avait pu décocher sa flèche.

« C'était une femelle, lui dit-il. Et ses trois petits la suivaient. Ils avaient un aspect très différent d'elle. Minuscules, le poil marron clair, avec des bandes blanches sur le dos. Je savais que je devais tirer, que je devais faire voler cette flèche, que mon père serait furieux si je laissais passer cette occasion, mais je n'y suis pas arrivé. Depuis la selle de mon cheval, je les ai regardés passer et disparaître dans les broussailles.

— Votre père était-il furieux ? »

Une auréole de lumière tremblante éclaire le bas du visage d'Alfonso. Ses lèvres entrouvertes forment un sourire ou une grimace – Lucrèce ne saurait dire lequel des deux.

« Il a donné ordre à son intendant de me battre. Trois jours durant je n'ai pas pu m'asseoir. “Comme cela, m'a dit mon père, plus jamais de votre vie vous ne laisserez vos sentiments entraver une action nécessaire.” »

Lucrèce réfléchit à ce conseil prodigué par ce père désormais mort : sentiments, action nécessaire. Les deux, voudrait-elle demander, ne peuvent-ils pas coexister ? Une action nécessaire ne peut-elle donc jamais être dictée par une émotion ? Pourquoi le cœur n'aurait-il pas son mot à dire ? Tout en levant sa coupe pour boire une gorgée de vin, elle l'imagine, petit garçon, contemplant, fasciné, la laie sonder le sol à la recherche de nourriture, suivie de ses trois marcassins imprimant dans la terre les empreintes de leurs minuscules sabots. Puis elle le voit se faire battre devant son père, spectateur.

« Mon père, s'entend alors dire Lucrèce, a des animaux – des bêtes exotiques. Il possède une ménagerie dans les sous-sols du palais.

— Ah, répond Alfonso. J'en ai ouï parler, en effet. Les avez-vous déjà vus combattre ?

— Non. Il n'a jamais… Il ne les montrait qu'à ses visiteurs. Et peut-être aussi à mes frères, je n'en suis pas sûre. Il nous avait laissés la visiter, mes frères et sœurs aînés et moi, lorsque j'étais petite fille. J'étais très fière qu'il m'autorise à participer, qu'il me considère suffisamment grande – mes frères plus jeunes étaient restés dans la pouponnière. Il y avait une tigresse, voyez-vous, et je… »

Mais sa phrase reste en suspens. Peut-être en a-t-elle déjà trop dit. Et pourquoi lui confie-t-elle tout cela ? Elle ne parle jamais de la tigresse, n'en a jamais parlé et n'en parlera jamais.

Alfonso, penché en avant, dans la lumière, l'observe avec intérêt, promenant son regard sur son visage comme lui seul le fait, y cherchant des informations, des indices. Lucrèce en est certaine. Que signifie cette révélation ? se demande-t-il. Elle parle d'un tigre, oui, mais que cherche-t-elle réellement à dire ? Et pourquoi cette hésitation ? Que cache-t-elle ?

Elle pourrait alors tout lui révéler. Lui raconter le feu de la fourrure sous sa main, le choc de son poignet contre les barreaux tandis qu'on la traînait au loin. Elle pourrait lui décrire l'air fétide de la ménagerie, les pattes menottées de l'ours. Elle pourrait lui raconter que quelques semaines après leur visite dans la salle des Lions, elle avait trouvé le courage d'aller voir son père pendant une leçon de musique, leçon à laquelle il assistait parfois, s'il disposait de temps libre, et lui avait demandé la permission de revoir l'animal, et que son père lui avait déchiré le cœur en répondant par des mots tranchants comme des lames.

Malheureusement, lui avait-il dit avec une indifférence manifeste, le tigre a été tué.

Tué ? avait répété Lucrèce, comme si ce mot n'avait pas de sens, comme s'il appartenait à une langue qu'elle entendait pour la première fois. Comment une pareille créature pouvait-elle mourir, être éteinte, elle qui incarnait l'absolu de la vie ? Cela était impossible.

Le lion et la lionne, avait expliqué son père, avaient attaqué le tigre. Un domestique étourdi avait malencontreusement laissé ouvertes les portes qui communiquaient entre leurs cages. La bête s'était défendue avec courage, avait-il ajouté en tournant la page de la partition qu'il regardait, et avait même blessé les deux lions assez grièvement. Elle s'était battue pour sa vie, mais au bout du compte, les lions, à deux contre un, avaient pris le dessus. Les domestiques n'avaient pas réussi à les séparer, avait-il ajouté avec un haussement d'épaules agacé. La fourrure, de surcroît, était tellement abîmée qu'il n'avait même pas été possible de la récupérer sur la carcasse. La mère de Lucrèce en avait été affreusement déçue.

Elle pourrait confier à Alfonso s'être fait porter malade cet après-midi-là. On avait appelé le médecin qui avait pratiqué sur elle une saignée, appliqué un cataplasme sur sa poitrine et lui avait administré un sédatif et de la teinture de valériane. Il avait diagnostiqué une fièvre des nerfs et demandé son isolement dans un autre étage du palais. Il était difficile de savoir, regrettait-il de dire, si Lucrèce survivrait.

Elle passa plusieurs semaines seule dans une chambre, dans cet étage inférieur du palais, recevant uniquement comme visites celles du médecin et de la servante chargée de lui donner sa soupe et de changer ses draps. Son état ne commença à s'améliorer qu'au moment où sa mère vint la voir. Quand Lucrèce émergea d'un sommeil agité, elle découvrit Éléonore à son chevet, le bas de son visage caché derrière une écharpe pour empêcher ses miasmes de l'atteindre. Lucrèce leva des yeux étonnés vers sa mère, qui déballait de petits objets enveloppés dans du papier maintenu par une ficelle, des *animaletti* de verre, de toutes les couleurs. Sa mère les disposa sur le lit – un renard bleu, un ours jaune, un poisson à la queue dorée en forme d'éventail – tout en lui disant qu'elle les avait fait fabriquer spécialement pour elle dans une ville où le travail du verre était la spécialité. Et aussi que son précepteur d'art avait vu le dessin qu'elle avait fait et qu'il l'avait montré à son propre maître, l'artiste attitré de la cour, *signor* Vasari. C'était lui qui l'avait apporté à Éléonore. *Signor* Vasari, poursuivit-elle, était d'avis que Lucrèce se joigne aux leçons de dessin. Les yeux d'Éléonore, au-dessus de son écharpe, semblaient briller d'un douloureux espoir. Aimeriez-vous, Lucrè ?

demanda-t-elle en faisant danser le petit ours de verre devant le visage de sa fille. Lucrèce n'arrivait pas à se souvenir de quel dessin parlait sa mère, ne comprenait pas ce qu'elle disait. Pourtant, elle répondit : Oui, Maman, merci, car c'était la réponse qui rendrait sa mère heureuse. Alors, Éléonore dit d'une voix éraillée : Vous devez aller mieux, d'accord ? Afin de pouvoir commencer les leçons.

Lorsqu'elle put regagner les appartements des enfants et retourner en classe, Lucrèce était plus maigre et plus effacée que jamais. Elle passait des heures à mettre et remettre en place ses *animaletti* sur le rebord des fenêtres de la pouponnière. La permission lui avait été donnée de se joindre aux leçons de dessin ; après quelques semaines, le précepteur commença à s'attarder après la leçon pour lui donner des conseils particuliers, à elle seule. Plus que de lui enseigner des techniques, il s'asseyait simplement à côté d'elle pour qu'ils dessinent ensemble, et de temps en temps, il lui disait, Ici, regardez, est-ce réellement ainsi que vous voyez un cheval ou un papillon, réfléchissez, regardez bien, regardez vraiment, et dites-moi maintenant, ne serait-ce pas plutôt comme ceci, ou comme cela ?

Elle ne revit jamais la salle des Lions.

Lucrèce pourrait raconter tout cela à Alfonso et lui donner, ce faisant, les clés de certaines portes, de certains chemins cachés en elle. Mais elle ne le fera pas. Ne lui ouvrira pas cet accès. Ne dira pas que sans ces moments passés avec le précepteur de dessin, qui perdurèrent jusqu'à son mariage, elle n'aurait sans doute jamais guéri, n'aurait sans doute pas survécu, et aurait très certainement sombré sous une invisible surface. Ces mots, Lucrèce les gardera cachés bien à l'abri au fond d'elle, là où personne ne pourra les voir, où personne ne pourra les regarder.

Ainsi, lorsque Alfonso lui demande ce qu'il est advenu de la tigresse, Lucrèce répond par un sourire neutre et dit :

« Je l'ignore, malheureusement. Ma mère déteste la ménagerie – elle se plaint sans cesse des odeurs et du bruit. Mon père a toujours à cœur de la contenter. »

Il la regarde encore un moment, puis saisit sa main, enlace ses doigts avec les siens.

« Vous avez froid, ma bien-aimée, remarque-t-il. Reprenez du gibier. Cela vous réchauffera. »

Sept galères remplies d'or

Le palais, Florence, années 1550

Lorsqu'elle était enfant, Lucrèce avait pour curieuse habitude, chaque fois qu'elle le pouvait, de demander à ses parents de lui raconter leur toute première rencontre. Elle suppliait d'abord Éléonore, puis Cosme, puis de nouveau Éléonore, jusqu'à les exaspérer par son insistance. En vérité, Éléonore et Cosme aimaient bien raconter cette histoire, et cet attachement que leur difficile cinquième enfant semblait nourrir pour ce récit les réjouissait : il y avait dans cet intérêt une marque de sentimentalité, une preuve de cette féminité qui si souvent lui manquait. Mais les raisons pour lesquelles Lucrèce aimait cette histoire n'avaient rien à voir avec les sentiments. Son désir d'entendre la manière dont s'était produit entre eux ce premier regard relevait d'une volonté de comprendre ces personnes charismatiques et mystérieuses dont elle était issue et avec lesquelles elle se trouvait si peu de points communs. Elle écoutait alors la version de Cosme, puis la comparait à celle que lui racontait, quelques jours plus tard, Éléonore, pour demander ensuite à Cosme de lui répéter l'histoire, mais plus étoffée, afin d'analyser le tout. C'était sa manière à elle de comprendre ce que le mariage signifiait, ce qu'impliquait ce contrat liant un homme et une femme.

Lorsqu'elle se trouvait éveillée dans son lit, la nuit, ou à genoux sur le sol de l'église, pendant la messe, elle se remémorait les fragments de ces histoires comme un joueur qui passe en revue ses pions, les soupèse avant de les positionner. Pendant que ses petits frères ronflaient ou poussaient des soupirs dans leur sommeil, ou que sa famille faisait écho au prêtre par des murmures en latin, Lucrèce imaginait son père, en visite à Naples, âgé de quinze ans, alors simple page, dans la demeure du vice-roi espagnol du Saint Empire romain, soulever un fin rideau et découvrir derrière la cadette de la fratrie : Éléonore, tout juste âgée de treize ans. Lucrèce, dans sa tête, se figurait un salon à colonnes, de lourds rideaux de part et d'autre d'une cheminée sculptée. La jeune Éléonore avait peut-être une longue natte soyeuse tombant dans son dos ; Lucrèce l'imaginait le menton levé, un peu trop levé pour obéir strictement à la bienséance, et le regard tourné vers le plafond, un regard non pas rêveur mais fébrile. Lucrèce connaissait si bien chacun des éléments de l'histoire qu'ils étaient pour elle comme des pierres précieuses familières, aux angles émoussés à force d'avoir été tenues, à l'éclat terni.

Elle savait à quel point son père l'avait trouvée charmante et singulière : le style étranger de sa robe, sa natte parée d'ornements. Elle savait que son père de retour à Florence avait gardé dans son cœur, les deux années suivantes, l'image de cette jeune Espagnole, et qu'au moment où le choix de sa future épouse lui avait été offert par le grand-duc de Toscane, c'est alors cette fille qu'il avait désignée. Non, il ne prendrait pas la main d'une princesse des Pays-Bas, même si cette union était plus avantageuse politiquement, ni celle de la fille des puissants de sa région : il voulait celle qu'il avait vue à Naples. Le vice-roi espagnol considéra sa demande, lui proposa à la place sa fille aînée, mais non, c'était l'autre que Cosme voulait : son mariage serait un mariage d'amour et la seule femme qu'il désirait était Éléonore. Finalement, le vice-roi accepta et ils furent mariés par procuration. Éléonore commença des leçons de toscan afin de pouvoir écrire à son époux plutôt que de recourir à un traducteur pour transposer leur correspondance.

Quatre ans après que Cosme l'eut vue pour la première fois, Éléonore quitta Naples, accompagnée de cinq servantes, de son ancienne nourrice, Sofia, et de sept galères transportant sa dot composée d'or, de gravures, de soies, de brocarts, de perles et de tableaux. Lucrèce savait que son père – il avait plaisir à le leur raconter – avait attendu avec impatience de recevoir des nouvelles d'Éléonore, veillant toute la nuit au cas où un messager se présenterait, priant pour que les vents soient favorables. Dès l'instant où il reçut l'annonce de son arrivée à Livourne, il ordonna le début des préparatifs pour quitter Florence, voyager jusqu'à la côte et accueillir sa future épouse. Cette attitude si impétueuse fit froncer les sourcils des conseillers de la cour : il était impensable, inconcevable qu'un homme se déplace pour accueillir une dame. Voilà qui donnerait à cette dernière une vision biaisée de l'équilibre du pouvoir dans leur couple. Cosme devait rester ici, dans son palais, et attendre qu'elle vienne à lui. Mais il refusa. Il prit la route de Livourne et retrouva Éléonore à mi-chemin afin de l'emporter, tel un trophée, jusqu'à Florence. À leur arrivée, le peuple s'était massé dans les rues pour avoir la primeur de la découverte de cette nouvelle et exotique grande-duchesse.

*

Lucrèce ne rencontra son futur époux qu'une seule fois avant leur mariage, époux qui, à l'époque, était promis à sa sœur Maria.

Un jour, Maria et son fiancé passèrent devant elle en se promenant sur le plus haut rempart du palais, qui entourait le beffroi, le visage d'Alfonso incliné vers sa promise qui, d'un ton nerveux, bavardait. Lucrèce devait avoir dix ans à l'époque, et toujours le corps neutre et sans relief d'une enfant. Elle se tenait là, avec entre ses mains sa souris apprivoisée. Le regard du fiancé, planté sur Maria – ses joues rosies et son menton tremblotant –, s'était alors déporté pour se promener partout sur le visage de Lucrèce, sur sa souris, puis de nouveau sur son visage, et les lèvres du fiancé s'étaient tordues en un sourire narquois. Maria avait crocheté sa main sous la manche de velours vert de son fiancé, tandis que l'autre était posée dessus, comme par crainte qu'il ne s'échappe. Les voyant approcher, Lucrèce s'était plaquée contre le mur de pierre rugueux, pressant sa souris contre elle. Le fiancé, destiné à devenir un jour duc et issu d'une très ancienne famille – une famille dont les racines remontaient à l'Empire romain, avait-elle entendu son père dire plus d'une fois –, s'arrêta et demanda : Qui est cette enfant ?

Le regard de Maria vira en direction de Lucrèce, puis vers son fiancé. L'une de mes sœurs, répondit-elle, puis ils la dépassèrent, continuèrent leur chemin en direction des colonnes pour arriver de l'autre côté de la tour où, comme le lui expliquait Maria, ils pourraient admirer la coupole.

Avant de s'éloigner, le fiancé, dont les ancêtres avaient défendu l'empereur, frôla du bout de son pouce la joue de Lucrèce puis, très furtivement, si furtivement qu'elle se demanda même si son esprit ne lui jouait pas des tours, il la regarda en plissant le nez, en mimant – elle en fut certaine – la gueule d'une souris. Une souris en train de sentir quelque chose, du fromage par exemple, ou bien une grosse miette de pain.

Lucrèce éclata de rire, là-haut sur le rempart, devant la justesse de son imitation, devant le décalage entre cette grimace et la position respectable de cet homme. Comment pouvait-il si bien savoir à quoi ressemblait une souris ? Il avait de surcroît réussi à ce que sa farce ne soit adressée qu'à elle seule, et échappe à Maria. Contente, Lucrèce regarda sa sœur et son futur époux continuer leur promenade.

La fin du repas

La forteresse, région de Bondeno, 1561

« Vous avez froid, mon amour. »

Lucrèce secoue la tête, mais frissonne en même temps. Alfonso la scrute intensément, penché tout près d'elle, ses cheveux tombant sur son front, plein de sollicitude.

Puis il se lève, repousse sa chaise, lui prend la main et la conduit devant le feu. Sous ses jupons, sous ses bas humides, Lucrèce sent les muscles de ses jambes se contracter comme pour lui dire de courir, de détaler.

Elle va pour s'asseoir sur le plus petit fauteuil installé devant le feu, mais il l'attire vers lui, sur ses genoux, et passe ses bras autour d'elle. C'est un moment étrange. Son étreinte se resserre et Lucrèce finit par se demander si ce geste renferme réellement de l'affection ou si son assassinat se rapproche.

Elle a du mal à soutenir son regard, à supporter cette proximité, mais elle s'oblige à tourner la tête vers lui et voit ses yeux posés sur elle, et ce léger sourire. Son visage, elle le sait, est celui d'un bel homme. Les gens font constamment des commentaires dessus. Son physique est avantageux ; ses épaules sont larges, ses jambes et ses bras solides. Assise là sur ses genoux, elle ne saurait toutefois dire si son visage est un plaisir ou une menace. Elle ne le distingue que partiellement : son front à un moment, sa joue à un autre, la spire de son oreille.

Serait-il possible qu'elle ait commis une erreur, qu'elle ait mal évalué la situation ? Peut-être ses intentions sont-elles sincères ; peut-être l'a-t-il emmenée ici, dans cette forteresse, pour lui offrir du repos, lui permettre de changer d'air. Est-ce son imagination – depuis toujours trop active, excessive –, est-ce par un tour de son esprit que Lucrèce s'est persuadée qu'il comptait attenter à sa vie ?

Ses bras sont autour de sa taille ; ses jambes la soutiennent ; elle repose ses doigts sous le col de son veston. Sous la lumière d'ambre des flammes, en le regardant du coin de l'œil, elle pourrait presque voir les mêmes manches bouffantes de velours vert qu'à l'époque, au lieu du lainage qu'il porte comme habit de voyage.

Un inexplicable élan la pousse à se pencher en avant et à poser un baiser sur sa joue. Sa peau, qui n'a pas été rasée depuis un jour, pique et son visage, lorsqu'elle s'écarte, est à la fois réjoui et interloqué.

« En quel honneur ?

— Pour… improvise-t-elle. Pour vous remercier.

— De quoi ?

— De… m'avoir emmenée ici. » Elle cherche, le plus rapidement possible, des mots susceptibles de le convaincre de l'épargner, si les intentions qu'elle lui prête sont réelles. « De prendre soin de moi. De… »

Son étreinte se resserre ; elle entend les baleines de son corset grincer sous la pression.

« Vous n'avez pas à me remercier, lui dit-il. Mais vous pouvez me donner un autre baiser. »

Il tourne la tête, se dérobant à la lumière, pour présenter son autre joue. Après un instant d'hésitation, Lucrèce se penche et l'embrasse. Puis il se retourne vers elle et lui tend les lèvres.

Elle s'oblige à sourire. Elle s'oblige à se rapprocher de lui. Plus elle se rapproche, plus les traits de son époux se mélangent. Elle finit par baisser les paupières. Il ne peut pas lui vouloir de mal, puisqu'il désire qu'elle l'embrasse, qu'il lui tend les lèvres, ces lèvres qui se trouvent juste sous les siennes, qui maintenant appuient, recouvrent sa bouche, tandis que sa grande main encercle sa nuque, un geste que personne ne pourrait accomplir s'il était prévu, s'il était planifié que – non, c'est impossible, elle s'est trompée, il l'aime forcément, la chérit forcément, la respecte, car personne sinon ne lui donnerait un tel baiser, chaud, passionné, à pleine bouche avec la pointe de la langue, personne, non, personne ne pourrait en même temps nourrir le projet de tuer quelqu'un et l'embrasser comme s'il cherchait à verser son âme en elle ?

Forcément, Lucrèce a tort. Le voyage l'a fatiguée, sa récente convalescence aussi. Elle s'est laissé emporter par son imagination. S'est égarée à cause d'elle, une fois de plus. Son bel et distingué époux ne lui veut aucun mal. Il l'aime. Il ne peut que l'aimer. Il n'y a qu'à voir comme il l'embrasse. Elle devrait s'estimer chanceuse d'être mariée à un homme aussi dévoué.

Le baiser se poursuit. Encore et encore. Elle le laisse faire. Elle entrelace ses mains autour de son cou et son esprit se met à vagabonder. Il y a comme une incohérence dans la température qui règne dans cette chambre. D'un côté, son corps a trop chaud, sa joue gauche et son bras brûlent à cause des flammes.

De l'autre, son corps a froid, comme enveloppé par cet air vicié glacial qui flotte dans la forteresse.

Les mains de son époux caressent l'étoffe de ses manches. Et puis, tout d'un coup, il s'écarte.

« Venez, dit-il. Je vous conduis à votre chambre. »

Lucrèce se lève de ses genoux et décide alors de poser la question qui, depuis leur départ, ce matin, la préoccupe.

« Je me demandais, commence-t-elle du ton le plus léger, le plus innocent possible, tandis que son époux ramasse un chandelier sur la table et prend sa main dans la sienne, quand mes femmes de chambre arriveraient. Car il se fait tard et… »

Il ne prend pas la peine de se tourner vers elle en lui répondant :

« Demain, je présume, ou le jour suivant.

— J'avais pourtant cru comprendre qu'elles nous suivaient, car vous aviez dit…

— Ne pouvez-vous donc pas survivre sans vos dames ? » Il semble amusé. « Ne serait-ce que pour un soir ? »

Il s'avance vers la porte, l'ouvre et se range sur le côté pour la laisser passer.

« Je présume que oui », répond-elle en pénétrant dans le couloir.

Il ne te veut aucun mal, se dit-elle. Il t'aime, il t'aime – il t'a toujours aimée.

« Elles viendront dès que possible. » Alfonso la prend par le coude et l'entraîne dans le couloir, entouré par le halo tremblant des bougies ; elle est obligée d'allonger son pas pour le suivre. « Les routes ne sont pas sûres après la tombée de la nuit. Vous ne souhaitez tout de même pas que vos dames courent un danger ? »

Il tend une main et lui touche le menton, le pince entre son pouce et son index pour lui faire tourner la tête vers la lumière. Il lui dit qu'elle est belle. Que l'air de la campagne lui réussit déjà.

« Votre chevelure me manque, dit-il en promenant ses doigts sur sa natte raccourcie. Mais elle est toujours charmante. »

Elle hoche la tête et dit :

« Merci. »

Il la conduit dans un escalier en colimaçon que la mousse et les moisissures ont rendu glissant. Elle est obligée de s'accrocher à sa main pour éviter que ses semelles ne dérapent et qu'elle ne piétine le bas de ses jupons. Seule la faible lueur jaune de la bougie lui permet de distinguer ce qui l'entoure, les murs, les corridors. Ils montent un nouvel escalier, traversent un couloir, puis grimpent encore une volée de marches, plus étroites cette fois. Lucrèce s'efforce de mémoriser l'espace, d'en dessiner la carte dans sa tête, au cas où : à gauche dans le couloir, escaliers, à droite dans le couloir bas de plafond, passer sous une arche puis…

« C'est ici, dit-il, et il s'arrête juste devant elle pour pousser une lourde porte en bois. Voilà la chambre où vous dormirez. J'y ai fait allumer un feu, afin qu'il y fasse chaud et que l'air soit sain. Après vous, ma bien-aimée. »

Le jour où tout a basculé

Le palais, Florence, 1557

Quand vint le moment où les quatre aînés de la fratrie approchèrent de la fin de l'enfance, leurs destinées respectives étaient toutes tracées. Leurs parents, émissaires, secrétaires et conseillers avaient, depuis leur naissance, travaillé à ce projet.

Maria devait épouser le fils du duc de Ferrare. Isabella était promise à Paolo Giordano Orsini de Rome. Francesco deviendrait un jour grand-duc de Florence. Giovanni, quant à lui, excellerait en cardinal.

Un à un, ses frères et sœurs quittèrent la pouponnière. Lucrèce vivait depuis toujours dans la solitude, mais n'avait en revanche pas été préparée aux changements qu'entraînerait le départ de ses aînés. Pour affirmer leur statut de futures femmes mariées, Isabella et Maria eurent droit à leurs propres appartements. Francesco et Giovanni prirent quant à eux, à leur treizième anniversaire, leurs quartiers au premier étage. Francesco devait rendre quotidiennement visite à leur père dans son étude pour s'enquérir des affaires courantes.

Lucrèce dormit alors seule, dans un lit gigogne étroit, tandis que ses frères cadets investissaient le grand lit. En classe, elle se retrouva assise à l'opposé de Pietro, Ferdinando et Garzia, qui n'apprenaient alors seulement que les chiffres et les lettres. Le soir, au lieu de s'endormir, elle épiait les conversations de Sofia et des autres nourrices dans leur patois natal : des voyelles malléables aux accents fascinants, des mots que l'oreille florentine de Lucrèce peinait parfois à reconnaître. Tout le monde au *palazzo* savait que Sofia ne travaillait à la pouponnière qu'avec des nourrices issues de son village natal napolitain. Lucrèce se demandait parfois si la raison avancée par Sofia pour justifier cette exigence (qu'il n'existait pas meilleures nourrices que ces filles-là) était vraie, ou s'il ne s'agissait que d'un prétexte pour lui permettre de bavarder dans son dialecte secret, tout en pensant que personne ne la comprenait.

Les apparitions de ses aînés devinrent de plus en plus brèves : des bruits de pas dans un couloir, le flou d'une étoffe dans un escalier, le rire d'Isabella pendant une réception dans le salon, la toux sèche de Francesco derrière le mur de la salle du Conseil où il assistait leur père. Jamais plus ils ne se montrèrent dans la pouponnière. Lucrèce, rasant les murs des couloirs, parvenait à glaner des informations : Maria aurait un mariage somptueux, et toute la basilique Santa Maria Novella serait décorée de branches de myrte ; au cours de la soirée de noces, cent dames florentines seraient invitées à danser à travers la grande salle, il y aurait des masques, des acrobates venus d'Orient. Mais rien de tout cela, cependant, entendit Lucrèce derrière les lambris des appartements de sa mère, ne surpasserait l'opulence de la robe de la mariée : un vêtement tissé de fils d'or recouverts d'une soie fabriquée grâce aux vers du vivarium personnel d'Éléonore. Cette dernière superviserait le processus en personne. Dans l'allée de l'église, Maria serait étincelante. L'or avait été choisi pour rehausser son teint laiteux, et le bleu pour faire ressortir les reflets châtains de ses cheveux : jamais on n'aurait vu pareille robe sur une mariée.

Le jour où tout a basculé était un jour humide et orageux. La nuit et le matin durant, la pluie avait fait résonner son tambourinement régulier sur le toit du palais. La place, que Lucrèce observait depuis les fenêtres de la pouponnière, était luisante d'eau, ses pavés semblables à des écailles de reptile, les gouttières engorgées par les feuilles mortes. Lucrèce revoyait encore le niveau de l'Arno, plus élevé que d'ordinaire, et ses eaux saturées de vase. Quelques jours plus tôt, Sofia leur avait annoncé que Maria, la robuste et vigoureuse Maria, avait attrapé un refroidissement des poumons et avait été alitée. L'air n'est pas bon aujourd'hui, avait-elle déclaré en agitant la main comme si sa paume et ses doigts détenaient le pouvoir de débarrasser la chambre de ces terribles miasmes.

Lucrèce se trouvait dans la salle de classe où elle reproduisait une carte de la Mésopotamie, remplissant les vastes espaces océaniques de crêtes de vagues. Elle avait ébauché un monstre des mers auquel elle avait donné de sinueux tentacules qui sortaient des eaux, et s'interrogeait sur le nombre de bras restés cachés sous les flots lorsqu'un bruit l'interpella. Un long hurlement de lamentation lui fit lever la tête. Au départ, elle pensa que l'un de leurs chiens s'était blessé ou que quelqu'un battait une bête, mais s'ensuivit un cri humain, un mot répété : Non-non-non-non.

Elle se leva à moitié ; son stylet lui glissa des doigts. Était-ce sa mère ? Isabella ? À la manière dont il résonnait contre les murs et les plafonds, le cri provenait de l'étage inférieur.

Encore. Non-non-non. Puis un sanglot hurlé.

Elle se précipita à l'entrée de la salle de classe, se pencha sur la rampe de l'escalier.

« Maman ? » appela-t-elle.

Silence en bas. Puis le claquement d'une porte. Des bruits de pas rapides dans un couloir, le frottement d'une robe ou d'un jupon sur le sol.

« Isabella ? demanda Lucrèce. Est-ce que c'est vous ? »

Il y eut des murmures, puis une porte ouverte et le bruit des sanglots dériva vers elle, comme de la fumée et, par-dessus, Lucrèce perçut le marmonnement d'une prière : celui du prêtre du palais, en latin.

« Maman ? » demanda-t-elle à nouveau, mais cette fois, sa voix dérailla.

Le sentiment qu'une chose terrible venait de se produire l'envahit : cette certitude se referma sur elle comme une mâchoire. D'un étage inférieur monta le grondement produit par les pas de plusieurs personnes descendant l'escalier à toute vitesse, en même temps. Quelqu'un s'écria : Où est Son Excellence ? L'avez-vous vu ? Allez le chercher immédiatement.

Un peu plus tard, Sofia trouva Lucrèce toujours accrochée à la rampe. Elle fut obligée de lui détacher les doigts, crispés sur la pierre sculptée, de la tirer pour la reconduire à la pouponnière. On avait demandé à ses frères cadets de s'agenouiller devant la statue de bois de la Madone ; selon la tradition de son village natal, Sofia avait ouvert toutes les fenêtres pour permettre à l'âme de Maria de rejoindre le Ciel.

Les fibres du tapis s'écrasaient sous les genoux de Lucrèce. Elle joignit les paumes, prononça les mots de la prière et évita le regard peint de la Madone de bois, préférant fixer les fenêtres grandes ouvertes et la ville au loin. Le ciel était d'un gris maussade, toujours gonflé de pluie. Un frisson la traversa – elle n'avait pas envie que Maria quitte le palais, seule, par ces fenêtres, et s'envole vers ce ciel hostile. Telle était pourtant sa place, désormais. Lucrèce aurait voulu tourner la tête et la voir là, entrant dans la salle, le menton droit, les bras croisés, parlant de l'étoffe de sa robe de mariée, des mouvements de danse. Comment se pouvait-il qu'une personne soit présente à un instant et ne le soit plus à celui d'après ?

Sofia lui tira la manche pour lui signifier qu'elle devait se tourner vers cette Madone à l'air éploré et profondément empathique, dont les pieds étaient encerclés par les flammes tremblantes des bougies. Mais elle fut incapable de détourner le regard des fenêtres et de ces découpes oblongues de ciel où passaient des nuées d'oiseaux tourbillonnantes.

Rien, aucun indice ne laissait penser que l'âme de Maria montait au Ciel. Aucune brise, aucun frémissement, aucun éclat de lumière. Il n'y avait que la pluie, cette pluie qui continuait à tomber, des milliers et des milliers d'aiguilles argentées venues de là-haut, pailletant les rebords des fenêtres de la pouponnière, le sol, les volets verdâtres, les rues et les maisons de la ville.

*

Environ un mois après l'enterrement de Maria, si l'on avait collé l'oreille contre les lambris écaillés du passage secret qui longeait les appartements privés du grand-duc, voilà ce qu'on aurait entendu : le martèlement étouffé de bottes sur le sol, allant et venant d'un bout à l'autre de la chambre, pensivement, le grattement d'une plume sur du papier, un raclement de gorge étranglé, une respiration juste de l'autre côté des lambris. Puis la voix de Vitelli, conseiller du grand-duc Cosme : « Cela est profondément regrettable (il marqua une pause), bien que mineur, cela va sans dire, au regard de la perte tragique de Maria. »

Il y eut un silence, puis un acquiescement : Cosme.

« La lettre de Ferrare, continua Vitelli, est en tout point conforme à ce que nous aurions pu attendre. »

Claquement d'une feuille de papier, comme si la lettre était à cet instant attentivement scrutée.

« Vous verrez, ajouta Vitelli, dont la voix s'était rapprochée du panneau de bois comme s'il s'était rapproché de Cosme pour lire par-dessus son épaule, que le jeune homme ainsi que son père, le duc, sont dévastés par cette disparition, mais que leurs condoléances vous sont adressées, à vous ainsi qu'à la mère de dame Maria, de la plus respectueuse des façons.

— Oui, oui », répondit Cosme avec un brin d'agacement.

Si la personne à qui appartenait l'oreille collée contre les lambris s'était trouvée légèrement décalée vers la gauche, elle aurait alors remarqué un rai de lumière trahissant un interstice dans le panneau de bois. Et si un œil avait été approché le plus près possible de cette fente, cette personne aurait distingué la lumière d'un chandelier, la silhouette de plusieurs chaises, un corps debout, sans doute celui de Vitelli, et un autre, assis, paré d'un habit brun et lustré. Le grand-duc Cosme, vêtu de son peignoir de zibeline qu'il portait dans sa chambre par temps froid.

« Une seconde lettre, annonça Vitelli au bout d'un moment, car le conseiller savait quand se taire et quand parler, m'a été remise. Une lettre provenant de Ferrare. »

Cosme s'adossa lourdement à sa chaise.

« Et ?

— Elle dit que cette union manquée attriste le duc tout autant que vous. Il est ensuite annoncé – avec une grande pudeur, si je puis me permettre – que la santé du duc est mauvaise et que cela n'est plus qu'une question de temps avant que son fils, Alfonso, lui succède. Il est inutile que je vous le précise, mais c'est la raison pour laquelle notre réponse doit être prompte. Nombreuses sont celles qui souhaiteraient combler ce vide et…

— Oui, mais que voulez-vous y faire ? Ce n'est pas comme si nous…

— Une suggestion a été avancée : que l'on propose à son fils une autre de vos filles, répondit Vitelli.

— Mais… » Cosme se gratta la barbe. « Dame Isabella est déjà promise à un homme et défaire cette union serait chose délicate… Comment donc envisage-t-il ce mariage ? »

Vitelli s'éclaircit la gorge respectueusement.

« J'ai cru comprendre, monseigneur, que l'autre de vos filles en question pourrait être dame Lucrèce. »

L'épieuse, dans le passage secret, s'écarterait alors de l'interstice. Le choc serait aussi grand que si les personnes qu'elle espionnait s'étaient brusquement retournées et l'avaient découverte là, derrière le panneau de bois, l'œil sur la fente.

« Lucrèce ? répéta Cosme. Mais ce n'est qu'une enfant, une… »

De nouveau, Vitelli toussa.

« Elle aura bientôt treize ans.

— Treize ans ? Non, elle doit avoir… dix ans ? Elle réside encore à la pouponnière, joue encore à la poupée. Comment le duché de Ferrare peut-il penser que… »

Mais la réaction de Vitelli le fit s'interrompre.

« Votre fille est certes jeune et de nature frêle, mais elle aura bientôt treize ans, monseigneur. Cette union serait extrêmement avantageuse, comme vous l'avez vous-même remarqué à de multiples reprises. Songez-y : une autre chance vous est offerte de formaliser cette union entre notre région et celle de Ferrare. Le fils deviendra duc prochainement. Reste, je vous l'accorde, le problème de sa mère et de ses orientations religieuses, mais cette difficulté sera surmontée sans peine si le fils s'avère aussi capable qu'on le prétend. Et si nous passons à côté de cette occasion, d'autres se presseront pour la saisir à notre place. De plus, dans peu de temps, Lucrèce atteindra l'âge de… (une hésitation laborieuse s'ensuivit) … d'être femme. Si tel n'est pas déjà le cas. Il m'est possible de me renseigner. Par conséquent, il serait avisé que Votre Altesse soupèse la question. »

Dans un tout autre endroit du palais pourrait alors résonner une autre voix, dure, hurlant d'un ton exaspéré : « Lucrèce ! Lucrèce ! Mais où est-elle encore passée ? »

L'épieuse fit demi-tour dans le passage secret et détala sur des jambes vives, paniquées, en direction de l'étage supérieur.

*

Sofia servait la soupe quand Lucrèce débarqua dans la pouponnière, comme poursuivie par une meute de loups, les cheveux en bataille, laissant claquer la porte derrière elle.

« Vous ! gronda Sofia en brandissant sa louche. Où vous cachiez-vous encore ? Je n'ai cessé de vous appeler. Asseyez-vous immédiatement. »

Lucrèce s'exécuta et ramassa sa cuillère. Sofia continua ses réprimandes, mais le son de sa voix ricochait au-dessus de sa tête. Au lieu de manger sa soupe, elle promenait sa cuillère d'un bout à l'autre de son assiette comme la rame d'une galère dans les flots. Garzia finit par lui prendre sa part.

Elle repensait à la conversation qu'elle venait de surprendre entre Vitelli et son père. Elle repensait au fils du duc de Ferrare, à l'éclat de ses bottes, à sa conduite lorsqu'il était passé devant elle sur les remparts, au pouce qu'il avait promené sur sa joue. Elle repensait à Maria, au ballet des médecins dans sa chambre, deux nuits durant, au bruissement de leurs pas dans les couloirs, puis, d'un seul coup, tout ce qui restait de sa sœur aînée avait été placé dans une longue boîte en bois qu'on avait clouée. Maria n'était plus parmi eux ; celle qui se trouvait à la tête des enfants du *palazzo* n'était plus. Lucrèce avait entendu que son père avait demandé à ce que le portrait de Maria soit décroché de la mezzanine pour être placé dans ses appartements privés. Elle repensait aux jolis yeux impassibles de Maria qui, désormais, scruteraient cette chambre pour toujours. Leur père regardait-il ce portrait tous les jours ? Avait-il mémorisé les contours du visage de sa fille décédée ? Se trouvait-il devant lorsqu'il avait reçu la lettre du père de celui qu'elle devait épouser, ce père qui demandait si Alfonso pourrait à la place prendre pour femme une autre de ses filles ?

Qu'aurait dit Maria ?

L'idée qu'elle, Lucrèce, puisse être promise à cet homme, cet héritier du duché de Ferrare, était un tel choc, une telle surprise qu'elle se retrouva totalement démunie, qu'elle ne sut quoi faire de cette nouvelle. Se voir obligée de prendre la place de sa sœur morte la plongeait dans un malaise terrible, qui la paralysait. Son esprit, pour faire diversion, commença à passer en revue les différences qui existaient entre Maria et elle : Lucrèce était plus petite ; elle ne lui arrivait pas à la cheville en danse et en musique ; elle ne savait jamais quoi dire devant les visiteurs et les courtisans ; elle était d'un tempérament rêveur, se perdait facilement dans ses pensées lorsqu'elle devait se concentrer sur une conversation ; elle était bien moins belle ; elle ne possédait aucun goût pour les habits ou les bijoux.

Elle reposa ses coudes sur la table de la pouponnière, dans ces appartements où elle avait vécu sa vie entière, mais tout se passait comme si son propre corps lui était devenu étranger, comme s'il n'était pas le sien, comme si ces bras, ces jambes, cette tête appartenaient à une autre, comme si elle avait perdu le pouvoir de lui dire comment s'asseoir sur une chaise, de lui demander de porter une cuillère à ses lèvres, d'inspirer et d'expirer de l'air. La peur commença à l'envahir comme la mousse envahit une pierre. Elle sentait que quelqu'un ou quelque chose s'était glissé derrière elle, là, dans son dos. Elle resta immobile devant son assiette vide tandis que l'angoisse montait. C'était une chose sombre, gélatineuse, aux contours incertains et changeants ; elle n'avait pas d'yeux, seulement une bouche béante et mouillée d'où sortait un souffle humide, gazeux. Cette chose – Lucrèce le savait sans même avoir besoin de se retourner – était sa mort. Si ce mariage se réalisait, elle mourrait, comprit-elle, peut-être pas tout de suite, mais bientôt. Jamais plus ce spectre, fantôme de sa propre déchéance, ne la quitterait.

Elle se pressa contre le bord de la table. L'éclairage de la salle sembla soudain briller plus fort, devint insupportable, puis s'atténua. Une sensation d'oppression, d'étouffement lui écrasa la poitrine : la chose l'avait saisie à la gorge, avait déjà plaqué ses doigts glacés sur sa bouche.

Sans crier gare, elle se laissa glisser entre la table et la chaise pour trouver refuge sous la nappe. Il n'y avait pas d'autre choix : elle ne pouvait s'enfuir en courant – la chose l'aurait attrapée en tendant le bras. Non, c'était de cette manière qu'il fallait qu'elle s'échappe, en disparaissant, en se faufilant à quatre pattes entre les pieds des chaises et les jambes des autres personnes assises autour de la table.

Elle refit surface dans la salle. Tout autour d'elle résonnaient les cris des nourrices et les réprimandes de Sofia qui criait : Sacredieu, mais que fait-elle maintenant ? Personne ne voyait l'horrible chose, personne ne la voyait, ne la sentait aussi puissamment que Lucrèce. Elle voulut s'enfuir, mais quelqu'un la retint par le bras. Était-ce le spectre ? La fin était donc déjà là ? Allait-on clouer un couvercle au-dessus d'elle et l'enterrer dans le caveau familial aux côtés de la pauvre Maria ?

Elle réussit à dégager son bras, puis traversa le tapis pour se précipiter vers la porte, mais elle ne pouvait toujours pas respirer, et sa tête bouillonnait. La cheminée, les tapisseries, la malle, la porte paraissaient flotter devant ses yeux, au milieu d'une mare de lumière enflammée. Puis, soudain, tout s'arrêta comme si le rideau avait été tiré, et Lucrèce s'écroula par terre.

Quand elle revint à elle, elle eut l'impression d'avoir dormi pendant des heures. Mais elle était en fait toujours étendue sur le sol, dans la pouponnière, et Sofia était penchée sur elle, les sourcils froncés, au milieu des autres nourrices et de ses frères qu'elle entendait dire : Est-ce qu'elle est morte, va-t-elle se réveiller, doit-on demander à Papa de faire venir le médecin ?

En voyant les yeux de Lucrèce s'ouvrir, Sofia claqua des doigts et fit déguerpir tout le monde.

« Dehors ! ordonna-t-elle. Tous. Immédiatement. »

Nourrices et frères sortirent à contrecœur, et Sofia revint avec un coussin entre les mains. Elle souleva la tête de Lucrèce avec douceur et, avec la même douceur, le glissa dessous.

« C'est toujours pareil avec vous, marmonna-t-elle. On ne sait jamais ce qui va se passer. »

Elle alla chercher sur la table de l'eau qu'elle porta aux lèvres de Lucrèce, s'agenouillant laborieusement sur le tapis avant de s'asseoir au milieu de ses jupons bouffants – pigeonne dans un nid. Elle desserra les cordons du corset de Lucrèce puis dégagea les cheveux collés sur son front.

« Eh bien, lui dit-elle. Dites-moi. Que s'est-il passé ? »

Lucrèce secoua la tête et détourna le regard, tout en sachant pertinemment que Sofia finirait par lui tirer les vers du nez.

Comme de juste, lorsqu'elle se retourna vers la nourrice, Sofia la scrutait, les yeux plissés.

« Mal au ventre ? l'interrogea-t-elle. Mal à la tête ? Vous n'avez pas déjeuné, j'ai vu. Qu'y a-t-il ? »

Lucrèce plissa les yeux pour empêcher ses larmes de couler, mais elle les sentit malgré tout, entre ses cils. Cette histoire était si lourde, si colossale qu'elle ne savait même pas par où commencer : la lettre, la mort de Maria, l'homme sur les remparts ?

« Allez, lui dit Sofia en lui prenant les mains avec une bienveillance inaccoutumée. Dites à la vieille Sofia.

— Ils… commença Lucrèce en recroquevillant ses doigts dans la paume calleuse de la nourrice. Je… Mon père, je veux dire, ou peut-être Vitelli… je ne sais pas… ils veulent… »

Sofia la regardait avec la plus grande attention.

« Que veulent-ils ? »

Lucrèce avala une bouffée d'air. Elle sentait à nouveau la présence du monstre gris, mais sans doute n'oserait-il pas approcher si Sofia était là ?

« Ils veulent… le fils du duc, celui que Maria devait… eh bien, ils… mon père et Vitelli pensent que le père… »

Sofia l'écoutait, penchée sur elle, comme si chaque syllabe que Lucrèce prononçait était un fragile filament d'or suspendu, un filament qu'il fallait attraper, car on ne pouvait le laisser ainsi dans les airs.

Puis elles restèrent sans rien dire pendant un moment. Sofia la fixait du regard, sans plus froncer les sourcils. Enfin, elle dit :

« Vous ? »

Et, soulagée que la maligne Sofia ait compris, soulagée de ne pas avoir à dire les mots, Lucrèce hocha la tête.

« Ils veulent vous marier au fils du duc ? Vous les avez entendus dire cela ? »

Sofia sembla évaluer cette idée. Elle releva la tête en ayant l'air de faire tourner quelque chose dans sa bouche, comme un aliment que l'on goûte pour la première fois. Lorsqu'elle baissa de nouveau les yeux vers Lucrèce, son visage était rempli de fureur. Brusquement, un chapelet de mots lui échappa dans sa langue natale – quelque chose à voir avec la Madone et le diable et une association entre eux.

« Vous n'avez que douze ans ! s'exclama-t-elle, presque en se parlant à elle-même. L'héritier de Ferrare est un homme de vingt-quatre ans. »

Elle resta silencieuse quelques instants. Puis elle tapota les doigts recroquevillés de Lucrèce.

« Je devrais vous demander comment cette nouvelle vous est parvenue, mais je présume qu'il ne vaut mieux pas », dit-elle.

Puis elle libéra la main de Lucrèce, se releva tant bien que mal, avec une respiration hachée. De son pas boitillant, bancal, elle s'en alla jusqu'à la fenêtre, une main sur les reins, et contempla la place. Puis elle partit à grandes enjambées vers la cheminée, attrapa le tison et le plongea dans le brasier, où les bûches, crachant, protestant d'avoir été dérangées, soufflèrent une constellation d'étincelles dans l'âtre noirci par le suif.

« Nous allons devoir faire preuve de ruse, vous et moi, annonça-t-elle comme si elle s'adressait aux bûches. Comme deux renards. Me suivez-vous ? »

Lucrèce répondit que oui, même si elle ne comprenait pas réellement ce que Sofia entendait par là. Puis elle tenta de se relever en basculant sur le côté et en s'appuyant sur les coudes. Sofia vint passer un bras sous le sien pour l'aider. Une fois Lucrèce debout, la nourrice posa une main sur chacune de ses joues.

« Vitelli viendra bientôt, lui souffla-t-elle. Il demandera à s'entretenir avec vous et moi.

— En es-tu sûre ? »

Sofia appuya plus fort sur les joues de Lucrèce. Il y avait dans ce geste quelque chose de particulier – quelque chose d'embarrassant et de gentil à la fois, de l'inquiétude et de l'amour en même temps.

« Peu importe ce que je dirai, peu importe les réponses que je lui donnerai, dites la même chose que moi. M'entendez-vous ? »

Lucrèce, sidérée, acquiesça.

« Lorsqu'il posera ses questions, c'est moi qui répondrai, pas vous. Quoi que je dise, contentez-vous de hocher la tête. Et n'en parlez à personne. Promettez-le-moi.

— D'accord.

— N'en parlez à personne, ni à votre mère ni à Isabella.

— Je promets.

— Nous ne pourrons arrêter ce mariage mais, avec l'aide de Dieu, nous parviendrons à le repousser un peu. Vous serez alors plus grande. Cela vous épargnera peut-être un an ou deux. Entendu ? »

Pendant un instant, un instant seulement, Sofia la serra contre sa poitrine, très fort. Le nez et la joue de Lucrèce se retrouvèrent écrasés contre son tablier. Puis la nourrice la relâcha et, rapide, s'en alla vers la table en pestant contre le désordre qui régnait et tous ces plats et pourquoi diable personne ne l'aidait donc jamais, pour qui la prenaient-ils, un cheval de trait ?

*

Sofia, bien sûr, avait raison.

Vitelli se présenta dès le lendemain, tard, le soir, s'annonçant par deux coups secs à la porte de la pouponnière.

Les frères cadets de Lucrèce dormaient déjà ; l'ordre avait été donné aux autres nourrices de repriser les chaussettes d'hiver des enfants ; à la demande du précepteur de dessin, Lucrèce travaillait à peindre sur bois, à l'huile, un étourneau qu'elle avait retrouvé mort dans les combles du palais, le retournant dans un sens, puis dans l'autre, pour tenter de capter l'iridescence fugace des plumes de ses ailes. Sofia, quant à elle, inventoriait des draps rangés dans une malle.

Sa tête se dressa subitement lorsque les coups retentirent. Elle se tourna vers la porte, puis vers Lucrèce. Elle fit alors une chose étrange : elle recommença à compter ses draps. Lucrèce vit les deux nourrices plus jeunes échanger des regards stupéfaits, mais tout le monde se garda bien d'aller ouvrir : la pouponnière était le royaume de Sofia.

Les coups retentirent à nouveau, plus secs et plus forts.

« Sept, marmonna Sofia devant sa pile de draps, huit, neuf. » Elle poussa un soupir satisfait, posa le dernier linge au sommet de la pile et donna une tape sur le tout. « Et dix. »

Lucrèce et les deux nourrices la suivirent du regard tandis qu'elle s'en allait porter jusqu'à la malle la pile de draps et l'introduire dans ses profondeurs avec le plus grand soin, sans une once d'empressement.

Encore une fois, les coups profonds résonnèrent, insistants.

« Un instant, répondit Sofia. J'arrive. »

Elle ramassa un chiffon sur la malle et épousseta des grains de poussière imaginaires. Puis elle traversa la pièce en fredonnant, s'arrêtant en chemin pour ajuster la position d'une coupe sur la table, puis pour ranger un tabouret en dessous. Elle épousseta ensuite la poignée de la porte et rajusta sa coiffe devant le miroir de la cheminée.

Quand, enfin, elle ouvrit la porte, elle toisa son visiteur de la tête aux pieds.

« *Signor* Vitelli ? lança-t-elle. Quelle surprise… Souhaitez-vous entrer ? »

Vitelli pénétra à grands pas dans la salle, puis se planta au milieu du tapis. Il tenait contre son torse son grand livre relié de cuir et portait un long manteau bordé de peau de lapin, dont les pans s'enroulaient autour de ses jambes.

« Vous et vous, déclara-t-il en désignant les deux nourrices, dont les aiguilles restèrent suspendues au-dessus de leur ouvrage. Sortez. »

Les deux nourrices tournèrent des yeux épouvantés vers Sofia, qui se trouvait toujours près de la porte, son chiffon à la main.

Sofia attendit, scrutant Vitelli comme si elle inspectait ses habits en quête de souillures, puis leur adressa un hochement de tête. Les deux nourrices attrapèrent leur matériel et déguerpirent en fermant la porte derrière elles.

« Que puis-je pour vous, *signore* ? demanda Sofia, les yeux plissés. Puis-je vous offrir à boire ? Lucrèce et moi allions justement…

— Non, l'interrompit Vitelli en ouvrant son grand livre pour consulter quelque chose dedans. Je ne serai pas long. Il y a un sujet sur lequel je souhaite recueillir votre point de vue. Un sujet relativement délicat. »

Lucrèce se tortilla sur sa chaise. Elle changea de main son pinceau, dont elle pinça les poils humides pour former une pointe. Elle l'avait elle-même fabriqué à partir d'une touffe de poils qu'elle avait coupée – honteusement, furtivement – sur l'un des chats du palais. L'animal dormait au coin du feu ; son geste ne l'avait même pas réveillé, et Lucrèce, récemment, avait remarqué que sa fourrure avait entièrement repoussé.

Elle s'appliquait à tremper d'avant en arrière cette pointe dans l'huile bleue – elle ne disposait que d'une quantité extrêmement limitée de peinture et devait en conséquence veiller à la manière dont elle l'utilisait – lorsque Vitelli reprit la parole.

« Nous avons reçu l'assurance qu'Alfonso, héritier du duc de Ferrare, Modène et Reggio, accepterait de se placer sous régime matrimonial avec dame Lucrèce. »

Lucrèce se tint parfaitement immobile, son pinceau – chargé de ce bleu marine rare et coûteux – en suspens, incapable de respirer, de lever les yeux, convaincue qu'elle croiserait alors le regard pâle de Vitelli et que ce regard la percerait à jour, comprendrait qu'elle connaissait déjà son annonce, décèlerait qu'elle avait pour habitude de traîner dans les couloirs secrets du palais, l'oreille collée aux murs et aux lambris.

Mais à voir la réaction de Sofia, ses craintes, semblait-il, n'étaient pas fondées.

« Le fils du duc de Ferrare ? répéta-t-elle d'un air choqué. Le promis de dame Maria ? Puisse son âme reposer en paix. »

Pieusement, Sofia se signa. Une nouvelle fois, Vitelli s'éclaircit la gorge.

« Celui-là même, oui. » Il débita ces mots avec efficacité et impatience. « Naturellement, la famille a été profondément peinée par la disparition de dame Maria. Cependant, le duc reste dans le besoin d'une épouse qui lui donnera un fils. Alfonso se souvient d'avoir rencontré dame Lucrèce, qui lui aurait laissé une impression favorable. Il a indiqué vouloir la prendre pour épouse. Il est entièrement légitime, poursuivit Vitelli en claquant bruyamment son livre avant de nouer ses cordons de cuir, de demander la main de la sœur d'une défunte. Cette intention dénote un profond attachement et un profond respect pour cette maison. Sans même parler, s'empressa-t-il d'ajouter, de la grande estime qu'il témoigne par là à dame Lucrèce. »

Penchée sur sa table, Lucrèce abaissa son pinceau pour ajouter une touche de bleu marine à l'aile de l'étourneau. La couleur, vibrante, semblait vouloir se détacher du brillant des plumes noires ; Lucrèce aurait presque cru entendre ce bleu, telle une déclaration de guerre entre deux notes dissonantes.

« Quel honneur pour elle, murmura Sofia en tendant son chiffon entre ses deux mains, si fort qu'elle sembla vouloir le déchirer – et Lucrèce songea que jamais Vitelli ne devinerait que la nourrice pensait en réalité l'exact opposé.

— En effet », dit-il en inclinant la tête.

Sa figure prit alors un drôle d'air, les yeux plissés, les lèvres relevées. Lucrèce mit un instant à comprendre que Vitelli cherchait à sourire.

« Le duc et son fils, répondit Sofia en se déplaçant sur le tapis, n'ont cependant peut-être pas pris la mesure du jeune âge de Lucrèce.

— Elle aura treize ans à son prochain anniversaire et…

— Elle en a à peine douze, l'interrompit Sofia, et je crois savoir que l'héritier du duc…

— Dame Maria, Dieu la protège, était peut-être mieux placée en âge, mais Alfonso se trouve dans l'obligation de prendre ses dispositions en vue de son futur règne, et se marier fait, bien entendu, partie de ces mesures à prévoir. Cette union sera avantageuse pour les deux familles.

— C'est encore une enfant, *signore*.

— Bien des femmes sont déjà mariées à cet… »

Sofia dressa le menton.

« Ce n'est qu'une enfant », répéta-t-elle, et le calme, l'empathie qu'il y avait dans son ton fit lever les yeux à Lucrèce.

Elle remarqua que la nourrice, dans son dos, avait croisé les doigts. Superstitieuse Sofia, qui jamais n'aurait posé un chapeau sur un lit, jamais ne serait passée à côté de quelqu'un dans un escalier.

Vitelli plissa les yeux. Il déglutit, la proéminence sur son cou blanc monta puis descendit.

« Dois-je comprendre, *signora*, qu'elle n'est pas encore… ? »

Il attendit la réponse de Sofia, laissant sa question en suspens. La nourrice ménagea un silence. Elle pencha la tête d'un air interloqué.

« Elle n'est pas encore… ? » demanda-t-elle.

Le regard de Vitelli descendit vers le sol, puis se posa sur la fenêtre, sur le plafond.

« Elle n'a pas… comment dire… ah… elle n'est pas… ? »

De nouveau, Sofia laissa le silence s'installer, un silence qui grossit, qui s'étira entre elle et le conseiller. Lucrèce les observait tour à tour, à la dérobée, sans avoir la moindre idée de ce qu'ils évoquaient. Une chose était évidente : Vitelli se dégonflait, se décomposait comme un nuage chargé de pluie qui s'effiloche en de fines volutes inoffensives.

Vitelli refit une tentative : « Elle n'a pas… » mais ses mots se perdirent, bateaux emportés par le courant devant Sofia qui, obstinément, refusait d'attraper la corde qu'on lui lançait.

« Pas quoi ? » demanda-t-elle naïvement.

La mâchoire serrée, sans oser croiser son regard, Vitelli répondit : « *Signora*, Lucrèce a-t-elle commencé à… » Il s'arrêta, puis ferma momentanément les yeux pour se donner du courage. « … à saigner ?

— Non », dit Sofia.

Lucrèce baissa les yeux, non pas vers sa peinture, mais vers l'étourneau posé à côté de ses pinceaux et de sa fiole de peinture. Oiseau, tableau. Elle ne regarda pas ailleurs. Elle regarda ses pattes délicates, écaillées, qui plus jamais ne s'agripperaient à la fine branche d'un arbre ou au linteau d'une fenêtre ; elle regarda ses ailes repliées, leur superposition de plumes, qui plus jamais ne se déploieraient, ne saisiraient un vent ascendant, ne porteraient l'oiseau par-dessus les rues et les toits. Elle regarda son tableau, repéra un endroit où la courbe du bec, le vert soyeux de la douce gorge n'étaient pas correctement rendus.

Le « non » de Sofia résonnait dans sa tête. Non, avait-elle dit avec précision et assurance. Sofia avait regardé Vitelli et dit : Non.

Du bout du doigt, Lucrèce toucha la queue de l'étourneau. Elle l'avait trouvé le matin, sous les combles. L'oiseau était entré par la fenêtre ouverte et n'avait pas réussi à retrouver la sortie. Elle se demanda s'il avait passé la nuit à voleter à l'intérieur, peu à peu gagné par la panique, se cognant le bec contre les carreaux en faisant désespérément vrombir ses ailes. Elle caressa sa gorge somptueuse de son doigt crocheté. Son cœur s'était-il progressivement vidé de tout espoir ? Voyait-il par la fenêtre ses amis tournoyer, massés en un colossal nuage oscillant au-dessus du palais ? Les avait-il vus s'en aller tous ensemble, l'abandonner ici, prisonnier de ce bâtiment ? Elle ne pouvait supporter cette idée, ne pouvait trouver en elle l'espace suffisant pour accueillir toute la peine qu'elle éprouvait pour cet oiseau.

Non, avait dit Sofia. Et elle, Lucrèce, devait tenir son rôle. Elle devait garder la tête basse, comme cela, devait continuer à fixer du regard l'étourneau et la reproduction imparfaite qu'elle avait réalisée de lui. Sous aucun prétexte elle ne devait montrer à Vitelli qu'elle avait vu Sofia croiser les doigts dans son dos ni que la nourrice lui avait déjà expliqué quoi faire avec ces saignements : replier plusieurs fois sur lui-même un linge pour se protéger des souillures ; aller chercher une pierre émoussée par les eaux du fleuve, la faire chauffer sur le feu, l'envelopper et la poser sur son ventre. Pour faire descendre le sang, pour faciliter son passage, lui avait dit Sofia alors que Lucrèce se trouvait allongée sur le lit, sidérée par l'intensité des crampes. Cela était arrivé par deux fois. Et Sofia avait dit à Lucrèce, Les saignements reviendront chaque mois, comme la pleine lune. Toutes les femmes les connaissent. Même Maman ? avait demandé Lucrèce, stupéfaite, incapable de croire que sa si sereine et si coquette mère pouvait, elle aussi, se retrouver dans un tel état. Sofia avait hoché la tête. Même votre maman, avait-elle dit.

Dans cette salle surchauffée, devant Vitelli et son air outragé, devant Sofia, si petite et pourtant si stoïque face à lui, Lucrèce aurait aimé demander : quel rapport avec l'héritier du duc, avec le mariage, avec son âge ? Mais il ne le fallait pas. Il fallait au contraire qu'elle ramasse son pinceau, le rince pour éliminer le bleu marine des poils de chat, qu'elle contemple son tableau avec un visage des plus impassibles, aussi impassible que l'étourneau sur la table. Rien ne devait transparaître – ni les saignements, ni les linges, ni les pierres chaudes, ni Sofia.

« Je vois », répondit Vitelli. Son ton était dur, déçu. « Cette enfant a toujours été petite pour son âge, il est vrai. Elle a toujours été en retard. »

Sofia haussa les épaules. Ses doigts derrière son dos se détendirent, se défirent.

« Nous entamerons les négociations quant à la promesse de mariage, mais nous devrons avertir la cour de Ferrare qu'il ne pourra avoir lieu que lorsque dame Lucrèce… » Vitelli jeta sa main en l'air – le mot ne serait apparemment plus prononcé qu'en cas d'obligation absolue. « Voudrez-vous bien me tenir informé, *signora*, le moment venu ?

— Certainement », répondit Sofia.

Elle se décala légèrement sur le côté, puis recula comme pour imprimer un mouvement à ses jupes. Il y avait dans ce geste quelque chose de presque imperceptible, mais d'indéniablement victorieux, l'indice qu'un point avait été marqué.

Sans doute Vitelli l'avait-il senti également, car il fronça les sourcils et son air se ferma.

« En personne, je vous prie, ajouta-t-il.

— Bien entendu, *signore*, répondit Sofia avec un sourire qui révéla tous les trous noirs de sa bouche. Je viendrai moi-même vous délivrer la nouvelle dès qu'il le faudra. Et il nous tarde, grandement, de célébrer ce mariage. »

Semblant douter de sa sincérité, Vitelli soutint son regard, puis tourna les talons. Il s'apprêtait à sortir de la salle à grands pas quand il sembla soudain se raviser et fit demi-tour pour se rendre jusqu'à la table où Lucrèce était installée.

Elle le vit venir vers elle, de plus en plus grand, de plus en plus proche, si proche qu'elle fut finalement obligée de basculer la tête en arrière pour le regarder. Sa bouche était tout à coup sèche, son cœur battait la chamade. Allait-il lui poser les mêmes questions ? Comment arriverait-elle à lui mentir ? Et s'il lui demandait si Sofia avait dit vrai ? Que répondrait-elle ? Et que risquait Sofia, s'il apprenait la vérité ?

Vitelli se tenait si près qu'elle distinguait chaque poil de sa pelisse : des poils mouchetés dont les pointes, presque dorées, étaient plus claires que les racines. Elle se demanda combien de lapins avaient été tués pour qu'on lui confectionne cette pelisse. Sept, huit, neuf ? Étaient-ce de vieux lapins au crépuscule de leur vie ou de jeunes bêtes dont la douce fourrure ne s'était pas encore confrontée au monde ?

Vitelli était penché sur elle. L'espace d'un curieux instant, Lucrèce craignit qu'il l'enveloppe, jette son manteau autour d'elle et l'enlève, l'emporte loin des murs de la pouponnière, loin de Sofia, jusque dans les profondeurs du *palazzo* où l'attendait le fils du duc de Ferrare, lequel retirerait lentement sa veste aux manches bouffantes, et l'expression sur son visage ne serait pas celle d'une souris, mais une expression effroyable et carnivore, et il l'interrogerait alors, pourquoi n'avait-elle rien fait pour sauver sa sœur, pourquoi Maria était-elle morte, comment pouvait-elle croire qu'elle prendrait sa place, comment osait-elle ?

Mais Vitelli se contenta de poser la main sur son travail. Il souleva la petite *tavola* carrée en l'attrapant par un coin et la tint devant ses yeux.

« Qui est l'auteur de ce tableau ? » demanda-t-il.

Lucrèce, incapable de dire un mot, tourna son doigt vers elle et le pointa sur sa poitrine.

Mais son geste passa inaperçu. Vitelli était occupé à sortir ses binocles et à les positionner sur l'arête de son nez pour examiner la peinture de plus près. Son visage, alors qu'il observait la miniature de l'étourneau – dont il ignora le cadavre posé tout près –, était habité par un mélange d'admiration et de stupeur.

« Qui a fait ça ? demanda-t-il à nouveau.

— C'est moi », dit Lucrèce d'une petite voix éraillée.

Par pitié, pensait-elle, par pitié. Ne me posez pas de question sur le sang. Ne me regardez pas. Car Lucrèce pressentait qu'un homme tel que Vitelli pouvait lire en n'importe qui comme dans un livre ouvert.

Mais peut-être avait-elle tort. C'était elle à présent qu'il regardait avec effarement.

« Vous ? demanda-t-il. Non. J'en doute. Est-ce votre précepteur ? Votre précepteur a réalisé ce tableau, et vous l'avez terminé, n'est-ce pas ? »

Lucrèce, confuse, hocha d'abord la tête. Puis elle la secoua de gauche à droite.

« Il est de Lucrèce », intervint Sofia. Elle s'avança vers eux et posa une main sur son épaule. « Ces miniatures qu'elle réalise sur de simples planches de bois font partie de ses passe-temps favoris. Lucrèce peint à longueur de journée. J'ai dans mon buffet des boîtes et des boîtes remplies de ses peintures. »

Vitelli dévisagea Lucrèce pendant un long moment. Son regard se posa d'abord sur ses cheveux, séparés par une raie au centre, puis sur ses tempes, ses yeux, ses joues, son cou, ses bras, ses mains. Lucrèce, tremblante, se recroquevilla sur elle-même. Elle avait l'impression d'être un sol qu'on balayait, encore et encore.

Vitelli ne cessait de les regarder tour à tour, elle et l'étourneau.

« Hmm », conclut-il finalement en soupesant le petit tableau où l'étourneau, ailes repliées, pattes tournées vers le ciel, tête affaissée, vaincu, acceptait sa mort. Lucrèce avait ajouté tout autour du lierre et du gui. « Puis-je le conserver ? »

Il ne s'agissait pas d'une question, en réalité. Vitelli avait déjà tourné les talons et rangeait la miniature à l'intérieur de son livre en cuir dont il nouait les cordons pour que plus jamais l'étourneau ne s'envole, quand bien même aurait-il été vivant.

Le vrai motif de ce voyage

La forteresse, région de Bondeno, 1561

Au moment où elle s'y attend le moins, Lucrèce reçoit un signe, entraperçoit le vrai motif de ce voyage.

Alfonso est descendu d'elle et a sombré dans un sommeil léger, une main encore enfouie sous ses jupons. La bougie a été soufflée ; l'obscurité qui règne dans la chambre est si épaisse qu'elle semble presque animée – une présence dotée d'un souffle et de flancs lourds, couverts de fourrure.

Mais, tout à coup, au milieu de cette chambre étrangère, une idée la frappe, un éclair qui illumine soudain son esprit, plus insaisissable, plus intense encore qu'une vision.

L'idée qui s'est abattue sur elle est celle d'un tableau, entier, concret, à la perfection encore inaltérée. Un tableau sur bois, une *tavola* – Lucrèce taillera le long rectangle de bois aux dimensions qu'elle souhaite, selon l'angle qui l'inspire – au centre de laquelle sera représenté un château. Non, une mule blanche. Non, plutôt une fouine à la gueule rayée. Ou bien un centaure ? Et pourquoi pas toutes ces choses à la fois ? Pas sur un seul tableau, dans ce cas, mais dans une série, plusieurs miniatures bien décorées, remplies jusqu'aux bords de détails, de symboles, de fioritures. Il faut aller tailler la planche tout de suite – non, la découpe devra attendre demain, le bruit de la scie réveillerait Alfonso. Mais a-t-elle seulement emporté les bons outils ? Sa petite scie, son rabot ? Le doute s'empare d'elle.

La déception est réelle, lui laisse dans la poitrine comme des morceaux de glace tranchants. Avoir cette idée sans pouvoir agir… La frustration est immense. Qu'importe. Elle réalisera ses ébauches demain. Ou pourquoi pas maintenant. Il lui faut s'extraire du lit, remuer le petit bois, rallumer la chandelle et partir récupérer le rouleau de vélin qu'elle sait rangé dans son coffre de voyage.

Tout n'est pas perdu. C'est une certitude. Elle glisse ses pieds en dehors du lit, s'enveloppe dans les fourrures jetées par terre par son époux, puis se dirige vers la chandelle.

Tout fonctionne comme prévu ; la vie continue, finalement. Alfonso n'a rien de l'assassin ou du monstre qu'elle avait cru entrevoir pendant le dîner – les diables, lui murmurant à l'oreille, avaient-ils déclenché chez elle une folie passagère ? Combien de fois sa mère, combien de fois Sofia ne lui avaient-elles pas répété qu'elle était bien trop fantasque, bien trop imaginative, impressionnable, qu'elle devait se montrer plus sage ? Peut-être avaient-elles raison. Ce lieu sera celui de sa guérison, de la guérison de ce mariage. Son époux l'a emmenée dans cette forteresse pour la simple et bonne raison qu'il l'aime depuis son enfance et désire partager cet amour avec elle. Elle passera ses journées auprès de lui, fera en sorte qu'il se sente choyé, regardé ; elle travaillera la nuit. Tout ira bien, pense-t-elle tandis que la chandelle s'enflamme du premier coup. Elle s'assoit alors au bureau, les deux mains posées à plat sur le plateau, et sourit.

Des choses lues dans les pages d'un livre

Le palais, Florence, 1557

Sofia réussit à garder le secret et à repousser le mariage pendant presque un an. Chaque linge, chaque drap souillé était soigneusement frotté dans une bassine puis mis à sécher dans une armoire. Tout vêtement portant des taches indélébiles était jeté au feu d'un rapide mouvement de poignet, puis toutes les deux regardaient les flammes dévorer la preuve. Les autres nourrices avaient peut-être remarqué quelque chose, mais personne ne dit jamais rien : leur loyauté envers Sofia était sans faille.

Les promesses et négociations de dot se poursuivirent entre les deux familles, à distance. Lucrèce apprit en épiant une conversation entre Vitelli et un clerc que son père avait émis le souhait que les termes de ce mariage équivaillent à ceux de Maria, mais en raison du report, la maison de Ferrare réclamait des dommages et intérêts. Dans une antichambre où Lucrèce musardait en attendant un entretien avec sa mère, elle entendit Vitelli suggérer qu'il pouvait être judicieux de garder en réserve une partie de la dot, laquelle serait considérée comme payée une fois que la mariée aurait donné un héritier mâle à son époux.

Lucrèce vit son père hocher la tête, puis se saisir de la dernière lettre de Ferrare et la brandir devant ses yeux.

L'hiver entama sa lente mue vers le printemps, les neiges fondirent, le palais fit l'acquisition d'un nouveau nain, que l'on appela, comme les autres, Morgante, et dont les pitreries, disait-on, divertissaient grandement Éléonore. Les gens du peuple, en bas dans la rue, abandonnèrent leurs bonnets de laine et leurs châles et la fratrie, penchée sur le parapet du palais, se réjouit d'assister au retour de la marchande de fleurs, installée dans l'angle à l'ouest de la place avec son panier plein de lilas. Leur père reprit ses séances quotidiennes de nage dans l'Arno ; il fut rapporté qu'on avait une nouvelle fois essayé d'attenter à sa vie, mais Cosme et son garde suisse avaient mis les assassins en déroute. Il fut appelé à Arezzo pour endiguer un soulèvement. Éléonore donna une fête pour la première fois depuis la mort de Maria, avec un spectacle d'acrobates et des musiciens pour faire danser les invités. D'après les convives, la nourriture n'avait jamais été aussi exquise. Lucrèce étudia des récits de stratèges militaires grecs, peignit une scène d'Homère et, chaque fois que lui était donnée la permission, elle se promena sur les remparts de la tour d'où elle contemplait de gigantesques volées d'étourneaux vriller d'un côté puis de l'autre au-dessus de sa tête. Dans la cour, en bas, ses frères apprenaient les règles du *calcio* ; Garzia se fit une blessure au bras à cause d'un tacle trop brutal de Ferdinando ; Pietro développa l'habitude de mordre ses frères lorsque ces derniers l'embêtaient, si bien que le médecin fut appelé pour pratiquer sur lui des saignées deux fois par semaine afin de rééquilibrer ses humeurs. La chienne de l'un des gardes mit bas. Les vers à soie du vivarium d'Éléonore ingéraient toujours des feuilles de mûrier ; leurs sentiers de tulle, tendus entre les feuilles, révélaient leur brillance sous les rayons de lumière du matin.

Ses fiançailles imminentes, son mariage, l'homme désigné pour devenir son époux, la vie qui l'attendait à Ferrare : durant cette période, tout cela lui semblait si abstrait, si lointain que Lucrèce avait presque l'impression de choses lues dans les pages d'un livre ou entendues dans les couplets d'une chanson. C'était pourtant bien elle qu'on allait fiancer : ce fait, elle le connaissait par cœur, comme la poésie latine que lui martelait son précepteur. Mais son contenu, sa signification lui échappaient. La vie au palais se poursuivait comme depuis toujours. Isabella, toujours parée de ses plus beaux atours pour aller de la cour au salon, traînant derrière elle des ricochets de rires comme on traîne des étoles de couleur ; Pietro, toujours sujet à ces crises de colère qui le faisaient hurler à s'en rendre écarlate, à taper des poings sur le tapis ; Sofia, servant toujours la soupe de midi à la louche dans les mêmes assiettes, à la même table ; le soleil, qui toujours se déversait le matin du même côté de la salle de classe, puis migrait en contournant les fenêtres du dortoir jusqu'au soir. La porte de la chambre de Maria, toujours close. Certains jours, il semblait à Lucrèce que rien ne changerait jamais, qu'elle passerait sa vie tout entière dans ces pièces avec ses frères, vêtue de bas et de blouses.

Peu après son treizième anniversaire, au lever du lit, elle traversait la chambre pour aller voir à la fenêtre de quelle humeur était le ciel quand elle fut surprise par un cri. Elle se retourna : sa mère se trouvait à la porte, entourée par deux de ses dames, et son visage rayonnait de joie.

« Regardez ! Regardez Lucrè ! s'exclama Éléonore en battant des mains. Oh, quel grand jour ! »

Lucrèce lui sourit avec incertitude. Qu'avait-elle donc fait pour mériter de telles louanges, une telle attention ?

Tout le monde dans le dortoir se tourna vers elle ; les trois nourrices s'arrêtèrent d'habiller les garçons. Leurs mains retombèrent le long de leur corps. Éléonore pointait du doigt Lucrèce, qui se regarda. Qu'est-ce qui en elle avait pu changer au point de déclencher une pareille réaction chez sa mère ? Elle ne voyait que le pan long et pâle de son *camiciotto*, ses pieds nus, les lattes du plancher en dessous.

« Regardez », les encouragea une nouvelle fois sa mère.

Puis elle traversa le dortoir à grandes enjambées et saisit Lucrèce par le haut du bras pour la faire pivoter face au mur.

Derrière elle, un chœur d'exclamations résonna : « Ooh », roucoula l'une des dames ; « Ah », soupira l'autre. « Félicitations. »

« Voyez-vous ? » demanda Éléonore, enchantée – mais ce n'était pas à Lucrèce que s'adressait cette question.

Lucrèce se tortilla pour regarder dans son dos, d'abord d'un côté, puis de l'autre. Qu'avait-elle donc de si remarquable aujourd'hui ?

Et ce fut alors qu'elle la vit. Une auréole sur sa chemise de nuit, au milieu, rouge sombre, de la forme d'un pays, d'une île lointaine, non répertoriée, entourée d'une mer blanche immense. Elle identifia la lourdeur familière qui avait envahi son bas-ventre, comme un poing qui se serre et se détend.

Éléonore disait déjà que quelqu'un devait descendre, vite, pour prévenir Son Excellence ; qu'il fallait faire porter la nouvelle le jour même à Ferrare et débuter les préparatifs du mariage, car les Ferrarais allaient bientôt venir à Florence. Comme tout cela était exaltant !

Lucrèce sentit son visage chauffer comme si elle se trouvait à proximité de flammes nues, alors que ses mains et ses pieds étaient pétrifiés de froid. Les mots de sa mère pleuvaient autour d'elle, pareils à des cendres tombées du ciel. Elle agrippa les plis de sa chemise de nuit et regarda fixement les lattes du plancher.

Sa mère avait rejoint ses dames. Elles discutaient ensemble des arrangements à prendre en vue du mariage, le tailleur pour raccourcir la robe, robe qu'il faudrait réexaminer le jour même. Lucrèce leva les yeux et croisa le regard de Sofia, qui se trouvait à l'opposé du dortoir. La vieille nourrice était campée près de la malle, Pietro d'un côté, Garzia de l'autre. Tous les trois la regardaient, ses frères confondus par cette effervescence. Le visage de Sofia, quant à lui, était insondable, dépourvu de toute expression. Les mains de la nourrice semblaient vouloir serrer le plus fort possible celles des garçons, et ses lèvres, presque imperceptiblement, remuaient, comme pour demander pardon ou peut-être prononcer une prière.

*

Les dames d'Éléonore transmirent la nouvelle à Vitelli, qui se chargea de trouver la manière la plus délicate de l'annoncer au père de Lucrèce. Éléonore et Cosme se retrouvèrent dans ses appartements et s'étreignirent de joie. Cosme donna la permission qu'une lettre soit envoyée à la cour de Ferrare, pour informer la famille de la bienheureuse entrée de Lucrèce dans l'âge adulte. La semaine d'après, un contrat signé et cacheté, portant le sceau de cire du duc de Ferrare, fut apporté par messager au terme d'un voyage par Bologne et déposé sur le bureau de Cosme. Il était accompagné d'une lettre du duc lui-même : c'était avec hâte et grande joie qu'il attendait que soit sanctifiée cette union entre dame Lucrèce et son fils ; il envoyait ses sincères félicitations au grand-duc de Toscane ainsi qu'à sa famille ; il prierait pour eux. Son seul regret était que son fils, Alfonso, parte prochainement pour la France combattre pour le roi. Si le grand-duc le voulait bien, le mariage pourrait avoir lieu à son retour. Il compterait chaque jour qui le séparait de cet heureux moment.

Adossé sur sa chaise, Cosme lut la lettre jusqu'au bout. Puis il la laissa tomber sur son bureau et ramassa le contrat de mariage. Ce document, le grand-duc le lut quatre ou cinq fois, tout en frottant son pouce d'avant en arrière sous son menton barbu. Puis il attrapa une plume parmi celles que lui tendait sur un plateau un clerc courbé vers lui et barra plusieurs des clauses édictées par le duché de Ferrare. Il modifia le montant de certaines sommes, gribouilla une requête sur la transmission de terres dans le Nord. Il rédigea ensuite une note brève pour justifier ces rectifications et demander l'acceptation des termes au duc, qu'il renvoya à sa propre lettre du printemps précédent dans laquelle il proposait lui-même que ces mentions soient retirées du contrat. Il confirma que le mariage pourrait bel et bien avoir lieu au retour de France d'Alfonso – qui ne se produirait, glissa le grand-duc à Vitelli qui se tenait derrière lui, sans doute pas avant un an ou deux.

Puis Cosme signa de son nom et tint devant une flamme un bâtonnet de cire qu'il laissa saigner sur le document avant de presser sa chevalière sur la petite flaque rouge et brûlante, officialisant par ce geste le mariage entre son cinquième enfant et le descendant d'une ancienne famille impériale.

Peu de temps après, un émissaire arriva de Ferrare pour porter des missives à dame Lucrèce.

Les plis déposés au portail du *palazzo* furent emportés jusque dans les salles de travail de Cosme, où leur contenu subit une première inspection, puis jusqu'au salon d'Éléonore, où la grande-duchesse elle-même les examina, suivie par toutes ses dames. Ce fut seulement alors qu'on les porta dans la chambre qu'occupait désormais Lucrèce, une pièce carrée, haute de plafond, coincée derrière la chapelle.

Assise à une table près de la cheminée, Lucrèce accepta les papiers que lui tendait la servante, les posa sur le bureau, puis les observa, les yeux plissés. Elle n'avait depuis le départ cessé de clamer à quiconque qu'elle ne voulait pas épouser le fils du duc, qu'elle ne remplacerait pas sa sœur, tout en sachant pertinemment que la machine de ses fiançailles était inexorablement lancée. Ses parents ainsi que l'ensemble de leur maison semblaient obéir à un accord tacite consistant à ignorer ses protestations, à poursuivre les préparatifs du mariage, à discuter des plats que l'on servirait aux différents festins, à débattre de la nécessité de couvrir la grande salle de réception de tentures neuves, à savoir s'il fallait servir exclusivement des vins de Toscane pendant les dîners, quels musiciens joueraient depuis la galerie et quels autres depuis le parterre, et à recruter le tailleur qui confectionnerait les habits de mariage pour tout le reste de la famille. Et maintenant, cela : une lettre du fils et héritier lui-même.

Elle glissa un ongle sous le sceau, le souleva, et constata avec surprise que la cire avait déjà été brisée. Bien sûr. Ses parents l'avaient forcément lue avant de la lui faire porter. La lettre était pliée en quatre, comme un livret. En la dépliant sur la table, Lucrèce découvrit une écriture ronde, pleine d'assurance, qui recouvrait la totalité de la page. Elle s'ouvrait par ces mots : *Ma chère Lucrèce*.

Une vague de chaleur envahit son visage. Lucrèce n'aurait su dire ce qui la désarçonnait le plus – la possessivité de ce « ma » ou la tendresse de ce « chère », ou bien encore la vision de son propre nom écrit de la main de cet homme. Jamais personne ne s'était adressé à elle de cette façon. Elle était la « chère » de quelqu'un, la Lucrèce de quelqu'un : ces trois mots se déployèrent autour d'elle comme un serpent, et pendant un instant, elle se vit enlacée par deux bras, prisonnière d'une étroite étreinte.

Elle relut ces mots – *Ma chère Lucrèce* –, puis passa à ceux qui suivaient : *Puis-je vous appeler ainsi ? Car c'est ce que vous êtes et serez pour moi*.

La feuille tremblait tellement entre ses doigts qu'elle la posa à plat sur ses genoux, sur le tissu de sa jupe, sans pour autant pouvoir empêcher son regard de survoler ces lignes, de sauter de mot en mot : *Chérirai, ardemment, impatience, fertile, promesse au roi, prier, dévoué*.

Les doigts toujours accrochés aux bords de la feuille, elle s'obligea à suivre l'ordre des phrases, l'une après l'autre. Lui-même était comblé d'une grande joie par l'imminence de leur mariage. Cette journée serait extraordinaire. Sa famille et lui-même, ainsi que, bien entendu, toute la cour, attendaient ces noces avec impatience. Il était triste, cependant, de devoir partir cette même semaine pour la France : il avait fait la promesse au roi Henri de se battre à ses côtés. Il penserait à elle, sa Lucrèce, chaque jour lors de son voyage sur ces terres lointaines. Il lui demandait de prier pour lui, son futur époux, pour qu'il revienne sain et sauf. Accepterait-elle de prendre le temps de lui écrire quelques lignes ? De lui raconter un peu ses journées, ses passe-temps ? Il chérirait ses lettres et espérait ardemment que ce mariage soit fertile et heureux, et à jamais resterait son tendre et dévoué fiancé, Alfonso.

Son premier réflexe fut de vouloir prendre la plume pour lui répondre que, malheureusement, elle ne pouvait l'épouser et qu'elle espérait qu'il comprenne. Lucrèce, cependant, savait parfaitement que jamais un tel message ne lui parviendrait : son père, ses secrétaires et assistants l'intercepteraient, et sa mère la punirait.

Pour autant, il fallait répondre, suivre le protocole. Lorsqu'un homme écrivait à une femme – jamais elle ne se désignerait par le terme « fiancée », un mot qu'elle ne parvenait à relier à sa personne –, la femme se devait de lui répondre. Mais que pouvait-elle dire dans sa lettre ? Qu'elle arpentait les combles du palais ? Qu'elle passait des heures à observer la place, en bas ? Qu'elle s'exerçait au luth, travaillait ses versions grecques, réfléchissait à des sujets de peinture ? Qu'aurait-elle donc pu écrire d'intéressant aux yeux d'un homme tel que le futur duc de Ferrare ?

Un bruit de toux lui fit lever la tête. La servante qui lui avait porté le pli se trouvait toujours à la porte. Lucrèce l'avait oubliée.

« Oui ? demanda-t-elle en essayant de se donner la contenance d'une femme habituée à recevoir des lettres de l'homme à qui elle était promise (fervemment, fertilement, extraordinairement).

— Si je puis me permettre, madame votre mère me fait vous dire que l'émissaire attend votre réponse.

— Oh », fit Lucrèce.

Attendre sa réponse ? Cela signifiait-il qu'elle devait la produire sur-le-champ ? Pas un instant elle n'avait pensé que sa réponse serait requise immédiatement. Que pouvait-elle dire ? Comment trouver les mots ?

Elle regarda sa table recouverte par plusieurs sextants, une carte des astres, un télescope replié, des plumes qu'elle devait aiguiser, un canif, un bol au fond duquel avait séché un mélange d'huile de lin et de pigments de vert-de-gris. Elle repoussa tous ces objets sur la gauche, puis sur la droite, à la recherche d'un support – n'importe lequel – sur lequel elle pourrait écrire, une feuille de papier propre. Elle ne pouvait rédiger une lettre adressée à un homme sur le point de partir à la guerre sur un morceau de parchemin taché par des mélanges de couleurs ou troué par des compas. Sa mère exigerait de voir le pli, et si ce que Lucrèce présentait n'était pas bien tourné, irréprochable et…

La servante, revenue dans son champ de vision, posait deux objets sur le bord de la table. Lucrèce faillit lui dire : Mets cela ailleurs, ne vois-tu pas que je tente de faire de la place ? mais la domestique éleva de nouveau la voix.

« L'émissaire a apporté cela, si vous le permettez. Pour vous, madame. »

Lucrèce leva les yeux et considéra les objets : deux paquets, l'un de petite taille, enveloppé par du tissu, fermé par de la ficelle ; l'autre plat, emballé dans un linge. Elle saisit le premier pour défaire le nœud et déplier le tissu quand les dimensions du second l'interpellèrent. C'était un long rectangle aux coins pointus. Sa main hésita, puis s'éloigna du petit paquet pour se diriger vers le plus gros. Elle passa un doigt sous le cordon qui l'entourait et le fit glisser jusqu'à elle.

Ce qui se trouvait à l'intérieur ne faisait presque aucun doute : un portrait d'Alfonso. Pour qu'elle puisse voir son visage, le regarder dans les yeux.

Où était son canif ? Où donc ? Elle ouvrit son coffre, fouilla parmi les plumes et les pots d'encre. Puis elle se retourna vers la servante.

« As-tu un couteau ? Ou des ciseaux ? »

La fille la regarda fixement avant de secouer la tête.

Lucrèce baissa de nouveau les yeux vers son bureau, ramassa un compas et se servit de sa pointe pour rompre le nœud. À la troisième tentative, elle sentit la corde glisser, céder. Elle jeta son instrument sur le côté, défit le nœud, puis le cordon, et le tissu qui entourait l'objet. Elle se débarrassa de plusieurs couches de paille et de linges qui le protégeaient, et fut enfin récompensée en découvrant le dos d'une planche de bois. Elle avait donc vu juste : il s'agissait d'un portrait de fiançailles. Voyons un peu, songea-t-elle en le retournant.

Mais Lucrèce avait fait fausse route, complètement. Ce que le fils du duc avait envoyé dans ce paquet la laissa dans le plus profond désarroi. Au lieu de trouver le visage de son futur époux, dont elle ne se souvenait qu'à moitié, une tout autre représentation l'attendait. Là, sur cette *tavola*, deux yeux ronds comme des perles la fixaient d'un regard inquisiteur ; il y avait une queue enroulée autour de pattes inférieures, tandis qu'une patte supérieure se dressait – la patte d'une créature. Lucrèce n'avait jamais rien vu de tel. Cette créature était marron comme du bois, avait une fourrure lustrée et des pieds griffus. Un museau étroit, terminé par une truffe brun-rose, un bas-ventre blanc laiteux et deux délicats bouquets de moustaches.

On aurait dit une otarie, une martre ou bien un tout petit ours, sans pour autant être exactement l'un des trois. Malgré elle, un petit cri lui échappa. Qu'un homme de son rang lui envoie un présent si improbable, si peu conventionnel, l'ébranlait au plus haut point. Elle savait qu'il était d'usage d'offrir des portraits ou des bijoux lors de fiançailles. Et voilà ce que son futur époux lui envoyait. Elle se sentit instantanément emplie d'un amour absolu, inconditionnel pour l'animal représenté sur ce tableau. Débordant de joie, elle entrelaça ses mains sous son menton.

La servante qui s'était avancée discrètement pour ramasser le linge et la corde que Lucrèce avait jetés par terre lui tendit un petit morceau de papier plié qui accompagnait le paquet.

Distraitement, Lucrèce l'attrapa et le déplia.

C'était une autre lettre, plus courte cette fois :

Ma très chère,

Je vous envoie ceci, croyant me souvenir d'un certain penchant pour les bêtes de votre part, et ayant ouï dire que vous adoriez la peinture.

Il s'agit d'une œuvre que j'ai toujours aimée – elle était accrochée dans mes appartements depuis ma plus tendre enfance, et j'aimerais à présent qu'elle soit à vous. Elle représente une fouine, la faina, *comme nous l'appelons ici, un animal charmant, mais farouche, qui creuse ses terriers dans les forêts de la région de Ferrare. Nous aurons l'occasion d'en observer lorsque nous nous promènerons ensemble à cheval.*

C'est un animal sauvage, évidemment, mais peut-être accepterez-vous celui-ci, dompté sur cette huile ? J'espère que sa vue vous fera penser à moi et à nos fiançailles.

Votre éternel bien-aimé,
Alfonso

Lucrèce posa le mot sur la table. Elle tendit la main et promena un doigt hésitant le long du dos de la bête, sentant sous sa peau les bosses et les rugosités de l'huile et des pigments – série de messages secrets laissés par l'anonyme auteur du tableau. Un échantillon de forêt au lieu du portrait morne d'un futur époux. Qu'allait dire sa mère ? Et son père ? Cela ne faisait aucun doute qu'ils désapprouveraient ce choix. Elle réprima un rire en collant sa main sur sa bouche.

« *La faina* », murmura-t-elle pour goûter au son de ce mot, à l'incarnation de ces voyelles, ces deux *a*, à la friction du *f*. Son premier mot dans le dialecte de Ferrare. La fouine – lutin des bois, habitante des arbres, esprit de la forêt – de ses yeux espiègles lui rendit son regard.

Elle toucha les poils drus de la queue, les griffes aux pointes perlées. L'épaisseur de la peinture l'étonnait profondément, ses couches luxuriantes, granitées, cette fierté avec laquelle les huiles ressortaient sur la *tavola*. Que quelqu'un ait ainsi pu connaître ou deviner le chemin qui menait à son cœur la touchait et la dérangeait à la fois. Comment avait-il pu la percer à jour à ce point alors que leur rencontre, qui remontait à des années, avait été si brève ?

La porte valsa brusquement et, sans crier gare, Isabella s'invita dans la chambre. À son poignet pendait une cage dorée qui renfermait un canari, petit oiseau délicat qui déversait de son bec pointu des volées de notes cristallines dès lors qu'on le laissait sous un rayon de soleil. Isabella avait pour habitude de se promener avec dans le *palazzo* pour lui faire prendre l'air.

« J'ai entendu, dit-elle en posant sa cage, que des présents étaient arrivés de Ferrare. Voyons voir. »

Les yeux brillants, Lucrèce souleva le tableau.

« Regardez, lui dit-elle. Vous ne devinerez jamais ce que…

— Est-ce un portrait ? Montrez-moi. » Perchée sur ses talons bruyants, Isabella se rapprocha. Elle regarda par-dessus l'épaule de Lucrèce et un petit cri lui échappa. « Mon Dieu, dit-elle en grimaçant, mais qu'est-ce donc ?

— *Una faina*, répondit Lucrèce. Elle vit dans les arbres de la…

— On dirait un rat. N'a-t-il rien envoyé d'autre ? demanda Isabella d'un air dégoûté. Cet homme ne doit pas avoir toute sa tête. Papa est-il au courant qu'il vous a envoyé un vieux portrait de rat ? Quel outrage, quelle insulte envers notre famille, envers vous, quel…

— Il y avait autre chose, je crois, répondit Lucrèce, l'esprit ailleurs, observant la manière dont le peintre avait su rendre le contraste entre la rigidité des poils de la queue et la délicieuse douceur du ventre.

— Où ? »

Lucrèce leva vaguement la main.

« Quelque part. »

La servante s'avança, récupéra la petite boîte perdue sous des papiers et la tendit à Isabella.

« Hmm. » Isabella la fit tourner entre ses mains ; puis elle l'approcha de son oreille et la secoua. « Cela semble déjà plus prometteur. »

Sans même un regard vers sa sœur, Isabella arracha le tissu et la ficelle et les jeta par terre, révélant une boîte tapissée de cuir.

« Aha ! » s'exclama-t-elle en soulevant le couvercle.

Lucrèce, qui avait toujours le regard rivé sur la fouine, ébahie par l'épaisseur de la peinture, manqua la découverte de sa sœur. La seule chose qu'elle perçut fut le cri étouffé d'Isabella, qui s'exclama :

« Lucrè, regardez !

— Oui ? murmura Lucrèce sans même se retourner.

— Regardez ! insista Isabella en lui tapant sur l'épaule. Oubliez un instant cet horrible rat, voulez-vous, et…

— Vous m'avez fait mal, lui répondit Lucrèce en se massant l'épaule, et je vous prie de ne pas…

— C'est vos oreilles que je vais taper ! cria Isabella d'une voix haut perché. Regardez, j'ai dit, immédiatement, ou vous allez me rendre folle ! »

Lucrèce poussa un soupir avant de s'arracher au tableau.

« Qu'y a-t-il ? » demanda-t-elle en se retournant sur sa chaise.

La vision qu'elle découvrit lui coupa le souffle. Sa sœur brandissait un joyau d'un rouge carmin étonnant, un énorme rubis serti d'or, entouré de perles, suspendu à une chaîne souple, elle-même incrustée d'autres rubis – à porter autour du cou, supposa Lucrèce. La couleur de la plus grosse pierre était aussi pure et intense qu'une goutte de vin gelée. L'œil, irrésistiblement, était attiré ; rien dans la pièce ne rayonnait comme elle.

« Voilà un véritable cadeau de fiançailles », dit Isabella.

Lucrèce resta silencieuse. Elle continua à regarder le pendentif, la manière dont la lumière semblait aimantée par lui, dont il éclipsait, dont il effaçait tout ce qui l'entourait. Comme il allait être lourd de le porter ! Un poids autour du cou et sur la peau.

« Trop injuste, marmonnait Isabella, le bijou posé sur sa propre gorge, qui observait d'un air mauvais son reflet dans le miroir de la cheminée, se tournant d'un côté puis de l'autre. Tout ce que m'a jamais envoyé Paolo n'arrive même pas à la moitié du raffinement de ce collier. Il sied parfaitement à mon teint. Il serait gâché sur vous.

— Pourquoi ? demanda Lucrèce.

— Pourquoi quoi ?

— Pourquoi serait-il gâché sur moi ?

— Parce que ces choses ne vous intéressent pas, voyons », répondit Isabella sans quitter son reflet des yeux.

Lucrèce se retourna vers la représentation de la fouine, vers le cadre doré rutilant.

« Sans doute, dit-elle tout bas.

— Je le veux, déclara Isabella en brandissant le pendentif au bout de son bras tendu. Permettez que je le prenne. Donnez-le-moi. »

Lucrèce regarda sa sœur, la brillance belliqueuse, déterminée, qui luisait dans ses yeux, la fermeté qui scellait sa bouche. Elle laissa passer un silence avant de s'exprimer.

« Vous souhaitez donc que je lui réponde : Merci pour votre présent, que ma sœur a décidé de faire sien ? »

Isabella soutint son regard pendant plusieurs secondes, le temps de calculer ses différents recours, puis elle poussa un soupir furieux.

« Papa refusera, dit-elle, se parlant plus à elle-même qu'à Lucrèce. Trop injuste », répéta-t-elle avant de replacer la pierre et la chaîne dans leur écrin. Elle s'apprêtait à claquer le couvercle, mais arrêta son geste. « Il y a quelque chose d'écrit ici, à l'intérieur.

— Vraiment ?

— Oui. Voulez-vous que je vous lise ? » Sans attendre sa réponse, Isabella prit une voix profonde, masculine, et déclama : « *Ceci appartenait à ma grand-mère, qui portait le même prénom que vous : d'une Lucrèce à une autre.* » Elle referma bruyamment le couvercle et jeta la boîte sur les genoux de Lucrèce. « Tenez, dit-elle, amère. Prenez. Il est à vous. Bonne chance avec votre époux. Un beau crétin prétentieux. »

Isabella tourna les talons et traversa la chambre ; arrivée devant le lit, elle se jeta dessus, la tête enfouie dans le matelas.

Lucrèce posa l'écrin à côté d'elle, sur le bureau. Elle le rouvrit et examina le pendentif. Sa splendeur et sa beauté troublantes étaient légèrement ternies par le cuir qui l'entourait, une matière qui le rendait plus raisonnable, plus abordable. Quelqu'un avait décidé d'orner la pierre de perles, placées tout autour comme de minuscules dents : était-ce le choix de la grand-mère ou de l'artisan ? Elle se demanda à quoi ressemblait cette autre Lucrèce. Son père lui avait raconté que la grand-mère d'Alfonso était une femme réputée pour son immense beauté, immortalisée par de nombreux peintres. Était-il possible que ce pendentif apparaisse sur ces portraits ? Elle pouvait poser la question à

Alfonso dans sa lettre. Elle ramassa son canif et une plume dont elle commença à tailler la pointe.

Elle sentait derrière elle la présence d'Isabella qui, écroulée sur le lit, marmonnait : « Monsieur le Duc de la Prétention. D'une Lucrèce à une autre. Quel crétin. Duc de Fer-à-rat. Pour qui se prend-il pour envoyer un rongeur avec une pierre précieuse ? Crétin. »

Lucrèce ne fit aucun commentaire et se contenta de faire glisser vers elle un morceau de parchemin. Telle était la seule manière d'affronter les sautes d'humeur d'Isabella : les ignorer, les laisser passer. Maintenant sa page d'une main, elle posa sa plume. Comment commencer ? Très cher Alfonso ? Votre Excellence ? *L'Altura ?* Mon cher ?

Lucrèce se mordit la lèvre, consciente que l'encre séchait sur la pointe, que la page était blanche, qu'Isabella gisait sur le lit et chantonnait à présent tout bas une ritournelle sur les époux qui peinaient à mettre la main à la bourse mais pas à…

Elle rendit ses oreilles et son esprit hermétiques à tout ce qui se trouvait autour d'elle. Elle exposa le portrait de la fouine devant elle, contre un vase, et le scruta, scruta, scruta. Elle éprouvait l'étrange et à la fois inédite impression d'avoir été observée et, peut-être, comprise. Comme il était curieux qu'une personne paraisse l'avoir cernée, avoir vu jusqu'à son âme même en ne l'ayant aperçue qu'une seule fois.

Elle pensa un instant à son père épiant sa mère derrière un rideau diaphane, à Naples, et à sa décision instantanée, irrévocable, de prendre cette fille pour femme. Était-il possible que le fils du duc ait conservé son image dans son cœur, cette enfant sur un rempart tenant sa souris apprivoisée entre les mains ? Lorsque

Maria, sa première promise, était morte, ses sentiments auraient-ils pu se reporter sur Lucrèce ?

Un jour ou deux plus tard, Lucrèce coincera sous son bras le portrait de la fouine et, accompagnée à contrecœur par l'une des dames de sa mère, partira à la recherche du précepteur d'art, qui souvent travaillait dans divers endroits du *palazzo*. Elle finira par le trouver sur une échelle, dans un couloir, en compagnie de *signor* Vasari en personne, occupé à réaliser sur le plafond les premières esquisses d'une fresque de la déesse Junon dans un char tiré par un paon. Lucrèce posera le portrait sur une table à côté de leurs craies et verra leurs yeux se fixer sur lui, comme deux chats devant une proie. Le précepteur, descendu de son échelle, saisira le tableau et le tiendra soigneusement devant lui à deux mains, en prenant soin de ne pas apposer ses doigts sur la peinture, tandis que Vasari le rejoindra pour l'observer derrière son épaule. Ceci, dira le précepteur, est l'œuvre d'un maître. Voyez le dégradé de couleurs ici, la précision des marques de pinceau là, ce mouvement donné à l'animal. Vasari, hochant la tête, dira de sa voix grave : Exceptionnel. Lucrèce les interrogera alors sur la particularité qu'elle avait décelée : pourquoi la peinture était-elle aussi épaisse, pourquoi l'artiste en avait-il appliqué autant ? Vasari et le précepteur réfléchiront un moment à ses questions, tout en continuant d'étudier la fouine, sa gueule si vivante, ses pattes levées, puis Vasari prendra le tableau des mains du précepteur et le penchera pour le regarder de côté. Il décrira alors à Lucrèce une pratique appelée le repeint. Il pouvait arriver qu'un artiste, après avoir peint une scène ou un portrait, le recouvre par une nouvelle représentation, tout à fait différente. La pratique était courante, lorsque par exemple un peintre n'était pas satisfait de sa première tentative, ne disposait pas de l'argent nécessaire pour acheter ses matériaux ou si, pour une quelconque raison, il désirait masquer une œuvre existante, ou simplement rectifier une lumière ou des ombres. Certaines *tavole* ou toiles, expliquera Vasari, pouvaient avoir été recouvertes trois ou quatre fois, existant toutes en même temps au travers de ces couches secrètes. Comme celle-ci. Je voudrais essayer, dira Lucrèce au précepteur. S'il vous plaît, apprenez-moi. Le précepteur lancera un regard à son maître, et Vasari soupirera avant d'agiter la main pour leur dire de se sauver. Le précepteur s'essuiera les mains sur un chiffon. Venez, lui dira-t-il, commençons.

Dans sa chambre, derrière Isabella toujours écroulée sur le lit, derrière le canari qui, depuis sa cage, l'observait d'un œil brillant, Lucrèce rajusta la position de son parchemin, prépara sa plume et inscrivit, pour la première fois, les lettres de son nom : *Cher Alfonso*.

Quelque part dans l'obscurité

La forteresse, région de Bondeno, 1561

Plus tard, à son réveil, une sensation de vertige l'étreint, une impression de monter une pente à grande vitesse ou de passer d'un monde à un autre.

Elle lève la tête de son oreiller, se retrouve au milieu d'une obscurité épaisse, oppressante. Où est-elle ? Quel est cet endroit ? Elle cherche les fenêtres géométriques du château, sur sa droite, mais rien. Elle tourne la tête, espérant trouver les grands carreaux opaques du palais, mais là encore, rien. Elle se demande : Où est passé le portrait de *la faina*, pourquoi n'est-il pas sur la cheminée ?

Puis elle découvre le rideau d'un lit à baldaquin tiré comme si quelqu'un avait quitté celui-ci à la hâte. Elle distingue derrière l'oblique d'un mur que dessinent les ombres de minuit, et tout lui revient en mémoire : la *fortezza*. Elle se trouve à la *fortezza*.

Mais où est Alfonso ? Elle ne le voit nulle part. Alfonso est parti. Le lit est vide. La table doit se trouver sur sa gauche, couverte d'ébauches pour le tableau qu'elle a imaginé, et de l'autre côté…

Elle va être malade : cette certitude l'assaille soudain, accompagnée d'un étourdissement terrible. Un spasme projette son corps vers l'avant, elle cherche les bords du lit à tâtons. Il lui suffirait de pouvoir tirer complètement le rideau, de se lever du matelas…

« Emilia ? » appelle-t-elle. Sa voix, éraillée, imprécise, résonne d'une étrange manière, lui semble provenir de très loin. « Clelia ? »

Et puis elle se souvient qu'elles ne sont pas avec elle, qu'elle les a laissées là-bas, à Ferrare.

Une douleur palpite dans sa tête, lui donne la sensation que sa mâchoire est vissée trop fort à son crâne. Les muscles de son cou se sont emmêlés, forment de véritables nœuds, des nœuds horribles qui se dilatent au passage du sang dans sa tête. Elle sent ses orbites, les racines de ses molaires, les cavités de son nez – toutes ces parties de son corps semblent inscrites à l'encre lumineuse dans l'obscurité, semblent chanter d'une voix agonisante et haut perchée.

Elle s'accroche au baldaquin, le tire brusquement, tombe du lit. Un haut-le-cœur monte, son estomac se contracte, fait remonter dans sa bouche un acide amer ; un autre haut-le-cœur la prend et cette fois, un flot de liquide se déverse d'elle, brûlant et nauséabond. Cette matière est comme la lave d'un volcan, forçant le passage pour sortir de terre, bouillonnant tandis que survient l'éruption.

Son esprit est à vif, sidéré. Cette chose qui est en elle, quelle qu'elle soit, va finir par sortir. Elle se positionne à quatre pattes, comme un animal, et tousse et vomit jusqu'à ce que son estomac soit vide, jusqu'à ce que sa bouche brûlante et irritée crache du sang et de la bile.

Elle appelle à nouveau, mais l'épaisseur des murs se moque d'elle, lui renvoyant un écho si faible et si vain qu'elle se tait. Elle se débarrasse de sa chemise de nuit trempée et, faute de savoir quoi faire d'autre, retourne dans le lit. Jamais, se rend-elle vaguement compte, jamais de sa vie elle ne s'est retrouvée seule : il y a toujours eu quelqu'un à appeler, quelqu'un à faire venir.

Un moment plus tard, elle se met à trembler. Cela commence par les pieds, des frissons qui la saisissent par les chevilles, puis par les jambes, si brusques que les couvertures se soulèvent, laissent échapper les poches d'air chaud. Lucrèce gémit et se recroqueville sur elle-même. Et puis, soudain, tout se passe comme si ce mal l'avait attrapée par la peau du cou. Ce mal est furieux contre elle – ce constat, au moins, est clair. Il est en colère. Lucrèce lui a fait quelque chose de terrible, d'impardonnable, quelque chose qui a déclenché chez lui un courroux inapaisable. Il l'attrape, la secoue d'avant en arrière, la fait claquer des dents, lui agite les bras et les jambes dans tous les sens. Les draps sont jetés par terre, ses doigts sont entrelacés, ses mains retournées, les muscles de ses jambes se raidissent, pris de spasmes. Elle ne se reconnaît même plus ; elle est une créature laissée à la merci d'une puissance plus forte qu'elle, puce sur le dos d'une bête enragée, coing pelé dans une marmite bouillonnante.

Elle ne peut rien faire. Elle est impuissante, complètement soumise à cette force barbare. Son corps est projeté d'un côté, puis de l'autre ; sa tête est plaquée contre les oreillers, enfoncée, tirée vers l'arrière. Ses bras sont raides, ses doigts crispés transformés en griffes. Faire passer de l'air dans sa gorge gelée, à travers ses poumons pétrifiés, est chose difficile.

Elle pourrait mourir. Ce constat se présente à elle comme une mouette sortie de la tempête et Lucrèce l'examine, prostrée, à travers le voile remuant de la maladie. Elle pourrait. Elle le reconnaît ; l'accepte. Car elle a atteint un lieu où tous ses désirs se réduisent à souhaiter la fin de ce tourment, de ce martyre physique. Souhaiter la fin, seulement.

La duchesse Lucrèce en son jour de mariage

Le palais, Florence, 1560

La chambre est remplie de monde. Sa robe de mariée l'attend sur le lit.

De grands lys dressent la tête dans un vase posé sur la cheminée, semblant surveiller l'assistance à travers leurs corolles déployées. L'air qui entre en elle et en sort est chargé de leur parfum. À son réveil, peu après l'aube, les boutons étaient fermés, mais leurs pétales et étamines, dans toute leur sophistication, se présentent maintenant à qui veut les voir. Leur odeur sucrée, écœurante, lui remplit la poitrine, la quitte, la remplit à nouveau. Une ombre de pollen couleur rouille encercle le pied du vase.

Derrière a lieu le va-et-vient des servantes, dont les souliers se pressent en tous sens. Quelqu'un frappe à la porte pour déposer un coffret en bois ; une autre personne ouvre le coffret et sort les bijoux qu'il contient, un par un. Quelqu'un d'autre encore soulève le bras de Lucrèce et y glisse les bracelets, fait entrer les boucles d'oreilles dans ses lobes, attache le rubis de ses fiançailles autour de son cou. Lucrèce est le seul être immobile. Elle est assise au milieu de cette effervescence, roseau dans un ruisseau tourbillonnant.

Trois femmes de chambre sont postées autour d'elle, chacune occupée par une section de sa chevelure, tirant sur son crâne avec leurs peignes. L'une d'elles, une fille pas plus âgée que Lucrèce, au visage marqué par une cicatrice froncée dont la courbe s'étire de sa bouche à son cou, agit avec des gestes particulièrement doux, démêlant de ses doigts les nœuds au lieu de forcer avec le peigne ; Lucrèce aimerait pouvoir lui dire l'immense gratitude que cette attention lui inspire.

Depuis qu'elle est assise là, elle s'est occupée en imaginant comment elle peindrait ces lys, comment elle saisirait les mouchetures roses à l'intérieur de leurs corolles, le blanc de cygne de l'extérieur des pétales, les étamines collantes de nectar, la force et la fragilité qui s'en dégagent à la fois. Sa jambe, sous son *camiciotto*, ne cesse de tressauter de haut en bas. Elle ne peut l'arrêter : devoir rester assise, immobile, pendant aussi longtemps lui est insupportable. Elle aimerait pouvoir bondir, repousser ces femmes qui l'encerclent, arracher ses cheveux à leurs mains, marcher à grands pas dans la pièce et se débarrasser de ses bracelets tintinnabulants, rouler des épaules pour se délasser, étirer son cou à gauche puis à droite. Surtout, elle aimerait pouvoir chasser tout le monde d'un grand cri et disposer d'un moment pour réfléchir tranquillement.

Mais il n'y aura point d'esquisses aujourd'hui. La robe attend et les lys, bientôt ficelés, vont être placés entre ses mains, et Lucrèce les portera devant elle comme un bouclier ou comme une lance, jusqu'à l'autel.

Un long triangle de lumière, réplique jaune exacte de la fenêtre qui le surplombe, apparaît soudainement à ses pieds et se répand sur le sol comme pour lui toucher la cheville. Lucrèce observe la manière dont il se courbe en passant sur les objets, dont il se drape autour d'une paire de souliers, d'un vêtement tombé par terre, d'un fourreau jeté de côté.

Près du lit, deux servantes se disputent sous des chuchotements enflammés. Quelque chose à propos de la robe et de l'ordre dans lequel elle doit être enfilée. Lucrèce aperçoit l'une d'elles soulever une manche et dire : Ceci, d'un ton autoritaire, puis l'autre secouer la tête et baisser la main avec emphase vers le corset. La première servante se tient le front d'un air grandiloquent, et remarque que si elles n'étaient pas si longues avec la coiffure, elle serait déjà habillée. Elles sont anxieuses car Éléonore leur a donné la consigne, d'un ton ferme, de faire en sorte que Lucrèce ait l'air d'une duchesse, puisque – avait-elle ajouté avec un rare sourire – c'est bien ce qu'elle sera. Le vieux duc, le père, est mort, si bien qu'Alfonso est devenu duc de Ferrare ; Lucrèce a entendu des rumeurs selon lesquelles telle serait la raison de son retour de France, pour prendre les rênes de sa cour et non, comme le prétend Éléonore, pour confirmer Lucrèce en son statut d'épouse. Quoi qu'il en soit, elle deviendra duchesse ce jour, dès l'instant où elle sera mariée. Elle se répète parfois ce mot à elle-même – *duchessa, duchessa* –, en boucle, lorsqu'elle se trouve seule, l'amalgamant pour n'avoir plus qu'une bouillie de sons. Ces trois syllabes semblent se battre les unes contre les autres, le péremptoire *du*, le dur *che*, et le susurrant *ssa*. Comme il est étrange de penser qu'elles feront désormais partie de son nom pour toujours.

Lucrèce sait que plusieurs bals masqués ont été donnés la nuit dernière au palais en l'honneur du nouveau duc et que les musiciens étaient habillés de velours brodé. Il y avait douze Indiens et douze Grecs pour les divertir d'une musique divine. Les dames florentines ont dansé, et sur les longues tables du salon se sont enchaînés des mets toujours plus délicats. Voilà qui explique peut-être aussi la fatigue et la tension des servantes qui n'ont presque pas dormi. Dans toute la ville ont eu lieu des banquets, les porcelets ont rôti sur la broche, le peuple a festoyé jusque tard dans la nuit. Sur ordre de son père, une partie de *calcio* s'est tenue devant la basilique Santa Croce ; plusieurs milliers de personnes se sont réunies pour y assister, parmi lesquels un jeune homme du quartier qui, en voulant défendre son équipe, s'est vu grièvement blessé. Son père a fait donner une bourse de *scudi* à sa famille pour saluer son courage et sa ténacité.

Si Lucrèce est au courant de ces détails, ce n'est pas parce qu'elle se trouvait sur place, mais parce qu'elle a entendu les servantes en discuter entre elles – les bals, les chandelles, les porcelets rôtis, le *calcio*, les *scudi*. Comme elle aurait aimé voir ce spectacle, se tenir dans ces salons, ou même simplement sur la coursive et regarder en bas la danse et tous ces visages. Elle avait supplié, supplié son père et sa mère, en vain. Tapant des pieds, elle s'était écriée : Pourquoi, pourquoi ? Mais ses parents s'étaient détournés en secouant la tête, en lui répondant qu'elle, Lucrèce, devait rester ici, dans sa chambre. Il n'est pas convenable que la future épouse soit vue avant le mariage.

Le miroir lui renvoie l'image de son visage aux joues très rouges, aux yeux pailletés, aux cheveux entortillés comme des cordes, tenus en suspension par les six mains des servantes qui les peignent et les tressent, donnant à Lucrèce un air venu d'ailleurs, celui d'un être flottant au milieu du ciel.

La robe attend ; elle la sent derrière elle qui attend son heure, ses formes vides prêtes à entourer son corps.

C'est alors que résonne dans l'atmosphère, tout autour d'elle, le son de la cloche du beffroi. Cinq coups, six, sept. Juste derrière, une fraction de seconde plus tard, résonnent les autres cloches de Florence, comme si la ville tout entière faisait écho, se manifestait, répondait. Tandis que les derniers appels finissent de faire vibrer les murs de la chambre, la panique se répand parmi les servantes. Elles filent de la porte à la fenêtre, de la malle au lit, s'intimant les unes aux autres de se dépêcher, vite, vite. La femme qui tenait la manche de la robe se met à fustiger les coiffeuses : Pourquoi n'avez-vous pas encore fini, vous êtes si lentes, vous allez toutes nous mettre dans de beaux draps. La plus âgée des servantes, occupée à entamer un macaron en enroulant sur elle-même l'une des longues tresses qu'elle épinglera au crâne de Lucrèce, lui répond de fermer sa grande bouche ou elle s'en chargera elle-même.

Pas une seule fois depuis sa naissance les cheveux de Lucrèce n'ont été coupés : détachés, ils lui arriveraient aux chevilles, rivière de cuivre vieilli cascadant de sa tête à ses pieds. Elle les porte autour d'elle comme un linceul. Beaucoup de choses peuvent être dissimulées en dessous : son corps tout entier, si elle les lâche, ou bien des fleurs, des graines et même de petits animaux, s'ils sont arrangés en chignon. Au brossage, ses cheveux prennent vie, se transforment, se séparent en filaments dont certains grésillent et s'élèvent dans les airs comme des fils de toile d'araignée. Coiffés par des mains expertes comme à présent, ils peuvent former une auréole ou une couronne.

Les tresses épinglées lui quadrillent la tête, s'enroulent autour de ses oreilles ornées de pierres précieuses, sur les courbes de son cou, au sommet de sa tête. Le voile est abaissé sur elle tandis que les servantes fixent le diadème d'or, que Vitelli est allé chercher dans la chambre forte et a apporté en personne.

Les querelles se poursuivent entre les servantes. L'une d'entre elles émet un commentaire un peu grivois au sujet des hommes, une autre glousse sottement, la plus âgée leur intime sèchement de se taire. Le diadème semble soudain trop serré sur la tête de Lucrèce : elle le sent faire pression sur son crâne, en plus des centaines d'épingles à cheveux en cuivre qui maintiennent sa coiffure en place. À l'intérieur de ses pantoufles, ses orteils se recroquevillent, et Lucrèce se répète intérieurement le conseil de Sofia pour sa nuit de noces : laisser l'homme faire ce qu'il veut, ne pas se débattre, ne pas résister, souffler profondément, et se dire que cela va finir par cesser. Mais il n'est pas dans sa nature, aurait-elle aimé répondre à Sofia, de se soumettre, d'acquiescer.

Puis le voile est rejeté en arrière et Lucrèce voit la domestique aux mains prévenantes, celle qui porte une cicatrice au visage, lui faire signe de se lever.

Elle se tourne face à la robe.

La voilà qui arrive, précieusement tenue dans les bras de deux servantes. Elle voyage, telle une voile gonflée par le vent, jusqu'à l'endroit où se trouve Lucrèce dans sa robe de chambre et coiffée de son voile, prête. L'étoffe ondule comme de l'eau qui coule ; la soie porte en elle une myriade de bleus, du céruléen d'un ciel clair jusqu'à un bleu d'encre profond, insondable. L'organza d'or, route brillante, scintillante, le sépare en son milieu.

Cette robe, alors, s'ouvre entre les mains habiles des servantes, se déplie à la manière d'une carte et reste là suspendue – plate, indéchiffrable – pendant quelques instants. Puis les servantes l'apposent devant elle et l'en enveloppent. Le corset est lacé, l'une des servantes tire sur les cordons pendant que l'autre maintient le tissu ; les manches, raides et volumineuses, sont glissées sur ses bras et la fille à la cicatrice se place au niveau de l'épaule pour les refermer d'une main preste. Lucrèce s'interroge sur cette fille si prévenante. Elle n'a pas l'air bien plus âgée qu'elle ; elle a des cheveux clairs, assez semblables par la couleur à ceux de Lucrèce, dont les boucles dépassent de sa coiffe. Des auréoles de sueur sont visibles sur sa blouse, sous les bras et le long du col. Sa cicatrice en forme de croissant, qui part du coin de sa bouche et se termine dans le cou, met en relief sa beauté, la rend plus apparente.

Lucrèce sent le corset se resserrer sur sa taille, dans le bas de son dos. Elle sent le rouge lui monter aux joues et dans le cou, ainsi qu'un inquiétant fourmillement derrière ses paupières. La fille, placée devant elle à présent, s'attelle au laçage des manches, attache les cordons sous ses aisselles, lui jetant de temps à autre des coups d'œil furtifs – est-ce l'imagination de Lucrèce ou y a-t-il à nouveau dans son regard de la pitié, de l'empathie ? Comment une fille de son rang, qui plus est mutilée de la sorte, pourrait-elle la plaindre ?

Et puis, soudain, tout est terminé. La robe est sur elle. Elle lui tombe sur les chevilles, couvre ses poignets, s'érige sur elle de toutes parts, forteresse de soie. Au-dessus trônent ses cheveux relevés, son collier au rubis, et en dessous ses pieds chaussés de souliers en satin.

Dans le miroir, elle voit une fille entourée d'une mer de bleu et d'or, pareille à un archange tombé sur terre.

Discrètement poussée par les servantes, qui glissent entre ses mains le bouquet de lys, elle s'avance vers la porte.

La robe bruit autour d'elle, glossolalie par elle seule comprise, frottements de la soie contre les fibres rêches du jupon, couinements des armatures du corset tendues sur l'étoffe, râpements des ourlets sur la peau des poignets, du col empesé, tandis que grince la crinoline comme le gréement d'un bateau. C'est une symphonie, un orchestre de textiles, et Lucrèce aimerait pouvoir se boucher les oreilles, faire barrage avec ses paumes, mais impossible, car elle doit poursuivre son chemin ainsi, jusqu'à la porte ; elle doit marcher avec, sortir dans le couloir où tous ces gens – les officiels de son père, la suite de sa mère – l'attendent. Elle doit laisser derrière elle cette chambre et ce palais, où elle ne dormira peut-être jamais plus.

Incitée à avancer, elle passe de salle en salle, franchit des arches en marbre, marche sous des voûtes. Les portes s'ouvrent devant elles, des visages curieux la regardent.

Elle détourne la tête à l'approche de l'ancienne chambre de Maria, mais la redresse, incrédule, en apercevant la porte entrouverte. Un rai de lumière se déverse dans le couloir. Elle serre les tiges de son bouquet. Est-il possible que cette chambre soit occupée ? Qu'on l'ait donnée à quelqu'un ?

L'idée qu'elle soit attribuée au duc de Ferrare surgit dans son esprit. Évidemment, évidemment que oui. Où donc l'auraient-ils mis, sinon, alors que le *palazzo* grouille d'invités et de visiteurs, de domestiques et de courtisans ? Quelle autre chambre serait à la hauteur de son rang ?

La chambre de Maria : son lit, le lourd baldaquin rouge, le coffre en laque dorée, la grande fenêtre et la table en dessous. Il y avait autrefois dessus un vase en quartz aux motifs sculptés. Au printemps, Maria aimait le voir rempli d'anémones et, en été, de bougainvilliers. Sera-t-il encore là, plein de délicats boutons rose-violet, comme si sa sœur était encore en vie ?

Si Maria était en vie, ce serait elle, à cet instant, qui sortirait par cette porte et cheminerait à travers ces escaliers, suivie par des dames, flanquée de courtisans, et voilà Vitelli, au pied des marches, qui la regarde d'en bas, puis lance un coup d'œil en direction de la cour pour donner le signal à quiconque attend là. Elle arrive, veut-il dire à cette personne qu'elle ne voit pas.

C'est elle, c'est Maria qui aurait dû être là : voilà ce que tout le monde pense. Lucrèce en est certaine. C'est Maria qui aurait dû porter cette robe, tenir ces lys. Pas elle, plus petite de taille, plus jeune, et bien moins jolie et aimable.

Au sommet des escaliers, Lucrèce est saisie par un irrépressible besoin de faire demi-tour, d'aller pousser cette porte juste au cas où il y aurait eu erreur, au cas où Maria serait là, assise devant sa table à écrire des lettres, son vase de fleurs devant elle, ses cheveux brillants illuminés par un rayon de soleil, Maria se retournant, agacée d'être interrompue, et lançant à Lucrèce : Mais que faites-vous là ? Pourquoi portez-vous ma robe ? Retirez-la sur-le-champ.

Elle descend une marche, une autre puis une autre, les fines semelles de ses souliers posées sur la pierre. La fille à la cicatrice se trouve juste à sa droite ; elle la tient par le poignet, l'aide à garder l'équilibre. Croit-elle que Lucrèce pourrait tomber ?

*

Vitelli est là, son bras crocheté au sien ; ensemble, ils traversent la pénombre de velours du vestibule. Il y a quelque chose d'étrangement intime à être enveloppés ainsi, tous les deux. Elle se retrouve prise d'une envie de se pencher vers lui et de lui dire : Laissez-moi partir. Laissez-moi m'enfuir. Lâchez mon bras et permettez-moi de…

Les portes s'ouvrent en grinçant, une cascade de bruits la percute de plein fouet. Elle l'ignore alors, mais le seul moment de tranquillité de cette journée vient de s'achever : tout ne sera plus que mouvement, vacarme, bavardages, ordres, obligations. La voilà donc, sur le seuil du *palazzo*, lieu de sa naissance. Maintenant, elle s'avance, sort de ses immenses, immenses murs. La lumière vive l'oblige à fermer les yeux. Un bruit tonitruant roule tout autour d'elle comme une vague, si puissant qu'elle en perd l'équilibre et en arrive à se réjouir de la présence de Vitelli, qui lui tient toujours le bras. Lorsqu'elle rouvre les yeux, elle découvre que la place est noire de monde. Les gens de Florence agitent en l'air des étoles et des drapeaux, crient, le visage tourné vers elle. Tant de visages ! Le spectacle est à couper le souffle. Ils sont tous différents : il y en a des vieux, d'autres aux grands yeux, des étroits, des bouches aux dents blanches, des bouches sans dents, des cheveux bouclés et des cheveux tondus. Il y a des bébés portés dans les bras, des enfants qui tendent le cou pour voir. Comment peut-il exister tant de visages humains différents ? Comment peut-il y avoir autant de combinaisons de bouche, de nez, d'yeux ? Elle est abasourdie. Si elle le pouvait, elle prendrait le temps de tous les regarder un par un, de leur parler, de leur demander leur nom et la raison de leur venue. Une femme non loin d'elle, retenue par un garde, veut lui dire quelque chose, le répète, étirant vers elle une main suppliante. Lucrèce la regarde. La femme se trouve à sa portée, elle pourrait la toucher, toucher cet individu au sarrau crasseux, aux cheveux lâchés dans le dos. Elle comprend soudain, avec émotion, que la femme l'appelle – Lucrèce, Lucrèce –, mais comment cette personne peut-elle connaître son nom, et que représente-t-il pour elle, que représente-t-*elle* pour elle ?

Et voilà le carrosse, là tout à coup, non pas le carrosse couvert que ses parents utilisent habituellement, mais un autre, sans toit, avec un garde qui lui tient la porte ouverte. Elle pose le bout de son soulier sur le marchepied, Vitelli et le garde les aident à se hisser, elle, sa robe et ses fleurs, sur la banquette, avant de claquer bruyamment la porte.

C'est un véhicule haut, et moins stable qu'il n'y paraît ; la lumière et le bruit extérieurs sont toujours proches, mais moins oppressants. À l'intérieur de cette cage qu'est sa robe, elle tente de trouver une position un tant soit peu confortable sur la banquette, si bien que plusieurs instants lui sont nécessaires avant de s'apercevoir qu'elle est assise en face de ses parents.

Éléonore est installée au milieu d'un nimbe d'étoffe aux motifs hachurés, une main sur le menton, l'autre sous le bras de Cosme. Elle observe sa fille derrière ses cils épais.

« Oui, murmure-t-elle comme si une discussion était déjà en cours avec elle. La couleur convient. Elle sied à vos yeux, à vos cheveux. C'était bien ce qu'il me semblait, même si certaines de mes dames m'avaient mise en garde contre l'éventualité qu'elle souligne au contraire votre pâleur. J'avais donc raison. »

Elle continue à examiner de haut en bas la robe, le corset, encore et encore, s'incline pour mieux voir les manches.

Puis elle penche la tête sur le côté.

« Et pas un baiser pour votre mère en un jour pareil ?

— Si, répond Lucrèce. Pardonnez-moi, Maman. »

Avec précaution elle se lève, accrochée à ses lys. Quelques instants lui sont nécessaires pour trouver son équilibre – la robe est tellement énorme, tellement encombrante –, puis elle s'approche de sa mère pour lui donner un baiser.

Sa joue est fraîche et douce, pareille à un abricot trop mûr dans sa manière de s'enfoncer, de s'abandonner délicatement. L'odeur de sa mère est la même depuis toujours : baume pour les cheveux, huile de violette, clous de girofle.

À la vue de ce baiser entre mère et fille se déclenchent dans la foule de gigantesques acclamations dont l'écho ricoche sur elles comme si quelqu'un avait envoyé dans le carrosse un gros ballon doré.

Les chevaux, au contact du fouet, se ruent en avant et Lucrèce se retrouve projetée à sa place, sur la banquette.

« Voyez-vous ces gens, Lucrèce ? demande Éléonore. Voyez-vous comme ils nous aiment ? »

Lucrèce regarde sa mère agiter un mouchoir. Ses rebords en dentelle volettent joliment dans l'air chaud ; Éléonore sourit à la foule. Cosme demeure assis à côté d'elle, le dos droit, la tête haute. Point de sourire, mais un mouvement du menton, de temps à autre, qu'il abaisse dans un noble hochement de tête. Lucrèce remarque un éclat métallique par-dessus le col de sa chemise. Même en ce jour, il porte sa cotte de mailles sous ses habits ; elle avait entendu dire qu'il ne sortait jamais sans du *palazzo*, certain qu'il était qu'on tenterait d'attenter à sa vie. Elle tourne la tête d'un côté puis de l'autre, craignant soudain de voir un assassin surgir de la foule. Mais les visages des Florentins massés en haie dans la rue sont rendus flous par le mouvement du carrosse, gouttes de peinture dans l'eau.

« En effet, Maman », répond-elle.

Le carrosse vire à gauche, puis à droite, les chevaux entre leurs harnais se débattent. Lucrèce est projetée d'un côté, puis de l'autre, son bouquet en l'air pour ne pas abîmer les pétales. Ses parents, voit-elle, se tiennent corps contre corps, sans bouger ou presque. Leur regard demeure rivé sur la foule tandis qu'Éléonore, avec un sourire vague, continue de saluer.

« Maman ? » demande Lucrèce en se penchant pour attraper sa main et la tirer vers elle, comme si ce rapprochement pouvait effacer et réécrire tout ce qui s'est passé entre elles depuis sa naissance.

Il apparaît alors clairement à Lucrèce, cependant que le carrosse roule à travers la ville, en route pour son mariage, que le lien qui les unit est cassant et ténu, semé d'anomalies et de nœuds qu'elle ne comprendra jamais, car il en est ainsi depuis toujours. Pourquoi, voudrait-elle lui dire, pourquoi faut-il qu'il en soit ainsi entre nous ? Avez-vous oublié les *animaletti* ?

Comme je les aimais, comme j'avais été surprise de vous voir me les apporter. Comme j'étais inconsolable lorsque mes frères les avaient fait tomber du rebord de la fenêtre. Avez-vous oublié votre geste pour me permettre de participer aux leçons de dessin ?

« Maman ? » murmure-t-elle à nouveau, accrochée aux doigts de sa mère, désirant plus que tout au monde dénouer cette corde invisible qui les ancre l'une à l'autre si maladroitement, la retendre, même si elle ignore comment.

Le bruit des roues, des gens, les souffles d'air balaient son appel. Lucrèce se rend compte qu'ils approchent de Santa Maria Novella, qu'il ne reste plus beaucoup de temps. Ces moments sont les derniers de son enfance – à chaque seconde qui passe, sa vie auprès de sa famille s'éloigne. Très bientôt, elle sera mariée. Les banquets, les bals, les jeux ont déjà commencé – la fête bat son plein depuis des jours – et avant la tombée de la nuit, Lucrèce sera partie.

*

Elle pose son autre main sur le genou de sa mère. Du bout du doigt, elle le tapote comme pour chercher une entrée.

Éléonore baisse les yeux vers son genou, étonnée, puis les relève vers Lucrèce. Ses sourcils à l'arc parfait se haussent et sa mère la regarde vraiment, la regarde pour la première fois de la journée, et quelque chose sur son visage vacille. Ses traits s'adoucissent, comme si la voix de la plus jeune de ses filles l'avait transpercée en son cœur, avait déclenché en elle un flot d'empathie.

« Oui ? demande Éléonore.

— Maman, je… »

Lucrèce tente de trouver les mots, de savoir ce qu'elle cherche à exprimer, précisément. Elle ne peut lui parler de cette corde compliquée, entortillée, pas maintenant, là devant la basilique, ne peut lui dire qu'elle a peur, que sa crainte de ce mariage et de la vie qui s'ensuivra emplit la place vide à côté d'elle, sur la banquette du carrosse, qu'elle voyage avec elle, ses griffes plantées dans le siège. Elle n'a pas le temps pour dire tout cela, car le créneau imparti pour parler s'est déjà refermé. Alors, finalement, elle en revient à ce sujet qui a toujours fait consensus entre elles :

« À l'époque où… à l'époque où… où Papa vous a vue pour la première fois, sur la route de Livourne… avez-vous… comment avez-vous… »

Éléonore regarde sa fille cadette, perplexe. Lucrèce lui rend son regard, espérant qu'elle comprenne.

« Comment ai-je quoi ?

— Était-ce… avez-vous ressenti de l'amour pour lui tout de suite… immédiatement… ou était-ce plus tard ? »

Éléonore réfléchit, puis esquisse un haussement d'épaules.

« Étant donné que je l'avais déjà vu chez le vice-roi, à Naples…

— Je croyais que seul Papa vous avait vue. »

Cette nouvelle version de l'histoire qu'elle pensait pourtant connaître sur le bout des doigts est un choc.

« Vous vous trouviez dos à lui, le visage levé vers le plafond… »

Ses parents échangent un regard, un fil secret se tisse entre eux, comme si l'un des vers à soie de sa mère était à l'œuvre, là, suspendu. Le père de Lucrèce cligne des yeux, tout en saisissant les doigts pâles de sa femme.

« Non. » Les bijoux d'Éléonore cliquettent lorsqu'elle secoue la tête. « Je faisais semblant de ne pas le voir, mais je l'avais vu. Je savais qu'il était là. Je savais qu'il m'admirait. Et j'ai su, à cet instant, ce qu'il adviendrait. »

Son père soutient le regard de son épouse et s'humidifie les lèvres, ces lèvres qui toujours semblent si rouges au milieu de sa barbe. Lucrèce détourne les yeux. Santa Maria Novella se rapproche, dominant les rues de toute sa hauteur. Sa mère a tourné la tête vers le cocher pour demander si l'autre carrosse avec les garçons les suit. Une fois de plus, Lucrèce sent peser sur elle, comme un sac accroché à son dos pour toujours, l'amour inconditionnel que sa mère porte à ses frères, plus précieux que tout, et la préférence de son père pour Isabella, dont le comportement sera toujours exemplaire, il ne reste que si peu d'amour pour elle, qui demeurera celle à qui l'on pense en second, que l'on tolère, au mieux, et elle voudrait leur dire : Pourquoi les aimez-vous, eux, pourquoi pas moi, ne voyez-vous pas comme Francesco est froid, comme Pietro devient cruel, pourquoi est-ce moi qui suis obligée d'épouser cet homme qui m'emmènera si loin, à Ferrare, alors qu'Isabella reste au palais, pourquoi est-ce moi que l'on chasse ?

Le carrosse s'arrête. Lucrèce ravale ces mots comme un médicament amer. Le moment n'est pas à des sujets pareils : il est trop tard, et ces questions n'importent plus. Sa nouvelle vie est sur le point de commencer. Elle, Lucrèce, va bientôt renaître, ne sera plus la cinquième fille de Florence, trop petite pour son âge, oubliée, mais la duchesse de Ferrare.

Elle lève les yeux vers l'immense façade de l'église, abrupte comme une falaise, regarde la limite où le campanile rejoint le ciel, rencontre de la brique brune et du bleu. Puis elle se lève en chancelant.

*

Passé les portes de l'église, le soulagement la gagne : le bruit de la ville s'étiole derrière elle.

Son père et sa mère s'arrêtent devant les fonts, plongent leurs mains dans l'eau ; mais alors que Lucrèce s'apprête à les imiter, elle se fige. La salle qui s'ouvre devant elle est époustouflante : elle n'a jamais rien vu de pareil. Une immense étendue de carreaux rouges s'étire à ses pieds, encadrée par une série d'arches claires. La lumière pénètre à l'oblique par des fenêtres trop hautes pour être vues, réchauffant le sommet des arches, épousant le plâtre blanc sur lequel sont incrustés des losanges d'or. Les bougies se consument, perçant la pénombre, chacune surmontée de sa petite couronne rayonnante. Les lignes du plafond, les lignes de l'allée centrale obligent le regard à se diriger vers l'autel entouré de représentations de saints baignés de halos dorés et vers les vitraux multicolores.

Lucrèce s'avance, ébahie ; elle lève les yeux d'un côté, d'un autre, puis d'un autre, voudrait tout mémoriser pour pouvoir le peindre, plus tard. Il faudra du papier, de la craie, du blanc, du rouge, de l'azur pour les fenêtres, du jaune vif, du doré pour les halos – elle sent en elle une montée d'excitation, ou peut-être plutôt de panique. Comment va-t-elle s'y prendre ? Comment arrivera-t-elle à se souvenir de tout ? Et n'est-il pas incroyable que des pierres entassées les unes sur les autres puissent receler un cœur comme celui-ci, pépite de splendeur, de feu et d'or ?

Ils s'avancent dans l'allée. Dans l'air s'entrelacent des volutes d'encens et de fumée ; elle les voit s'entortiller et flotter à travers les minces rais de soleil ; en fond résonnent des chants en latin. Lucrèce aperçoit sous ses pieds un visage de marbre blanc. Ses yeux sont fermés, les traits sont presque effacés, le corps émerge à moitié du sol, semblable à celui d'une personne emportée par les flots, sur le dos. Quel drôle d'endroit pour une tombe que le sol d'une église, pense-t-elle, où tous les souliers des visiteurs vous éraflent, piétinent votre repos éternel.

Ils arrivent devant l'autel où se tiennent plusieurs personnes, parmi lesquelles un prêtre vêtu d'une chasuble blanc et or si longue qu'on le croirait sans pieds, se déplaçant sur des roues ou en flottant juste au-dessus du sol.

Cette pensée la fait sourire, car Lucrèce sait que rien ne peut l'atteindre dans un lieu aussi beau, aussi céleste, rien de mauvais ne peut survenir ; cet espace où tout s'élève vers le ciel, où des dards de lumière divine se confondent avec les prosaïques chevrons de bois du plafond, tout cela la remplit corps et âme. Son père s'éloigne, un moment, puis elle sent tout à coup une pression sur elle – respectueuse, mais ferme.

Une main l'emmène. Large et chaude, avec de longs doigts. À travers l'interstice, entre son voile et sa robe, elle distingue un bout du poignet – le reste est avalé par l'habit. De la manche sortent des poils noirs, tous plaqués dans le même sens, pareils à un champ sur lequel souffle un vent dominant ; ces poils appartiennent à une personne de grande taille qui se tient tout près d'elle. Sa main couvre entièrement la sienne.

Lucrèce s'entend émettre un petit hoquet – une inspiration au milieu de l'espace intime formé par son voile. Sa main semble avoir disparu, engloutie par ce possessif étau qui désormais occupe le bout de sa manche.

Voilà donc Alfonso. Il se tient là, près d'elle, dans l'attente que commence la cérémonie. Quelle sotte fait-elle de ne l'avoir pas compris. C'est bien lui, Alfonso, duc de Ferrare, l'homme qui bientôt les embarquera, elle, ses malles et sa dot, pour rentrer avec dans son château. Alfonso est là, Alfonso existe.

Une épée est brandie et maintenue au-dessus de leurs têtes tandis qu'Alfonso lui présente une ceinture d'or, lourde de perles et de rubis, qu'il attache autour de sa taille. Puis il se ~~redresse et fait~~ glisser à ses doigts une première, une deuxième, puis une troisième bague. La dernière, gravée de son sceau, un aigle aux ailes déployées, est légèrement trop grande. Lucrèce est obligée de recroqueviller le doigt pour éviter qu'elle ne tombe, la sent s'enfoncer dans sa chair tandis qu'elle regarde son père, avec cérémonie, tendre à Alfonso un plat d'argent et un *boccale*. Puis, solennellement, les deux hommes s'inclinent l'un face à l'autre.

Alfonso remet les objets à un homme placé juste derrière lui, puis se tourne vers Lucrèce et saisit l'ourlet de son voile qu'il soulève, soulève jusqu'au sommet de sa tête, et soudain, elle voit, elle respire. Plus rien ne fait obstacle entre elle et le monde, plus rien n'entrave sa vision, plus rien n'empêche son regard de se promener librement dans l'église, de s'en abreuver, plus rien ne sépare sa peau de l'air chargé d'encens, plus rien ne la coupe de l'homme en face d'elle.

Le prêtre a indiqué que la messe allait commencer. Alfonso se tourne vers l'autel. Lucrèce met quelques instants à comprendre qu'elle doit faire de même.

D'autres paroles latines résonnent, semblant se déverser sur les têtes ou s'élever vers le plafond. Mais Lucrèce ne parvient pas à se concentrer, à comprendre ce que le prêtre entonne. Elle saisit de temps à autre des mots dont elle comprend le sens – le Père, l'âme, une union –, mais impossible de les assembler en phrase ou ne serait-ce qu'en proposition. Elle sait qu'elle devrait s'imprégner de la solennité ambiante, de la grandeur de cette cérémonie, mais elle est incapable de quoi que ce soit, à part observer tout ce qu'elle peut observer d'Alfonso : ses souliers, leur verni marron, les endroits où l'on distingue ses orteils à travers le cuir, la courbure de ses longs mollets sous ses bas, le laçage des manches de sa tunique par un délicat tressage d'argent. Ses cheveux sont foncés, plus longs que ceux des hommes qu'elle a déjà rencontrés ; ils tombent sur son front. Il est grand, comme dans son souvenir, et possède la carrure large d'un soldat. Elle lui arrive à peine à l'épaule, ses pieds occupent presque moitié moins d'espace que les siens.

Elle le voit qui inspire, qui expire, entend le crissement de ses habits lorsqu'il s'approche d'elle pour lui remettre le calice.

Le prêtre lui retire ses lys, unit leurs mains et les invite à se tourner l'un vers l'autre. D'autres paroles sont maintenant prononcées, Lucrèce comprend les mots « époux », « épouse » et « vie », et sait alors que le sort en est jeté, qu'elle est mariée, que jamais ce lien ne pourra être défait. Elle n'est plus la personne qu'elle était depuis toujours, mais une autre qu'elle ne connaît pas encore, avec un autre nom, une autre maison. Elle appartient désormais à cet homme qui se tient devant elle et lève les yeux vers lui, s'attendant à le trouver grave et solennel.

Mais sur le visage du duc Alfonso, Lucrèce, avec stupeur, découvre autre chose. La gravité de cette cérémonie religieuse semble l'avoir aussi peu ému qu'elle. Lorsque le regard de Lucrèce croise le sien, il est clair qu'Alfonso le cherchait ; les coins de sa bouche se recourbent un petit peu. Ses yeux se tournent vers le prêtre – qui toujours récite ses paroles sur Dieu et le devoir –, puis reviennent à elle avec un léger haussement de sourcil.

Il y a de l'amusement dans son expression, qui les enveloppe d'un manteau de complicité. Le message implicite est : Ce prêtre n'est-il pas parfaitement ennuyeux ? Et : À quand la fin du calvaire ?

Lucrèce aurait été tout aussi surprise de voir Alfonso se mettre à danser sur l'autel. Elle sent ses propres lèvres s'incurver.

Une pression s'exerce sur sa main, enfermée dans celle d'Alfonso. Ce sont ses doigts, se rend-elle compte, qui la serrent. Une nouvelle fois, elle jette un coup d'œil vers lui et le découvre, remuant le nez, très légèrement. Il reproduit la grimace faite des années auparavant, sur les remparts de la tour, la tête de souris. Elle aimerait lui dire : Vous vous en souvenez ? Vous vous souvenez m'avoir croisée là-bas, avec ma souris apprivoisée ? Et aussi : Regrettez-vous que Maria ne se trouve pas à cette place aujourd'hui, dans cette robe ? Que ce ne soit pas sa main dans la vôtre ? Vous est-il réellement égal que ce ne soit pas elle, mais moi ?

Mais lui dire toutes ces choses n'aurait aucun sens. Ils tournent maintenant sur eux-mêmes pour se placer face à la sortie de l'église, ils parcourent l'allée, passent sous les arches de lumière jaune, sur les losanges rouges du carrelage et les tombes de marbre ; ils franchissent les gigantesques portes, Alfonso passe son bras sous le sien, et Lucrèce sent alors les broderies de son habit se tendre, et quelque chose d'autre aussi – les muscles et tendons qui saillent et s'actionnent sous ses vêtements.

Arrivé sur le perron de l'église, il salue la foule de la main et Lucrèce l'imite. Son voile est relevé, le soleil tombe sur son visage, les gens crient et les acclament en agitant de petits drapeaux et des mouchoirs sous le regard sévère des gardes de son père. Alfonso opine du chef devant le peuple de Florence, ses cheveux brillent à la lumière, et c'est alors qu'il se tourne vers elle et lui parle pour la première fois en tant qu'époux :

« Avez-vous toujours le portrait de la fouine ?

— *La faina* ? demande-t-elle. Bien sûr. Elle fait partie des objets que je chéris le plus. Je la garde sur ma table de chevet. Elle est la première chose que je vois, chaque matin. »

Il la regarde, la tête penchée sur le côté, les lèvres chatouillées par un sourire énigmatique.

« Elle ? » répète-t-il.

Lucrèce hoche la tête.

« Il me semble en effet que c'est une femelle.

— Et pensez-vous qu'elle sera heureuse de quitter Florence et de partir à Ferrare ? »

Lucrèce lèvre les yeux vers cet homme, son époux, qui a rompu avec la tradition en choisissant pour elle ce tableau comme cadeau de fiançailles, il y a deux ans, qui avait remarqué son amour pour les animaux – cette souris au museau rose qu'elle tenait entre ses mains – et s'en était souvenu, et qui avait envoyé quelqu'un le lui porter, tout premier tableau qu'elle ait jamais possédé.

« Oui, répond-elle. Je pense qu'elle le sera. »

Et c'est ainsi que, sur les marches de la basilique Santa Maria Novella, Alfonso enserre ses mains, sous le soleil qui s'abat sur eux deux, sur la foule, sur les dalles en quinconce de la place, sur les remparts du *palazzo*, sur les rues, les arches et les gouttières, sur les toits rouges de la ville entière et les collines et les arbres et les champs tout autour.

Terre brûlée

La forteresse, région de Bondeno, 1561

Quelqu'un est à ses côtés et lui murmure des phrases de réconfort. Une main lui touche le front ; des mèches sont dégagées de son visage, une coupe est portée à ses lèvres, de l'eau envahit sa bouche. Elle l'avale et la sent tracer un ruisseau frais en elle.

« Pas trop, lui dit cette personne, juste un petit peu. »

L'espace de quelques instants, Lucrèce pense qu'il s'agit de Sofia, qu'elle est venue prendre soin d'elle, venue la sauver, une fois de plus. La nouvelle annonçant sa maladie a dû être portée à Florence et Sofia, sautant sur un cheval, a voyagé toute la nuit à travers les montagnes, les pattes de son étalon s'enfonçant dans la neige et les plaques de givre, Sofia, ménade vengeresse, oubliant ses doigts enflés, soudain capable de manier des rênes. Elle dira à Alfonso que Lucrèce ne peut pas rester là, elle lui tiendra tête, comme à n'importe qui d'autre, et ensemble elles partiront et s'en iront à Florence – non, ailleurs. À Urbino, peut-être, ou à Rome. Sofia et Lucrèce s'en iront, ensemble, et s'installeront loin d'ici, dans une autre région ou un autre pays.

Mais ce ne peut être Sofia. Lucrèce le sait. Elle entrouvre un œil, péniblement, malgré la migraine que lui donne la lumière, et regarde à travers ses cils.

Ce n'est que sa servante, Emilia, qui lui éponge le front, arrange ses couvertures et ses draps en lui disant, « Oh, madame, pauvre de vous. Était-ce un aliment ? Vous devez boire de l'eau, seulement une gorgée à la fois. Votre estomac ne supportera pas davantage. »

Emilia pose la coupe, se lève et s'en va déposer les linges souillés dans un seau. Lucrèce la suit d'un regard morne et sidéré.

« Je suis profondément désolée de ne pas avoir été là hier soir, dit Emilia. Quand les chevaux sont partis, je pensais que nous suivrions aussitôt, mais il nous a été annoncé que le temps était mauvais, que les routes n'étaient pas sûres et que nous devions rester en retrait. J'étais si inquiète de vous savoir toute seule, sans personne pour vous aider. J'ai bien tenté de convaincre le palefrenier de me laisser partir, mais il m'a répondu que *signor* Baldassare avait donné des ordres et…

— Baldassare ? répète Lucrèce – sa bouche est aussi sèche et craquelée que de la terre brûlée.

— Oui, madame. Il a donné ordre aux domestiques de demeurer à Ferrare après son départ…

— Son départ ?

— Oui, aux premières lueurs.

— Pour se rendre où ?

— Ici, bien entendu. Son Altesse le duc ne se déplace jamais sans son…

— Baldassare est ici ?

— Oui.

— À la forteresse ?

— Je le crois.

— Est-il déjà arrivé ?

— Je présume. Il est parti à l'aube, ce matin, avec un…

— Qui d'autre était avec lui ? »

Emilia frotte le sol avec des chiffons qu'elle a trouvés sous le lit.

« Eh bien, attendez donc, il y avait…

— Qui ? demande Lucrèce, plus sèchement qu'elle ne le voudrait. Réfléchis, Emilia.

— Peu de gens, il me semble, madame. Il y avait *signor* Baldassare, et quelques hommes du duc, trois gardes, l'un des domestiques. Le cuisinier a envoyé un jambon et…

— Et tu as voyagé avec eux ?

— Non, je vous ai dit… » Emilia s'interrompt pour essorer son chiffon. « Ils ont refusé que je me joigne au cortège, si bien qu'en entendant, plus tard, qu'un nouveau départ avait lieu…

— Qui sait que tu es ici, Emilia ?

— Eh bien, je suppose que… »

Et le récit d'Emilia continue, semé d'un si grand nombre de mots, de noms, de revirements, d'incertitudes que Lucrèce ne parvient pas à en saisir le sens. Elle s'y emploie, mais son corps lui donne l'impression d'être rempli de sable – du sable doux et sec massé d'un côté, et qui glissera de l'autre dès qu'elle penchera la tête.

« … et donc, je me suis éclipsée, poursuit Emilia en frottant énergiquement le sol, me disant que je ne manquerais à personne à la cour et sachant que vous auriez besoin de moi. J'ai pensé qu'il valait mieux ne pas demander la permission. Qui ne demande rien n'a rien à…

— As-tu dit à quelqu'un que tu venais ? veut savoir Lucrèce, coupant ce déluge de mots.

— Je viens de vous le dire : non.

— Quelqu'un t'a-t-il vue partir ?

— Je ne le crois pas, répond Emilia en retroussant les lèvres. Pourquoi ces questions, madame ? Êtes-vous…

— Réfléchis bien, intime-t-elle à la servante. Clelia ? Les dames de Nunciata ? »

Les sourcils froncés, Emilia secoue la tête.

« Non. Je ne le crois pas. J'ai préparé un baluchon et je me suis faufilée dehors pendant que…

— Et les serviteurs ? Qu'en est-il d'eux ?

— Impossible, ricane Emilia. Ils ont bu du vin hier soir, je les ai entendus, et ils étaient tous…

— Et ton cheval ? Quelqu'un sait-il que tu l'as pris ?

— Mais je vous ai déjà dit, madame, répète Emilia en se levant. Je ne suis pas arrivée du château à cheval. Il y avait une place inoccupée, alors j'ai…

— Donc, personne ne sait que tu es ici ?

— Non.

— Ni Baldassare ? Ni le duc ?

— Non, répond Emilia avec une moue consternée, tout en soulevant le loquet de la fenêtre pour jeter dehors l'eau sale – quelques secondes plus tard, Lucrèce entend un grand bruit d'éclaboussure sur les murs bas de la forteresse. Pourquoi toutes ces questions ? Vous êtes si pâle. Vous sentez-vous à nouveau mal ? Voulez-vous…

— Je n'ai pas le temps de t'expliquer maintenant », répond Lucrèce en fermant les yeux.

Elle essaie de mettre de l'ordre dans ses pensées – Alfonso, la forteresse, le dîner de la veille, Baldassare partant au petit jour, l'ordre donné à Emilia de rester au château, de ne pas la suivre. Que signifie tout cela ? Que peut-elle faire ?

« Il me faut… » Elle cherche quelque chose à tâtons au milieu des draps – les esquisses qu'elle a réalisées cette nuit, son châle, quelque chose, peu importe, qui puisse l'ancrer dans cet étrange matin, si aberrant, si effrayant. « Il me faut… » Que lui faut-il ? Elle tente de lever la tête de son oreiller. « Je dois… »

Emilia a posé une main sur son épaule.

« Vous devez rester ici, allongée. Vous avez besoin de repos. Je vais aller trouver le duc et lui faire savoir que vous vous sentez mal. Il enverra…

— Non ! » Lucrèce saisit la main d'Emilia. « Ne descends pas. Ne sors pas de cette chambre, entends-tu ? Aucune de nous ne doit sortir. Ne te montre à personne. Je dois réfléchir, je dois…

— Madame, vous avez besoin d'un médecin. Je vais demander…

— Emilia, murmure Lucrèce en attrapant la servante. Emilia. Écoute. » Elle se demande un instant comment formuler cette révélation, comment lui faire comprendre, mais se retrouve soudain à prononcer ces mots sans même l'avoir décidé : « Il cherche à me tuer. »

Cet aveu, s'il surprend Emilia, laisse Lucrèce encore plus interdite. La phrase semble avoir glissé de sa bouche et s'être figée entre elles, dans l'atmosphère. À cet instant, Lucrèce réalise qu'elle dit vrai. Elle le savait déjà, hier soir, pendant le dîner, mais s'était convaincue sans même savoir pourquoi – ou peut-être l'habile Alfonso l'en avait-il persuadée – qu'elle faisait erreur. Et pourtant, son destin l'attend bel et bien. La mort est venue la chercher. Elle frappe à sa porte ;

elle glisse ses doigts dans le trou de la serrure ; elle cherche un moyen d'ouvrir le loquet.

Emilia, la tête penchée sur le côté, la regarde fixement. Elle a entendu les mots ; elle les soupèse, mais au lieu d'étouffer un cri ou de commencer à hurler, elle tapote la main de Lucrèce.

« Votre Majesté, lui dit-elle. La fièvre peut mettre dans une tête des…

— Je t'en prie, écoute-moi, lance Lucrèce, la gorge à vif. Je t'en prie. Il faut que tu me croies. Il va me tuer. Comprends-tu ? C'est pour cette raison qu'il m'a amenée ici, sans toi, sans personne. Sans témoins. Vois-tu ?

— Madame. » Emilia lance un coup d'œil nerveux en direction de la porte, se balance sur ses pieds. « Rappelez-vous, cela fait un temps que vous n'êtes plus vous-même, et peut-être que…

— Il m'a empoisonnée, assène Lucrèce en attrapant la main d'Emilia aussi fermement qu'elle le peut. Hier soir. Je le sais. Avec le gibier ou la soupe ou le vin – je l'ignore. Mais il l'a fait. Il faut que tu me croies. »

Sous la lumière blanche de l'hiver qui baigne la chambre, quelque chose sur le visage de la servante change. Elle regarde sa maîtresse, le sol tout juste frotté, les esquisses sur la table, les méandres du fleuve par la fenêtre. Lorsqu'elle se retourne vers Lucrèce, ses sourcils froncés modifient son expression.

« Je ne peux pas le croire, répond-elle. Le duc est un homme d'honneur, et il vous aime. Il ne ferait jamais une chose pareille. Pas à vous. Pas à son épouse. »

À mesure qu'elle parle, qu'elle débat avec elle-même, Lucrèce voit le raisonnement d'Emilia se déployer, répandre ses racines, lentement et sûrement.

Elle voit Emilia se convaincre peu à peu de ce qu'elle dit.

« Il vous aime, répète-t-elle – un murmure, cette fois. Sincèrement. Tout le monde le voit. » Lucrèce ne dit rien, garde seulement le regard rivé sur le visage de la servante. « Comment pourrait-il jamais… s'exclame-t-elle, comment serait-il possible… Quel homme ferait une chose pareille ? »

Emilia s'effondre sur le lit. Elle agrippe la main molle de Lucrèce.

« Oh, madame, dit-elle. Que devons-nous faire ? »

Lucrèce l'aime pour ce « nous », savoure le son de ce mot. Cette syllabe unique est un baume pour son esprit troublé, pour son corps vide et endolori.

« Je l'ignore », répond Lucrèce. Elle se frotte le front comme pour essayer d'effacer la migraine. « Je ne saurais le dire. »

Homme qui dort ne peut causer de tort

Le palais, Florence
– La delizia, *Voghiera, 1560*

Sa journée de mariage touche à sa fin. Elle est assise au milieu d'une obscurité si profonde qu'elle ne distingue pas ses mains, même placées devant son visage. C'est le cœur de la nuit, au plus profond de ces heures sans soleil, et le carrosse couvert attend dans la cour du *palazzo*, juste devant le portail cadenassé, sous l'arche. Elle entend les serviteurs qui, dehors, débattent au sujet d'une malle à mieux arrimer, d'un sac à déplacer, de sangles à rajouter, du cheval dont il faut vérifier les harnais.

Sur ses genoux sont posés un chapelet, un petit bouquet de fleurs et un châle en laine aux franges soyeuses. Sous ses fesses a été rajouté un cousin de velours bordé de clous dorés, qui toutefois peine à lui faire oublier l'extrême dureté de la banquette de son père.

L'aube s'apprête à poindre : le bavardage cadencé des étourneaux commence à s'élever. Leur chant s'entend même à travers l'obscurité et les portes épaisses du palais. Depuis le départ, Lucrèce pensait qu'Alfonso et elle s'en iraient juste après la messe de mariage, qu'elle glisserait directement vers sa nouvelle vie au sortir de l'église. Mais non. Personne n'a songé à lui dire qu'après la messe aurait lieu un interminable banquet de noces : des tables immenses couvertes de monceaux de viandes rôties et de pains aux herbes dont elle n'est parvenue à avaler que quelques bouchées, puis une invitation pour les hommes à assister à une course de chars organisée par son père, puis, juste au moment où la fête semblait prendre fin, juste au moment où Lucrèce s'apprêtait à recevoir la permission de quitter la table, le retour de ces hommes, tout rosis d'excitation, et l'arrivée de musiciens qui se sont mis à jouer pendant qu'une troupe de saltimbanques faisait son entrée en bondissant de toutes parts, déclenchant une bagarre entre un acrobate et Morgante, le nain, et alors est venue la danse, une danse dans laquelle Alfonso l'a invitée à entrer, puis ce fut au tour d'Éléonore, d'Isabella, puis à nouveau d'Alfonso de se proposer comme cavaliers, et même si cette fois Lucrèce ne parvenait plus à tenir debout tant elle était étourdie et épuisée, elle s'est obligée à sourire et à mettre sa main dans la sienne, sachant que ses parents la regardaient et aussi toute la cour de Ferrare, a obligé ses pieds à accomplir les pas, obligé sa tête à tenir sur son cou frêle, et les traits de son visage à paraître aimables ; ses mouvements devaient être les plus gracieux possibles – mais pas trop non plus –, à cette heure où elle n'aurait rien voulu d'autre que regagner sa chambre, se débarrasser de sa lourde ceinture d'or et de la cage qu'était sa robe, et dormir.

Elle serre la croix accrochée à son chapelet, laisse ses pointes s'enfoncer dans sa paume, puis enroule le châle autour de ses mains. L'air, dans le carrosse, sous l'arche, est froid et humide.

Elle n'a pu faire ses adieux à Sofia : à aucun moment elle n'a trouvé l'occasion de se glisser dans la pouponnière. Cela est inconcevable. Elle ne peut pas partir sans avoir posé une dernière fois les yeux sur Sofia, sans lui dire au revoir – cela est impossible. Il y a eu comme un trou temporel lorsqu'elle se trouvait dans sa chambre, au moment où elle voulait faire appeler Sofia : d'abord à cause des au revoir déroutants de son père, parti comme s'il la reverrait le lendemain, puis à cause de l'intervention de sa mère, supervisant le retrait de sa robe et son bon rangement par les servantes : Comme cela, non, non, pas comme cela, faites attention, non, vous allez la déchirer, par la tête, j'ai dit, m'écoutez-vous, enfin ? Et tout à coup, Lucrèce était sortie de sa robe bleu et or, et le soulagement était pareil à l'éclat d'un rayon de soleil après la pluie. Sa cage thoracique, libre, pouvait à nouveau se gonfler, ses bras étaient si légers. Isabella était restée encore un moment, bâillant, une confiserie à la main, médisant auprès de leur mère sur l'une des dames qu'elle avait vues au bal : Ses souliers étaient si laids, pensez-vous que son époux l'ait remarqué ? Puis Isabella avait dit : Bonne chance, Lucrè, et avait quitté la chambre, toujours en bâillant. Mais au lieu de recevoir la permission d'aller elle aussi se coucher, Lucrèce s'était vue parée d'une nouvelle robe, une qu'elle appréciait, la gris lavande, et sa mère s'était mise à lui donner des consignes : Écoutez toujours Alfonso lorsqu'il parle, comportez-vous toujours avec piété et obéissance, prenez garde à vos fréquentations, et particulièrement à tous ces artistes, compositeurs, sculpteurs et poètes qui, paraît-il, pullulent à la cour de Ferrare ; veillez à ne tisser aucune amitié inconvenante ; prenez soin de votre apparence, et toujours accoutrez-vous de manière adaptée à la situation, mangez assez mais pas trop, continuez à pratiquer votre musique, soyez courtoise et respectueuse à l'égard de la mère et des sœurs d'Alfonso, souriez en toutes circonstances et levez-vous à l'arrivée de votre époux.

Oui, Maman, avait dit Lucrèce. Oui, Maman, oui.

Et sa mère l'avait embrassée, elles s'étaient dit au revoir et tandis que les courtisans l'escortaient dans l'escalier, elle ne songeait qu'à une chose : elle n'avait pas prévenu Sofia, ne pouvait pas s'en aller sans revoir la vieille nourrice, qu'allait-elle penser en apprenant que Lucrèce était partie pour Ferrare sans même un adieu ? Qu'elle ne comptait plus, qu'elle l'avait oubliée, abandonnée comme un chien jette l'os qu'il a fini de ronger ?

Lucrèce avait dit à ces gens qui l'escortaient dans l'escalier : Il faut que j'y retourne, je dois me rendre dans la pouponnière. Les courtisans avaient secoué la tête ou fait mine de ne pas l'entendre. Il faut que je voie Sofia, avait dit Lucrèce, d'une voix, pensait-elle, parfaitement audible. Mais déjà elle atteignait le bas de l'escalier, puis la première cour où le dauphin de la fontaine crachait son eau, puis la seconde où se trouvait le carrosse, portière grande ouverte, prêt à la recevoir.

Il n'y avait pas de choix possible. Elle l'avait compris. On ne lui permettrait pas de revenir sur ses pas, de remonter jusqu'à la pouponnière, pas même brièvement.

Elle avait posé son soulier sur le marchepied, remonté ses jupons, s'était retournée, semblant réfléchir à une solution, à une excuse pour pouvoir courir jusqu'à l'étage, mais de nouvelles silhouettes étaient apparues dans la cour, pas la silhouette de sa vieille nourrice, mais celle des hommes d'Alfonso qui l'avaient incitée à avancer en lui disant qu'elle ne devait pas s'exposer à l'air nocturne, qui avaient rabattu les portières derrière elle pour l'enfermer à l'intérieur du carrosse.

Penchée en avant, elle abaisse la poignée ; elle hésite à demander la permission de remonter – elle pourrait prétendre avoir oublié quelque chose, un sac, par exemple –, mais sans crier gare, quelqu'un de l'autre côté ouvre la portière et elle tombe de la banquette.

« Ah ! s'exclame une voix, la duchesse a défailli. »

Un rond de lumière jaune est apparu sur le plancher du carrosse, suivi par les contours d'une silhouette noire.

« Non, non, proteste-t-elle en s'agitant pour se relever, le visage brûlant de honte. Je vais bien, je…

— Apportez une lanterne, vite. »

Son ton, trouve-t-elle alors qu'une main se referme sur le haut de son bras et une autre sur son épaule, est mesuré mais autoritaire. C'est un ton qui présume – qui sait – que l'on s'exécutera sur-le-champ. Son père, dans une pareille situation, se serait mis à crier, la voix déformée par la colère. Mais tout chez Alfonso reste froid, contrôlé.

Elle entend le frottement rapide des pas des serviteurs exécutant son ordre : la lanterne est apportée, un attroupement s'est formé devant la portière, des bras la hissent et la laissent retomber sur les coussins.

Alfonso, son époux depuis dix heures, peut-être onze, s'agenouille devant elle. Il pose une main sur son front, lui tient le poignet comme pour sentir son pouls ; il ne laissera personne d'autre que lui la toucher, comprend-elle. Sa simple présence, sa ducale prestance, tient tout le monde à l'écart. Il parle à voix basse : Pas si près, laissez-lui de l'espace, elle semble déjà aller mieux.

« Tout va bien, essaie-t-elle de dire. Je vous assure. Je cherchais seulement à ouvrir la portière quand vous…

— Prenez cela », l'entend-elle dire à un serviteur invisible. Il lui fait passer un sac. « Préparez tout, je vous prie. Nous partons immédiatement. »

Ce « je vous prie » l'intrigue. Jamais elle n'a entendu ces mots tomber de la bouche de son père ou de sa mère pour s'adresser à leurs serviteurs.

Alfonso est penché tout près d'elle à présent. Il brandit sa lanterne, et de l'obscurité émergent son cou, au-dessus du col de sa chemise ouverte, sa gorge et son menton, puis ses lèvres, son nez, ses joues, ses grands yeux noirs et les mèches de cheveux qui lui tombent sur le front.

Ils se regardent.

Ce moment est le tout premier où ils se retrouvent seul à seul.

« Pourrez-vous supporter le voyage ? lui demande-t-il doucement.

— Oui, bien sûr.

— Puis-je aller vous chercher quelque chose ? Que vous faut-il ?

— Rien. Je vous assure.

— Voici quelques vivres pour le voyage. J'ai remarqué que vous aviez très peu mangé au souper. »

Il dépose sur ses genoux un torchon aux coins noués. Surprise, Lucrèce pose ses mains autour. Elle distingue la forme d'une miche de pain, la croûte dure du fromage que l'on fabrique dans les cuisines, les courbes moelleuses d'un fruit – un abricot, peut-être.

« Merci. »

Il unit ses doigts aux siens et les lève jusqu'à sa bouche. Elle observe ce geste comme si cette main appartenait à une autre. Ses lèvres lui frôlent la peau ; elle sent leur contact, le piquant de sa barbe naissante, la chaleur de son souffle.

« Si rien ne vous est donc nécessaire, déclare-t-il en inclinant la tête, commençons notre voyage, voulez-vous ? »

Sans attendre sa réponse, il se penche en avant et, par la portière ouverte, tend sa lanterne à quelqu'un. Elle l'entend murmurer des ordres : s'assurer que tout est prêt, vérifier que les malles sont bien attachées, demander que l'on fasse ouvrir les portes.

Il rabat la portière et s'assoit à côté d'elle. Lucrèce tente de retrouver une respiration régulière : elle inspire, expire, inspire, expire. Les portes du palais sont en train de s'ouvrir. Le soleil se lèvera bientôt. Elle part. À l'extérieur, elle entend les hommes d'Alfonso se réunir près des rênes, puis un fouet siffler dans les airs. Alfonso lui dit qu'ils iront en carrosse jusqu'à la sortie de la ville et un peu après, puis qu'ils poursuivront le chemin à dos de cheval, car la route qui traverse la montagne est trop rocailleuse pour un véhicule, et au lieu de lui répondre que son père le lui a déjà dit, elle l'écoute, écoute sa voix, écoute ses mots, sa description de l'ascension à venir et de la beauté sauvage des pics apennins et des plates étendues qu'offre ensuite la vallée du Pô, où s'achèvera leur périple.

Le portail s'ouvre en vibrant. Lucrèce voudrait pousser la portière du carrosse, une dernière fois, pour dire au revoir, en passant, à la cour, à la silhouette blanche de David, aux remparts qui ceignent le campanile, mais elle n'ose le faire. Le cocher siffle à présent. Elle se prépare à la secousse du départ.

Mais alors survient un cri, dehors, un appel : « Arrêtez ! Attendez ! Arrêtez-vous ! »

Alfonso tourne la tête. Malgré la nuit, Lucrèce sait qu'il fronce les sourcils. On déroge à ses ordres.

« Attendez ! » répète la voix, qui cette fois se termine par un gémissement.

Un instant après, la portière du carrosse s'ouvre d'un coup et Lucrèce, stupéfaite, découvre Sofia, un châle jeté par-dessus sa chemise de nuit, les cheveux enroulés en un chignon au-dessus de l'épaule. Sa figure est rouge et émue, ses yeux sont mouillés. À tâtons, elle tend une main que Lucrèce attrape. Une seconde plus tard, la nourrice se trouve dans l'habitacle et l'enveloppe d'une étreinte à la fois pleine de force et de désespoir.

« Au revoir, petite Lucrè, au revoir, dit la nourrice. Qu'il soit bon et gentil avec vous, car vous ne méritez rien de moins. Ne l'oubliez jamais. » Elle palpe ensuite le dessous de son châle pour chercher quelque chose, et Lucrèce sent un objet qu'on lui glisse dans la main ; un objet dur et plat. Sofia enroule autour les doigts de Lucrèce. « Vous avez oublié cela là-haut, dans la pouponnière. J'ai pensé que…

— Il est pour vous, parvient à répondre Lucrèce en pressant à son tour le tableau miniature dans la main de Sofia. Je l'ai fait pour vous, pour que vous le gardiez. »

Sofia hoche la tête en guise de remerciement, sa joue tout contre celle de Lucrèce, comme dans l'espoir d'aspirer un peu de son essence.

« Vivez une longue vie, murmure-t-elle avec ferveur dans ses cheveux. Soyez heureuse. »

Là-dessus, la vieille nourrice s'écarte et lance un regard sévère, sondeur à Alfonso. L'espace d'un moment, tout semble indiquer qu'elle va lui dire quelque chose. Mais rien. Jeter ce regard sur lui, l'examiner comme un érudit examine un manuscrit lui suffit.

Elle s'en va.

Ce n'est qu'une fois le portail refermé derrière eux, une fois que le cocher a fait claquer son fouet, que les chevaux se sont mis à tirer sur leur harnais, à se mettre en branle, ce n'est qu'une fois qu'ils ont franchi l'arche et pénétré sur la place déserte et qu'Alfonso lui a dit, Bon sang, mais qui était donc cette personne, que Lucrèce réalise quelque chose. Pour la première fois de sa vie, Sofia lui a parlé dans son dialecte napolitain. Depuis tout ce temps, la vieille nourrice savait que Lucrèce la comprenait.

« Qu'a-t-elle essayé de vous donner ? » lui demande Alfonso tandis qu'ils serpentent à travers la ville, escortés par le bataillon de son père, au bruit de centaines de sabots sur les pavés.

Une fois encore, ses doigts se resserrent autour de son chapelet et elle repense à ce petit tableau sur lequel elle travaillait depuis des semaines : celui d'une nourrice se tenant debout au centre d'un tapis, regardant avec défi un conseiller de grande taille ; des lapins, un grand nombre de lapins, gambadent joyeusement autour d'elle, leur fourrure brun argenté luisant sous la lumière. À y regarder de très près, on distingue que les doigts de la nourrice sont croisés. Lucrèce l'a peint exprès pour Sofia, la gardienne de tous ses secrets.

« Rien », répond-elle.

*

Lentement, le carrosse traverse une Florence déserte. Lucrèce colle son œil sur le jour, au bord de la portière, et dans la pénombre voit défiler des maisons, des fenêtres, des volets, de petites places, des abreuvoirs, des ponts, la porte en bois d'une église, un chien roulé en boule sur le pas d'une porte, une lanterne à la bougie fondue sur un balcon. La ville de son père, encore endormie.

Les fortifications projettent de grandes ombres dans les rues ; les chevaux franchissent une porte étroite comme un couteau traverse une miche de pain : Lucrèce ne s'en aperçoit qu'à l'obscurité soudaine qui s'abat lorsque le carrosse franchit ces murs, et soudain, ils sont de l'autre côté, et Lucrèce se tient les mains, sentant à ses doigts ses durs anneaux de mariage, encore étrangers.

Elle pense à l'homme assis à côté d'elle, la tête appuyée contre les coussins, au ballot de nourriture qu'il lui a apporté, et aussi au portrait de la fouine et au bal, à la musique, un peu plus tôt. Son esprit est fébrile, agité par des éclairs, visions de soie bleue, de lys attachés par une ficelle, d'épingles à cheveux pointues, de pinceau allant et venant sur un morceau de papier, de lanterne sur un balcon, de cours d'eau calme sillonnant une grande plaine verte et fertile.

À son réveil, bien plus tard, Lucrèce est seule. Elle est allongée sur la banquette, les clous des coussins imprimés sur sa joue. Un rayon de soleil aveuglant illumine l'intérieur du carrosse, par la portière ouverte. Le convoi s'est arrêté ; dehors, les murmures d'une conversation, les cris des oiseaux et le bruit de l'herbe que les chevaux arrachent en broutant.

« Alfonso ? » demande-t-elle timidement, soudain envahie par le doute qu'il lui soit permis de l'appeler ainsi. Peut-être préfère-t-il qu'on le désigne par son titre. « Votre Altesse ? » essaie-t-elle, un peu plus fort.

Quelqu'un, dehors, pousse un petit cri de surprise ; elle entend des pas crisser sur des cailloux, puis la personne apparaît. C'est un garde, non pas vêtu de la livrée rouge des soldats de son père, mais d'une tunique vert et argent. Il incline la tête avant de s'adresser à elle dans une langue qu'elle ne connaît pas et de lui tendre la main. Manifestement, le garde cherche à lui dire de descendre.

Elle descend donc. Elle accepte la main de ce garde qui lui parle avec assurance dans le dialecte de Ferrare – car de quelle autre langue s'agirait-il ? – et pose un pied au sol.

Le convoi s'est arrêté là où la route disparaît dans un cours d'eau à l'onde claire, plissée. Tête baissée, les chevaux du carrosse s'y abreuvent en faisant tinter le métal des harnais. Au loin, des montagnes dont les pics étagés et les pentes prennent des nuances violettes sous le ciel, et la route qui, au détour des lacets, disparaît puis réapparaît. La chaleur du jour monte peu à peu. Son ombre, à ses pieds, est courte – double d'elle-même rétréci. Les pierres trempées au bord du ruisseau relâchent leur humidité ; un oiseau à l'aile rayée d'une bande bleue passe en rasant la surface de l'eau, vire brusquement de bord pour faire demi-tour.

Le carrosse est entouré par des gardes et des serviteurs, tous habillés de la même manière, en vert et argent. Ils discutent entre eux avec entrain, s'inclinent devant elle. Leurs visages sont animés, réjouis, même. Certains semblent tenir des boîtes et des paquets lui appartenant. Elle leur sourit, courbe à son tour la tête, et reçoit en réponse des signes de la main.

« Alfonso ? demande-t-elle sans décrocher ses doigts de la portière du carrosse appartenant à son père. Le duc ? »

Les serviteurs hochent la tête avec enthousiasme, tout en continuant de lui adresser des signes.

« Son Altesse ? demande-t-elle. Ferrare ? »

Oui, oui, semblent-ils vouloir dire. Ferrare, oui. Et, l'invitant : Par ici, suivez-nous.

Mais aucun signe d'Alfonso. Lucrèce regarde à gauche, à droite, tourne sur elle-même. Un garde arrive vers elle, tenant du bout de ses rênes un cheval à la robe couleur crème. Des sacoches sont accrochées de part et d'autre de sa selle. Ce doit être la jument docile envoyée de Ferrare pour la transporter ; les soldats de son père ont disparu, et le carrosse se prépare à retourner à Florence, sans elle.

Lucrèce déglutit. Elle n'est pas sûre de savoir quoi faire. Ni les consignes de sa mère, ni les récits de Sofia, ni ses leçons auprès de ses précepteurs ne l'ont préparée à cela, à se voir abandonnée sur le bas-côté d'une route, au milieu de gens parlant une langue étrangère. Où est passé Alfonso ? Comment aurait-il pu partir ?

Le cheval à la robe laiteuse est grand – une bonne distance sépare ses flancs du sol. Comment diable va-t-elle se percher là-haut ?

Une envie impérieuse de retourner dans le carrosse, d'être reconduite à Florence la saisit. Mais Lucrèce la repousse. Elle regarde les bagages familiers entreposés par terre, les vrilles à la surface du ruisseau, la lueur qui fait irradier les visages enthousiastes de ces hommes, leurs beaux uniformes verts, la bride du cheval ornée de griffons et d'aigles.

« Ferrare ? » demande-t-elle à nouveau.

Le mot agit comme une formule magique. Il n'y a que cette parole qu'elle et eux comprennent.

« Ferrare ! » s'écrient-ils en réponse.

Ferrare ! Et, guillerets, tous hochent la tête et lui font signe.

L'un d'eux bondit vers elle en disant quelque chose, en l'invitant, semble-t-il. Il frappe dans ses mains, prononce à nouveau le mot, et apparaît alors au détour du carrosse une femme. Pendant un instant, Lucrèce ne parvient à dire de qui il s'agit – une proche d'Alfonso, sa sœur, venue l'escorter pour traverser la montagne ? Mais il y a dans son port de tête, dans sa robe de bure, dans son tablier, quelque chose de familier. Cette fille, comprend Lucrèce avec effarement, est la servante du *palazzo*, la fille à la cicatrice.

« C'est toi », lui dit Lucrèce.

Que cette fille se trouve ici, dans cette zone reculée, au cœur des Apennins, est pour elle incompréhensible.

« Votre Altesse, murmure la fille en s'abaissant dans une révérence.

— Que fais-tu là ?

— Je dois me rendre à Ferrare, madame.

— Vraiment ?

— Avec vous, précise-t-elle respectueusement, les yeux baissés.

— Qui a demandé cela ?

— Votre père, en personne. »

Lucrèce se retourne. Les serviteurs de Ferrare et les chevaux, tous ont le regard braqué sur elle. Elle se tourne à nouveau vers la fille.

« Quel est ton nom ? lui demande-t-elle.

— Ma mère m'a nommée Emilia, madame.

— Emilia », répète-t-elle, et seulement à cet instant, Lucrèce prend conscience du bonheur de parler toscan, de ce flux de mots familiers qui les relient, elle et la fille. « Sais-tu où se trouve le duc ? »

Emilia se balance d'un pied sur l'autre d'un air gêné, puis brandit soudain une main en l'air, le doigt pointé vers les montagnes.

« Est-il… commence Lucrèce, incapable de comprendre la raison pour laquelle il l'aurait ainsi abandonnée. Est-il… parti devant ?

— Il est parti, oui, madame. En grande hâte. Pour se rendre à la cour, je crois.

— Sais-tu pour quelle raison ? »

La servante hésite.

« Il y a eu une lettre, murmure-t-elle, et Lucrèce s'approche, même si, de toute évidence, personne autour d'elles n'est capable de les comprendre. Un messager est arrivé par les collines, au galop, paniqué. Le duc l'a lue et il…

— Il ?

— Avec tout mon respect, madame… il est… » Emilia s'arrête le temps de trouver le mot juste. « Il est devenu furieux.

— Quelque chose dans cette lettre l'a rendu furieux ?

— Oui. Il a jeté ses gants par terre et je l'ai entendu… » Là encore, Emilia hésite. « Tout du moins, je crois l'avoir entendu maudire sa…

— Sa quoi ?

— Sa mère, madame », murmure la servante d'un air contrit.

Lucrèce regarde fixement Emilia pendant un moment, puis courbe la tête. Elle a besoin de réfléchir, d'analyser la nouvelle, et quelles que soient les conclusions qu'elle en tire, celles-ci ne devront pas transparaître devant les serviteurs, qui s'en empareraient pour ragoter comme ils le font toujours. Son esprit est encroûté de fatigue, mais tout à fait conscient, en même temps, que se voir abandonnée au beau milieu d'une route par un homme épousé seulement quelques heures auparavant constitue un épouvantable affront, et tout à fait conscient aussi que de multiples, multiples paires d'yeux la scrutent à cet instant précis, guettant sa réaction. Lucrèce décide de regarder par terre. Elle voit sa robe de voyage, ses pieds chaussés de souliers de cuir fin posés sur ce chemin caillouteux, et ses mains fermement croisées. Elle pense : Sa mère, mes pieds, mes souliers, un messager, un juron. Elle pense : Jument docile, ses gants jetés par terre, je suis exténuée, sa mère. Elle secoue la tête, appuie du bout des doigts sur son front pour tenter de dompter ses pensées. La mère d'Alfonso, comme elle le sait, a causé de grands troubles à la cour de Ferrare, car… Que lui a dit son père, déjà ? Car elle est née protestante, en France, mais avait renoncé à sa confession pour épouser le vieux duc. Lucrèce est soulagée d'être parvenue à s'en souvenir. Mais ensuite ? Il y a autre chose, un autre chapitre. Elle peine à se rappeler ce que son père lui a dit (c'était à l'époque où elle n'écoutait qu'à moitié, plus intéressée qu'elle était d'observer, en se tordant le cou, les trésors et les curiosités alignés sur les étagères du sanctuaire de son père). Puis cela lui revient : il y a des années, la mère avait été surprise à une messe protestante, fraternisant avec les fidèles, un écart qui lui avait valu – Lucrèce se souvient du choc produit par cette nouvelle – de se faire retirer ses enfants par le vieux duc, qui l'avait emprisonnée quelque part dans le château. Agitant son doigt sous le nez de sa fille, son père sur un ton plaisantin avait alors ajouté : Restez sur vos gardes, par conséquent, Lucrè. Et tout le monde avait ri, elle, son père, et les serviteurs debout derrière. Plus tard, cependant, cette histoire lui avait causé quelques inquiétudes et avait fait naître chez elle plus de questions que de réponses. Comment un homme pouvait-il jeter sa propre femme en prison ? Le petit Alfonso et ses frères et sœurs n'avaient-ils pas souffert d'être ainsi séparés de leur mère ? La vieille duchesse, lui avait assuré son père, était libre à présent, et avait promis à Alfonso de ne plus jamais se rapprocher du protestantisme, mais qu'une duchesse, celle qui la précédait, ait pu connaître un pareil sort la troublait. Comment devrait-elle se comporter lorsqu'elle la rencontrerait ? Faudrait-il faire semblant de ne pas être au courant de sa fronde religieuse ou de son emprisonnement ? Et, plus immédiatement, que pouvait donc contenir cette lettre pour conduire Alfonso à partir de la sorte, en la laissant ici ?

« Son Altesse, hasarde Emilia, toujours campée à côté d'elle, a demandé à ce que l'on ne vous réveille pas. Il voulait que vous dormiez. Il m'a chargée de vous dire qu'il se rendait à la cour régler cette affaire, puis qu'il vous retrouverait ensuite à la villa.

— La villa ? »

Emilia se mord la lèvre tout en sondant le visage de Lucrèce avec une expression suppliante.

« Oui, madame.

— Mais c'est au château, à Ferrare que nous nous rendons », répond Lucrèce, cette fois en haussant le ton. Son père lui-même le lui a annoncé : ce ne peut donc qu'être vrai. « Il doit s'y dérouler mon *entrata* dans la ville, puis le *menare a casa* en compagnie de sa mère et de ses sœurs, car… »

La fille secoue la tête.

« Je suis désolée, Votre Altesse, je suis sincèrement désolée. Son Altesse le duc a décidé que nous nous rendrions à la *delizia*, sa villa de campagne. » Elle pointe du doigt la jument couleur crème. « C'est lui-même qui a choisi cette monture. En outre, ajoute-t-elle en attrapant un objet, je transporterai votre tableau. »

La servante brandit entre ses mains un paquet oblong que Lucrèce a elle-même ficelé, et qui sous des couches et des couches de linges renferme le portrait de la fouine.

*

Le voyage à travers les montagnes qui s'ensuit lui laissera le souvenir d'un rêve – quelque chose de fugace, d'évanescent, une expérience hors vie.

Des semaines durant, ces images et ces impressions feront irruption en elle comme un visiteur indésirable entre dans une pièce. Alors qu'elle écrira sa correspondance ou écoutera une courtisane, ses pensées seront soudain envahies par le souvenir d'une selle, par la manière dont le cuir couinait sous les secousses, par le cou du cheval, le rythme berçant des sabots sur le chemin montagneux, et ce pommeau auquel elle se raccrochait chaque fois que la jument trébuchait. Se trouvera-t-elle à une table, devant une assiette de porc rôti sur lit d'artichauts, que se mettra à papilloter l'image d'une miche de pain rompue à la main, mangée sous le refuge d'un rocher au milieu d'un col venteux pendant que les gardes jacassaient tout en soufflant dans leurs mains pour se réchauffer. Se trouvera-t-elle au lit, suivant du regard Emilia et son pas souple à travers la chambre, secouant et pliant ses habits, que Lucrèce se reverra, après des heures passées à gravir une colline, demander à ce que la jeune fille soit installée derrière elle, sur sa jument, et ainsi avaient-elles poursuivi le trajet, toutes les deux, maîtresse et servante, les mains d'Emilia accrochée à sa taille, ces mains dont Lucrèce sent encore les tremblements qui trahissaient sa peur. Elle n'avait alors jamais songé qu'il était possible de s'endormir sur une selle – ou, du moins, de somnoler. Qu'il était possible de voyager ainsi, un rêne tenu par un garçon d'honneur chevauchant à côté, tandis que lentement, lentement votre tête bascule en avant, vos yeux ne se sont fermés que quelques instants, croyez-vous, mais tout à coup votre tête se redresse et vous vous rendez compte que le soleil a glissé derrière les rochers, que les arbres se sont drapés de nuit et que le ciel est une cloche noire retournée sur votre tête.

*

Ils traversent ainsi les Apennins, de jour, Lucrèce accrochée au pommeau de sa selle, Emilia accrochée à elle, le portrait à l'huile de la fouine sanglé à une sacoche. Bien des fois, Lucrèce a peint les montagnes, mais seulement en miniature, rétrécies, en fond, comme simple moyen de donner de la perspective à sa composition. Elle ne les a jamais vues de si près, ne les a jamais parcourues à cheval, n'avait jamais pensé que ce qui, de loin, ne paraît que du vert ou du gris est en fait, de plus près, un choc de couleurs et de matières : l'épaisse boue noir-marron, les conifères au vert profond, les arbres dont les feuilles frémissent et virevoltent sous le vent, révélant leur ventre d'argent, les rochers gris, la couleur rouille d'une mare dans laquelle les chevaux ont plongé la tête.

Derrière elle, les dents d'Emilia claquent d'épouvante ou de froid, et le murmure d'une prière s'élève par intermittence.

« N'aie pas peur, ne cesse de lui répéter Lucrèce.

— Bien, madame », répond-elle.

Mais alors qu'elles descendent l'autre versant et que la nuit, une fois encore, commence à tomber, que Florence semble très, très loin et qu'au bout du chemin est censée les attendre une villa dans laquelle un époux se trouve ou ne se trouve pas, et qu'à aucun moment ni elle ni Emilia n'auront réussi à se faire comprendre par ces hommes avec lesquels elles s'enfoncent dans le noir, le courage de Lucrèce commence à vaciller. Où est Alfonso ? Quel genre d'homme est-il pour être capable d'abandonner ainsi sa jeune mariée ?

Ils descendent de cheval ; un morceau de fromage et de pain sec sans levain, garni d'olives, est donné à Lucrèce. Lorsque les serviteurs lui font signe de remonter en selle, elle sent la peur, lentement, l'engloutir.

« Ferrare ? dit-elle encore une fois en se levant avec effort, et les hommes hochent la tête et sourient. Son Altesse ? Le duc ? »

Les serviteurs laissent échapper une volée de mots. Lucrèce discerne « Ferrare », « *delizia* » et « duc », ainsi qu'un autre mot qui pourrait être « jardin » ou « jeu ».

Elle cherche la main d'Emilia – la pression que la servante exerce en retour ne tremble pas. Les deux jeunes filles restent ainsi, les mains jointes, face aux domestiques, et Lucrèce se rend compte pour la première fois de leur ressemblance, tant au niveau de leur taille que de leur couleur de cheveux, et que vêtues des mêmes habits ou du même manteau, elles pourraient aisément, de dos, être confondues. Cette prise de conscience ne lui procure aucun réconfort, cependant ; Lucrèce la ressent plutôt comme un énième mauvais tour qu'on lui joue.

« À quoi penses-tu ? lui souffle Lucrèce.

— Nous ne pouvons pas rester ici, dit Emilia. Il va faire nuit.

— Si seulement je pouvais avoir la certitude qu'ils nous mènent bien chez le duc, si seulement il existait un moyen de…

— Ferrare ? » demande une nouvelle fois Emilia, d'une voix sonore.

Oui, oui ! s'écrient les domestiques, répétant le mot en écho, pointant du doigt la jument dont la crinière luit comme du marbre dans la pénombre. Lucrèce s'avance de quelques pas, vers sa monture, tout en continuant de serrer fermement les doigts d'Emilia.

« Viens, lui dit-elle pour prendre le contrôle de la situation, pour tenter de se comporter comme le ferait une duchesse. Allons-y. Nous n'avons pas le choix. »

Elle pose le bout de son pied sur l'étrier, attirant une nuée de mains qui cherchent à l'aider, mais elle se hisse toute seule sur la selle avant de tendre les bras à Emilia. Le désarroi de la jeune fille est si grand qu'elle en gémit, mais Lucrèce fait tourner la tête à la jument et la talonne pour retourner sur le chemin.

La nuit s'amoncelle autour d'eux, l'obscurité s'intensifie, comme si quelqu'un projetait dans l'air des tourbillons de peinture noire. Ils chevauchent le long d'un large chemin bordé de part et d'autre d'infinies rangées d'arbres fruitiers – un moment plus tôt, Lucrèce distinguait encore leurs branches alourdies, les courbes généreuses des pêches et peut-être les silhouettes en forme de larme de citrons. Mais la nuit est à présent trop noire pour voir quoi que ce soit.

Les serviteurs au bout du convoi hèlent les autres, en tête, qui leur retournent leurs appels, formant avec leurs voix comme un arc par-dessus Lucrèce. Elle sent dans sa nuque le souffle d'Emilia, ses mains serrées sur sa taille – autant de petits réconforts. Elle espère, espère que bientôt surgiront des ténèbres les contours d'une arche, peut-être en pierre, éclairée par des torches ardentes, et que derrière se trouvera une porte ouverte, une belle porte lustrée, baignée par la lumière des chandelles. Il y aura un lit, une chambre, un repas, des vêtements chauds.

Mais à la place, ils bifurquent sur un autre chemin, plus étroit, et sans arbres fruitiers, seulement entouré de champs dont les cultures basses bruissent et murmurent à leur passage, ou de pâturages dans lesquels, derrière les clôtures, les innombrables yeux humides du bétail les regardent ; de temps à autre apparaît au loin la silhouette noire d'un toit, et le cœur de Lucrèce se met à battre à grands coups, mais le cortège le dépasse et elle comprend alors à sa taille qu'il n'aurait pu s'agir de la demeure d'un duc au nom ancestral.

Sans crier gare, le convoi tourne sur une piste bordée de chaque côté par des cyprès, et Lucrèce se dit alors que ce qui doit arriver va arriver, à cet instant : Emilia et elle vont être enlevées, ravies, volées. Elle ne se demande même plus où se trouve Alfonso, ou si elle le reverra un jour. Mais elle sera…

Plus loin devant, il y a une arche et deux portes grandes ouvertes, et des gens qui approchent avec des torches, qui appellent les serviteurs à cheval.

Des mains invisibles aident Lucrèce à descendre de selle, la conduisent jusqu'à une cour puis, parlant dans ce langage qu'elle ne comprend pas, deux hommes en habits de campagne l'entraînent dans un escalier, puis jusque sur le seuil d'une porte. Ils allument une chandelle qui attendait sur une table basse, et se retirent avec moult sourires et mots incompréhensibles.

Toujours accrochées l'une à l'autre par la main, Lucrèce et Emilia s'avancent dans la pièce. Emilia tient la chandelle. La chambre qui s'ouvre devant elles est une grotte sombre, qui dans chacun de ses recoins pourrait cacher un monstre qui bientôt se fera connaître. Le rond tremblotant de lumière cireuse repousse l'obscurité. Lucrèce sent s'élever en elle ce qu'elle identifie comme son esprit – une part d'elle sans borne aucune à laquelle personne, pas même elle, ne peut accéder. Il vit quelque part au fond d'elle, sous les couches d'étoffes coûteuses du *palazzo*, et hiberne le plus souvent, comme tapi sous un manteau de feuilles, quand soudain, il s'éveille. Il peut alors se dérouler, sortir lentement à la lumière et, clignant des yeux, hirsute, serrer ses poings crasseux et ouvrir sa bouche rouge crantée de dents. Dans cette chambre noire inconnue, Lucrèce le sent, il remue, dresse la tête, se met à hurler.

Elle lève le menton, arrache la chandelle des mains d'Emilia et la brandit devant elle. Elle n'a pas peur, non. Une bête – puissante et courageuse – vit en elle. Elle se répète ces mots par-dessus le galop de son cœur. Ces goules tapies dans les recoins de la chambre ne savent pas à qui elles ont affaire : elle est la cinquième enfant du grand-duc de Toscane ; elle a touché la fourrure d'une tigresse ; elle a gravi une montagne pour arriver ici. Prends ça, chambre noire.

Elle s'avance un peu plus. Elle voit des murs d'une couleur très pâle, peints à la détrempe, fuyant dans les ombres. Elle lève les yeux : il y a la courbe du haut plafond, et ce plafond est vivant, couvert de fresques qui grouillent. Au-dessus de sa tête, un homme à la barbe ondulante, muni d'un bâton de berger rayonnant, mène un char au milieu de nuages d'orage nacrés ; près de lui, des dryades à peine vêtues folâtrent sous une cascade ; dans un coin, Lucrèce aperçoit une déesse projetant, d'un mouvement de poignet nonchalant, un iridescent arc-en-ciel, les épaules auréolées de boucles d'or soulevées par le vent.

On tire sur sa main. Non sans effort, elle détache son regard des fresques. Emilia pointe quelque chose du doigt sur leur droite.

Une structure rectangulaire s'élève dans le noir. Lucrèce la regarde. Elle est plus grande qu'elle, possède une base longue et plate, ainsi qu'un couvercle. L'espace d'un instant, étourdie par la peur et l'épuisement, elle ne reconnaît pas ce dont il s'agit. C'est une boîte, siffle son esprit brouillé, une cage.

Elle lève la chandelle, le rond de lumière tremblote, et découvrant alors ce qu'est réellement cet objet, elle lâche un rire, bref, haut perché.

C'est un lit. Évidemment. À quoi d'autre s'attendait-elle dans une chambre ? C'est un lit, rien de plus, avec de gros oreillers garnis de plumes d'oie, une courtepointe moelleuse en soie rose et un baldaquin aux tentures épaisses, retenues par des cordes enroulées, faites de fils dorés.

La vision d'une chose si ordinaire et si bienvenue est un tel soulagement que les deux filles se mettent à rire et, d'un même élan, tombent dans les bras l'une de l'autre.

« J'ai cru que c'était… commence Lucrèce, incapable de prononcer le mot.

— Je sais, dit Emilia.

— … une cage ! »

Elles rient. Puis, brusquement, Emilia, comme rappelée à son rôle, fait un pas en arrière pour se ranger derrière sa maîtresse et commencer à défaire les lacets de sa robe de voyage. Lucrèce songe que rien n'aurait pu la réjouir davantage que cette vision : ce lit est ce dont elle a le plus besoin au monde, à cet instant. Elle pose la chandelle sur la table de chevet, puis tend les bras devant elle pour qu'Emilia lui retire ses manches. La servante ouvre les draps, puis s'en va vers la porte et tourne dans la serrure la grosse clé en fer ; les deux filles entendent le claquement du verrou.

Elles sont en sécurité : à présent, Lucrèce veut bien laisser ce mot ondoyer dans ses pensées.

Elle souffle la longue expiration qu'elle semblait retenir depuis Florence. Elle s'autorise à s'enfoncer dans le lit. Elle est si fatiguée que même soulever ses pieds sous les draps lui demande un effort. Elle l'accomplit malgré tout. L'oreiller épouse l'arrière de sa tête ; elle entend les tiges des plumes d'oie craqueter et se réorganiser sous son poids.

Emilia va et vient dans la chambre obscure, soulève les habits de voyage, les place sur une chaise. Lucrèce ferme les yeux et voit, derrière ses paupières, la crinière d'un cheval tombant comme un rideau, des arbres défilant, un col de montagne venteux. Elle rouvre les yeux.

Emilia, découvre-t-elle, s'est couchée par terre, pas loin du pied du lit. Elle ajuste son manteau pour bien se couvrir le corps, et s'est servie de ses souliers pour éviter que sa tête ne repose sur les lattes nues du plancher.

« Emilia », dit Lucrèce.

La servante lève le visage.

« Oui, Votre Altesse ?

— Tu ne peux pas dormir là.

— Non, tout va bien, je suis…

— Viens ici, lui dit-elle en tapotant le matelas.

— Non, madame, ce ne serait pas convenable. Je vous assure que je suis…

— Emilia, s'il te plaît. Cette chambre… cette chambre est immense et je… de toute façon, je n'arriverai pas à dormir, sinon. S'il te plaît. Je veux que tu viennes. J'ai peur, toute seule. »

Emilia se lève et, sur la pointe des pieds, la rejoint. Lucrèce sent le matelas se creuser sous son poids.

Elle souffle sur la bougie.

« Bonne nuit », murmure-t-elle au dos d'Emilia.

Il est plus de minuit. Dehors, Lucrèce entend les bruits étranges des créatures de la forêt ; de temps en temps, un cri perçant. Elle imagine de petits mammifères attrapés par un prédateur. Près d'elle, elle entend la respiration de la servante, de plus en plus lente et profonde. Mais elle, Lucrèce, ne dormira pas. Dormir est chose impossible : elle ne peut pas.

Et pourtant… Doucement, sans même le vouloir, comme chutant depuis un rempart, elle sombre dans un état d'inconscience intense et profond. La forêt, de nuit, semble s'étirer jusqu'au pied de la villa, pressée contre ses murs, encerclant ses habitants derrière son monde battant et vert ; elle insinue dans leurs rêves des branches qui craquent, du lichen qui rampe, des pousses frêles aux feuilles striées de veines assoiffées de lumière. Son air vif et glaiseux pénètre leurs poumons endormis.

Elle dort au moment où un cerf émerge de cet enchevêtrement et, souple sur ses sabots, entre sur le chemin de la villa, dressant la tête lorsque résonne le bruit d'un fruit qui, non loin, tombe de sa branche. Elle dort au moment où des cochons sauvages trapus, hirsutes, lourds comme des malles de voyage, saccagent des broussailles, le groin au ras du sol. Elle dort au moment où les oiseaux du petit jour déploient leurs ailes, au moment où un porc-épic flaire la terre semée d'aiguilles de pin d'un chemin seulement connu de lui, au moment où les serviteurs se réveillent, bourrent la cuisinière de petit bois, frottent les pierres à feu, installent les marmites et délayent le levain dans la farine. Elle dort au moment où les paysans enfilent leurs tenues, mettent leur chapeau et s'en vont aux champs. Elle dort au moment où les jeunes commis sont envoyés chercher de l'eau au puits, au moment où les premières lueurs fragiles baignent la vallée, au moment où les premières chaleurs se font ressentir.

Le sommeil efface les longs préparatifs de son mariage, le coiffage de ses cheveux, la robe sur le lit. Le sommeil efface la messe, le festin de noces, le bal, les acrobates. Il efface les adieux à ses parents, à sa sœur indifférente, à Sofia, efface deux nuits blanches. Il efface les nombreux mois d'intranquillité qui ont précédé son mariage, le voyage en carrosse avec Alfonso à travers Florence, avant l'aube, la découverte de sa disparition, l'ascension des Apennins, la descente du versant de la montagne à la nuit tombée. Le sommeil efface, efface, efface, la nettoie de toutes ces choses néfastes, comme tout bon sommeil réparateur.

La villa prépare le petit déjeuner ; cette activité l'occupe tout entière. Les sols sont récurés, les fenêtres ouvertes en grand, les tables époussetées, les chiens lâchés dehors, le pain est cuit, puis mangé, puis d'autres miches sont enfournées, les loggias sont balayées, les poignées de porte polies. Le repas de midi est cuit ; mangé ; débarrassé. La vaisselle est lavée, essuyée, rangée dans les armoires. Les chiens migrent à l'ombre pour s'assoupir, libérés de leurs muselières ; les paysans, pour passer les heures les plus chaudes, cherchent refuge sous les arbres ou dans la fraîcheur de leur maison. Les serviteurs s'assoient sur des chaises, s'ils parviennent à en trouver ; la cuisinière pose les pieds sur un tonneau.

Lucrèce se réveille au milieu d'une chambre baignée d'une lumière aux reflets de miel. Tout semble lustré, imprégné par sa radiance chaude et pommelée : les tentures du lit, leurs cordes dorées, un coffre près de la porte, une table et son petit vase de roses jaunes, les chaises de part et d'autre de la cheminée, les dryades sculptées qui dansent et se courent après le long des linteaux. Allongée dans le lit, Lucrèce s'émerveille.

C'est à croire que, pendant que le jour se levait, elle a accompli un voyage, à croire qu'un sort l'a transportée de la chambre où elle s'est endormie – cette grotte noire et menaçante – jusqu'à cet endroit de lumière, de chaleur et de beauté. Aucun signe d'Emilia ; la partie du lit qu'elle occupait est lisse, l'oreiller gonflé, comme si personne n'avait dormi là. Au-dessus de sa tête, sur les plâtres, des créatures célestes volent, munies de trompettes et de lyres, ailes déployées pour saisir les divins zéphyrs. Neptune et sa longue barbe mouillée, trident couvert d'algues à la main, plongé jusqu'aux hanches dans une mer écumeuse, semble garder la porte. Seule la vue d'Iris aux cheveux jaunes, qui toujours fait surgir de sa paume un arc-en-ciel, confirme à Lucrèce qu'elle se trouve bien dans la même chambre, que la nuit ne lui a pas joué de tour.

Elle s'assoit, lève un bras au-dessus de sa tête, puis l'autre. Elle n'a aucune idée de l'heure, ignore combien de temps elle a dormi : derrière les fenêtres, les cigales stridulent, et elle sent dans son ventre un vide, un creux. La chaleur semble filtrer à travers les jours des volets. Il ne peut pourtant pas être plus de midi. Si ? Elle ne dort jamais aussi tard.

Elle est sur le point de sortir des draps pour se lever quand un coup est frappé à la porte. Certaine d'être au matin, et qu'il doit donc s'agir d'une servante, très probablement Emilia, chargée de son petit déjeuner et de ses habits, elle dit : « Entrez. »

La porte s'ouvre d'un coup, et s'ensuivent des pas assurés, le claquement de bottes. Un homme entre dans la chambre. Lucrèce est tellement interdite qu'il a déjà traversé la moitié de la pièce quand son nom parvient à éclore dans son esprit. Le duc de Ferrare. Alfonso. C'est bien lui qui s'avance dans la chambre, et qui semble soudain si différent avec ses cheveux attachés et sa chemise dont les demi-manches bouffent chaque fois qu'il s'approche.

« V… Votre Altesse », bégaie-t-elle en s'asseyant plus droite, en cherchant du regard de quoi se couvrir, un plaid, un manteau, n'importe quoi. Jamais, jamais de sa vie personne ne l'a vue en chemise de nuit, en dehors de ses sœurs ou sa mère. « Vous, ici. Je ne savais pas que… J'étais… Je… Laissez-moi seulement… »

Il arrive devant le lit et, sans la moindre hésitation, s'assoit dessus, comme s'il lui appartenait. Ce qui, réfléchit Lucrèce, est en réalité le cas. Le matelas rebondit et ploie en acceptant son poids.

« “Votre Altesse” ? s'exclame-t-il. Allons-nous nous adresser l'un à l'autre ainsi ?

— Je… » Les doigts de Lucrèce trouvent les rubans du col de sa chemise de nuit et les nouent. « … c'est-à-dire qu'il m'a toujours été inculqué de…

— Qu'importe, répond-il. Le nom qui m'a été donné est Alfonso, comme vous le savez, et c'est ainsi que m'appellent ma famille et mes amis – ceux qui m'aiment. Parmi lesquels j'espère pouvoir vous compter. »

Un silence passe. Il hausse les sourcils avec l'air d'attendre quelque chose. Lucrèce a du mal à suivre ses phrases pleines de circonvolutions. Lui a-t-il posé une question ? Elle ne s'en souvient pas, et est-ce le fruit de son imagination ou s'est-il réellement rapproché d'elle en se glissant le long du lit ?

« Puis-je ?

— Pouvez-vous quoi ? »

Son désarroi la rend idiote, alors qu'elle aimerait par-dessus tout lui demander la raison de son départ subit pour la cour et de son abandon. Il était question de nom, croit-elle se souvenir. Mais qu'attend-il d'elle ?

« Puis-je vous compter parmi ceux qui m'aiment ? »

Lucrèce le regarde fixement. Elle voit un inconnu à la chemise ouverte, assis près d'elle sur un lit, dans une chambre déserte. Elle voit les muscles tendus sous la peau d'un torse moite et perlé de sueur, une paire de mains aux jointures larges et aux doigts longs, élégantes mais puissantes, et des ongles en demi-lunes proprement coupés. Il n'a pas l'air d'un homme qui vient d'affronter une urgence à la cour. Une odeur singulière émane de lui – mélange de sueur, de chaleur, de campagne, accompagné de quelque chose de frais et de végétal, comme une odeur de feuilles, d'écorce ou de sève. Il faudrait qu'elle s'approche pour bien la renifler, mais elle n'a qu'une envie : s'écarter de lui, ramener les draps sur sa tête et ne plus jamais ressortir de ce cocon de tissu.

Il lui a posé une question, encore, pour la deuxième fois. Et sa réponse est impérative : les leçons de bonnes manières de sa mère, le protocole surgissent brusquement dans sa tête. Répondez à toute requête avec promptitude, avec sur le visage une expression aimable, d'une voix légère, et par l'affirmative, si la question le permet.

« Oui, répond-elle. Naturellement. » Elle manque d'ajouter « Votre Altesse », mais se retient juste à temps.

Il lui adresse un sourire, un sourire chargé de quelque chose de malicieux, d'irrévérencieux ; dans ses yeux brille une lueur autre que de la joie. Lucrèce est gagnée par l'impression, nette, que toute cette discussion n'était pour lui qu'une diversion, ou peut-être une sorte de test.

Il hoche la tête, une seule fois, et dit :

« Bien. »

Et puis il se rapproche à nouveau, si près que sa jambe se retrouve contre sa hanche sous les draps. Et la pensée que Lucrèce tenait à l'écart depuis l'instant où il a pénétré dans la chambre s'ouvre à présent dans sa tête comme la corolle d'une fleur.

Il est venu la prendre, ici, maintenant. Il est venu accomplir sur elle l'acte qu'elle redoute de tout son être, redoute depuis la visite de Vitelli, lorsqu'elle peignait l'étourneau. Il attendait son réveil. Il est venu avec l'intention de passer à l'acte, maintenant.

Elle tente d'avaler sa salive, mais sa gorge est aride. À quand remonte la dernière fois qu'elle a bu ? La nuit dernière, non ? Lorsqu'ils ont fait halte au pied de la montagne ? C'était il y a des heures – tellement qu'elle ne saurait les compter.

Il parle à présent, lui dit qu'il est venu lui souhaiter le bonjour, lui raconte être sorti marcher au grand air avec son intendant avant de pratiquer un peu l'escrime avec son ami Leonello, qui plus tôt a voyagé avec lui au retour de la cour – peut-être le verra-t-elle au dîner. Leonello est grandement désireux de la rencontrer.

Désireux. Ce mot la frappe comme une pluie de grêlons. Si proche de *désir*, qui bien sûr traduit ce que les hommes ressentent envers les femmes, l'acte de mariage ; sanctifié par l'Église, permis par cette union, sans laquelle il constitue un péché des plus graves ; elle l'a vu sur les visages de certains hommes, à la cour, pendant des banquets, pendant qu'ils regardaient les silhouettes tournoyantes des femmes qui passaient devant eux. Cette expression lui est familière : mi-rêveuse, mi-résolue, totalement ailleurs et en même temps concentrée, l'esprit occupé par une seule pensée, yeux plissés, lèvres entrouvertes, comme sous l'effet d'un mets délicieux. C'est cette même expression qui se lit à cet instant sur le visage de cet homme. De son époux. Alfonso. Qui la compte parmi ceux qui l'aiment.

Désireux, pense-t-elle fébrilement, est un mot dont la racine étymologique doit être commune à…

« Vos cheveux, souffle-t-il, ont une couleur extraordinaire, que je n'ai jamais vue ailleurs. » Il se penche vers elle et prend entre ses doigts l'une de ses tresses, comme pour se prouver qu'elle est vraie. « Avez-vous bien dormi ? Vous sentez-vous reposée ? »

Encore une question, pense-t-elle. Mais la réponse est facile.

« Oui.

— Vous avez dormi longtemps.

— Je suis désolée, je…

— Non, non, inutile de vous excuser. Je leur ai dit de vous laisser tranquille. Je voulais que vous puissiez vous reposer, vous rasséréner. Cette villa a été construite par mon arrière-grand-père, précisément dans ce but : que l'on s'y sente bien et que l'on s'y détende. Un endroit à l'écart des règles et des intrigues de la cour, pour la famille. Dont vous faites désormais partie. »

Il marque une pause, dans l'attente d'une réponse semble-t-il. Elle ignore complètement quoi dire, mais parvient à hocher la tête et à déclarer : « Oui. »

Il soulève l'écheveau de sa tresse, le caresse, l'examine, le tenant tout près de son visage, l'étire comme pour mesurer sa longueur. Elle sent un léger tiraillement sur son cuir chevelu, est obligée de s'asseoir un peu plus près du bord du lit, de se pencher vers lui.

« Tout… » Elle se demande comment formuler la question. « … tout s'est-il bien passé à la cour ?

— Oh, oui, répond-il sans détacher son regard de ses cheveux. Bien entendu.

— J'étais inquiète lorsque… » Elle laisse les mots se perdre, espérant qu'il développe le sujet sans qu'il lui soit nécessaire de l'expliquer, espérant qu'il la rassurera, et peut-être lui confiera les problèmes relatifs à sa mère.

Mais à la place, il la regarde, la tête penchée sur le côté.

« Inquiète ? Pourquoi ?

— À cause de votre départ… » commence-t-elle, mais une telle perplexité se dessine sur son visage qu'elle perd courage, et s'interroge même sur la véracité des propos d'Emilia. Peut-être est-ce un tout autre motif qui l'a éloigné d'elle, peut-être est-elle en train de se ridiculiser avec sa question. « Vous êtes parti et je… je… »

Il lui sourit, comme si elle n'avait pas du tout parlé.

« Vous semblez… » dit-il, toujours en étirant sa tresse de mariée. Même si elle voulait s'écarter, cela serait impossible. « … différente, ce matin.

— Trouvez-vous ? »

Elle tremble si fort qu'elle craint qu'il ne finisse par le voir ou le sentir par le truchement de sa tresse.

Il hoche la tête, sans la lâcher du regard.

« Oui. Vous étiez si pâle hier, aussi blanche qu'une petite colombe. Et regardez-vous aujourd'hui, toute rose et belle. On dirait un ange. Et cette incroyable chevelure. Je n'imaginais pas comme elle était longue. Comme je suis heureux, à présent, de vous avoir fait attribuer cette chambre.

— Merci, murmure-t-elle, mais sa voix est rauque.

— Anges en haut, dit-il en pointant l'index de sa main libre vers les fresques du plafond. Ange en bas. »

Sa main plonge, atterrit sur sa joue. Elle épouse son visage, le lève vers lui. Lucrèce serre la mâchoire, fermement, pour empêcher ses dents de claquer. Elle ne s'est jamais trouvée aussi près d'un homme : ni le prêtre, ni ses cousins, ni aucun des serviteurs. Jamais il n'a été permis à aucun homme de la toucher. Son odeur – la transpiration de l'escrime, la marche au grand air dans les champs et la forêt – lui inonde les narines, lui envahit le visage. Sa main contre sa joue est dure, rigide, sa chaleur pénètre jusque dans ses os.

Là, sur le lit, elle attend, le drap serré contre sa poitrine. Depuis le haut de la porte, Neptune semble jeter son regard sur eux, impassible, son trident dégoulinant d'eau de mer.

« Il faudra que nous vous peignions, bientôt », dit-il tout bas. Elle sent les mots quitter ses lèvres et se poser sur sa joue comme autant de petites explosions. « Je vois déjà les artistes de la cour se battre pour le faire. Ils le voudront tous. La peinture elle-même se réjouira qu'on l'emploie pour vous. » Il promène son regard sur son front, ses yeux, son menton. « Un portrait… ou peut-être une scène classique. Hmm. »

Comme il semble se parler à lui-même, Lucrèce ne répond pas.

« Il y a quelque temps, poursuit-il, ma famille a envoyé à votre père une requête afin d'obtenir une image de vous. Et votre père, ajoute-t-il d'un air songeur, en lui faisant tourner le visage d'un côté, puis de l'autre, nous a fait porter un portrait, à l'huile, magnifiquement encadré. Il s'agissait, je présume, d'une copie d'un portrait qu'il devait posséder, peut-être réalisé par un apprenti. On vous y voit dans une robe noire, un collier de perles autour du cou, une main levée, comme cela. Avec un fond somme toute lugubre. Le connaissez-vous ? »

Lucrèce hoche la tête, une fois. C'est une reproduction horrible d'un portrait qu'elle n'aime pas. Même l'original, peint par le maître Bronzino, pour qui Lucrèce a posé pendant des heures, le bras douloureusement levé, le dos raide, le cou désagréablement tordu, était raté. Elle ne s'y retrouve en rien et ne pouvait supporter de le regarder.

Il l'examine de trois quarts à présent, les yeux plissés, comme s'il cherchait à déchiffrer ses pensées, à les lire comme des mots sur une page.

« Savez-vous ce que j'ai dit en le voyant ? » demande-t-il.

Elle secoue la tête.

« J'ai dit, "Ce ne peut être la même fille. Soit elle est tombée gravement malade depuis notre rencontre, soit ce portrait est terriblement infidèle." »

Lucrèce est tellement surprise qu'elle laisse échapper un rire, mais l'étouffe aussitôt en plaquant sa main sur sa bouche.

« Je l'ai toujours détesté », murmure-t-elle, et le fait de formuler ces mots lui procure un soulagement à la fois immense et inédit.

Les lèvres d'Alfonso se recourbent d'amusement.

« Vraiment ?

— L'original aussi. Je le préfère à la reproduction, mais de peu. J'y parais tellement cireuse et renfrognée, alors que…

— Alors que vous n'êtes ni l'un ni l'autre. Pourquoi votre père n'a-t-il pas demandé à ce qu'il soit refait ? »

Elle réfléchit aux mots à choisir, la réponse est trop ample, trop viscérale. Parce que mon père s'en moque, voudrait-elle lui dire. Parce que cela ne lui importe aucunement que mon portrait me soit fidèle ou non. L'original est accroché dans un coin du palais où personne ne se rend jamais, tableau non aimé, non regardé. Ses frères et sœurs possèdent tous deux ou trois portraits, enfants puis jeunes adultes ; Lucrèce s'est souvent entendu répéter qu'elle était trop agitée, trop nerveuse pour poser devant un peintre, raison pour laquelle il n'existait d'elle qu'un seul portrait, exécuté dans une hâte aussi invraisemblable qu'humiliante, juste après sa promesse de mariage. Elle sent soudain peser à nouveau sur elle cette vieille blessure, quelque part sous ses côtes.

« Si cela n'avait tenu qu'à moi, je l'aurais renvoyé à l'atelier sur-le-champ, dit Alfonso. Votre père et votre mère ne prêtent donc aucune importance à la ressemblance d'un portrait ?

— Oh, mais si, explose Lucrèce. Bien sûr que si. Des portraits de mes sœurs ont été réalisés plusieurs fois, d'abord enfant, et puis plus récemment. Mon frère Giovanni a été peint alors qu'il n'avait qu'un an. Vous auriez pu les voir sur les murs des appartements de mon père. Et par deux fois, ma mère a posé avec mes frères pour Bronzino, tandis que mon père…

— Et seulement un tableau de vous ? »

La question est comme une lame de glace qui lui pénètre la peau et les yeux d'Alfonso, dont les pupilles apparaissent étonnamment dilatées, comprennent cela parfaitement. Lucrèce en a la certitude. Il voit la réponse avant même de l'entendre ; saisit absolument tout ce qu'elle sous-entend.

« Seulement un », marmonne-t-elle.

La réponse de son époux consiste à lui prendre le visage entre ses deux mains.

« Je trouve cela étonnant, souffle-t-il sur un ton de confidence, mais aussi parfaitement idiot. Nous y remédierons, vous verrez, et sous peu. Vous serez non seulement peinte, mais par un maître, par le meilleur des artistes de la cour. Et si le résultat se révèle en dessous de sublime, alors j'insisterai pour que le portrait soit refait, tout entier, jusqu'à ressortir parfait. »

Son discours l'abasourdit : associer un mot comme « idiot » à son père, oser parler ainsi du grand-duc Cosme Ier, les critiquer de la sorte, lui et ses opinions.

« Fort bien, lâche-t-elle.

— Vous avez peur, répond Alfonso en promenant ses doigts sur sa pommette.

— Non, je…

— De moi.

— Pas du tout.

— Si. Mais il ne faut pas. Je ne vous ferai pas mal. Je vous le promets. Me croyez-vous ?

— Je… »

Une fois de plus, il la considère pendant un long moment avant de dire :

« Je ne viendrai pas dans votre lit maintenant. D'accord ? Je ne suis pas un animal. Je n'ai jamais forcé une femme et ne le ferai jamais. Ne me craignez pas. Nous prendrons notre temps, vous et moi. Pour l'instant, levez-vous. Je vais faire appeler votre servante, et vous irez déjeuner. Voulez-vous ? Ensuite, vous visiterez la villa et verrez ce qu'il y a à voir. »

Il se lève abruptement, la relâche, et s'en va jusqu'à la fenêtre dont il ouvre les volets, en grand.

« Regardez ce soleil ! s'exclame-t-il. Qui brille sur les terres. N'est-ce pas une invitation à sortir ? »

Il part à grandes enjambées vers la porte, chemise bouffante, puis soudain se retourne et revient sur ses pas, comme s'il avait oublié quelque chose. Arrivé devant elle, il se penche en avant, plié en deux, et, glissant une main autour de son cou, se courbe encore un peu pour poser ses lèvres sur les siennes – une pression brève, insistante. Ce geste lui rappelle son père apposant son sceau sur un document, marquant par là son appartenance.

*

Elle marche, chaussée de souliers légers, vêtue d'une robe volant au vent. Elle porte sur la tête un chapeau bleu clair, sur lequel le soleil fait tomber ses douces et pénétrantes flèches ; elles atterrissent sur le sommet de son crâne, sur son front, comme des caresses sur un animal de compagnie.

Elle étend les bras, et chacune de ses paumes frôle le sommet des haies rectangulaires qui bordent l'allée. Le soleil trouve ses mains, aussi – rude et infatigable soleil –, et à son contact sa peau picote et bouillonne.

Ses pas sont lents et mesurés. Elle peut marcher, laissant chaque fois l'empreinte de ses pieds s'imprimer sur les graviers, au rythme qui lui plaît, dans la direction qu'elle souhaite, aussi longtemps qu'elle le veut. Il n'y a ici personne pour la solliciter, l'importuner, la menacer. Elle peut aller où bon lui semble : c'est Alfonso qui le lui a dit, en employant ces mots. Où bon lui semble.

Ces pensées pétillent à l'intérieur d'elle, les bulles remontent dans sa gorge, sortent par sa bouche en lui faisant émettre un son à mi-chemin entre un couinement et un rire.

Tout autour d'elle, le jardin s'étire, impassible, incurieux. Elle est seule. (Hormis, s'entend, l'homme aux jambes légèrement torses qui porte à sa ceinture un couteau incurvé ; Alfonso lui a dit que cet homme l'accompagnerait lors de ses promenades, toujours à distance, et qu'elle doit l'ignorer, mais qu'au moindre signe de sa part il serait auprès d'elle en quelques secondes.)

Pour l'heure, Lucrèce flâne devant un parterre de fleurs aux gros boutons violets, qui ondulent et vibrent sous les mouvements de centaines d'abeilles appliquées, qui se déplacent, se réinstallent. Elle baisse la tête en pénétrant sous une charmille où les corolles étoilées de jasmin répandent leurs senteurs dans l'air. Le bas de sa robe traîne derrière elle, capturant des brindilles, des pétales fanés. Elle passe devant des pelouses, une rangée de pêchers, des herbes hautes ondulantes, puis s'aperçoit que, sans le vouloir, elle est revenue à son point de départ, la fontaine au centre du jardin – une structure ovale, à plusieurs niveaux, en marbre veiné, sur laquelle un monstre des mers crache gaiement son eau dans l'air vivifiant et embaumé.

Elle n'arrive toujours pas à croire à cette liberté, à cet espace qui lui sont accordés. Après avoir petit-déjeuné de lait et de gâteaux au miel servis dans sa chambre, et s'être habillée avec l'aide d'Emilia, Lucrèce a été conduite jusqu'à la cour de la villa, qu'elle a traversée pour être emmenée jusqu'à une longue salle dans laquelle Alfonso, installé à une table, s'occupait de documents et donnait des ordres à un homme qui tenait son béret entre ses deux mains.

Il a bondi de sa chaise en la voyant, a balayé ses papiers, congédié l'homme, et lui a pris le bras pour l'emmener ici, derrière la cour, dans les jardins de la villa, où Lucrèce a reçu la permission de « déambuler où bon lui semble ». Le jardin, a-t-il ajouté, avait été conçu pour le loisir et le plaisir des dames.

Impossible alors de lui dire, tandis que son bras reposait sur celui d'Alfonso, que ses doigts sentaient la douceur de sa manche de chemise, qu'il ne lui avait encore jamais été permis de déambuler où bon lui semblait, nulle part, que ses parents croyaient que les filles devaient être gardées sous surveillance jusqu'au mariage, dans un nombre de pièces restreint, qu'ils pensaient devoir la surveiller de près et ne jamais la laisser seule.

Voilà donc, a alors pensé Lucrèce, voilà donc ce qu'est le mariage. Le bras d'un homme berçant le vôtre, une présence éminente près de vous sur un chemin, une voix qui vous conte quel architecte a tracé cette promenade, pensé cette tonnelle, où a été miné le marbre de la fontaine. Une villa ceinte, aux plafonds peuplés d'anges et de dieux, et tout autour des champs ondoyants et des forêts denses, et au-delà les méandres d'un fleuve comme une broderie mordorée piquée sur la vallée.

Alfonso s'est promené à ses côtés dans le premier jardin, puis dans le deuxième, la tête tournée vers elle, comme si tout ce que faisait Lucrèce – marcher, parler, gesticuler, mettre la main en visière pour se protéger du soleil – l'intéressait. Ils se trouvaient sur le point de franchir ensemble un troisième portail pour entamer, lui a-t-il dit, sa partie préférée de la promenade, lorsque subitement, il est parti, interpellé par le toussotement discret d'une personne apparue derrière une rangée d'amandiers, une pile de documents à la main.

Lucrèce a attendu un moment, sans trop savoir quoi faire. Son bras est retombé le long de son corps. Elle se demandait si elle devait continuer à l'attendre, le rejoindre, se retirer – quelle était la meilleure conduite à tenir ? Mais Alfonso s'est tourné vers elle et a agité la main, tout en rebroussant chemin pour s'en aller parler à l'homme, et il n'en a alors pas fallu davantage pour l'encourager à poursuivre sa promenade, secrètement exaltée de se retrouver seule, même pour une minute ou deux. Elle a longé l'allée à petits pas rapides, sous l'écume des amandiers en fleur, et débouché dans le troisième jardin, constitué d'un réseau symétrique de sentiers étroits bordés par ces haies que sa main, à présent, effleure.

Le doux picotement des feuilles persistantes cireuses sur les lignes de sa main. Le choix de partir à gauche, à droite ou de continuer tout droit à chaque croisement. La diversité de senteurs des floraisons. La gigantesque étendue de ciel bleu reliant les lointains horizons. Lucrèce n'a jamais vu une telle quantité de ciel – au-dessus des toits et des fenêtres de Florence, le ciel était brouillé par la fumée et la brume, et seulement visible par fragments.

Elle se tourne face à la villa, voit le mur bas aux tons rouges de sa partie latérale, la rangée d'arbres et Alfonso, tête courbée, en grande conversation avec l'homme qui tient toujours les papiers. Alfonso : grand corps en bas sombres et chemise claire, tête nue ; son interlocuteur, plus petit que lui, une chemise grise et un béret sur sa tête aux cheveux couleur fauve.

Tandis qu'elle les regarde, observe leurs silhouettes qui se découpent sur l'épais feuillage des arbres, elle comprend soudain que l'homme au béret n'est pas un serviteur. Elle a passé sa vie à étudier les gens de loin ; c'est une faculté qu'elle possède, ou du moins qu'elle a développée avec les années. Elle est capable de décoder une posture, une tenue vestimentaire, une gestuelle, le positionnement d'une tête, une expression faciale, et même un simple coup d'œil. Dès l'instant où elle pénètre dans une pièce, Lucrèce est capable de dire qui possède le plus de pouvoir, quel genre de pouvoir, qui est le rival de qui, qui est allié, qui peut détenir un secret.

Alors qu'elle déambule ici, au milieu des fleurs et des arbres fruitiers du jardin de la villa, elle jette des regards discrets en direction de l'homme qu'elle doit à présent appeler son mari et de la personne à côté de lui, qui a détourné son attention. Ses vêtements ne sont pas ceux de la servitude – la chemise, bien taillée, est pourvue de drapés et de volants sophistiqués ; à son béret brillent de pointus *ciondoli* – et sa posture, près de la haute silhouette d'Alfonso, est détendue. Il se penche vers celui-ci, faisant basculer son poids sur un pied. On décèle entre eux une certaine aise, une certaine intimité. Lorsque le coude de l'homme effleure, brièvement, celui d'Alfonso pendant qu'ils compulsent ensemble les documents, ce dernier ne s'écarte pas.

Lucrèce les regarde, fascinée. Pourrait-il s'agir de l'ami que son époux a évoqué, celui avec qui il pratique l'escrime ? Ou d'un frère, un cousin de la ville ? Elle est pourtant sûre d'avoir entendu dire que le frère d'Alfonso est un religieux, un cardinal qui vit à Rome.

L'homme, à présent, tourne une paume vers le ciel, puis l'autre, et joint ensuite les mains, comme s'il cherchait à supplier Alfonso. À sa tête baissée, elle voit que celui-ci réfléchit. Peut-être cela a-t-il un lien avec sa mère, ou peut-être y a-t-il un problème à la cour. Son père l'a prévenue que cette première année d'Alfonso en tant que duc serait une année difficile : lorsqu'un nouveau souverain accède au pouvoir, nombreux sont ceux qui cherchent à le tester, à le défier, à la cour mais aussi en dehors. Votre Alfonso, avait ajouté Cosme, devra montrer que la dissidence n'est pas permise, et prouver à tous qu'il est à la hauteur de sa tâche, celle de gouverner Ferrare. Peut-être sera-t-il amené à faire démonstration de force et de fermeté : cela fait partie du rôle.

Là-bas, près de la haie, Alfonso dit quelque chose, puis conclut ses paroles par un hochement de tête ferme avant de donner une tape sur l'épaule de l'homme. Il se retourne et part dans la direction de Lucrèce, tout droit, puis tourne à droite, puis à gauche au milieu de ce labyrinthe de petits sentiers.

L'homme au béret disparaît, se fondant dans la verdure. Tout pourrait laisser croire qu'il n'est jamais venu.

En arrivant à sa hauteur, Alfonso lui annonce qu'il doit prendre congé d'elle, retourner à son bureau, mais qu'elle peut demeurer dans le jardin aussi longtemps qu'il lui plaît.

« Je vous demande pardon, dit-il pour terminer, avec un sourire bref. Je vous verrai ce soir. »

L'esprit de Lucrèce semble alors se replier sur lui-même, avaler le jardin, les abeilles et les fleurs pour se remplir tout entier de l'image du lit sous les fresques et des draps défaits.

« Oui », bredouille-t-elle.

Ce soir, pense-t-elle, ce soir.

« Cela vous dérange-t-il ? demande-t-il en la scrutant de son regard noir pénétrant.

— Non, naturellement. Ne vous inquiétez pas pour moi. Je suis très contente ici.

— Ne restez pas trop longtemps au soleil, recommande-t-il alors en portant la main de Lucrèce à ses lèvres. Il est plus fort que vous ne le pensez.

— Qui était cet homme ? glisse-t-elle rapidement.

— Quel homme ? »

Il relâche sa main, qui retombe entre leurs deux corps.

« Celui qui portait des lettres.

— Oh. » Alfonso se tourne vers la grande haie, comme s'il le cherchait. « Il est parti ? Il s'agit de Leonello.

— Est-il… votre ami ?

— Un très bon ami. Un ami d'enfance. Nous avons grandi ensemble. Mon père l'a éduqué avec nous. Il est comme un frère pour moi, ou un cousin. Il m'assiste depuis longtemps dans mes affaires courantes, et s'occupe de… » Mais Alfonso laisse sa phrase en suspens et place sa main au-dessus de ses yeux, en visière. « Où est-il passé ? Je lui avais demandé de m'attendre. »

Il s'éloigne d'elle à grands pas, vers le bout du sentier.

« Leonello ! appelle-t-il avant de pousser un sifflement perçant, comme un chasseur qui rappelle ses chiens. Leo ? »

Au loin, étouffé par la verdure, quelqu'un répond : « Quoi ?

— Où diable es-tu passé ? Reviens ! »

Bruissement de feuilles, suivi par un bruit sourd à l'intérieur de la haie.

« Très bien, lance une voix nonchalante.

— Viens donc faire la connaissance de ma jeune épouse. Où sont donc passées tes bonnes manières ? »

L'homme émerge des fourrés, faisant d'abord apparaître une épaule au milieu des branches. Il tient toujours ses papiers. Il se fraie un chemin à travers le jardin, mais contrairement à Alfonso, sans suivre les sentiers : comme s'ils n'existaient pas, il coupe à travers les parterres de fleurs, les écrase en faisant voler dans son sillage abeilles et pétales. Voilà un homme, songe Lucrèce en suivant son avancée du regard, qui n'attend personne, qui n'hésite pas à piétiner ce qui se trouve sur son passage.

Il s'arrête à quelques pas d'elle.

« Leonello, permets-moi de te présenter mon épouse, la nouvelle duchesse de Ferrare. Lucrèce, voici mon ami et cousin, Leonello Baldassare. »

L'homme s'incline dans une révérence profonde, presque trop, pourrait-on dire, pour ne pas donner l'impression qu'il exagère, se moque. Lucrèce n'est pas dupe. Elle le balaie du regard : des pommettes saillantes, des yeux marron-jaune, des lèvres légèrement trop fines, des cheveux que l'été a dû éclaircir. Une silhouette bien proportionnée : épaules larges, hanches étroites ; elle l'imagine parfaitement manier le fleuret, faire siffler dans l'air sa pointe affûtée.

« Madame, articule-t-il avec langueur. Je suis votre humble serviteur.

— Je suis très heureuse de faire votre connaissance. Les amis de mon époux seront aussi, je l'espère, les miens. »

Leonello la considère comme s'il pesait ces mots. Son nom, pense-t-elle, lui va comme un gant. Son visage est encadré par une crinière châtain-roux, et sa peau est lisse et dorée. Il laisse s'écouler un instant, puis incline la tête sur le côté, marquant son assentiment sans le moindre sourire. Il n'a rien à voir, songe-t-elle, avec les autres *consiglieri ducali* qu'elle a déjà rencontrés – il ne possède rien du sang-froid travaillé ou de l'aura protectrice et rassurante de Vitelli. Il y a chez cet homme quelque chose d'instable et de fébrile : elle n'aimerait pas se retrouver seule dans une pièce avec lui.

« N'est-ce pas une beauté ? lui demande Alfonso en pinçant le menton de Lucrèce. Avez-vous déjà vu une telle peau, un regard aussi vif ? Et je ne parle pas de ses cheveux. »

Elle sent à nouveau sur elle ces yeux léonins, mais refuse cette fois de les affronter. À la place, elle regarde son époux.

« En effet, répond l'insondable Leonello. Madame la duchesse est une exquise illustration de la féminité. » Il se frappe le menton avec son rouleau de documents. « Mais nous n'en attendions pas moins, n'est-ce pas ? Et le portrait est bien loin de la réalité, comme vous le disiez.

— Oh, je vais justement en commander un nouveau immédiatement ! s'exclame Alfonso. Une scène allégorique, ou bien religieuse. Ou bien, maintenant que je la regarde, peut-être qu'un trois-quarts serait préférable, exactement comme celui-ci. Un portrait de mariage. Qu'en pensez-vous ? »

Les deux hommes l'étudient, reculent pour mieux la voir, la tête penchée du même côté, l'expression de son mari songeuse, celle de Leonello opaque, critique.

Il ne m'aime pas, réalise Lucrèce avec un sentiment proche de la contrition. Elle se demande pourquoi. Il la connaît à peine – vient tout juste de faire sa rencontre. Qu'est-ce qui en elle a donc pu déclencher une hostilité si immédiate ? Qu'a-t-elle pu faire ou ne pas faire au regard de cet homme ?

« Il est temps d'y aller », murmure Leonello à Alfonso. Il brandit les documents comme pour lui rappeler leur contenu.

« En effet. »

Après un hâtif baisemain, Alfonso tourne le dos à Lucrèce et s'en va à grands pas aux côtés de Leonello, les graviers tressautent sous leurs semelles. Lucrèce est laissée seule au milieu du jardin, des fleurs qui oscillent sous un manteau d'abeilles, de la fontaine qui toujours déverse ses inintelligibles gargouillis d'argent.

*

Cela commence par elle, qui s'allonge sur le lit. Un geste parfaitement banal, mais elle réprime l'envie, alors qu'elle se trouve étendue là, de s'accrocher aux longues manches de sa chemise de nuit tandis qu'il se promène dans la chambre d'un pas calibré, tenant dans une main un livre et dans l'autre une chandelle. Il émet une remarque sur le temps incertain, sur les volets qu'il faudra fermer partout ce soir, car il risque de venter.

Il est tard, très tard ; le dîner a été servi, un ragoût de lapin et des endives braisées ; elle s'est frotté la peau avec de la teinture de mauve ; est allée se placer sur les draps, qui sentent le romarin et la lavande.

Elle sait ce qui doit se produire. Croit le savoir. Elle a été prévenue. Elle en a saisi la mécanique, pense avoir une idée suffisamment claire de la chose. Elle peut s'estimer chanceuse, se dit-elle, de s'être vue unie à un homme bienveillant et attentionné, sans parler de son physique avantageux. Ne lui a-t-il pas promis qu'il ne lui ferait jamais de mal ? Toutes les filles n'ont pas cette chance. En outre, Lucrèce se sait armée de la force, la résilience qui lui permettra de traverser cette épreuve. Elle n'est pas fille que l'on intimide, est capable de supporter la douleur, l'inconfort, la peur. Elle peut surmonter cette épreuve, oui. Il y aura un moment désagréable, puis c'en sera fini. Cette chose doit se produire, elle doit le supporter, elle peut y arriver.

Mais voilà ce à quoi elle ne s'attendait pas : à ce qu'il s'avance jusqu'au lit et retire ses vêtements, une épaisseur terrifiante après l'autre, jusqu'à se retrouver devant elle, tout dévêtu et souriant. Elle se retient de rire. Elle se retient de pleurer. Elle ne veut pas regarder, mais regarde pourtant, et ne peut pas en même temps. Elle ne s'attendait pas à ce qu'il s'allonge auprès d'elle, puis se rapproche une fois, deux fois. Et elle ne s'attendait pas à ce qu'il parle, lui fasse la conversation, lui pose des questions, dont certaines concernent son voyage ou son alimentation ou les fresques qu'elle aime, et quelle est sa préférée, ou la musique qu'elle affectionne, l'instrument dont elle apprécie tout particulièrement le son, plutôt luth ou viole, et le madrigal, aime-t-elle le madrigal, car il paraît qu'il s'en joue de fameux à Florence. Des sujets parfaitement ordinaires, bons pour les salons ou les dîners, mais pendant qu'il parle, ses doigts sont à la fois patients et fébriles, ils touchent les filaments de ses cheveux, effleurent son visage, tracent le contour de ses lèvres, comme pour emmagasiner des informations sur elle. Jamais elle ne se serait attendue à cela.

Il y avait des chiens au *palazzo*, des chats. Elle les a vus à l'œuvre, le mâle distrait, l'air ailleurs, le regard souvent dans le vague, tête tournée sur le côté, la femelle en dessous, résignée. Sofia aussi le lui avait raconté, du mieux qu'elle le pouvait. Elle avait désigné une zone par-dessus la chemise de nuit de Lucrèce, aux environs du nombril, puis elle avait mimé l'action en faisant glisser son pouce à l'intérieur de son poing fermé. Elle lui avait donné une fiole d'onguent scellée par de la cire et une ficelle, et lui avait dit de l'appliquer avant qu'il ne vienne la voir, les premières semaines. Sa mère avait joint les mains, comme pour prier, et énoncé quelques vagues propos sur « la volonté de Dieu », le « devoir d'une femme » et les « aspects du mariage ». Ainsi donc, Lucrèce n'était pas sans savoir ce qui allait se produire après.

Son calme la surprend, son prosaïsme, la constance de son approche, le fait qu'il prenne son temps.

« Ne vous inquiétez pas, murmure-t-il en plaçant sa main sur sa joue, pendant que plus bas dans le lit, Lucrèce sent son tibia glisser entre ses pieds. N'ayez pas peur.

— Je n'ai pas peur », murmure-t-elle en retour.

Du plat du pouce, il lui lisse le front.

« Je ne vous ferai pas mal, dit-il. Je vous le promets.

— Merci.
— Me croyez-vous ?
— Oui.
— Me faites-vous confiance ?
— Oui. »

Elle est obligée de le croire. En a-t-elle le choix ? Elle se trouve à des kilomètres, à des kilomètres et des jours de voyage des siens. Il n'y a personne d'autre que lui, ici.

« Me faites-vous confiance ? » demande-t-il à nouveau, cette fois en lui prenant la main pour la poser à plat sur son torse.

Elle ne l'a encore jamais touché, n'a pas encore fait connaissance avec sa peau dévêtue. Sa dureté de fer l'étonne, le muscle et la chaleur et l'os, le rythme animal de son cœur.

« Naturellement », lui dit-elle, et elle voit à son sourire qu'elle a bien répondu.

Il appuie sur la main de Lucrèce posée sur son torse puis, soudain, à la grande surprise de Lucrèce, pose son autre main sur sa poitrine à elle, au même endroit, sur le col de sa chemise de nuit, tout près du creux de ses seins. Elle tressaille – elle ne peut s'en empêcher. Alfonso le voit, mais ne retire pas sa main. Est-ce son imagination, ou a-t-elle réellement aperçu une ombre d'empathie passer sur son visage ? Elle le pense – elle l'espère. Il est en droit, en tant qu'époux, de la toucher où il lui plaît, Lucrèce le sait. Sofia l'avait avertie, mais quand même, ce contact reste un choc. Cependant, le fait qu'il voie sa détresse, y compatisse, est chose rassurante. Il ne lui fera pas mal, a-t-il promis. Elle n'a rien à craindre.

Il retire la main de Lucrèce de son torse et la place sur son épaule, répétant le même jeu de miroir qui fait atterrir sur l'épaule de Lucrèce sa paume, dont la courbe épouse celle de son os arrondi. Avec un sourire, il déplace ensuite la main de Lucrèce sur sa gorge, sur sa joue, sur ses côtes, puis sur sa taille, reproduisant toujours le mouvement avec sa propre main. Les parties touchées par lui semblent à Lucrèce bouillantes et glacées en même temps, comme si la main d'Alfonso avait imprimé sur son habit une marque à l'encre invisible. La main de Lucrèce, pendant ce temps, cette main qu'il guide, apprend les différentes textures qui le caractérisent : le gros grain de sa barbe naissante, les fronces de ses lèvres, le satin de son épaule nue, les frisures sur son torse. Ces découvertes l'intéressent, et la répétitivité de ce jeu la berce. Torse, épaule, gorge, joue, taille, puis torse de nouveau. La conversation n'a pas cessé depuis le début. Il lui parle de ses trois chiens de chasse, de leur caractère différent, lui demande quel plat elle préfère par-dessus tout, et oui, tout est étrange, mais calme. Le recommencement de ce jeu de miroir a quelque chose d'apaisant ; elle peut y arriver, peut aller au bout. Peut-être, imagine-t-elle, que les choses n'iront pas plus loin ce soir ; peut-être qu'il souhaitait jouer et rien de plus.

Elle n'est donc pas préparée, pas prête quand, après s'être l'un et l'autre touché la taille, il déplace sa main non pas sur son torse, mais plus bas, bien, bien plus pas, jusqu'à une zone que Lucrèce n'a jamais vue, qu'elle ne s'est jamais permis d'imaginer.

Il y a des statues d'hommes nus et de dieux et de chérubins partout dans le palais de son père : ce sur quoi elle tombe, là, n'est donc pas un mystère. Elle a grandi avec des frères, bien sûr. Les a vus, petits, debout dans des bassines pendant que les nourrices les lavaient. Elle a vu ce dont les hommes sont pourvus, cette ressemblance avec un pochon, et l'appendice, si vulnérable à le voir, si comique, tout recroquevillé, tout ratatiné dans son petit fourreau, comme une créature craignant de montrer sa gueule au grand jour. Sa sœur Isabella lui avait confié qu'il existait, à cet égard, des variations de taille selon les hommes, et Lucrèce en retour lui avait demandé comment elle pouvait l'affirmer puisqu'elle n'avait évidemment connu qu'un seul homme dans sa vie, son époux, Paolo, et très étrangement, sa sœur avait réagi à cette question en laissant exploser un rire carillonnant tandis que son poing s'écrasait somme toute douloureusement sur la cuisse de Lucrèce.

Elle ne s'attendait pas à cela. Elle n'avait pas pensé qu'il lui serait demandé d'y toucher avec la main. Que quelqu'un lui prendrait les doigts – ces mêmes doigts qui avaient tourné des pages, noué des rubans, cousu avec des aiguilles, rompu du pain, soulevé des tasses, écrit des mots, peint des tableaux – et les enroulerait autour, avec précaution mais fermeté, pour les laisser trouver leur mission. Elle n'était pas au courant de la transformation que connaît cette zone du corps humain, ce changement dans sa forme, cette métamorphose en une chose autre, et somme toute assez différente. Et elle n'était pas au courant que ce changement s'étend alors à l'homme entier, qui semble devenir une autre personne, esclave de cette partie de lui-même, et que l'instant d'après tout devient différent, rapide, enfiévré.

Leur discussion est presque complètement éteinte à présent. Plus de questions sur ses fresques préférées. Il demande, d'une voix plus rauque que d'ordinaire, s'il peut lui ôter sa chemise de nuit, et lorsqu'elle répond oui – car que répondre d'autre ? –, il s'exécute avec l'empressement d'une créature sous l'emprise d'un sortilège et puis, soudain, ses mains deviennent deux animaux affamés, se mettent à la pétrir avec insistance, avec détermination, comme pour chercher un objet perdu dans les plis qui la composent.

Elle n'était pas au courant qu'il devrait s'allonger sur elle, qu'il la clouerait sur le lit, la recouvrirait avec son corps. Elle n'était pas au courant qu'elle serait obligée de replier les jambes d'une manière aussi inélégante, à la manière d'une cigale, ni que ses vertèbres et les os de son pubis craqueraient sous son poids.

Il lui répète qu'il ne lui fera pas mal, qu'elle ne doit pas avoir peur, il ne lui fera pas mal, non, c'est promis, murmure-t-il de sa nouvelle voix rauque.

Mais il finit par lui faire mal quand même.

La douleur est saisissante, et si particulière qu'elle en est étrange. Elle creuse un tunnel brûlant à l'intérieur de la partie la plus privée d'elle, un endroit dont elle n'avait, avant cet instant, qu'à peine conscience. Jamais elle n'a senti un tel inconfort : une sensation brûlante, envahissante, indésirable, excessive. Elle sait que son visage se tord en une grimace, qu'un gémissement s'est échappé de ses lèvres.

Il l'entend, elle en est sûre. Il lève une main pour la glisser derrière sa tête. C'est une demande de pardon, croit-elle, il va maintenant s'arrêter, c'est certain. Parce qu'il a promis qu'il ne lui ferait pas mal – il ne l'a peut-être pas fait exprès, mais l'a fait quand même. Parce qu'il a accompli ce qu'il voulait. Parce qu'il a rempli sa part du contrat de mariage, et elle aussi. Parce qu'il se soucie d'elle, et peut-être même qu'il l'aime, et qu'il ne souhaite pas la voir souffrir. Parce qu'à présent, il a fini, peut s'arrêter, a fait ce qu'il avait à faire, et elle aussi.

Curieusement, toutefois, il ne s'arrête pas. Ne se retire pas. Il demeure à l'endroit qui lui fait mal, ajoute de la douleur à la douleur. Il lui dit que ce n'est rien, qu'elle doit continuer à se tenir tranquille, que tout ira bien, ce n'est rien, ce n'est rien. Mais comment peut-il parler ainsi, comment peut-il penser cela ? Ce n'est pas rien, voudrait-elle siffler entre ses dents, cela fait mal, vous me faites mal, vous n'avez pas tenu votre promesse.

Elle pensait savoir comment cela se passerait. Elle s'était crue préparée ; mais elle ne l'était pas, pas du tout. Isabella lui avait dit qu'elle pourrait sentir une gêne encore un moment après, mais que cela passerait et qu'au fil du temps, elle finirait par y prendre plaisir. Ces souvenirs passent et repassent à toute vitesse dans son esprit, à l'envers, à l'endroit. Ils sont les seules pensées qu'elle s'autorise.

Elle, son âme, son corps, son être sont prisonniers entre le matelas et une autre personne, comme les feuilles entre la couverture d'un livre : le sentiment qu'elle éprouve est au-delà de la stupéfaction, au-delà du choc.

La chaleur, le labeur, le bruit du lit, tout est épouvantable – elle s'attendait vaguement à une union de type céleste ou spirituel, une douce confluence entre deux êtres, en silence –, mais il y a aussi quelque chose de l'ordre de la violence, ce mouvement continu, répété, ce martèlement, cette invasion, cette distorsion de ses traits, ces halètements pareils à ceux d'un être possédé.

Elle savait. Cela ne fait aucun doute. Elle savait, et ne savait pas en même temps. L'idée qu'elle ait un jour pu percevoir l'organe masculin comme une petite chose timide ou peureuse lui semble si loin, si hors sujet qu'elle se demande si ce n'était pas une autre fille qui, à la dérobée, devant le tableau de Jupiter appartenant à son père, observait ce curieux tuyau de chair pendre de son nid poilu.

Lucrèce compte les coups sourds de son cœur. Jusqu'à vingt, puis quarante. Elle perd le fil passé soixante. Combien de temps cela va-t-il durer ? Impossible de le savoir. Pourquoi n'a-t-elle pas posé la question à Sofia, à sa mère ou même à Isabella ?

Le poids – son poids à lui – l'empêche presque de respirer.

Dehors, elle entend le vent qui se lève. Ce vent possède une présence, un tempérament. Il tâte les volets, glisse ses doigts minces entre les jours, secoue les ferrures. Il retrousse les lèvres et souffle dans le conduit de la cheminée, éparpillant des fragments de suie sur le tapis de foyer. Il se frotte avec insistance contre les tuiles au-dessus de sa tête, comme pour les faire sauter.

Difficile de savoir où mettre ses mains. Elle voudrait dégager des cheveux de son visage, de sa bouche, mais son corps à lui est tellement plus imposant, si volumineux, et ses deux bras musclés sont appuyés sur le matelas, de part et d'autre d'elle, si bien qu'elle ne peut pas bouger, et qu'ils coincent, en même temps, des mèches de ses cheveux. L'une des paumes de Lucrèce, qui s'est envolée toute seule, effleure quelque chose, son dos peut-être, ou bien sa hanche, et cette matière brûlante et charnue, ce mouvement ondulant est si effroyable qu'elle la retire aussitôt. Mieux vaut garder les bras le long du corps, à l'écart, conclut-elle.

Dans la salle à manger, avant que tout cela ne commence, pendant que le ragoût de lapin était débarrassé, il lui avait demandé si elle accepterait de lâcher ses cheveux pour lui, pour qu'il puisse les admirer. Elle l'avait fait. Assise là, à la table, elle avait libéré un côté de ses tresses de mariage tandis qu'Emilia, que l'on avait appelée, s'occupait de l'autre. Ce moment fait partie de l'avant, est antérieur à tout cela. Ils terminaient de dîner. Il l'avait regardée pendant qu'elle prenait dans un plat une pêche, tenant dans sa main un couteau pour l'éplucher. Il avait insisté pour qu'elle goûte le fruit, lui disant qu'il avait poussé ici, sur ce domaine, qu'il l'avait fait cueillir pour elle, que la vallée était une plaine fertile magnifique, parfaite pour la culture. Au mot « fertile », elle avait détourné les yeux, ainsi qu'il s'y attendait peut-être – lorsqu'elle l'avait de nouveau regardé, il y avait un sourire sur ses lèvres et il lui tendait un quartier de pêche orange rosé d'un air innocent. Allez-y, lui avait-il dit. Goûtez. Il avait approché sa main et placé le quartier entre ses lèvres, comme si ce geste était parfaitement naturel – elle avait été obligée d'ouvrir la bouche pour l'accepter, puisqu'il ne lui était offert d'autre possibilité que de recevoir la bécquée. Les saveurs lui avaient immédiatement inondé la bouche, le jus coulait dans sa gorge. L'espace d'un instant, elle s'était crue sur le point d'étouffer. Ce fruit était des plus surprenants, doux comme de la mousse, sucré comme du nectar, mais avec une pointe d'acidité. Eh bien, avait-il soufflé sans la quitter du regard, en se penchant vers elle, appuyé sur ses coudes. Comment le trouvez-vous ? Cela, avait-elle dit, a le goût du soleil. On croirait manger un coucher de soleil. Et sans doute était-ce la bonne réponse, car il avait éclaté de rire et se l'était répétée à lui-même. Ses cheveux, lâchés, portaient toujours les empreintes de ses tresses de mariage, ondulant dans son dos comme les blés.

Lit : autrefois, un lieu pour dormir, ou pour rester étendue à écouter la respiration de ses frères et sœurs, les bruits nocturnes du palais. Et voilà qu'à présent, quelqu'un se retrouve en droit d'ouvrir ses draps, de se glisser en dessous et de lui faire – ça.

Le vent passe à travers une fente dans l'huisserie. Elle sent sa caresse fraîche et susurrante sur sa joue, comme une invitation, une proposition.

Elle découvre que si elle tourne la tête, il devient non seulement plus facile de respirer, mais aussi possible de respirer un air qui n'a pas déjà été inspiré et expiré par lui, dans le petit interstice qui les sépare.

Et avec cette respiration vient une sensation nouvelle, comme une étoffe dont on dissocie la trame de la chaîne, et quelque chose en elle, peut-être ce qu'elle a de meilleur en elle, répond à l'appel du vent. Cette part d'elle se libère. Elle se lève du lit, laissant les corps à leur affaire, et se distancie. Quel soulagement que cette prise de recul avec ce lit. Cette chose, cette part d'elle qui s'en va, n'a pas de contours, pas de forme. Elle se déplace tout à la fois à pas feutrés, inaudibles, sur les lattes du parquet, et flotte quelque part près du plafond. La Lucrèce sans corps frôle les linteaux, les chérubins peints ; elle effleure de la main les lignes de l'arc-en-ciel. Elle est colossale, majestueuse ; elle est minuscule et obscure.

Cette zone où deux personnes sont étendues sur le lit, l'une recouvrant la silhouette de l'autre, est loin en dessous. C'est une zone d'ombres et de ténèbres. Il n'y a rien à voir là-bas. Ce qui se passe là-bas n'a aucun impact sur ce qu'elle est maintenant.

Elle passe à travers les murs, se désintègre et se dissout dans le plâtre, dans les poutres, les étais, le clayonnage, la brique, puis reprend soudain forme, à l'air libre, de l'autre côté.

La voilà sortie des murs de la villa, là où la nuit a repeint la vallée d'audacieux coups de pinceau indigo ; là où le vent donne vie à ce mystérieux paysage ombré en agitant les arbres, en projetant dans l'air bleu-noir les oiseaux de nuit, en faisant défiler des ombres furieuses sur l'insondable firmament. Posée sur les tuiles en terre cuite, elle se faufile le long des gouttières et des rigoles, allant au gré des inspirations du vent bienveillant, des pousses de mousse sous les pieds, mais elle est aussi au sol, en même temps, où la brise secoue les arbres, les tire d'un côté, puis de l'autre. Là où de petites pierres pointues rentrent dans ses plantes de pied nues. Là où la forêt est une masse noire derrière les haies parfaites, derrière les arbres fruitiers écimés. Qui attend, tapie.

Lucrèce est alerte. Lucrèce reste elle-même. Lucrèce choisit le rythme qu'elle veut, peut aller plus ou moins vite. Elle peut galoper, détaler dans les jardins ; elle peut bondir par-dessus les haies et les sentiers, traînée de couleurs dans l'obscurité, sa cage thoracique vaisseau de son cœur battant. Lorsqu'elle atteindra la forêt, les arbres se refermeront sur elle, et tous les animaux et tous les oiseaux à l'intérieur enverront vers le ciel leurs questions par des piaillements et des cris, et avec eux elle attendra, guettera les premiers rayons du matin froid qui rasséréneront, apaiseront sa peau de subtile soie.

*

Elle se réveille avec un cri, voyant encore vaciller les images d'un rêve où Maria la tire par la main dans un couloir, la presse, et Lucrèce ne parvient pas à se défaire d'elle car, curieusement, elle et Maria se trouvent à l'intérieur de la même robe, une robe empesée, lourde, et Lucrèce essaie de suivre la cadence, mais sa sœur refuse de ralentir, et Lucrèce craint de se prendre les pieds dans le bas de la robe. Au moment précis où elle tombe, emmêlant ses pieds dans ceux de Maria, sa tête prête à heurter le sol, elle se réveille en sursaut, en l'espace d'un battement de cœur.

Elle est allongée sur le côté, tout au bord du lit, dans une chambre qu'elle ne reconnaît pas, au plafond haut, aux murs clairs et luisants sous une lumière jaune pommelée, surréaliste. Maria n'est plus là, la robe pour deux non plus. Sa chevelure, comme un liquide, semble s'être déversée sur les taies et le lit ; confuse, elle cascade jusqu'au sol en flots d'or ; elle s'entremêle à ses doigts et lui couvre la bouche. Que se passe-t-il ? Il s'est passé quelque chose, forcément. Elle ne se couche jamais sans avoir au préalable tressé ses cheveux en une longue natte qui docilement repose près d'elle toute la nuit, comme un animal domestique.

Derrière elle retentit un bruit si agaçant et inhabituel que la peau sur son crâne se contracte. De l'air, aspiré et recraché par un souffle. Une poitrine qui se bombe et retombe. C'est une respiration lourde, mesurée : celle d'une personne endormie.

L'esprit de Lucrèce, comme une puce, saute de l'image de ses mains vues de près, des alluviaux sillons et stries qui parcourent ses paumes, à une douleur qu'elle ressent dans le bas de son corps, à l'intérieur duquel quelque chose semble la tirer vers le bas, comme si ses entrailles étaient attachées à une corde, à ses cheveux lâchés, au bord même du lit et au tapis à son pied, aux particules de poussière tourbillonnant dans les rais de lumière dorés, à la douleur elle-même, à la respiration derrière elle, à la douleur elle-même, à ses mains vues de près.

Elle soulève la tête, légèrement, très légèrement : elle ne veut pas réveiller la personne qui se trouve derrière elle, alors elle veille à bouger le plus, plus lentement possible, faisant à peine bruisser les draps.

Le voilà. Quel choc de le voir ici. Ses cheveux sur l'oreiller comme des plumes noires, le visage vide de toute expression, comme si le rêve qu'il faisait, quel qu'il soit, le soulageait ou le transportait, la barbe naissante sur son menton et ses joues poussant comme une forêt miniature sur le versant d'une montagne.

Elle le scrute un long moment comme elle observerait une esquisse : *Homme qui dort ne peut causer de tort*. Éveillée, elle ne peut supporter de le regarder longtemps – son existence même, sa présence sont trop écrasantes. Son regard qui semble tout voir, ne jamais manquer aucun détail, son esprit dont les rouages tournent continuellement, interprètent, jugent, cette faculté particulière de saisir, de cueillir la moindre de vos pensées, même la plus intime, de l'absorber, puis de la mettre de côté, une fois assimilée. Ce don, présume-t-elle, est propre à ceux qui gouvernent. Mais ainsi, les yeux fermés, l'esprit au repos, Lucrèce a tout le loisir de l'observer. Il n'est pas, à cet instant, le gouverneur de Ferrare, celui à la tête d'une puissante cour, mais rien qu'un être qui dort, ni plus ni moins.

Là, sur l'oreiller à côté d'elle, se trouve une autre version de l'homme à qui elle a été donnée. Il existe, lui semble-t-il, plusieurs Alfonso, tous compressés dans un même corps. Il y a l'héritier qu'elle avait croisé sur les remparts, enfant, l'auteur du présent qu'était le portrait de la fouine, des boucles et des ratures que contenaient ces lettres qu'il avait envoyées de France pendant les deux années qui avaient précédé leur mariage, puis il y a le duc qui devant l'autel l'a faite sienne, et le passager dans le carrosse, et l'homme en manches de chemise qui lui a montré le jardin. Il y en a un autre, désormais : un tyran endormi, au torse nu, dont le bas du corps odieux se dissimule sous les froissements et les plis des draps.

Quelle aubaine, quelle chance pour elle de pouvoir profiter de ce temps pour l'observer sous toutes les coutures.

Elle s'arrête sur les bagues à ses doigts – deux à la main droite, une à la main gauche, sa chevalière, portant l'image inversée de l'aigle des armoiries familiales –, sur la fine chaîne en or à son cou, et les maillons emmêlés, prisonniers de ses poils. Ses lèvres entrouvertes lui permettent d'observer ses dents, si blanches et si pointues, si régulières ; il lui en manque une en bas, du côté gauche – conséquence d'un accident, ou peut-être autre chose. Les poils sur son tronc sont plus foncés que ceux de ses bras. Ils forment sur son torse deux vagues en miroir qui finissent par se rejoindre au centre en une sorte de ligne de crête. On croirait voir les deux moitiés d'un plâtre, comme dans une sculpture, qui s'emboîtent le long d'une arête centrale. Ses ongles : propres, coupés court. Ses cils : noirs. Ses yeux : masqués par ses paupières, mais toujours mobiles, comme si même dans le sommeil il continuait de lire et de décoder des informations – les missives de la cour, lettres, comptes rendus, traités politiques, rapports sur des débuts d'agitation.

Lentement, très lentement, elle se défait de lui, glisse entre le matelas et les draps, loin de ce qui est arrivé dans ce lit. Traînant sa dérangeante nudité, elle se déplace à travers la pièce, soudain consciente d'une douleur, d'une gêne entre ses jambes. Ses mains trouvent ses pantoufles et son sarrau, ramassent par terre sa simarre et se hâtent de l'envelopper à l'intérieur.

Elle observe quelques instants le portrait de la *faina* posé sur le rebord de la cheminée – comme il sied ici, sur le plâtre clair des murs, suivant Lucrèce du regard –, puis soulève la clenche, ouvre la porte en grand, passe de l'autre côté et la referme derrière elle.

Elle traverse le couloir, silencieuse dans ses pantoufles en peau d'agneau, passe devant la petite antichambre où dort Emilia, devant l'escalier sombre et étroit qu'empruntent les serviteurs, conférant entre eux, l'esprit tranquille, puisque leurs maîtres ne se réveilleront pas avant plusieurs heures.

Mais Lucrèce, elle, est réveillée, et possède le don de savoir se faire le plus discrète possible, bénéfice – s'il en existe au moins un – d'une enfance passée à cartographier des passages secrets. S'écartant du bord ensoleillé de la loggia, elle se retire dans les recoins et, sans un bruit, commence à glisser le long des murs de la villa.

Elle traverse la première cour, frôlant les cuisines où la troupe de bonnes fait retentir le fracas des balais et des casseroles à mesure qu'elles ouvrent les fenêtres en grand. Elle les esquive, glissant une fois de plus au milieu des ombres. Elle ne sait pas trop où elle va, mais à l'instant où elle dépasse le coin du bâtiment, Lucrèce le découvre : là, devant elle, se présente une chose qu'elle n'a encore jamais vue de sa vie. Quelque chose qu'elle croyait tout bonnement impossible. Quelque chose de si excitant et inattendu que ses mains se plaquent sur sa bouche.

Les lourdes portes en bois de la villa sont ouvertes.

Aucun garde à l'entrée. Aucun soldat muni de ses armes, aucun homme en livrée ; aucun risque de voir soudain les battants se fermer en claquant ; aucune barre de fer à l'horizon pour bloquer le passage d'éventuels ennemis ou assassins. Rien, personne. Juste ces portes, ouvertes en grand, à la vue de tous. Fait d'une maisonnée qui ne vit sous aucune menace, aucune crainte d'attaque, de vol, d'intrusion. Bâtisse qui n'a nul besoin d'asseoir sa puissance, seulement destinée aux délices, un lieu en paix avec lui-même et ses alentours.

Derrière les contours de ce portail – rectangulaire, surmonté d'une arche pointue –, elle distingue une allée de gravier qui disparaît au loin en serpentant, une rangée de cyprès dont les cimes percent le ciel que l'aurore colore de traînées pastel. Le chemin est semé de petits bosquets de fleurs sauvages qui, de la tête, semblent lui lancer des salutations bleues, rouges, jaunes.

Lucrèce fait un pas en avant, puis un autre. Elle jette un regard furtif derrière son épaule. Quelqu'un va-t-il l'arrêter ? Un bataillon va-t-il surgir à la seconde où son pied se sera posé hors de l'enceinte de la villa, pour la traîner de force en arrière et clore bruyamment les portes ?

Sur le seuil, elle hésite, le regard toujours planté sur l'épaisse muraille d'arbres. Puis elle sort.

Le vent de la nuit est revenu, mais elle ne veut pas penser à cette nuit ni à tout ce qui y affère, elle ne veut pas et ne le fera pas, car des pensées pareilles ne peuvent avoir leur place dans un si beau matin, et de toutes les façons, le vent vient de tourner, de se faire petit, de se ranger ; il a retrouvé ses bonnes manières ;

il s'est souvenu de sa place. Il rase le sol, comme un animal, ventre à terre, fait bruisser les branches basses des broussailles, joue avec le bas de sa robe de chambre et avec ses cheveux comme avec des pendeloques.

Sous le crissement de ses pantoufles, elle s'éloigne de la villa. Elle se déplace de plus en plus vite, soudain consciente de la légèreté, du soulagement qui l'habite. Elle l'a fait. Elle l'a surmontée – cette épreuve qu'elle redoutait, cet acte dont elle avait si peur. Elle le pensait atroce, insupportable – il l'était, en vérité –, et pourtant, la voilà ici, de l'autre côté, marchant au soleil. Elle a fait ce qu'elle devait faire, n'a pas trahi sa famille. Ce qu'elle aurait aimé pouvoir demander à Sofia, à sa mère ou à Isabella, c'est la fréquence à laquelle cela se reproduira. Maintenant que la première fois est arrivée, peut-être qu'un certain temps s'écoulera avant la prochaine.

Le ciel au-dessus de sa tête est immense, s'étire au-dessus des cyprès jusqu'aux sommets lointains des Apennins que l'on aperçoit à l'horizon dans la brume gris-violet. À mesure qu'elle progresse au milieu de ce voile, Lucrèce voit changer son spectre de couleurs et le rose de l'aurore se muer en rouge, en orange.

Ça, pense-t-elle. Tout ça. Les cyprès rangés comme des pinceaux qui attendent, tête en haut, la main géante d'un artiste, le vent doux, enfin docile, la ligne crénelée des montagnes au fusain sur l'horizon, les cris étouffés des serviteurs qui se hèlent, quelque part dans son dos, les portes ouvertes de la villa, le tintement des cloches au cou du bétail, les rangées infinies d'arbres fruitiers qui déroulent devant elle des avenues. Lucrèce veut tout ça. Tout cela agit comme une caresse divine sur sa peau, comme les premières gouttes de pluie après des mois d'aridité. Elle peut accepter l'autre pendant, peut le supporter, si cela lui permet, en retour, d'avoir ça. Tel est le prix à payer. Elle le peut, et le fera.

Quelque part sur le côté, un craquement retentit, puis un bruissement. Elle fait volte-face. Ce n'est pas, comme elle le craignait, une bête sauvage venue la dévorer. L'espace d'un instant, son esprit en alerte croit voir un centaure, une créature mi-homme, mi-cheval envoyée par des forces mythologiques, et peut-être chargée d'un message pour elle. Elle recule, accrochée à sa robe de chambre.

La tête du cheval apparaît, entourée de brides et de rênes, puis un cavalier. Non pas un centaure, mais un chasseur sorti de bon matin pour traquer le gibier, muni d'un arc et portant à la ceinture un couteau et un pieu bien aiguisé.

Elle reconnaît Leonello, l'ami et conseiller d'Alfonso, et ses cheveux clairs sous son béret de chasse. À sa selle, pendus par les talons, les corps sans vie de trois lièvres aux yeux définitivement clos, aux pattes avant molles et impuissantes.

Il arrête son cheval et pose les mains sur son pommeau, le regard baissé vers elle. Les yeux qui la scrutent sous le chapeau sont austères, dénués de sympathie. Elle se sent prise par une furieuse envie de lui demander : Mais pourquoi me détestez-vous à ce point, qu'ai-je donc fait pour vous déplaire ? Les mots sont là, parés, dans sa bouche. Cette hostilité réflexe, gratuite, la sidère : elle en a déjà fait l'expérience dans sa vie, et chaque fois Lucrèce en demeure perplexe, se demande pourquoi un inconnu, au premier regard, la détesterait. Elle n'a rien fait pour la provoquer ; cela laisse sur elle une blessure, certes petite mais désagréable, comme la piqûre d'une aiguille.

Elle ne dit rien, bien sûr. Elle lève la tête et le regarde dans les yeux, comme elle l'a appris – elle sent monter en elle le caractère fier de sa mère espagnole tandis qu'elle se tient, vaillante, devant cet homme à cheval et lui souhaite le bonjour.

Il lui répond par un hochement de tête, un seul. Le cheval piétine. Ses flancs sont mouillés et se soulèvent lourdement sous sa respiration.

« Bonjour à vous, répond-il de cette manière toujours curieuse, en bougeant à peine les lèvres, en laissant les mots dégringoler les uns sur les autres. Duchesse. »

Ce dernier mot sort avec exagération, souligné par un infime mais intentionnel temps de pause. Elle le sait ; lui aussi. Il y a de l'air, de l'espace autour de ce mot, de ce titre, et dans cet espace vole un essaim de non-dits, de pensées qui l'habitent et qu'il retient.

Lucrèce réagit comme elle le fait toujours dans ce genre de situation. Elle n'a pas grandi au milieu de quatre frères et sœurs plus grands qu'elle, ne s'est pas fait continuellement rabaisser par eux, reléguer, rejeter, taquiner, dénigrer pour ne rien en tirer à la fin. La dynamique qu'il tente de créer, Lucrèce la connaît aussi bien que la forme de ses propres ongles. Mieux que quiconque, elle sait esquiver ce genre de coups.

« Comment allez-vous, cousin ? » murmure-t-elle. Elle ne lèvera pas la voix plus fort que lui ; s'il désire l'entendre, qu'il se courbe sur sa monture. « Je vois que la chasse a été bonne. »

Comment prendra-t-il ce « cousin », non seulement marqueur de familiarité, mais aussi de l'inéluctable réalité de ce mariage qui, peut-être, a été prononcé contre son conseil, contre son gré ? Lucrèce ne connaît que trop bien ces choses. Peut-être Leonello a-t-il une sœur ou quelqu'un dans sa famille dont il espérait élever le rang par un mariage avec Alfonso. Peut-être préférait-il une union avec une princesse étrangère ou la fille d'un noble d'une autre région, et Alfonso avait-il fait fi de ses conseils en l'épousant, elle. Ou peut-être nourrissait-il une rancœur à l'égard de la famille influente de son père. Qui sait ? Lucrèce ne le demandera pas. Jamais elle ne laissera voir à Alfonso ni à quiconque la façon dont Leonello la traite. L'ignorer est l'unique moyen de porter atteinte à son pouvoir.

Leonello, toujours perché sur son cheval, attend avant de parler.

« Très bonne, en effet. » Il ajuste la corde qui retient les lièvres à sa selle, et les animaux, secoués, semblent reprendre vie un instant. « Avez-vous bien dormi ? »

Malgré tout l'effort fourni pour se donner une apparence de calme, Lucrèce sent qu'elle rougit. Il sait, bien sûr, a deviné ce qui s'est passé cette nuit. Mais elle parvient à soutenir son regard, à fixer ses yeux brun doré sans ciller, avec défi, et à répondre d'une voix assurée :

« Fort bien. Tout est si paisible ici.

— Vous n'avez pas été dérangée par… le vent ?

— Point du tout. » Elle le gratifie d'un sourire à la fois gracieux et distant, celui de sa mère. « Je vois que nous sommes l'un comme l'autre matinaux, dit-elle avant d'ajouter, du même ton que lui, cousin. »

Quelque chose sur son visage vacille – expression, peut-être, d'une légère surprise devant son audace. Lucrèce, tout d'un coup, comprend alors qu'elle faisait fausse route : Leonello n'a jamais nourri d'autres projets de mariage. Ce qu'il n'apprécie guère, c'est qu'un tiers, au sein de la hiérarchie parfaitement calibrée qui compose la cour, se soit inséré entre lui et Alfonso. Car Leonello tient à sa place de plus proche compagnon du nouveau duc. Cette place est son but, son identité, et il ne désire la partager avec personne, pas même une jeune épouse. Cette idée lui donne envie de rire – son animosité lui apparaît soudain comme un caprice d'enfant, le signe d'une insécurité.

Il libère ses pieds de ses étriers et descend de selle.

« Permettez que je vous raccompagne à la villa, dit-il. Il n'est pas bon pour vous d'être seule ici.

— Je ne vois aucune raison de…

— Alfonso n'appréciera pas.

— Mais il…

— Vous êtes, comme vous le savez sans nul doute, un inestimable atout. Peut-être le plus inestimable de tous, à l'heure où nous parlons, étant donné la situation à Ferrare. »

Il prononce ces mots avec légèreté, comme si l'idée qu'on la considère comme une prise, une prise de choix, était une plaisanterie. Mais son ton badin ne la trompe pas : elle sait que chaque syllabe recèle le plus grand sérieux, et que son objectif, en disant ces choses, est de la désarçonner, d'instiller le doute dans son esprit.

« Que voulez-vous dire ? Quelle situation ? »

Un sourire narquois se dessine sur ses lèvres. Il fait claquer les rênes sur ses mains gantées.

« Vous l'ignorez ?

— Je sais simplement que…

— Alfonso ne vous a rien dit ?

— Il…

— Je veux bien sûr parler de la vieille duchesse, sa mère. De son refus obstiné de se conformer aux souhaits d'Alfonso, en sympathisant sous son nez avec des protestants déclarés. L'édit du pape, ordonnant son exil dans son pays natal, la France. Et sa dernière lubie en date : emmener avec elle les sœurs d'Alfonso. »

Lucrèce l'écoute, horrifiée, peinant à croire à l'énormité de ces nouvelles.

« Le pape ? répète-t-elle. Le pape a ordonné l'exil de sa mère ?

— Oui, répond-il en faisant de nouveau claquer les rênes sur ses mains gantées. Je pensais que vous étiez au courant.

— Et Alfonso… Alfonso est allé contre son ordre ?

— Pas contre, rectifie-t-il en plissant les yeux dans le soleil du matin. Mais il ne l'a pas complètement suivi non plus. Il a décrété que la vieille duchesse ne partirait qu'au moment où il l'aurait décidé. Il s'assure par là qu'elle n'agisse que selon ses ordres à lui, et personne d'autre.

— Mais ne prend-il pas le risque de s'attirer les foudres du pape ? »

Leonello hausse les épaules.

« Le pape n'en a que faire. Si les sœurs d'Alfonso s'en vont à la cour de France avec leur mère et s'y marient, leur progéniture serait en droit de réclamer le titre d'Alfonso. Et le duché passerait aux mains des Français. Alfonso pourrait tout perdre. Tout. Sauf si…

— Mais ne peut-il pas convaincre ses sœurs de demeurer ici avec lui, à Ferrare ? Même si sa mère doit partir en exil, il doit certainement y avoir…

— Ce dont Alfonso a besoin, et de manière somme toute urgente, répond Leonello en plantant son regard droit dans le sien, c'est d'engendrer un héritier. Ainsi, dit-il avec un mouvement de main gantée, tous les problèmes seront réglés. Mais vous voilà. Enfin. Le grand espoir de Ferrare. » Leonello montre les dents – il sourit. « Il vous faut comprendre la nature impérieuse de cette situation. Il n'existe – comment pourrais-je le dire ? – d'autre candidate que vous pour porter cet héritier. »

Lucrèce recule d'un petit pas, pour s'éloigner de cet individu et de sa monture.

« Je ne suis pas sûre de…

— Auriez-vous déjà commis, disons… des erreurs de jeunesse ? Enfanté illégitimement ? »

Lucrèce secoue la tête.

« Je…

— Lui n'a jamais engendré d'enfant. »

Lucrèce baisse les yeux, regarde ailleurs, n'importe où pourvu qu'elle ne voie pas cet homme crachant ces mots si bas, insensés. Elle voudrait se boucher les oreilles, les protéger de ses phrases viles. Mais sa voix continue à résonner avec le même ton monotone.

« La plupart des hommes de son rang – comme vous ne le savez que trop bien – possèdent au moins un ou deux bâtards, parfois plus, conçus dans la fougue de la jeunesse, des enfants que l'on se hâte de faire revenir, lorsque tous les autres recours s'avèrent vains. Mais pas notre Alfonso. Des bruits commencent à courir, disant qu'il pourrait être, d'une certaine manière, inapte, et ces bruits doivent, bien entendu, être réfutés. » Leonello ôte un premier gant, puis le second. « Mais maintenant qu'il vous a, vous, fille de la célèbre Fecundissima de Florence, il ne fait aucun doute que ces préoccupations, très bientôt, appartiendront au passé. »

Il tire sur la bride du cheval qui attend, avant de tendre un bras vers elle.

« Madame ? » dit-il en indiquant la villa.

Lucrèce ignore son bras. Jamais elle ne touchera cet homme ; jamais elle ne se rendra quelque part avec lui.

« Nous avons tous un rôle à jouer, dit-il doucement. N'est-ce pas ? Et le mien, du moins à l'instant présent, est de m'assurer qu'il ne vous arrive rien. »

Lucrèce demeure silencieuse. Elle soupèse les incroyables révélations de Leonello. Tout ce qui a été dit – le souhait de ses sœurs de partir, leurs éventuels enfants qui menaceraient Alfonso à la tête du duché, la nécessité pour lui d'engendrer rapidement, sa potentielle incapacité –, tout est sur le point de transpercer l'armure qu'elle s'est forgée pour se protéger de cet homme et de son ton sardonique, de sa soif d'ambition. Cependant, elle ne voit que trop clair dans son jeu : son désir d'arriver toujours le premier, de gagner la course aux bonnes grâces d'Alfonso. Jamais elle ne s'engagera dans une telle compétition. Elle ne l'écoutera pas, n'écoutera pas ses odieux commérages et ses insinuations. Elle refuse.

« Votre escorte ne vous accompagne pas, je vois. Vous êtes sortie de la villa sans votre garde ? demande Leonello en montrant le chemin par de grands gestes. C'est un bon gaillard, un père de famille – je l'ai moi-même choisi. Il serait dommage de le voir châtié pour vous avoir laissée sortir seule. Ne pensez-vous pas ? »

Elle laisse passer un silence. Là sur le chemin, ce silence grandit entre eux, plein de dignité, signifiant qu'il a devant lui une duchesse, bien au-dessus de ces bassesses, qu'elle réfléchira à sa question et lui répondra en temps voulu.

Elle refuse de le regarder, conserve sa posture immobile. Son regard est posé sur le chemin qui s'étire au loin, attire l'œil vers les pentes de la vallée, entre les champs et les enclos, à travers les bois, puis rétrécit et disparaît. Elle regarde la villa derrière elle, ses pignons rouges scintillants, la série de fenêtres où se reflètent des rectangles de nuages.

« Très bien », finit-elle par déclarer, avant de se tourner vers la direction par laquelle elle est arrivée. Leonello tire d'un coup sec sur la bride de son cheval, et la suit en marchant à ses côtés. Depuis leur gibet, les lièvres pendus se balancent.

Un méandre incurvé du fleuve

La forteresse, région de Bondeno, 1561

« Je dois me lever. »

Lucrèce commence à repousser les couvertures.

« Non, non, proteste Emilia, agenouillée sur le tapis de foyer pour tenter de rallumer le petit bois. Vous devez rester couchée.

— Je dois me lever, vraiment. »

Elle fait glisser son corps jusqu'au bord du lit et attend un instant, immobile, les pieds posés par terre. La chambre vacille légèrement, ses angles se rapprochent comme des danseurs au bal, puis retournent à leur place. Ses jambes et ses bras sont mous, semblent dépourvus d'os, mais elle s'oblige à se redresser et laisse Emilia jeter des fourrures sur ses épaules.

Elle s'en va en chancelant jusqu'à une chaise, la tête dans les mains. Que faire ? Elle se pose cette question tranquillement, comme si elle ne revêtait pas plus d'importance que le choix de la tenue qu'elle portera ce jour ou d'une courtisane à inviter dans ses salons. Elle doit agir, doit faire quelque chose. Mais quoi ? Que doit faire une femme lorsqu'elle soupçonne que son époux essaie de la tuer ? À qui faire appel ?

Elle demande à Emilia de lui apporter son encre. Le canif tremble pendant qu'elle taille le bout de sa plume, ses bras se souviennent encore de la violence de son malaise, tressaillent encore de peur qu'il ne revienne.

La lame entaille la plume proprement. C'est un jour de chance. Elle est tombée sur une bonne plume – solide, pourvue d'un bout pointu qui ne se délitera pas au premier contact avec la page. Elle appuie avec sur le bout de son index, regarde le sang migrer, se retirer, créant une dépression blanche sur sa chair.

Elle plonge alors la plume dans l'encre qui attend et commence à écrire d'une main lourde, maladroite, les mots *J'ai besoin d'aide*. Elle la replonge dans l'encre : *Envoyez quelqu'un*.

À qui s'adresse-t-elle ? Elle l'ignore elle-même. À qui se destine cette requête ? Sa mère la balaiera d'un revers de la main, répondra qu'elle fabule, que Lucrèce, comme à son habitude, se laisse emporter par son imagination. Son père, alors ? Mais si tant est qu'elle parvienne à la transmettre à temps, à la porter à son attention, la lira-t-il ? Ou finira-t-elle sous les monceaux de courriers entassés sur sa table de travail ?

Et comment faire pour l'envoyer ? Il n'y a personne ici pour prendre une lettre, Lucrèce n'a de son côté aucune courtisane, personne qui se risquerait à distribuer une missive écrite par elle sans l'aval d'Alfonso. Lucrèce est seule, seule avec Emilia, son unique alliée, dont la présence est un secret que personne ne doit percer.

Celle à qui Lucrèce voudrait destiner cette lettre est, bien sûr, Sofia. Elle voudrait lui dire : Dis-moi quoi faire, comment affronter cette situation, comment m'échapper, il me faut une idée. Elle voudrait lui dire : Aide-moi, s'il te plaît.

Bien que sachant son entreprise vaine – elle ne peut envoyer Emilia avec cette lettre, l'un des hommes du duc la verrait forcément –, Lucrèce continue, car elle trouve un modeste réconfort dans l'écriture de ces mots, dans le fait de consigner ces événements par ces grattements sur le papier, de former ces lettres à présent de plus en plus régulières, de plus en plus sûres, composées dans le script des Grecs de l'Antiquité qu'elle et ses frères et sœurs ont appris ensemble, enfant, dans leur salle de classe sous les mansardes du palais : *Je crains pour ma vie. Le temps presse. Il cherche à me tuer.* Elle signe la lettre d'une seule initiale stylisée, *L*, et inscrit en haut les mots, *À ma sœur, Isabella.*

Emilia prend la lettre et la pose sur le rebord de la cheminée, exactement comme elle en a l'habitude au château. Comme s'il s'agissait d'une situation tout à fait banale, d'une journée tout à fait banale : une maîtresse rédigeant sa correspondance, et sa servante veillant à son envoi.

Sans oser la regarder, elle lui dit qu'elle s'en occupera plus tard, et Lucrèce comprend alors qu'Emilia aussi sait que cette lettre n'arrivera jamais à Florence.

Avec effort, elle se lève de sa chaise et s'en va à la fenêtre, depuis laquelle elle peut admirer le cours du fleuve. Il lui faut réfléchir, soupeser les différentes solutions, trouver un moyen de sortir d'ici.

Le fleuve, large à cet endroit, lent et paresseux, forme un méandre incurvé autour de la forteresse. Sa surface est opaque, parfois bombée par de profonds et invisibles courants, et sur ses berges se fracassent d'indolentes langues d'ocre. Prisonnier de ses flots, il charrie des feuilles, des brindilles, les ventres gonflés de petits mammifères noyés, des particules de boue ; il tente aussi de tirer sur les hautes herbes des berges, de les arracher, mais les herbes résistent, s'arriment fermement au sol grâce à leurs longues racines, leurs tiges vertes et malicieuses ployant au gré de ses caprices.

Le Pô n'a rien à voir avec le mince affluent, au débit rapide, qui s'écoule en ville, ni avec les eaux peu profondes et murmurantes aux abords de la *delizia*. Il est presque impossible de croire que ce cours d'eau qu'elle voit là, sous ses fenêtres, est le même que celui qui passe à travers les canaux de Ferrare et près de la villa, et qui poursuit son chemin vers la côte où il s'annihile, avalé par la toute-puissante mer.

Lucrèce est retournée dans son lit, s'est laissée tomber contre l'oreiller. Ses yeux sont fermés lorsque lui parvient le bruit de chevaux sur le pont-levis.

« Que se passe-t-il encore ? » demande-t-elle en s'efforçant de ne pas écouter les murmures chargés d'espoir qui lui soufflent à l'oreille : des soldats du *palazzo*, les hommes de son père, venus à sa rescousse. Il est impossible, bien entendu, que son père ait eu vent de la situation, et pourtant, son cœur tape comme un fou contre ses os tandis qu'elle imagine Isabella recevoir, presque par magie, ses supplications codées en grec – restées sur le rebord de la cheminée – et sonner l'alarme, déclenchant l'envoi par son père de tout un régiment pour la sauver.

Emilia pose le bas qu'elle est occupée à repriser et se lève pour aller regarder par l'étroite fenêtre.

« Oh, dit-elle. Ce n'est… qu'eux. Enfin.

— Qui donc ?

— Vous savez… » Ses mains décrivent un arc de cercle en l'air. « Quel est son nom, déjà ? Cet artiste…

— Comment ? »

Lucrèce soulève sa tête, craignant d'avoir mal entendu.

« Oui, celui-là, vous savez… répond Emilia avec indifférence, en retournant à son ouvrage. Celui avec lequel je suis arrivée. »

Lucrèce tente d'assembler ces informations.

« Tu veux parler de Sebastiano Filippi ?

— Qui ça ?

— Le Bastianino ?

— Oui, c'est lui. Il…

— Tu es arrivée ici avec le Bastianino ? Le peintre ? »

Emilia hoche la tête, mouille le bout de son fil, puis l'enfonce dans le chas de l'aiguille.

« Je vous l'ai déjà dit.

— Quand cela ? demande Lucrèce. Quand me l'as-tu dit ?

— Plus tôt, quand vous étiez au lit. Je vous ai dit que Baldassare avait quitté la cour en compagnie d'un petit groupe de gens, mais qu'il avait refusé que je me joigne à eux. Et qu'ensuite, ce Bastianino avait fait irruption au château, sans même s'annoncer, avec votre portrait, mais personne n'a pu le recevoir puisque, naturellement, le duc se trouvait ici et Baldassare était déjà parti. Et ensuite…

— Attends, lui dit Lucrèce en brandissant la main, peinant à suivre ce récit. Comment es-tu au courant de tout cela ? »

Emilia hausse les épaules comme si la réponse allait de soi.

« Parce que j'étais dans la cour, évidemment, à m'échiner à convaincre les garçons d'écurie de me laisser prendre un cheval, pour pouvoir vous rejoindre. Quand j'ai compris qu'il cherchait le duc – et vous-même, bien entendu –, je suis allée le trouver. Je suis allée trouver le Bastianino. Je lui ai dit où se trouvait le duc, et où vous vous trouviez. Dans une forteresse au milieu de nulle part, aux environs d'un village appelé Bondeno.

— Mais comment diable l'as-tu su ? J'ignorais moi-même où… »

Emilia coupe son fil d'un coup de dents sec.

« J'écoutais à la porte lorsque Baldassare l'a dit à ses secrétaires. Et puis j'ai dit au Bastianino que s'il voulait absolument voir le duc et lui remettre le portrait achevé, il n'avait qu'à me prendre avec lui. J'ai promis, en échange, de lui révéler où vous vous trouviez. Pour tout vous dire, ajoute Emilia, je soupçonne qu'il coure après son argent – sa rétribution pour le portrait. J'ai l'impression qu'il…

— Emilia, l'arrête Lucrèce en se bouchant les oreilles. Si j'ai bien compris, tu es arrivée ici avec le Bastianino ?

— Oui, répond Emilia avec agacement. Eh bien ? Cela fait trois fois que je vous le répète, madame. Je vous ai dit que je lui avais promis de lui révéler où vous vous trouviez s'il acceptait de m'emmener, alors il m'a répondu de monter derrière l'un de ses hommes, puis il m'a demandé si j'avais des ennuis, alors je…

— Mais… l'interrompt Lucrèce tout en essayant de démêler cette suite d'événements. Pourquoi, dans ce cas, n'arrive-t-il que maintenant ? Alors que tu te trouves avec moi depuis plus d'une heure et…

— Eh bien, vous n'allez pas me croire, mais alors que nous arrivions, juste au bout de l'allée, il a déclaré vouloir s'arrêter pour s'enfoncer dans les bois. » Le visage d'Emilia se fronce. « Il disait vouloir étudier la lumière qui tombait sur les branches, ou je ne sais trop quoi. Je suis alors descendue de selle en lui disant que, lumière ou pas lumière, je n'avais pas l'intention d'attendre. J'ai terminé le chemin à pied et j'ai emprunté la porte, à l'arrière, pour entrer. Il régnait un tel désordre à l'intérieur des cuisines, où tout le monde se criait des consignes en vue du petit déjeuner du duc et de l'arrivée de ses visiteurs, que personne ne m'a demandé qui j'étais ni ce que je faisais ici. J'ai simplement demandé à l'un des garçons de cuisine où vous vous trouviez. Et je suis arrivée.

— Et tu es arrivée, souffle Lucrèce. Tu es tellement plus maligne que moi.

— Balivernes, répond Emilia en mettant de côté son ouvrage. À présent, retournez sous vos couvertures, je vous prie, madame. Vous ne devez pas attraper froid. Il ne manquerait plus que cela, déjà que… »

Lucrèce la fait taire en secouant la main.

« Chhh, dit-elle. Laisse-moi. J'ai besoin de réfléchir un moment. »

Lucrèce réfléchit. Elle réfléchit à Leonello Baldassare, le fidèle conseiller de son époux, en route pour la forteresse. Au dîner de la veille. Au gibier, au vin, à ce malaise dans le noir. Elle réfléchit à l'arrivée inopinée au château du peintre de la cour, le Bastianino, avec son portrait achevé. À Emilia, insistant pour se faire transporter jusqu'ici, se servant des informations qu'elle détenait comme monnaie d'échange. Et à Alfonso. Elle réfléchit à Alfonso. À la raison pour laquelle il a quitté leur lit. À la raison pour laquelle il n'est pas venu la voir ce matin. Où se trouve-t-il à présent ? Quelque part dans les étages inférieurs, dans la salle à manger, ou bien dehors, chassant ou bavardant avec Baldassare. Elle se demande quel sera son prochain coup. S'il présume que Lucrèce a mangé tout ce qui lui a été servi la veille, sans doute la croit-il déjà morte. Ou du moins dans un très piteux état.

Peut-être pense-t-il cela, peut-être est-il, à cette heure même, en train de raconter à Baldassare que leur plan a été mis à exécution, qu'elle ne s'est doutée de rien, qu'elle est tombée dans le piège, et qu'il n'est donc pas venu la voir ce matin, comme de juste. Et peut-être nourrit-il l'intention de venir très prochainement dans sa chambre, pour faire le constat du corps sans vie de sa jeune épouse, donner l'alerte, appeler un médecin, mais – hélas –, il sera déjà trop tard. Elle réfléchit à ce plan millimétré, pensé jusque dans ses moindres détails. À ceci près que, la veille au soir, elle n'avait pas grand faim. À ceci près que le peintre de la cour aura perturbé le projet d'Alfonso en arrivant à l'improviste à la forteresse, son repaire secret. Voilà la raison pour laquelle Alfonso n'est pas encore venu dans sa chambre, n'a pas encore découvert qu'elle n'est pas morte du tout.

Le Bastianino, à cause de son empressement, de sa soif d'argent, lui a donné du temps. Juste un peu, mais peut-être assez pour contrecarrer les plans du duc. Elle ne restera pas dans cette chambre humide, comme un agneau derrière une clôture, à attendre le coup fatal. Elle prendra son époux au dépourvu.

Elle retire ses mains de son visage et fait basculer ses jambes hors du lit.

« Emilia, dit-elle. Aide-moi à m'habiller. »

Eau de miel

La delizia*, région de Voghiera, 1560*

Le plus étrange pour Lucrèce à propos de sa vie à la *delizia* est le peu de choses que l'on exige d'elle ici. Elle a l'habitude de journées structurées, rythmées par la routine que sa mère lui a imposée, où rigidement se succèdent messe, instruction religieuse, repas, soins corporels et bonnes manières, classes, leçons de musique, de maintien et de langues. Il n'y a ici personne pour lui dire qu'elle doit faire ceci, porter cela, se rendre dans telle ou telle salle ; pas de précepteur venant de manière impromptue lui imposer de recopier le plus fidèlement possible telle esquisse ou tel manuscrit. Personne pour lui dire qu'elle présente des lacunes à tel ou tel égard. Lucrèce a le loisir de rester au lit, de somnoler ou de rêver éveillée jusqu'à midi. Elle a le loisir de porter ce qui lui plaît : point de mère à la mine acariâtre débarquant dans sa chambre pour lui lancer, Pas cette robe, que vous prend-il, enfilez cela, et vite, dépêchez-vous, les invités attendent, et pourquoi votre coiffure n'est-elle pas faite, où est passée la servante, et pourquoi perdez-vous votre temps à peindre constamment sur ces morceaux de bois ridicules, que signifie cette lubie étrange qui vous obsède ? Si l'envie lui prend, elle peut ici perdre sa journée entière à dessiner les Apennins à l'horizon, à conférer à chaque pic une expression humaine, ou à réaliser le portrait miniature d'un bourdon à la tête plongée dans une fleur (en dessous de laquelle se cache une fille ailée, prête à s'envoler vers le ciel – mais cela, personne n'a besoin de le savoir). Même ses repas peuvent être demandés à l'heure qui lui plaît ; dès lors que la faim commence à se déployer dans son estomac, il lui suffit de sonner une cloche et arrive alors en se pressant une servante des cuisines, portant un plateau de fromages, fruits, confitures et tartelettes – ou n'importe quel autre met qui lui fait envie.

Alfonso va et vient. Parfois il lui rend visite le matin ou alors il l'emmène faire un tour sur la terrasse en fin de journée, quand la chaleur tombe enfin. Il fait des promenades à cheval dans la forêt avec Leonello et ses hommes. Il passe beaucoup de temps enfermé dans son bureau, duquel des gens importants entrent et sortent toute la journée. Lucrèce voit sa fenêtre s'allumer depuis la cour. Elle ne le dérange jamais ; passe doucement devant, tête baissée.

Un jour, alors qu'ils viennent de s'attabler et que Lucrèce s'apprête à répondre à Alfonso qui, ayant aperçu une famille de chevreuils le matin, lui suggère de l'emmener sur les lieux pour qu'elle aussi puisse la voir, un secrétaire apparaît derrière une fenêtre et toque d'une main discrète sur l'huisserie. Alfonso, sans même finir sa phrase, se lève et s'en va. Lucrèce se retrouve seule, avec pour unique compagnie le vase de fleurs et la vision imaginaire d'Alfonso et elle chevauchant à travers les bois. Elle mange peu, ajuste les dentelles de son col et regarde le ballet des serviteurs qui débarrassent les assiettes pour en apporter de nouvelles. Quelques instants plus tard, la table est tellement encombrée de plats, bien plus qu'elle ne pourrait en manger, et les serviteurs qui s'affairent sont tellement nombreux qu'elle en rit, d'abord derrière sa main, puis plus ouvertement. Les serviteurs la regardent avec un grand sourire, amusés que ces monceaux de nourriture la fassent rire, contents de voir leur petite duchesse heureuse. À son retour, bien plus tard, Alfonso la retrouve au milieu d'un banquet opulent, intact. D'un air joyeux, elle se tourne vers lui et lui dit : « J'espère que la tâche qui vous a appelé dans vos bureaux vous a creusé l'appétit, car regardez un peu, n'est-ce pas… »

Mais elle s'arrête. Alfonso a le visage fatigué et curieusement hagard. Il s'assoit et semble soulever un poids lorsqu'il ramasse sa serviette.

Deux serviteurs entrent en s'écriant joyeusement, « Regardez, Votre Altesse ! » – chargés de nouveaux plats pour divertir la duchesse. Mais en voyant la triste mine de leur maître, tout leur entrain s'envole. Ils déposent les plats et s'empressent de déguerpir.

Alfonso, tête baissée, prend dans sa bouche un morceau de jambon qu'il mâche rapidement en rajustant sa position sur sa chaise.

« Cela doit être froid, maintenant, murmure Lucrèce qui se souvient de ce ton réconfortant, rassurant que sa mère employait avec son père lorsque des problèmes dans sa province le préoccupaient – quel reproche pourrait-on lui faire de vouloir imiter sa mère ? Je vais appeler pour qu'on vous réchauffe votre…

— Inutile », lâche-t-il en retirant un morceau de couenne coincé entre ses dents, qu'il dépose sur le bord de son assiette.

Elle balaie la salle à manger du regard, cherchant un sujet pour lui changer les idées. C'est ainsi qu'agit une bonne épouse : en détournant les pensées de son mari des tracas qui l'assiègent. Cependant, comment s'y prendre ? Sa mère, parfois, caressait le front de son père ou lui coiffait la barbe. Lucrèce n'oserait pas aller aussi loin.

« Mes excuses, lâche-t-il brusquement, la faisant sursauter. Je n'aurais pas dû vous laisser seule à table si longtemps.

— Oh, répond-elle. Cela n'a aucune importance. Vos devoirs vous appelaient. Je le sais. » Elle se risque à sortir une main et à effleurer le dessus de ses doigts. « C'est bien normal. Il en est exactement de même avec mon père, dont on sollicite toujours le temps et l'attention, qu'on appelle inopinément, tout comme vous. Je me désole seulement de voir comme vous travaillez dur. »

Il regarde, comme s'il observait un animal, le mouvement de sa main qui caresse la sienne. Puis il la regarde, elle, et chaque partie de son visage, comme s'il cherchait à savoir si ses paroles sont sincères.

« Y a-t-il… » Elle ose entrelacer ses doigts aux siens. « Cet homme… cet homme portait-il de mauvaises nouvelles ? J'aimerais savoir ce qu'il se passe, si vous le voulez bien. Peut-être pourrais-je, d'une manière ou d'une autre, vous aider… »

Il émet un souffle d'air court dont le bruit pourrait presque passer pour un rire.

« M'aider, vous ? »

Elle recule sur sa chaise. Elle voudrait retirer sa main, mais s'oblige à ne pas le faire.

« Oui, répond-elle avec dignité. Naturellement. »

Il soulève sa coupe avec un sourire narquois, et prend une longue gorgée de vin.

« S'il se passe quelque chose à la cour, ou si des histoires de famille vous préoccupent, peut-être pourrais-je… »

Il frappe bruyamment sa coupe contre la table. Le regard qu'il arbore – brûlant, suspicieux – fait flétrir les mots dans sa bouche.

« Que savez-vous de ma famille ? demande-t-il d'une voix basse et affirmée. Ou de ma cour ?

— Rien.

— Qu'avez-vous entendu ? Que vous a-t-on raconté ?

— Je vous l'ai dit : rien. »

Il se penche vers elle. La main d'Alfonso, sous la sienne, fait volte-face et emprisonne ses doigts dans une étreinte ferme et froide.

« Votre père ? Il vous a dit quelque chose ? » Elle secoue la tête. « Quelqu'un à Florence ? Votre mère ?

— Non.

— Quelqu'un d'ici ? »

Elle revoit, l'espace d'un instant, un homme sur un chemin, un cheval et trois lièvres pendus à une selle. Elle ne saurait dire pourquoi, mais pense qu'il serait malvenu de lui répéter ce que lui a confié Baldassare.

« Non », dit-elle à nouveau.

Il reste immobile et silencieux pendant plusieurs instants, gardant sa main prisonnière, toujours penché vers elle. Elle continue à lui rendre son regard, sans fléchir, sans ciller, mais à l'intérieur d'elle se joue une lutte pour que son esprit se vide, reste aussi vierge que du parchemin ; pour le vidanger de toutes les informations qu'il contient. Elle ne sait rien, n'admettra pas avoir parlé avec Baldassare des sœurs d'Alfonso et de leur souhait de partir en France, n'admettra pas avoir été informée par son père, par Vitelli, des dissidences qui secouent la cour de Ferrare depuis la mort du vieux duc, ni avoir eu vent des problèmes que rencontre Alfonso avec sa mère, ni des rumeurs sur sa rébellion et son refus de se plier à ses ordres, ni des difficultés qu'il rencontre pour se faire obéir dans sa province. Elle ne sait rien de tout cela, n'a rien entendu, a oublié, n'a jamais su. Elle affiche devant lui un visage affable et candide. Elle n'est qu'une fille jeune et innocente, totalement ignorante de toutes les affaires ayant trait au gouvernement de Ferrare.

Au terme d'un silence atroce, Alfonso semble céder. Il se laisse retomber contre le dossier de sa chaise, prend un nouveau morceau de viande.

« Jamais je ne vous parlerai de tels sujets, lui dit-il en mâchant, la tête appuyée contre le dossier. Jamais je ne ferai peser sur vous le fardeau de…

— Oh, mais vous le pouvez. Cela serait loin d'être un fardeau et… »

Cette interruption lui vaut un silence glacial.

« Cela ne sied pas, poursuit-il, à votre rôle.

— Mais cela pourrait. Je suis…

— Peut-être n'ai-je pas été assez clair, dit-il en se levant de sa chaise pour la dominer de toute sa hauteur. Cela ne sied pas au rôle de ma femme, ma duchesse.

— Je vois », répond-elle en se tordant le cou pour tenter de le regarder, mais son visage demeure hors de portée.

Ses mains sont posées sur les épaules de Lucrèce.

« Ma femme, dit-il en se penchant vers elle, et à chaque mot, Alfonso applique, juste en dessous de son oreille, un baiser. Ma femme occupe ici un tout autre rôle. Un rôle qu'elle remplira, je l'espère, très prochainement. »

Comme la neige s'amasse dans un creux, la peur commence à l'emplir, à former autour d'elle de grandes congères invisibles. Son regard se pose sur la nourriture étalée sur la table : viandes rôties, tartes aux amandes, entremets, oreillons d'abricot garnis de fromage frais, fritures de fleurs.

« Ne désirez-vous pas manger quelque chose ? demande-t-elle. N'avez-vous pas faim ?

— Pas de nourriture, souffle-t-il. Venez. Quittons la table. »

*

Pendant ces jours à la *delizia*, rien n'est exigé d'elle ; la nuit, en revanche, est une tout autre affaire. Car elle doit se donner, se rendre, remettre son être à un autre, lui ouvrir l'accès, lui ouvrir ses portes, tous les soirs. Il est alors comme un possédé, comme un homme en croisade : pour concevoir un héritier, assurer la continuation de sa lignée. Son approche est la même que pour toutes les autres tâches : il s'affaire avec diligence, concentré et déterminé.

Il devient, la nuit, dans sa chambre, quelqu'un de tout à fait différent. Le duc qu'il est mue – sa peau tombe, a-t-elle l'impression, en même temps que les vêtements qu'il jette par terre entre la porte et le lit. Il aime tirer brusquement les draps et la voir en dessous. Ce moment fait partie des plus insupportables – ce brusque appel d'air froid sur sa peau nue. Elle doit se retenir pour ne pas se tortiller d'embarras, ne peut cacher son corps ni fermer les yeux : il n'aime pas qu'elle fasse cela. Ce n'est plus Alfonso, de toute manière, ce n'est plus l'homme qui était assis à ses côtés à la longue table de la salle à manger. Il a changé, s'est métamorphosé, a fait tomber le masque. Il est une créature de mythe, tout de peau et de tendons et d'impressionnantes spirales de cheveux ; il est un dieu du fleuve, un monstre des eaux, sorti des méandres du Pô, ayant pris forme humaine pour se rendre jusqu'à sa chambre, à son lit, pour se glisser sous ses draps, pour la saisir entre ses doigts palmés, pour frotter contre la sienne sa peau écailleuse, pour la soumettre par sa force gagnée dans les profondeurs aquatiques, au fil de nages à contre-courant, pendant que battent, encore et encore, les ouïes cachées sur son cou, qui sucent l'air étranger de la chambre.

À ce stade, il lui est permis de fermer les yeux, lorsqu'il entre dans cet état où, tout à la fois, il se trouve avec elle et ne s'y trouve pas. Il est ici, indéniablement, incommensurablement. Et pourtant, il est ailleurs. Il est transporté, son visage est méconnaissable, dans ces moments où, s'oubliant, elle ouvre les yeux et voit flotter au-dessus d'elle ce masque ridicule : une expression de rage, de détermination, de soif inextinguible. Son écart est alors relativement pardonné, pense-t-elle. Elle n'a plus qu'à attendre, à compter. Le dieu du fleuve accomplit son rituel nocturne, cherche ce mystérieux et nécessaire soulagement, répond à l'appel impérieux de l'accouplement humain, pousse, pousse, comme pour imprimer sa marque sur elle, exprimer par les pores des gouttelettes d'eau du fleuve qui s'écoulent sur elle, comme si ses entrailles étaient faites de limon, comme si son seul but était de décharger cette eau en elle pour qu'à son tour elle aussi devienne, comme lui, une créature aquatique, une fille des flots.

Elle a appris à respirer, à dissuader ses muscles de résister, à s'enfoncer plus profond dans le matelas pour trouver un minimum d'espace pour elle, à ne pas plisser la figure au contact de sa main ou d'une autre partie de son corps. Isabella avait raison lorsqu'elle disait que cela fait moins mal au fil du temps, que laisser paraître sa douleur le rend mécontent, que l'acte dure plus longtemps lorsqu'elle s'absente de son propre corps et reste simplement étendue sans bouger, passive. Il est davantage satisfait, et tout se finit plus vite si elle imite ses mouvements, ses expressions, si elle sourit quand il sourit, si elle soupire quand il soupire, si elle le regarde dans les yeux.

Toutes ces fois, elle pourrait être une autre, n'importe qui.

Sauf qu'elle n'est pas n'importe qui. Elle est sa femme, liée à lui par l'Église, par son père. Elle est la fille qui a pris la place de sa sœur défunte. Elle est le maillon qui relie la maison de Toscane et la maison de Ferrare, qui portera des enfants qui se réclameront des deux provinces, des deux familles. Tel est le prix à payer pour la liberté dont elle jouit à la *delizia*.

Elle sait aussi qu'il n'en sera pas éternellement ainsi. Qu'ils ne peuvent rester pour toujours dans cette villa. Bientôt, Alfonso devra s'en retourner à Ferrare, et elle partira avec lui, et prendra ses quartiers là-bas, au château, auprès de sa mère et de ses sœurs. Elle n'a aucune idée de la manière dont elle sera accueillie, dont la famille d'Alfonso la traitera, s'ils seront gentils avec elle, ou hostiles, ou méfiants, si la cour elle-même sera un lieu de bienveillance ou de défiance et de dissentiment. La *delizia* et ses charmes ne sont que temporaires. Dans peu de temps, leurs vies se déplaceront à Ferrare, son véritable mariage commencera, et elle endossera son rôle d'épouse du duc.

Bientôt, aussi, elle sait qu'elle portera un enfant. Peut-être le porte-t-elle déjà.

Cette pensée est en elle comme le bouton de cuivre gravé qu'elle avait un jour avalé, petite, pour répondre à un défi lancé par Isabella et Maria, qu'elle ne reverra plus jamais. Elle pense à sa mère, à son corps laiteux qu'elle a vu grossir et se rétracter dans ses vêtements, grossir et se rétracter, et ainsi de suite, la colonne vertébrale abîmée par toutes ces grossesses, enfermée dans un corset de fer fabriqué par le médecin, qui disait que le dos d'Éléonore avait besoin d'un soutien. La Fecundissima. Elle pense, aussi, aux femmes qui n'ont pas survécu à la mise au monde – les nombreuses cousines, tantes et épouses des courtisans que l'on cessait d'apercevoir du jour au lendemain, dont on ne parlait plus qu'à voix basse, pour qui l'on priait à la chapelle. Connaîtra-t-elle elle aussi, Lucrèce, ce destin ? Ou fera-t-elle partie des chanceuses qui vivent assez pour passer de l'autre côté et voir leurs enfants devenir adultes ?

Elle voudrait lui poser ces questions, parfois, au milieu de ces accouplements nocturnes, lorsqu'il la change de position, la retourne encore et encore, son corps semblable à une énigme qu'il cherche à résoudre, à une terre qu'il doit conquérir, lorsqu'il se trouve sur le point de se vider à l'intérieur d'elle, lorsqu'il s'accroche à elle comme s'il était près de se noyer ou d'étouffer sous l'air chaud et sec de la chambre, et qu'elle était son seul espoir de pouvoir retourner à son état premier de fleuve. Elle voudrait tourner son visage vers la conque de son oreille et murmurer : Et si je ne survis pas ? Et si cela me tue ? Y avez-vous pensé ?

Peut-être l'a-t-il déjà entendue, formulant tout bas ces mots, mais il n'a jamais été ému au point de lui répondre.

*

C'est le milieu de la matinée à la villa et Lucrèce flâne dans sa chambre, ramasse des objets, les repose : un pinceau, une pochette cousue de perles, un bol en bois sculpté, une coupe en corne. Elle se rend d'un pas souple jusqu'à la fenêtre qui surplombe la cour, puis jusqu'à celle du mur opposé qui donne sur les montagnes. Elle enfile sa simarre. Puis la trouve trop chaude et la fait glisser de ses épaules pour la jeter sur le sol.

Alfonso n'est pas resté dans son lit la nuit dernière. Parfois, il s'endort tout de suite après et reste là, inerte jusqu'au matin, étalé en travers des draps. Parfois, l'acte paraît le rendre fébrile, l'emplit d'une singulière énergie ; elle s'est rendu compte que, dans ces moments, si elle feignait de dormir, Alfonso se glissait discrètement hors du lit, remettait ses vêtements et sortait de la chambre. Toujours, avant de partir, il se penche vers elle et dépose un baiser léger sur sa tempe. La première fois, ce geste l'a tant surprise que Lucrèce en a grimacé, a failli bondir du matelas ; mais désormais, elle sait l'anticiper, et attend même avec hâte que ce baiser arrive. Personne, lui semble-t-il, ne l'a jamais embrassée avant d'aller dormir. Elle aime poser sa main à cet endroit, une fois qu'Alfonso est parti, comme pour garder ce baiser ici, pour l'empêcher de s'envoler dans l'air, tel du pollen.

Postée devant la fenêtre, elle contemple les jardins sculptés, les haies à la perpendicularité calculée, les sentiers ratissés. Au-delà s'étend la dense forêt qui sert de terrain de chasse à Alfonso ; au-delà, la plaine de la vallée et, plus loin, les montagnes. Plus loin encore, comme elle le sait, se trouvent Florence, sa famille, le *palazzo*, mais elle ne veut pas penser à eux, refuse de les imaginer tous là-bas, sans elle.

À la place, elle pose son regard sur le carreau de la fenêtre sur lequel elle voit une fille, face à elle. Elle a l'apparence de celle qui vit au grand air et a bien dormi : ses yeux sont vifs, ses joues roses. Les croissants d'ombre qui depuis toujours habitaient sous ses paupières et lui donnaient un air farouche et fatigué ont disparu. Lucrèce ne s'est jamais considérée comme belle, à l'instar de Maria ou d'Isabella. Elle leur ressemble un peu : la lèvre inférieure marquée et les grandes paupières. Mais, d'une certaine manière, la disposition de ses traits n'a jamais été aussi harmonieuse que la leur. La différence est ténue, mais réelle – ses yeux sont légèrement plus enfoncés, ses joues plus creusées, son menton plus étroit. Elle possède un air pensif, effarouché ; même au repos, son visage garde quelque chose de préoccupé. La fille dans le reflet de la vitre, cependant, pourrait être dite jolie. Belle, même.

Lucrèce se tourne d'un côté, puis de l'autre. D'où provient donc ce changement ? Son teint n'est plus aussi cireux ni blafard ; sa mère ne pourrait plus lui pincer la joue en lui disant, On croirait que vous vivez sous une pierre.

Aussi rapide qu'une flèche, une pensée lui traverse l'esprit, la déstabilise. Non, tout de même pas. Lucrèce lève ses deux mains et les pose contre son ventre. Se pourrait-il… Mais un tel état dérobe la beauté des femmes et non l'inverse.

Elle est occupée à palper son ventre et son matelas de muscles, à se demander si quelque chose a changé, concluant que oui, puis que non, quand un coup à la porte la fait sursauter.

Elle retire aussitôt les mains de son abdomen. Est-ce lui ? Alfonso ? De retour pour…

Elle chasse cette idée. Pas quand le soleil est haut dans le ciel, quand du travail l'attend, quand il doit répondre à des lettres, viser des documents.

Elle se racle la gorge, joint les mains devant elle, décide finalement de les placer dans son dos, puis sur ses hanches. Comment les met-elle, d'ordinaire ? Quelle est leur position naturelle ? Impossible de s'en souvenir.

« Entrez », dit-elle.

La porte s'ouvre et Emilia pénètre dans la pièce. Son apparition est si bienvenue que Lucrèce laisse échapper un soupir de soulagement.

« Madame, commence la servante, clairement désarçonnée par cet accueil. Son Altesse m'a fait appeler afin que je vous prépare pour la journée. Je lui ai répondu que vous dormiez peut-être, mais il a dit qu'il avait quelque chose à vous montrer et…

— Fort bien, répond Lucrèce. Merci, Emilia. Commençons. »

Emilia hoche la tête, puis attrape le carré de tissu dont elle se sert pour frotter la peau de Lucrèce. Elle réchauffe de l'huile de violette dans sa main et la lui passe sur les jambes, la poitrine et le dos. Lucrèce se soumet en silence à ces soins, lève un bras, tourne un poignet, se courbe, tourne le cou d'un côté, puis de l'autre. Cette série de préparatifs lui rappelle immanquablement sa mère : c'était elle, après tout, qui les orchestrait, qui décrétait l'ordre dans lequel ils seraient administrés, qui avait insisté pour que toutes les bonnes du *palazzo* les apprennent afin que toutes ses filles soient mises à leur avantage.

Lucrèce soupire. Elle sait, et Emilia sait aussi, qu'après l'huile de violette vient le lavage des pieds, puis le nettoyage des ongles, puis l'eau florale de pois de senteur sur le visage, et enfin le brossage des cheveux. Quel fastidieux travail que toute cette maintenance, tout cet entretien, comme celui d'un jardinier qui retire les mauvaises herbes d'un parterre de fleurs ou taille une haie. Pourquoi Emilia et elle doivent-elles s'adonner chaque jour à ce même rituel ? Quelle différence cela fait-il ? Il lui apparaît soudainement, pour la première fois, que rien ne l'oblige à se soumettre à ce protocole, ici, si elle ne le désire pas. Personne n'ira vérifier, personne n'ira l'inspecter.

L'idée se diffuse en elle par le bas, comme pour une plante qui absorbe son eau. Elle irrigue d'abord ses jambes, puis son tronc. C'est une révélation, un phénomène. Lucrèce ne serait pas surprise de baisser les yeux et de découvrir qu'elle s'est transformée en une tout autre personne.

« Laisse, dit-elle en retirant sa main de celle d'Emilia.

— Mais… répond la servante, décontenancée, munie de son bâtonnet en noisetier avec lequel elle s'apprêtait à repousser ses cuticules, j'ai toujours appris que…

— Occupe-toi seulement de mes cheveux, s'il te plaît. »

La main d'Emilia repose le bâtonnet, non sans réticence, et se suspend au-dessus du flacon d'eau de pois de senteur.

« Puis-je… »

Lucrèce secoue la tête.

« Seulement les cheveux. »

Elle s'assoit d'un air décidé sur le tabouret, le pouls battant.

« Et ne les enferme pas dans la *scuffia*. Il fait trop chaud aujourd'hui. Fais une tresse lâche que tu laisseras pendre dans mon dos. »

Emilia semble sur le point de dire quelque chose, mais se ravise. Elle ramasse la brosse et les peignes, et commence à séparer les cheveux.

« Il est admis pour une femme de demeurer tête nue la première année de son mariage, déclare Lucrèce en levant le menton, le regard braqué sur son reflet dans le miroir, comme pour la défier de la contredire.

— Oui, madame.

— Le duc lui-même me l'a dit. C'est la coutume à Ferrare.

— Oui, madame.

— Nous ne sommes plus à Florence, désormais.

— Non, madame. »

Elle jette un coup d'œil à la fille dans le miroir ; leurs regards se croisent un instant, et Lucrèce s'aperçoit qu'Emilia réprime un sourire. Un gloussement de rire échappe à Lucrèce.

« J'ignore ce que Son Altesse, votre mère, dirait, marmonne Emilia, des épingles entre les lèvres.

— Ma mère n'est pas là.

— Il est vrai. »

Lucrèce continue de regarder leurs reflets dans le miroir.

« Nous avons la même couleur de cheveux, toi et moi, ne trouves-tu pas ? »

Emilia hausse les épaules.

« Votre Altesse a les cheveux plus roux, et plus fins. Et bien plus longs, aussi. Mon père était garde en Suisse et ma mère dit que je tiens ma teinte de cheveux de lui.

— Était-il un homme bon ?

— Je ne l'ai jamais connu, madame. »

Lucrèce songe à ces mots, à ces gardes suisses et à leurs quartiers dans les sous-sols du *palazzo* : des hommes forts, bien charpentés, aux yeux très bleus.

« Comment se fait-il, demande Lucrèce en jouant avec une épingle, que je ne t'aie jamais aperçue au palais avant mon mariage ? »

Emilia semble hésiter un instant, puis redouble d'efforts pour brosser sa chevelure.

« Je l'ignore, madame.

— Tu servais peut-être une autre maison ? »

Emilia lève des yeux étonnés.

« Non, pas du tout. Je suis née au palais. J'y ai passé toute ma vie.

— Dans ce cas, pourquoi ne nous étions-nous jamais vues avant ? »

Emilia passe la brosse dans ses cheveux une fois, puis une deuxième avant de répondre :

« Je vous voyais, madame, régulièrement. » La servante parle avec attention, comme si elle choisissait ses mots. « Vous n'étiez alors qu'une toute petite fille, mais peut-être ne vous souvenez-vous pas. Je vous ai revue ensuite, plus grande, de temps en temps. Je travaillais alors dans les bas étages, auprès de ma mère. C'est pourquoi je ne vous côtoyais plus beaucoup.

— Où travaille ta mère ?

— Dans les cuisines. »

Le laconisme de cette réponse lui fait lever les yeux de ses épingles en cuivre pour regarder la servante qui se tient debout derrière elle, devant le miroir. Le beau visage mutilé d'Emilia est fermé, résolument vide.

« Ta mère est-elle… ? hésite Lucrèce.

— Elle est morte, madame.

— Oh, je suis sincèrement désolée, Emilia. Je…

— Il y a trois mois.

— Dieu protège son âme.

— Merci, madame. Je… Elle… » Emilia fronce les sourcils et se mord la lèvre, puis les mots sortent, d'un coup : « Ma mère vous aimait beaucoup. Elle était si contente lorsque Sofia a demandé que je suive un apprentissage afin de devenir votre servante. Cela l'a rendue… très heureuse de savoir que je serais auprès de vous.

— Ta mère m'aimait beaucoup ? répète Lucrèce.

— Oui… elle… » De nouveau, Emilia hésite, sa brosse en l'air. « Sofia ne vous l'a jamais dit ?

— Dit quoi ?

— Que ma mère était votre… votre *balia*. Votre maman de lait. Vous ne le saviez pas ?

— Je ne le savais pas, non. » Lucrèce, médusée, regarde Emilia fixement. « Je savais qu'il y avait une dame dans les cuisines, mais on ne m'a jamais dit… Je suis désolée, je l'ignorais complètement. Ainsi donc, tu es… ? »

Emilia lui sourit tout en soulevant sa masse de cheveux pour, d'une main experte, la séparer en trois.

« Je crois être âgée de deux ans de plus que vous. Je me souviens de vous, bébé. Je jouais avec vous. Vous étiez là le jour où… » Emilia lève la main vers la cicatrice sur son visage. « Le jour où… j'ai été blessée.

— Comment cela s'est-il passé ?

— Nous jouions à cache-cache, vous et moi. Il nous était pourtant interdit de jouer près du feu. Il y avait une marmite bouillante, elle est tombée. Elle vous a ratée de ça. » Emilia brandit la main en formant un petit espace entre son pouce et son index. « Vous avez hurlé au moment de l'accident, comme si c'était vous qui aviez été blessée, et vous m'avez serrée très fort. Je ne l'ai jamais oublié.

— Comme c'est terrible, Emilia. Je… »

Un sourire triste se dessine sur les lèvres de la servante.

« Mieux valait moi que vous.

— Mieux aurait valu que cela n'arrive à personne.

— Mais s'il avait fallu choisir entre nous, mieux valait que je sois celle qui reste défigurée. »

Les deux jeunes filles demeurent silencieuses un moment. Lucrèce cherche quelque chose à dire pour dissoudre ce malaise, fouille ses souvenirs à la recherche de l'accident – cette partie de cache-cache, le fracas de la marmite par terre, la chaleur et la vapeur de l'eau bouillante.

Emilia, cependant, poursuit son histoire.

« Et puis, reprend-elle, un peu plus tard, alors que vous marchiez et parliez déjà, Sofia vous faisait parfois descendre en secret, en bas.

— En secret ? Mais pourquoi ?

— C'était à l'époque où l'on vous avait renvoyée dans la pouponnière. Parfois, vous pleuriez, pleuriez, et la seule chose à même de vous consoler était… » Emilia semble émue. « Avec tout le respect que je dois à Son Altesse votre mère, comprenez-vous. Jamais je ne me permettrais de vous offenser, madame…

— Je ne me sens pas offensée. Continue. Parle-moi de Sofia et de ces sorties secrètes.

— Eh bien, elle vous faisait descendre dans les cuisines. Vous pleuriez, pleuriez, mais dès l'instant où vous aperceviez ma mère, tout s'arrêtait et vous lui tendiez les bras avec un sourire immense, alors que vos yeux ruisselaient encore de larmes. Et tout le monde riait. Je vous emmenais souvent sous la table

– ma mère nous donnait des casseroles et des cuillères pour jouer, nous mettions de la farine partout et parfois même… »

Cet extraordinaire récit est une nouvelle fois interrompu par la porte qui s'ouvre – elle heurte le mur, révélant Alfonso, le visage assombri par un béret.

« Tout est prêt ? » demande-t-il.

Emilia sursaute, fait tomber la brosse, se penche pour la ramasser, tête baissée.

« Presque, Votre Altesse.

— J'arrive, dit Lucrèce qui reste droite pour permettre à Emilia de terminer sa tresse.

— J'ai une surprise pour vous, murmure-t-il, et Lucrèce entend dans sa voix un sourire. Venez, dès que vous le pourrez. »

Puis Alfonso se retourne et repart dans le couloir à grands pas.

Emilia se penche vers elle.

« J'ai ouï dire que des troubles agitaient la cour, chuchote-t-elle.

— À Florence ?

— Non, madame. À Ferrare. »

Lucrèce se tourne sur sa chaise.

« Des troubles ? Qu'as-tu entendu ? »

Emilia lance un coup d'œil en direction de la porte, comme pour s'assurer que le duc ne les épie pas.

« Un serviteur qui accompagnait l'émissaire venu de Ferrare ce matin a dit à l'un des garçons d'écurie, qui a dit à une bonne, qui me l'a dit, que Son Altesse, la mère du duc, à l'heure où nous parlons se prépare dans le secret à quitter la cour de Ferrare. Elle nourrissait le projet de partir avant que Son Altesse le duc ne s'en aperçoive, mais bien sûr, il possède à la cour des gens qui la surveillent et l'un d'entre eux…

— Mais pourquoi voudrait-elle partir maintenant ? Alfonso m'a dit qu'elle ne comptait s'en aller en France que lorsque nous serions sur place et lui aurions présenté nos hommages, et qu'ensuite, alors…

— Non. C'est apparemment un départ qu'elle prévoyait depuis longtemps, depuis que Son Altesse s'est rendue pour la dernière fois à la cour. Vous souvenez-vous du jour où il nous a quittées, au beau milieu de notre voyage ? Lui et sa mère s'étaient en fait disputés, très gravement, et elle s'est mis en tête de partir, depuis. La nuit dernière, selon l'informateur, elle a ordonné que des chevaux et des carrosses soient préparés pour demain, afin que…

— Pauvre Alfonso ! s'exclame Lucrèce. Je dois… » Elle commence à se lever, mais retombe aussitôt sur sa chaise. Que doit-elle faire ? Que peut-elle lui dire, alors qu'il lui a clairement signifié que ces choses ne la regardaient pas ? « Je devrais…

— J'ai entendu dire que le pape en personne, souffle Emilia, impressionnée, avait ordonné son exil, mais que Son Altesse le duc désirait que sa mère sache qu'elle ne partirait qu'au moment où lui l'aurait décidé.

— Oui, je le sais.

— Mais il semblerait maintenant que ses filles nourrissent le projet de partir avec elle, et ainsi donc…

— Elle projette d'emmener les sœurs d'Alfonso avec elle ? l'interrompt Lucrèce. Cela ne va pas lui plaire. Il ne le permettra jamais et…

— Pourquoi pas ? Pourquoi ses sœurs ne pourraient-elles aller avec leur mère, si… »

Lucrèce secoue la tête.

« Peu importe. Continue. Dis-moi ce que tu sais encore. »

Emilia hausse les épaules.

« J'ai entendu dire que le duc et sa mère se sont disputés pour une histoire de religion. Ce qui me semble étrange, puisque la vieille duchesse, étant française, devrait…

— C'est une protestante, la coupe Lucrèce. Elle était censée avoir renoncé à sa confession, mais il semblerait que… »

Emilia s'empresse de se signer, comme pour se protéger d'une telle hérésie.

« Quelle que soit sa confession, le duc était profondément mécontent lorsque l'émissaire lui a délivré son annonce. Le serviteur qui se trouvait dans la pièce attenante a dit qu'il avait entendu le duc jeter quelque chose contre le mur et crier qu'il ferait capturer et fouetter sa mère et ses sœurs si elles lui désobéissaient de la sorte. Imaginez-vous ? Un fils qui…

— Il n'aurait jamais dit cela, intervient Lucrèce. Le serviteur a dû mal entendre. Alfonso parlait peut-être d'un courtisan ou… ou d'un valet. Il est le fils de Renée de France, une noble de premier ordre. Jamais, avec une duchesse…

— Oui, madame. » Emilia abaisse la tête. « Vous avez raison, j'en suis certaine. »

Lucrèce se lève brusquement. Les épingles près de ses tempes lui tirent le cuir chevelu ; son *camiciotto* lui lacère les aisselles. Cette journée qui pourtant avait si bien commencé semble soudain inquiétante, semée de dangers.

« Tout le monde dit que le duc se rendra à Ferrare dès qu'il le pourra. » Les mots d'Emilia continuent à se déverser. Son regard ne quitte pas la robe de Lucrèce. « J'ignore ce qu'il fera, une fois là-bas, mais…

— Merci, Emilia, répond Lucrèce en la congédiant d'un geste de la main. Tu peux disposer. »

Elle traverse la chambre et sort dans le couloir après avoir claqué la porte d'un geste sec, laissant la servante remettre la pièce en ordre.

Une fois dehors, sur la loggia, une lumière blanche aveuglante l'assaille. Elle s'abat sur la cour, l'inonde, impitoyable ; le ciel au-dessus de cet espace rectangulaire rayonne, ardent, comme un four, crachant ses vapeurs féroces sur la villa.

Ses yeux, habitués à la douce pénombre de l'intérieur, ne parviennent pas à s'acclimater. Elle fait un pas en avant, puis un autre, est obligée de s'appuyer contre une colonne, peinant à ouvrir complètement les paupières.

Devant elle se dressent les silhouettes délavées de trois personnes, qui se tiennent debout, deux côte à côte, face à l'autre. La chaleur et la lumière semblent avoir effacé toute couleur et tout contour, leur donnent l'aspect de squelettes, d'arbres sans branches. Elle perçoit leurs voix, une mélodie ascendante, ponctuée de trémolos, qui oscille à travers l'air épais. Elle reconnaît les tonalités de son époux, profondes et grondantes. L'autre voix est légèrement plus aiguë, et la troisième, monotone et nasale – Leonello, présume-t-elle.

Elle redresse la tête, tend l'oreille. Telle une plante, elle se tend vers la lumière, étire le cou, s'ouvre tout grand à ce que peut receler l'atmosphère.

Frénésie grandissante, entend-elle murmurer son époux. Une insulte, dit Leonello, destinée précisément à saper votre autorité. Aucune tolérance ne doit être admise. Son cas doit servir d'exemple, leur cas à tous. Le troisième homme, l'émissaire, ajoute : Peut-être que si Son Altesse la duchesse et ses filles pouvaient être…

L'une des silhouettes, grande et élancée, se détache du petit attroupement et se dirige vers elle. Des bras, des jambes, un torse se dessinent à mesure qu'elle approche, laissant apparaître des reliefs, des traits. Une belle chemise brodée, une tête aux cheveux bruns.

« Lucrèce », dit-il de cette manière si singulière, formant ce mot en bougeant à peine les lèvres.

Il lui tend la main. Elle lève les yeux. Il n'a pas l'air de quelqu'un qui vient de recevoir une mauvaise nouvelle, qui vit un terrible conflit avec sa mère ou se trouve sous la menace d'une insurrection à la cour. Son visage ne porte pas trace de la moindre tension : il paraît calme et posé. Emilia pourrait-elle avoir dit vrai ? Serait-il possible que Lucrèce se soit trompée ?

« Puis-je m'entretenir avec vous ? » demande-t-il avec un très léger signe de la tête en direction des hommes qu'il vient tout juste de quitter, indiquant par là qu'ils sont exclus dudit entretien, qu'ils l'agacent et qu'il désire se retrouver avec elle, seul à seul – Alfonso, maître dans l'art de dire les choses avec presque rien.

« Bien sûr », répond-elle.

Il lui prend le bras pour le passer sous le sien, puis l'entraîne plus loin dans la loggia. Sa robe traîne derrière eux en froufroutant sur le carrelage. Lucrèce sent Leonello et l'émissaire les observer ; elle plante son regard sur le bout de l'allée, puis sur son époux, qui lui raconte sa partie de chasse du matin, puis sa marche au grand air. Elle ne tournera pas la tête vers les deux observateurs, ne leur montrera même pas qu'elle a décelé leur présence : il faut qu'Alfonso croie qu'elle ne sait rien. Voilà, au moins, une chose qu'elle peut faire.

Alors qu'ils se trouvent presque au bout de la loggia, Alfonso commet un geste des plus inattendus : d'un pas agile, il se glisse soudainement derrière elle et lui cache les yeux. Tout à coup, Lucrèce ne voit plus rien, ne peut plus bouger ; les paumes d'Alfonso recouvrent presque tout son visage, ses bras sont plaqués, son corps, sur toute sa longueur, est collé contre son dos.

Elle aspire une bouffée d'air courte, sèche. Comment lui dire qu'il s'agit là d'un jeu qu'elle déteste tout particulièrement ? Maria avait l'habitude de l'attraper ainsi, par-derrière, pour lui cacher les yeux, avec un morceau de tissu ou avec ses mains, avant de la faire déambuler dans la pouponnière, juste pour rire en la voyant se cogner sur des chaises ou trébucher sur les garde-feux.

Elle lève les mains par réflexe. Mais au lieu de formes familières – l'excroissance de son nez, la surface lisse de ses joues et de son front –, Lucrèce sent des doigts, les poils sur ses poignets, le chapelet formé par ses grosses jointures. Elle tente d'ôter ses mains d'une manière, l'espère-t-elle, joueuse, mais sent en même temps la panique la gagner. Que fait-il ? Que se passe-t-il ? Est-ce lié à sa mère, aux troubles qui agitent la cour ?

« J'ai une surprise pour vous, lui souffle-t-il.

— Pour moi ? » demande-t-elle en s'efforçant de ne pas laisser trembler sa voix.

Jamais il ne ferait exprès de la projeter sur un meuble. Jamais il ne souhaiterait voir des bleus sur ses genoux ou ses tibias. N'est-ce pas ?

« Oui, je… » Une hésitation inhabituelle interrompt sa réponse. « Il me faut m'absenter, cela n'était pas prévu.

— Où donc ? s'entend-elle lui demander, bien que connaissant déjà la réponse.

— À Ferrare. Je serai absent une journée. Peut-être deux. Pas davantage. C'est une affaire qui nécessite ma présence ; j'aurais envoyé Leonello, autrement. Je vais devoir vous quitter, ma chère petite épouse, mais pas pour longtemps.

— Pourrais-je… vous accompagner ? » suggère-t-elle derrière ses mains.

Elle sent son visage devenir chaud et moite là où sont posées ses mains, et ses cils pressés contre ses paumes.

« Pas cette fois. Mais dans peu de temps, je vous emmènerai à Ferrare pour vous présenter à la cour. J'avais pour projet que nous passions encore un mois ici environ, mais je crains que nous ne soyons obligés de partir plus tôt. Nous passerons ensemble les portes de la ville – il y aura une grande fête, des haies d'honneur dans les rues, et tous découvriront alors votre grande beauté. Mais pour l'heure, je dois accomplir le voyage vite, et sans cérémonie.

— Vous souhaitez donc que je demeure ici ?

— Vous y serez plus tranquille. J'emmène Leo, mais tout le monde restera à part lui. Vous aurez avec vous tous les gardes, les domestiques, le *padre* et… »

Il fait bifurquer Lucrèce et retire ses mains, qu'il pose à la place sur sa taille.

Elle cligne des yeux. La lumière qui s'abat sur leurs têtes est plus crue que jamais.

Devant elle se tient une forme, dont les contours à contre-jour se soulèvent et s'abaissent, dont l'ombre s'étire par terre. C'est une bête – un énorme chien. Non, un cheval. Qu'est-ce donc ?

Elle place sa main sur son front, en visière. Devant elle, attaché à un noisetier, se trouve un animal semblable à un cheval, mais plus petit, à la tête gracieusement courbée, à la longue queue battante. Tout chez lui est du blanc le plus pur, depuis sa longue crinière qui enveloppe son cou jusqu'aux boulets lisses de ses pattes. Sanglée à ses flancs, une selle d'amazone gaufrée d'or, aux franges décorées de clochettes dorées.

« C'est… c'est pour moi ? souffle-t-elle.

— Pour vous, répond Alfonso en la serrant par-derrière, son menton posé sur la tête de Lucrèce. C'est une créature rare, mi-cheval, mi-âne. Élevée par un fermier du coin. Une mule blanche, comme il n'en naît qu'une seule par siècle, environ. Dès que j'ai appris son existence, j'ai tout mis en œuvre pour l'acquérir. Je la voulais pour vous, je voulais vous l'offrir. »

Sans prolonger son discours, il la soulève de terre, bras autour de sa taille, et la porte depuis le perron de la loggia jusqu'à la mule pour la déposer sur la selle rouge.

« Là, dit-il en soulevant sa jambe pour qu'elle épouse le cuir, avant d'ajuster la longueur des étriers. Et là. » Il glisse dans sa main les rênes rouge et or.

Puis il attrape la bride et fait claquer sa langue. La mule s'anime et avance.

Ils font ainsi le tour de la petite cour, du noisetier, quittant et rejoignant successivement les ombres du toit de la villa. Lucrèce se laisse bercer par l'allure régulière de la mule ; à chaque pas, l'animal lève les pattes bien haut, comme une danseuse pleine de grâce. Lucrèce, les rênes à la main, redresse le dos, laissant sa colonne vertébrale onduler au rythme de la promenade. Elle lisse des deux mains le velours des flancs blancs de la bête, se penche pour regarder ses sabots pâles évoluer délicatement sur la terre.

Alfonso la conduit d'un côté, puis de l'autre. Ils passent devant Leonello et l'émissaire, dont la conversation s'éteint à leur approche. L'émissaire s'incline bien bas sur le passage de Lucrèce, accompagnée par les couinements de sa selle en cuir et le tintement des clochettes. Alfonso lui parle de la mule et de son projet de l'installer dans l'étable, avec les chevaux, car les chevaux, dit-il, seront apaisés par sa présence, et Lucrèce pourra demander à la monter chaque fois qu'elle le souhaite.

Elle regarde l'arrière de la tête de son époux qui marche à côté de la bête, le mouvement de ses épaules sous sa chemise, sa manière à la fois décontractée et assurée de tenir la bride, de tapoter avec bienveillance le cou d'un blanc de lait de l'animal, de se pencher pour donner un baiser sur ses doux naseaux.

Ils conversent comme le font un mari et une femme. Il la complimente sur sa posture en selle ; elle lui répond avoir reçu des garçons d'écurie du *palazzo* des leçons d'équitation, enfant, sur un poney, et que son père considérait cet enseignement comme partie intégrante de leur éducation. Quelle louable attention, dit Alfonso, il en fera de même avec ses propres enfants, leur apprendra à monter tôt. Lucrèce sent ses joues s'enflammer et Alfonso, après avoir jeté un coup d'œil vers elle, décide manifestement d'enfoncer le clou en ajoutant que cette mule sera parfaite pour elle lorsqu'elle sera enceinte. Il ne permettrait pas qu'une femme portant son héritier monte un cheval – quel homme sensé le permettrait ? –, mais elle pourra, avec une mule, conserver une activité physique douce, qui ne la sollicite pas trop.

Tout en prononçant ces mots, il promène sa main sur la crinière de l'animal. Lucrèce remarque que son poignet porte une tache d'encre, et son index aussi. Elle s'efforce de chasser de ses pensées leurs héritiers et leurs leçons d'équitation, et l'idée que cette mule a été achetée en prévision de ses grossesses à venir.

Elle le regarde insérer son pouce sous le harnachement de la mule, comme pour vérifier qu'il ne la gêne pas.

Comment croire qu'un homme aussi attentionné avec une bête pourrait menacer sa propre mère et ses sœurs d'emprisonnement et de coups de fouet ? Cela est impensable.

Elle voudrait l'interroger sur les problèmes qu'il rencontre, lui demander s'il est vrai que sa mère désobéit à ses ordres et souhaite rentrer en France sans son consentement, ce qu'il compte faire pour l'en empêcher, et si ses sœurs vont réellement quitter la cour et prêter allégeance à d'autres. Elle voudrait lui suggérer d'essayer de demander à sa mère de rester, de lui dire qu'elle et ses sœurs lui manqueraient si elles partaient. Avez-vous, voudrait-elle lui demander, essayé la gentillesse plutôt que les ordres ? Elle sait qu'un scandale éclaterait si sa mère et ses sœurs quittaient la cour alors qu'il leur a demandé de rester : Lucrèce a vu son père et ses conseillers se gausser de ces hommes qui échouent à faire rayonner leur pouvoir sur leur famille et leur épouse. Comment un homme peut-il avoir de l'autorité sur sa province s'il ne parvient même pas à se faire obéir par des femmes ? Un tel échec renvoie fatalement une impression de faiblesse aux ennemis, qui toujours guettent. Lucrèce a entendu son père le dire. Car on apprend beaucoup d'un homme en observant comment il règle ses problèmes de famille : cette devise lui a été répétée bien des fois par sa mère, par Sofia, par divers courtisans, non sans une pointe de fierté, car son père a toujours été un homme droit, qui jamais n'a connu d'insurrection, ni dans sa province ni dans sa maison. Alfonso est aussi comme cela, Lucrèce en est certaine.

Que va-t-il faire ? Comment arrêtera-t-il sa mère et ses sœurs ? Pense-t-il réellement que ses ordres prévaudront sur ceux du pape ? Ces mots se bousculent dans sa tête, se battent pour sortir de sa bouche, même dans l'anarchie la plus totale.

« Très bientôt, le travail sur votre portrait débutera. Les premières esquisses, et cetera », dit-il tout en éloignant la mule de la loggia, en direction du portail ouvert. Son calme et sa maîtrise de soi restent une énigme pour Lucrèce.

« Mmm, répond-elle en ne l'écoutant qu'à moitié, toujours préoccupée par les troubles à la cour, par les sœurs d'Alfonso.

— Cela ne vous plaît pas ?

— Si, s'empresse-t-elle de répondre. Tout à fait.

— J'ai pensé que cela pourrait vous distraire, dit-il d'un ton légèrement contrit.

— En effet. Pardonnez-moi. Je pensais à… autre chose. Un portrait. Cela sera… formidable.

— Je sais que vous nourrissez un intérêt particulier pour la peinture…

— Oui, répond-elle, tout en retenant une forte envie de lui dire que s'intéresser à la peinture et poser pour un portrait sont deux choses tout à fait différentes. Vous avez raison. En effet.

— J'ai décidé, poursuit-il, qu'il s'agirait d'un portrait de mariage. Puisque les circonstances s'y prêtent. Il y aura d'autres tableaux, bien sûr, en temps voulu, avec nos enfants. J'ai déjà choisi le peintre – un homme de ma connaissance, un artiste qui a déjà décoré plusieurs des salles du château. Il a, de plus, été l'élève des plus grands, parmi lesquels Michel-Ange lui-même. La forme que revêtira ce portrait reste encore à discuter. Mais je m'avance… »

La voix d'Alfonso continue à résonner. L'attention de Lucrèce dérive vers les colombes qui trottinent sur les tuiles du toit et dodelinent de la tête, faisant échapper de leur bec toute une gamme de cris, les ailes repliées, bien serrées. De minuscules insectes se sont réunis en cercle autour du noisetier, comme pour discuter d'une affaire sérieuse, statuer sur quelque chose. La mule balance sa tête de haut en bas, rapprochant les doux triangles de ses oreilles de Lucrèce, puis d'Alfonso, une fois, deux fois, comme si elle tentait de suivre leur conversation, de comprendre les mécanismes à l'œuvre dans ce mariage. Lucrèce aperçoit au loin Leonello qui, contrairement à Alfonso, paraît dans un état de grande fébrilité. Il donne l'ordre aux serviteurs d'entreposer certains objets – des vêtements, des documents, des paquets protégés par des linges – dans les sacoches des chevaux, coche une liste ; son pied, chaussé d'une botte en cuir souple, bat la terre pommelée de la cour ; les tendons de son cou ressortent sous sa peau.

Lucrèce voit alors, depuis le dos de sa remarquable et blanche mule, l'un des serviteurs – un jeune garçon au visage affable, tendre, surchargé de bagages – trébucher sur une pierre saillante et faire tomber de ses bras fins toutes ses boîtes et ses sacs. Des papiers et des sceaux de cire s'éparpillent sur la terre desséchée. Le garçon s'agenouille, essaie de les réunir, de les épousseter. Un serviteur plus aguerri – un secrétaire des bureaux – le réprimande d'une voix sonore, avant de lui asséner une claque derrière la tête. Mais alors que Lucrèce, désolée pour le garçon, se demande si Alfonso se fâchera, Leonello Baldassare tend une main vers lui et, sans même le regarder, l'attrape par le col. Il le hisse sur ses jambes, ramasse par terre l'une des boîtes, et se sert de son couvercle en bois pour le frapper au visage une, deux, trois fois.

Cette belle journée commence à s'assombrir, comme si le soleil s'était caché. Le son de ces coups – le contact d'un objet dur avec une surface tendre, comme le bruit d'un chou qui tombe par terre – ricoche dans toute la cour, rebondit sur les tuiles, sur les murs, sur les visages effarés des autres domestiques.

Lucrèce se lève sur sa selle, le pied pressé sur l'étrier de fer, la main tendue vers le garçon.

« Mon Dieu ! » Les mots volent de ses lèvres. « Stop ! Assez ! »

Avec une lenteur délibérée, Baldassare se tourne vers elle. Son visage est impassible, ses yeux aussi inexpressifs que deux pierres. Le garçon, pendu par le col au bout de sa main comme un pantin ensanglanté, pousse des gémissements de détresse étouffés. Lucrèce est certaine qu'Alfonso ne restera pas sans réagir : il va ordonner à Leonello de laisser le garçon partir. Elle est certaine qu'il va mettre fin à cette horreur.

Mais il se passe ceci : Baldassare, tout en soutenant le regard de Lucrèce, assène un ultime coup au garçon, puis le laisse tomber par terre et accepte le mouchoir qu'un secrétaire lui tend pour s'essuyer les doigts. D'autres serviteurs arrivent pour relever le garçon et l'évacuer, déguerpissant avec sa silhouette anéantie.

Alfonso ne fait rien. Ne dit rien. Ne manifeste aucunement avoir été témoin d'une scène anormale. Il continue à guider la mule autour de la cour, vers le fond, et à présent au-delà, sur l'un des étroits sentiers du jardin qui s'éloigne de la villa.

Les bras de Lucrèce tremblent jusqu'au bout de ses doigts ; elle a froid ; elle peine à garder les rênes serrées dans ses mains. Elle pourrait glisser de selle et tomber au sol. Elle ne sait pas quoi faire ni quoi dire. Jamais de sa vie elle n'a assisté à un tel spectacle. Certes, elle a vu des domestiques recevoir des corrections par ses parents, par des serviteurs de rang plus élevé, mais jamais de cette façon, jamais en faisant autre chose que crier, ou peut-être asséner une petite tape. Rien dans sa vie ne l'a préparée à cela.

« Alfonso, dit-elle une fois seule avec lui, lorsqu'il devient clair, à voir le noir implacable de l'arrière de sa tête, qu'il ne parlera pas. Ne pensez-vous pas que cela était… excessif ? Ce pauvre enfant n'y était pour rien. Tout le monde l'a vu. Pourriez-vous aller parler à Leonello et lui dire que… »

Alfonso se retourne et tire sur la bride. La mule s'arrête brusquement. Il considère Lucrèce, un sourire aux lèvres. Elle le regarde fixement, sans comprendre. Comment peut-on sourire après un événement pareil ? Elle n'a aucune idée de ce qu'il s'apprête à lui dire. L'impression qu'elle avait de finir par le connaître, de tisser avec lui une certaine intimité, s'envole à cet instant en fumée. C'est un étranger qui se tient devant elle, une personne avec qui elle ne possède aucun lien. Au lieu de soutenir ses propos, au lieu de lui répondre que oui, le châtiment infligé par Baldassare était trop dur, que le garçon n'avait en rien mérité un tel déchaînement, Alfonso tend la main et, de ses doigts légèrement repliés, lui caresse la joue.

« Quel cœur tendre et bon, souffle-t-il en replaçant une mèche de cheveux derrière son oreille. Vous ferez une mère formidable. »

Sa voix et ses mots sont doux, mais Lucrèce sait que quelque chose coule en dessous, un courant souterrain à la force noire et destructrice. Elle se soustrait malgré elle à sa caresse, comme sous l'effet d'une brûlure.

« Il me faut vous rappeler, cependant, poursuit-il sur le même ton, que je ne tolère pas que l'on déroge à mes règles, ni à aucune de mes consignes ou décisions. Quiconque s'y risque est puni par moi-même. Immédiatement et sévèrement. Me suis-je bien fait comprendre ? »

Lucrèce ne saisit pas le sens de ses paroles. De qui parle-t-il ? Du garçon ? Le pauvre a seulement fait tomber une boîte.

« Leonello, poursuit-il d'une voix de velours, est mon représentant. Il est mon outil. Mon père l'a choisi et formé dans un but et un seul : devenir mon *consigliere*. Il est, si vous préférez, la plume dans ma main, l'épée à ma ceinture. Il prononce mes mots, porte mes actes. Remettre son autorité en question, c'est remettre en question mon autorité à moi. Me comprenez-vous, à présent ?

— Oui, lâche Lucrèce.

— Vous êtes jeune, j'en suis conscient, et nouvelle dans cette cour, et c'est la raison pour laquelle je vous pardonne cette transgression. Mais cela sera la dernière. Plus jamais, jamais vous ne contredirez Baldassare. Surtout en public. M'entendez-vous ? »

Elle a trop peur de prononcer les mots qu'il voudrait entendre – peur que d'autres mots, des mots qui ne lui plairaient pas, sortent à la place –, alors elle se contente d'acquiescer.

« Bien. » Il se penche en avant et l'embrasse sur la bouche. « Je suis content que nous soyons d'accord. Nous pouvons retourner dans la cour, dans ce cas. »

Alfonso tire sur la bride, fait faire demi-tour à la mule.

Les rameaux du noisetier, secoués par la brise légère, découpent des silhouettes évanescentes et torturées dans le ciel de lapis.

*

Alfonso et Leonello partent sitôt la chaleur retombée. Lucrèce sort dans la cour pour leur souhaiter bon voyage. Alfonso est monté sur son étalon noir à la croupe haut perchée, aux yeux brillants, roulant dans leurs orbites. Lucrèce veille à rester en retrait, une main enroulée sur la colonne de la loggia.

Leonello monte quant à lui le même cheval qu'en ce matin où elle l'a croisé au sortir de la forêt. Point de lièvres pendus à sa selle cette fois, mais des sacoches de cuir bien remplies et une outre. Elle évite de le regarder.

Il leur faudra une heure ou deux pour parvenir au château, lui a dit Alfonso.

« Au revoir, lui lance-t-il. Au revoir, et Dieu vous protège. »

Son étalon part au grand trot sur ses sabots brillants, marche de côté, fait bouger son mors entre ses dents, se tourne vers Lucrèce comme par besoin de la regarder, comme s'il détenait pour elle un message ; Alfonso tire d'un coup péremptoire sur les rênes, le cheval renifle, vrille le cou, résistant à l'injonction, cherchant à voler le contrôle à son maître. Lucrèce aimerait pouvoir dire au cheval que ce n'est pas la peine, qu'Alfonso ne le laissera jamais faire ce qu'il veut. Et, ainsi qu'elle le pressentait, Alfonso fait retentir un claquement de langue menaçant, puis écourte les rênes pour contraindre l'étalon à redresser la tête.

« Au revoir », lance-t-il à nouveau.

Lucrèce brandit son mouchoir du bout des doigts, l'agite dans l'air moite et immobile. Les sabots des chevaux claquent et crissent tandis qu'ils s'éloignent par le portail de la villa au petit galop.

*

Il s'absente un jour entier, puis un autre – plus longtemps qu'elle ne le pensait. Elle ignore si c'est bon signe ou non. La nuit, elle pousse le verrou de sa porte et sombre dans un sommeil que rien ne vient perturber, un sommeil sans rêves. Paisible, elle dort les bras grands ouverts, en croix.

Elle demande des nouvelles du jeune serviteur battu, et reçoit comme réponse que le garçon a le nez cassé et plusieurs dents fêlées, mais qu'il se rétablit. Elle demande à ce que lui soit donné du sirop de pavot et du bouillon qui tient au corps, pour l'aider dans sa guérison. Elle envoie Emilia avec des pièces pour couvrir les dépenses.

Elle déambule dans les jardins ornementaux, sous les charmilles fleuries, sur les sentiers. Toujours suivie par son garde, elle serpente entre les troncs minces des arbres de la forêt. Elle ramasse des pétales colorés, des poignées de mousse frisée, des feuilles épaisses parcourues de veines, des chapeaux jaunes friables de champignon, des piquants de porc-épic. Elle cherche au milieu des branches au-dessus de sa tête, continuellement, une fouine, car plus que tout elle aimerait en apercevoir une en vrai, mais son garde lui dit que les fouines sont maintenant rares dans la région – les chasseurs en ont tué trop, ajoute-t-il. Elle se mouille les poignets avec l'eau fraîche des fontaines. Elle rend visite à sa mule chaque jour, emportant une pomme, une poire à lui donner. Elle demande qu'on la selle, puis s'en va faire avec elle le tour de la loggia et des jardins. Son garde la précède lorsque le terrain devient cahoteux, même si Lucrèce est parfaitement capable de gérer seule la situation. Mais elle ne souhaite pas le blesser, alors elle accepte son aide d'un hochement de tête. Elle laisse la mule brouter les touffes de sauge et de thym. À leur retour à l'étable, la bête sent bon la verdure et l'été.

Elle porte des robes larges, un peu pareilles à celles de son enfance ; elle se débarrasse de ses souliers ; elle laisse ses cheveux libres la plupart du temps.

Au lieu de repas lourds, comme la viande ou le poisson qu'affectionne Alfonso, elle demande au cuisinier des entremets, du pain frais à la croûte salée, des figues coupées en deux garnies de fromage frais, du jus d'abricot servi dans une coupe délicate.

Au troisième matin de l'absence d'Alfonso, elle se trouve dans le salon, un sarrau de chanvre par-dessus ses habits. Elle arpente la pièce d'un pas traînant, le regard fixé sur la fresque des douze travaux d'Hercule : le labeur et la sueur de cet homme, ses muscles qu'on voit lutter sous sa peau. Elle se penche tout près du mur et aperçoit les minuscules coups de pinceau sur la surface grenue de la détrempe, témoins de la manière dont l'artiste d'antan a manié ses pigments, sa pâte au jaune d'œuf, toutes ses mixtures séchant si vite. L'indigo et l'azurite ont dû être mélangés ici, dans cette salle, à la demande d'un ancêtre d'Alfonso. Les couleurs se sont délavées et adoucies avec le temps ; on croirait presque qu'elles sont rentrées dans le mur lui-même pour s'y réfugier, pour passer les siècles. Elle les imagine rejaillir, toutes en même temps, toutes de connivence, revenues à leur éclat originel, agissant sous l'impulsion d'un signal magique, d'un schibboleth secret. Les yeux d'Hercule retrouvent leur bleu azur, son pagne son rouge vermillon au lieu d'un rose fané, et les montagnes sous ses pieds se colorent du vert des jeunes pousses. Lucrèce se penche tout près du mur et respire son odeur de poussière, de rouille et de légère moisissure.

Elle se retourne et contemple les objets qu'elle a disposés sur le guéridon près de la fenêtre : une coupe avec des pêches, un broc d'eau, un rayon de miel sur une assiette verte, baignant dans sa mare dorée. Elle penche la tête d'un côté, puis de l'autre. La nappe violet foncé est satisfaisante – sa couleur qui chante, tranche avec l'orange de la peau de pêche et l'or du miel, ainsi que le plissé de l'étoffe. Le soleil a posé ses doigts de lumière sur la croupe ronde des fruits. L'heure tourne, réalise-t-elle brusquement, la lumière va bientôt partir, les couleurs changer. Alfonso peut rentrer à tout moment et Lucrèce sera requise pour l'accueillir. Elle va devoir piler du safran, de la cochenille, le cœur d'un iris et… quoi encore ? Elle revient à son chevalet, sur lequel sont installés le carré vierge et familier de la *tavola*, ses pinceaux, un pilon posé sur le bord de son mortier, et des coquilles d'huîtres remplies d'huile de lin, pour absorber les pigments réduits en poudre.

Elle est sur le point de recouvrir une scène qu'elle a peinte la veille au soir, dans laquelle une créature aquatique, mi-homme, mi-poisson, sort des eaux d'un fleuve en rampant, sa queue d'argent luisant au clair de lune. Elle ressent, non pour la première fois, un pincement de tristesse à l'idée que cette image va disparaître, devenir une sous-couche, n'être jamais vue par personne d'autre qu'elle.

Mais il doit en être ainsi. Personne ne doit voir ce tableau. Il doit être une sous-couche. Elle va le masquer par la représentation innocente et bienséante d'une nature morte faite de miel et de fruits. Quel meilleur passe-temps que celui-là pour une duchesse ?

Elle s'apprête à saisir sa craie pour tracer les premiers traits sur la *tavola* – la forme ovoïde du bol, les courbes analogues des pêches, dedans, qui scinderont en deux la queue écaillée et luisante de l'homme-poisson –, quand un bruit singulier parvient à ses oreilles.

Un coup brusque et sourd, comme si un objet avait heurté le sol, quelque part dans une autre pièce : un sac, peut-être, ou bien un ballot de linge, jeté par terre. Lucrèce guette des bruits de pas qui s'en éloigneraient.

Mais rien. Pas un son. Aucun pas. Aucun mouvement du tout.

Elle regarde la craie dans sa main, puis les ondes du fleuve qu'elle a peint la veille, puis le regard passé mais franc d'Hercule sur la fresque, brandissant son épée face aux têtes multiples de l'hydre.

Elle laisse tomber la craie, s'essuie les doigts sur un chiffon, traverse le salon, l'atrium où le bruit de ses pas se réverbère tour à tour sur le sol et le plafond, une salle dans laquelle Athéna, sur un bas-relief d'albâtre, émerge de la tête grimaçante de Zeus, une antichambre dans laquelle sèchent sur une table des brins de jonc, puis une galerie menant jusqu'à une arche de la cour centrale qui s'ouvre sur la vallée.

Et là, dehors sur le sol, gît le corps d'un homme.

Lucrèce cligne des yeux, puis se risque à avancer. Un homme gît sur les dalles, comme tombé du ciel, sa chemise paraît très blanche sur la terre cuite.

« *Signore ?* demande-t-elle avec hésitation. M'entendez-vous ? »

Elle lui donne un petit coup du bout du pied. Rien. Elle s'accroupit près de lui et pose avec prudence une main sur son épaule.

« *Signore* », répète-t-elle en le secouant doucement.

Il ne réagit pas, mais le geste de Lucrèce le fait tomber à plat sur le dos, de sorte que son visage se révèle.

Ce n'est pas quelqu'un qu'elle reconnaît. Sa figure est auréolée de boucles châtaines ; il porte en bandoulière une grande besace de cuir. Ses vêtements et souliers ne sont pas ceux d'un noble – pas de broderies sur les manches ; pas de bijoux autour de ses doigts ; le manteau qui s'étale sous lui est fait d'étoffe grossière. En même temps, il n'a pas non plus l'allure d'un serviteur : ses souliers sont certes simples, mais sillonnés d'étranges coutures ; ses mains sont rêches à force de labeur, mais possèdent des doigts longs et expressifs.

D'où peut-il venir ? Lucrèce se retourne vers la galerie et la regarde de long en large. Elle appelle, mais personne n'apparaît. Il est évident que cet homme est arrivé là il y a peu – ses vêtements sont encore imprégnés de la poussière de son voyage, son sac est encore chargé par le fardeau qu'il transporte ou doit livrer – mais d'où peut-il venir, et pourquoi ?

L'autre chose évidente est que cet homme se trouve dans un état grave. Il est totalement inconscient, plongé dans un état d'inertie complète, les yeux révulsés, les paupières lourdes, la mâchoire lâche. Lorsqu'elle lui touche la main, sa peau est froide comme du marbre et moite, glissante de sueur glacée. Ce n'est pas un simple malaise dû à la chaleur ou à un manque d'eau, mais autre chose.

« *Signore !* » répète-t-elle, plus sèchement cette fois.

Elle lui donne une tape sur la joue, mais voit avec effarement sa tête tomber mollement sur le côté. Sa respiration est rapide et saccadée.

Instinctivement, Lucrèce sait que cet homme, cet étranger, est proche de la mort. Qu'il est en train de mourir, là, devant elle, sur les dalles rouges de la villa. Le contact de ses paumes lui transmet ce message : sa vie le quitte ; il dérive vers un lieu de non-retour.

La panique s'empare d'elle. Elle le secoue, violemment, par les épaules. Elle inspire profondément et crie à pleins poumons :

« À l'aide ! Quelqu'un, s'il vous plaît ! Il me faut de l'aide ! »

La peau de son visage vire au gris, ses yeux semblent s'enfoncer dans leurs orbites, ses lèvres n'ont plus de couleur. D'une main frénétique, elle desserre le nœud de son col, en espérant qu'il respire mieux ainsi. Son esprit ne peut s'empêcher de remarquer comme il est étrange de toucher le corps de cet homme, de poser les doigts sur sa gorge, sur sa clavicule, sur son cou au pouls bégayant ; son corps est extrêmement différent de celui d'Alfonso, durci par l'escrime, les voyages à cheval, la chasse, les poids qu'il soulève. Alfonso n'est que muscles et os sous sa peau brune patinée. Cet homme, ou devrait-elle dire ce garçon, est plus doux ; sa chair s'abandonne, est aussi pâle qu'une peinture à la détrempe.

« S'il vous plaît, souffle Lucrèce à la figure inconsciente de l'inconnu. S'il vous plaît, réveillez-vous. »

Un souvenir lui revient, alors qu'elle regarde fixement cet homme qui meurt : celui du jour où, à la cour de son père, un visiteur – un dignitaire étranger – s'était évanoui pendant la messe. Un effondrement soudain, tête la première, sur le sol de la chapelle, comme un arbre abattu. Lucrèce n'était qu'une enfant à l'époque, mais l'image du teint gris de cet homme lui est restée, de la flaccidité de ses bras et de ses jambes. Sofia lui avait dit – quoi, déjà ? – qu'il existait une maladie liée au sang, une sorte de déséquilibre faisant qu'une personne pouvait posséder du sang rouge en trop grande quantité, ou bien l'inverse, Lucrèce ne s'en souvient plus clairement en cet instant, mais elle se rappelle en revanche que le dignitaire à l'article de la mort avait été ramené à lui grâce à de l'eau mélangée à du miel qu'on lui avait fait boire. Il y avait un homme avec lui, un homme plus âgé, son père peut-être, et il savait exactement quoi faire. Lucrèce se rappelle l'avoir entendu demander du miel, une coupe d'eau ; elle se rappelle l'avoir vu se précipiter sur le serviteur pour les lui arracher des mains.

Lucrèce repart en courant, traverse l'antichambre, la salle d'albâtre, l'atrium ; elle ramasse sur la table l'assiette avec le rayon de miel, le broc et une cuillère. Elle repart sur ses pas, courant le plus vite possible, les poignets et le devant de sa robe mouillés par l'eau qui déborde.

Une fois accroupie devant le jeune homme, elle s'aperçoit que son état a empiré, qu'il s'est éloigné de la rive, que sa respiration est maintenant rauque et voilée, que son visage est un masque d'argile.

Il lui semble important de lui parler, qu'une voix arrive jusqu'à lui, où qu'il soit, afin qu'il sache qu'il n'est pas seul, que des gens tentent de le retenir du côté des vivants, qu'il existe un point vers lequel revenir, une bonne raison de lutter. C'est pourquoi elle l'abreuve d'un torrent continu de mots tandis qu'elle verse l'eau du broc dans l'assiette et la mélange au miel d'une main fébrile et tremblante.

« J'ignore qui vous êtes et la raison de votre venue, mais j'aimerais que vous restiez parmi nous, m'entendez-vous ? Vous devez rester. Vous êtes à la *delizia*, à Voghiera, et je me demande quelle raison a pu vous amener ici, chargé de ce très lourd sac. Maintenant, goûtez-moi cela, je vous prie, allez, seulement un peu. »

Elle penche la cuillère d'eau de miel entre ses lèvres entrouvertes, mais l'inclinaison de sa tête inerte fait que le précieux breuvage lui coule au coin des lèvres et s'égoutte par terre.

« S'il vous plaît, lui murmure-t-elle en lui redressant la tête, une tête si molle qu'elle est obligée de retirer l'un de ses souliers, puis le second, pour servir de cale. Vous devez essayer. M'entendez-vous ? Par pitié. »

Elle penche à nouveau la cuillère entre ses lèvres et cette fois, le breuvage ne se répand pas à côté. Elle attend quelques instants, mais il ne se passe rien. Elle lui donne une troisième cuillerée. Mais alors que le liquide pénètre en lui, sa respiration se transforme en un inquiétant gargouillement, provenant du fond de sa gorge. Il s'étouffe, il s'étrangle avec l'eau de miel. Des larmes montent aux yeux de Lucrèce. Elle pose son assiette et fait basculer l'homme sur le flanc. Il est lourd, sans ressort. Son corps lui échappe des mains, il retombe brusquement, mais elle parvient à le tirer vers elle et le breuvage ressort alors de sa bouche, formant une petite flaque par terre.

Elle l'a tué. Cette certitude l'envahit. Elle a précipité sa mort, l'a provoquée. Quelle mouche l'a donc piquée, à vouloir faire boire un homme inconscient ? Pourquoi n'a-t-elle pas couru chercher de l'aide ou…

Tout à coup, des bruits de crachats puis de toux retentissent. L'homme expulse encore d'autres fluides, puis prend une grande et tremblante inspiration. Ses paupières sont toujours closes, mais un rose très léger recommence à colorer ses lèvres.

Lucrèce lui agrippe le bras.

« *Signore ?* demande-t-elle. M'entendez-vous ? »

Elle s'allonge à plat ventre sur le sol, à côté de lui, pour mieux voir son visage. Derrière ses paupières, les yeux de l'homme roulent dans leurs orbites comme des billes. Elle attrape l'assiette, porte une nouvelle cuillerée à ses lèvres. Cette fois, il avale.

« Oui, murmure Lucrèce, inondée de soulagement, c'est cela. Encore un peu. »

Il ouvre la bouche pour accepter la cuillerée, avale de nouveau. La couleur se répand sur son visage comme une marée, partant de sa bouche puis migrant vers ses joues, ses sourcils, son front.

« Très bien, le félicite Lucrèce. Vous faites cela très bien. »

Ses paupières s'entrouvrent, mais à peine, se referment, se rouvrent, plus grand cette fois, révélant des yeux ni verts ni bleus, mais entre les deux. À moins que son œil droit ne soit plus bleu que le gauche ? Lucrèce le dévisage ; il la regarde en retour.

Elle se redresse. Il cligne des yeux et porte une main tremblante à sa tête, avant de se laisser tomber sur le dos. Elle lui soulève la tête, et glisse à nouveau ses souliers en dessous.

« N'ayez crainte, lui dit-elle. Vous vous remettrez. Tout ira bien. Continuez simplement de boire. »

Il lève vers elle des yeux stupéfaits, regardant tour à tour les murs derrière elle, puis le ciel au-dessus de sa tête. Sa main tâte la sangle de son sac, puis son col desserré. Lorsqu'elle lui présente la cuillère, il cherche à redresser la tête pour prendre l'eau de miel.

« J'ai eu si peur, lui dit-elle avec des frissons dans la voix. J'étais désemparée. Pouvez-vous parler, *signore* ? Pouvez-vous me donner votre nom ? Qu'êtes-vous venu faire ici ? Êtes-vous seul ou accompagné d'un… associé ? »

Les lèvres de l'homme se referment sur la cuillère, puis la relâchent, tout cela sans la quitter de son regard aigue-marine.

« Eh bien qu'importe, dit-elle après un silence. Nous pouvons attendre pour le savoir, mais souhaiteriez-vous… »

Derrière elle résonnent des claquements de pas, puis une exclamation affolée :

« Dieu tout-puissant ! »

Lucrèce se retourne. Un autre jeune homme vient d'arriver, encore plus mince et dégingandé que le premier. Portant à ses épaules une besace en cuir similaire, il débarque du corridor, au pas de course.

« Oh, enfer et damnation, dit-il en se baissant à leur hauteur. A-t-il fait une crise ? »

Il s'accroupit devant son ami et pose une main sur son épaule.

« Est-ce que tout va bien ? Vous passiez par là ? » Son regard tombe sur l'assiette et le rayon de miel. « Vous lui avez donné cela ? demande-t-il à Lucrèce. Comment saviez-vous ce qu'il convenait de faire ?

— Je… » Elle hésite, mesurant soudain la singularité de la situation – elle, seule avec deux hommes aux intentions inconnues, qu'elle n'a jamais rencontrés auparavant ; elle pourrait s'attirer des ennuis, si Alfonso l'apprenait. « J'ai déjà vu quelqu'un avoir ce même genre de… de crise.

— Et c'est avec ce remède qu'on l'a guéri ? » demande-t-il en désignant le plat.

Lucrèce hoche la tête.

« Je n'étais pas sûre de moi. Je l'ai trouvé ici, étendu par terre. J'ai eu si peur. Il semblait si mal en point que j'ai cru qu'il…

— Incroyable ! C'était précisément ce qu'il fallait faire, l'interrompt-il. Vous lui avez sauvé la vie.

— Non, proteste-t-elle. Je n'ai fait que…

— Mais si », insiste-t-il. Il pousse doucement son compagnon du bout de sa botte. « Elle t'a sauvé la vie, Jacopo. Cette belle jeune femme t'a sauvé la vie. Tu en as, de la chance ! »

Lucrèce se lève. L'homme, avec décontraction, lui prend l'assiette et la cuillère, et continue à administrer le breuvage à Jacopo, par petites cuillerées, attendant chaque fois qu'il déglutisse avant la suivante.

« Qu'est-ce qui vous amène à Voghiera ? demande-t-elle.

— Nous sommes ici pour le portrait, répond-il sans quitter son ami des yeux.

— Le portrait ?

— Le portrait de mariage. De la nouvelle duchesse. »

Lucrèce s'appuie contre le mur. Elle ignore s'il faut l'attribuer au choc d'avoir vu un homme frôler la mort, à la terreur qui s'est emparée d'elle lorsqu'elle a cru ne pouvoir le sauver, ou à son soulagement présent de le voir finalement tiré d'affaire, mais soudain ses bras et ses jambes sont cotonneux, sa vision brouillée.

« Êtes-vous… les artistes ? »

Cette question déclenche un rire amusé chez l'homme accroupi.

« Non, répond-il. Enfin, d'une certaine manière. Nous sommes ses apprentis. En tous les cas, deux d'entre eux. Je m'appelle Maurizio, et voici Jacopo, dit-il en donnant une tape sur le corps prostré de son ami. Qui ne cesse de nous causer des ennuis. Mais nous l'aimons quand même.

— Combien d'apprentis faut-il ?

— Cela dépend. Entre cinq et dix en même temps, cela varie selon le nombre de séances dont nous disposons. Jacopo est préposé à la peinture des étoffes et je…

— Des étoffes ?

— Oui. » Il la regarde avec un grand sourire. « La manière dont l'étoffe tombe sur un bras ou une jambe, dont la soie reflète la lumière, dont la lueur d'une bougie peut modifier la couleur d'un tissu. Ce n'est pas une mince affaire. Jacopo est un maître en la matière.

— Mais votre maître, lui, ne…

— Lui ? ricane Maurizio. Le Bastianino ne se salirait pas les doigts pour des étoffes. Il préfère laisser aux autres la sale besogne. Non, il peindra le visage et peut-être les mains, s'il est sobre – et dans le cas contraire, Jacopo s'en chargera. Ne le dites pas au duc, hein ? » Il lui lance un clin d'œil, accompagné d'un sourire narquois. « Jacopo est un spécialiste de l'étoffe. Moi, de l'arrière-plan.

— Du paysage derrière le sujet ?

— Oui. » Maurizio, sans ménagement, traîne son ami pour aller l'adosser contre le mur de la galerie. « Les collines, les lacs, les arbres. Voilà en quoi consiste mon travail.

— J'ignorais totalement que le travail était ainsi partagé.

— Oh, toujours, répond Maurizio. Chaque membre de l'atelier apporte sa pierre à l'édifice. » Il s'assoit à côté de Jacopo. « Et donc, que pouvez-nous nous dire à propos de la duchesse consort ? »

Lucrèce reste silencieuse. Elle réalise que dans cette tenue, sans ses souliers, avec cette blouse jetée par-dessus sa robe, elle doit avoir l'air d'une servante.

« Nous avons entendu dire qu'elle est très jeune, poursuit Maurizio, et très belle. Est-ce vrai ? Une chevelure digne de Vénus.

— Je… je ne saurais le dire.

— Vous ne l'avez donc jamais vue ?

— Eh bien…

— Son mari la garde en cage, paraît-il. Je ne serais pas surpris que ce soit vrai, vu ce que j'ai entendu dire de lui. »

Lucrèce pose ses mains à plat sur le mur, puis l'arrière de sa tête. Sentir la solidité de ce plâtre derrière elle est soudain une nécessité.

« Qu'avez-vous entendu dire ?

— Simplement qu'il est comme Janus, à deux visages, deux personnalités. Et qu'il ne cesse d'en changer tour à tour. » Il claque des doigts. « Comme cela. »

Lucrèce répond d'un hochement de tête, tout en s'efforçant de remettre de l'ordre dans ses pensées. Elle, en cage ? Lui, un Janus ? Elle visualise, un instant, l'image de ce dieu aux deux visages que lui avait montrée son précepteur, il y a des années : l'un jeune et lisse, tourné de profil, d'un côté ; l'autre sombre et marqué, tourné de l'autre. Son époux ressemble-t-il réellement à cela ?

« Quoi qu'il en soit, ajoute Maurizio avec engouement, il nous tarde grandement de découvrir la petite duchesse, surtout si elle répond à la description qu'en donnent les gens. Eh, Jacopo ? »

Il donne un léger coup à son ami, qui parvient à répondre par un sourire embrumé.

« Quelle place occupez-vous ici ? lui demande Maurizio en la regardant de la tête aux pieds, les yeux brillants de curiosité. Je sais au moins déjà que le travail ne sera guère déplaisant si toutes les filles du coin vous ressemblent. »

Lucrèce l'ignore et se tourne vers Jacopo.

« Comment vous sentez-vous ? lui demande-t-elle. Je ne peux rester plus longtemps, mais j'aimerais être sûre que vous allez mieux. »

Maurizio passe un bras autour de la tête de son ami, ébouriffe son auréole de cheveux blonds comme le chêne.

« Je dirais qu'il se porte comme un charme, répond-il.

— Jacopo, insiste Lucrèce. Comment allez-vous ?

— Ah, soupire Maurizio en relâchant la tête de Jacopo. Il ne parle pas.

— Vraiment ?

— Oui.

— Jamais ?

— Jamais. Il est muet.

— Je n'ai pas pensé un instant que…

— Ou bien, il lui arrive de parler une langue curieuse que personne ici ne comprend. Nous ne savons pas vraiment d'où il vient – le Bastianino dit l'avoir trouvé dans un orphelinat, quelque part dans le Sud. Il avait entendu dire que ce gamin était capable de dessiner à peu près n'importe quoi, même après n'avoir observé son modèle que quelques instants. Il l'a acheté aux moines. Vous vous y ferez. En fait, c'est plutôt reposant. La plupart des gens parlent trop – moi y compris. Dites-moi un peu, maintenant : comment vous appelez-vous ? Vous reverrai-je dans les environs ? »

Lucrèce les regarde tous les deux, tour à tour, assis là, dos contre le mur, à côté de leurs besaces d'apprenti, le visage de Maurizio si affable et ouvert, celui de Jacopo blême et scrutateur.

« Je pense que oui », répond-elle.

*

Elle a broyé ses pigments, les a mélangés à l'huile ; elle a appliqué la peinture pour la courbe des pêches – ocre et cochenille mélangés à du blanc de céruse –, et commence à mélanger le vert pour la coupe. La créature mi-homme, mi-poisson a disparu à moitié quand Emilia entre pour lui annoncer qu'Alfonso est revenu de Ferrare.

Lucrèce, le pinceau en l'air, regarde fixement la servante. L'angle sous lequel la lumière tombe sur le visage d'Emilia à cet instant fait que sa cicatrice est dissimulée par une ombre : son apparence est parfaite, exquise, ses cheveux blonds ramassés sous sa coiffe, ses mains habiles jointes devant elle.

« A-t-il… ? » Lucrèce voudrait parler, mais elle se trouve encore dans le monde de la peinture, son esprit absorbé par les calculs de l'ombre et de la lumière, la disposition des formes, l'éternelle question de savoir comment rendre un relief sur la surface plane de la feuille.

« M'a-t-il… essaie-t-elle à nouveau, fait demander ?

— Pas encore, madame. J'ai simplement pensé que vous apprécieriez de savoir qu'il était rentré.

— Oui, répond Lucrèce en essuyant distraitement son pinceau sur un chiffon. Naturellement. Préviens-moi, je te prie, s'il… lorsqu'il… me demandera. »

Emilia hoche la tête, puis referme la porte derrière elle, et Lucrèce retourne à sa peinture, soulagée, contente de pouvoir jouir d'un léger sursis.

Elle peint encore un long moment. Elle se recule parfois, puis se rapproche tout près de la *tavola*. Bol, miel, plis et froissures de la nappe : elle progresse. Elle trace son sillage au milieu de cette disposition d'objets, des interactions qu'ils entretiennent, des espaces qui les séparent, de leurs résonances, se fait aussi petite qu'une blatte pour pouvoir naviguer dans les interstices entre les pêches, le long des rangées d'hexagones du rayon de miel. Elle avance à tâtons, tournant autour de cette représentation, usant de ses pinceaux comme de pieds ou d'antennes, cherchant à se frayer un chemin à travers cette terre inconnue d'objets, forçant le passage au milieu des broussailles de l'œuvre.

Elle peint alors que le soleil est haut dans le ciel, alors qu'il glisse vers la pente des toits, que les domestiques affairés vont et viennent dans la loggia. Elle ne se rend même pas compte que la lumière décline, de l'effervescence, du brouhaha qui règne autour d'elle dans la villa, oublie qu'elle n'a pas mangé depuis le déjeuner. Elle est absorbée par sa peinture ; elle est sa peinture, qui lui apporte plus de satisfaction que toute autre chose au monde ; sa peinture sent le vide, la soif qui l'habite, et le comble.

L'après-midi touche à sa fin quand Emilia revient frapper à la porte. Elle s'abstient de la regarder dans les yeux en lui annonçant :

« Son Altesse vous demande, madame. »

Lucrèce pose son pinceau. Elle se sent prise de tournis, presque de vertige, à devoir ainsi réintégrer le monde réel.

« Merci, Emilia. Je vais aller le trouver tout de suite et… »

Elle s'arrête en voyant l'expression horrifiée d'Emilia. Elle baisse les yeux vers sa tenue – la blouse, les traces de peinture, les pieds nus. Un rire lui échappe.

« Il pourrait être judicieux de me changer.

— Oui, madame, répond Emilia non sans soulagement. Je vous accompagne. »

*

Un moment plus tard, habillée d'une *sopraveste* de satin jaune primevère, son rubis autour du cou, Lucrèce se sent oppressée par la chaleur. Les fenêtres sont ouvertes de part et d'autre du salon, mais l'air circule à peine : rien ne bouge. Les arbres dans la cour brandissent leurs feuilles immobiles aux extrémités de leurs branches. Quelques nuages ombreux, tachés de rose et d'orange, restent suspendus au-dessus de la villa, comme trop fatigués pour poursuivre leur voyage.

Lucrèce attend, assise sur une chaise qu'elle n'aime pas – le rembourrage est trop ferme, et le crin de cheval qui ressort sous la toile lui pique les jambes. Elle tente de croiser docilement ses mains sur ses cuisses, mais cette posture ne convient pas. Elle pose un coude sur la table, mais a l'impression de manquer de naturel. Réprimant un soupir, elle ramasse la broderie qu'elle a entamée à contrecœur pour occuper ses soirées avec son mari. Elle n'arrive pas à se souvenir comment être une épouse, une duchesse consort. Cela ne fait pourtant pas longtemps qu'Alfonso est parti, mais il n'a manifestement suffi que de quelques jours pour que l'habitude lui échappe.

La vérité, en fait, est que Lucrèce est toujours prise dans le microcosme de son tableau, et qu'il n'y a d'autre endroit où elle désire se trouver. Toutes les autres visions, tous les autres mondes seront pour elle insuffisants tant qu'elle ne l'aura pas achevé, tant qu'elle n'aura pas apporté la dernière touche qui la repropulsera dans le cours de son existence. Ici, autrement dit, dans ce salon, où elle attend, avec son tambour à broder, que son mari apparaisse.

Elle pousse un nouveau soupir, plante l'aiguille dans l'étoffe, tire sévèrement sur le fil. Cette broderie a été initiée par Isabella il y a des mois ; une rose, entourée par une bordure d'or. Lucrèce ignore totalement pour quelle raison cet ouvrage s'est retrouvé là. Très probablement parce que Isabella l'a abandonné, l'a jeté alors que quelque chose d'autre attirait son attention. La broderie a dû atterrir par hasard dans les bagages de Lucrèce. Mais elle lui sert, sorte d'accessoire de théâtre qui lui permet de faire croire qu'elle est bel et bien le genre de femme qui s'occupe avec des passe-temps aussi vains.

Elle travaille à présent sur un papillon, qu'elle tente de rajouter sur un pétale extérieur, mais cela s'annonce mal : l'une des ailes, plus grosse que l'autre, crée un curieux déséquilibre. Peut-être qu'elle aussi laissera cet ouvrage inachevé ; peut-être que cette rose ne sera jamais terminée. Elle ne sait pas travailler au fil et à l'aiguille – ses doigts deviennent raides, lui semblent étrangers. La peinture est ce qu'elle préfère – elle aime aussi la craie, et l'encre. Elle retourne le tambour, examine l'envers. Elle a toujours secrètement affectionné cette partie de l'ouvrage, cette « mauvaise » face, toute couverte de nœuds, de striations de soie et de tortillons de fils. Cette face est pourtant bien plus digne d'intérêt, franc témoin du labeur nécessaire pour parvenir à la perfection de la pièce achevée. Elle promène ses mains sur ses reliefs : elle devine quels sont ses points et ceux d'Isabella. Les siens sont plus maladroits, plus hâtifs, chargés d'impatience et de déplaisir.

Elle tourne une nouvelle fois le tambour, pousse l'aiguille de l'autre côté. Instantanément, la douleur surgit, aiguë, juste sous son ongle : elle a mal évalué sa trajectoire, s'est piquée. Elle regarde avec une fascination morbide la perle parfaite, écarlate, poindre au bout de son doigt.

Brusquement, la porte s'ouvre. Lucrèce sursaute et, le doigt dans la bouche, se lève d'un bond.

Alfonso traverse le salon à grands pas. Il s'est apprêté, remarque-t-elle. Ses cheveux sont peignés en arrière et huilés, ses joues fraîchement rasées, et il porte des manches aux poignets brodés d'or.

« Ma très chère, dit-il, et, se penchant vers elle, il lui baise la main. Comme vous m'avez manqué. Comment vous portez-vous ? L'attente n'a pas été trop pesante ?

— Non, pas du tout, répond Lucrèce. Je…

— Comment ? s'exclame-t-il en se jetant sur la chaise dont elle vient de se lever. Je ne vous ai donc pas manqué ?

— Oh, répond Lucrèce qui sent une vague de chaleur lui dévorer les joues. Si, bien sûr, je…

— Même pas un petit peu ? » insiste-t-il pour la taquiner, tout en l'asseyant sur ses genoux. C'est alors qu'il aperçoit son doigt, et lui attrape la main. « Mais vous êtes blessée. Que vous est-il arrivé ?

— Ce n'est rien. Je travaillais une broderie quand mon aiguille a glissé et…

— Voilà. »

Il sort un mouchoir de sa poche et l'enroule tendrement autour de son doigt.

« Merci, répond-elle avant d'ajouter, prudemment, sans le regarder : Comment s'est passé votre voyage à Ferrare ?

— Bien. » Réponse laconique, efficace. « Très bien. »

Lucrèce, maladroitement perchée sur les genoux d'Alfonso, regarde l'auréole rouge grossir sur le blanc de neige du mouchoir, sous son doigt, comme si le sang tenait à se faire connaître, refusait de rester caché.

« Avez-vous pu… résoudre le problème qui vous préoccupait ? »

Alfonso passe ses bras autour d'elle et une fois de plus, Lucrèce est envahie par une sensation de ferrage, d'emprisonnement. Les broderies râpeuses sur ses poignets s'accrochent à sa robe, susurrent, lui disent une chose qu'elle ne peut comprendre.

« En effet.

— Et la… » Elle sait qu'elle ne devrait pas poursuivre la conversation puisqu'il ne semble pas vouloir donner suite, mais elle ne peut contenir sa fascination pour les possibles événements survenus ces derniers jours à la cour de Ferrare. « Avez-vous… trouvé une solution en votre faveur ? »

Il s'écarte d'elle et lui lance un long regard.

« Naturellement, répond-il avant de se mettre à jouer avec une boucle, sur le côté de sa tête, qu'il entortille autour de son doigt. Savez-vous pourquoi ? »

Elle secoue la tête sans mot dire.

« Car tous les problèmes (il tire légèrement sur la boucle à chaque mot qu'il prononce) se résolvent toujours en ma faveur.

— Oh, j'en suis heureuse ! s'écrie-t-elle, soulagée. Vous avez donc pu convaincre votre mère de demeurer à Ferrare ? Attendra-t-elle au moins mon arrivée à la cour ? Il me tarde sincèrement de la connaître. Vos sœurs, également. Ont-elles accepté de rester avec vous ? Ont-elles… »

Elle s'arrête. Alfonso s'est laissé retomber contre le dossier de la chaise et la scrute. Elle est allée trop loin, comprend-elle ; elle aimerait pouvoir rattraper ces mots sortis trop vite de sa bouche, les réenfouir en elle.

« Vous semblez remarquablement informée, dit-il après un silence.

— Pardonnez-moi », répond-elle, et en prononçant ces mots, elle prend soudain conscience de la terreur qui l'étreint, de son cœur battant, du duvet hérissé sur sa nuque. Va-t-il entrer dans une colère froide ? Va-t-il la sermonner comme ce jour où Baldassare avait frappé le garçon ? « Tout cela était déplacé et…

— Non, non. Il est intéressant pour moi de savoir que ces nouvelles sont arrivées jusqu'à vous. Et utile.

— Je suis désolée, je n'aurais pas dû… »

Il la coupe avec un lent clignement d'yeux, geste infime mais néanmoins clair pour lui signifier qu'il ne souhaite pas, n'a pas besoin d'entendre d'excuses.

« Je me demande, toutefois, comment ces nouvelles vous sont parvenues. »

Assise là sur ses genoux, elle est un délicat petit oiseau dans sa main. Emilia, pense-t-elle. Emilia. Mais elle ne donnera pas son nom, ne livrera jamais sa servante. Jamais.

« C'était… j'ai entendu… j'ai surpris une conversation. Vous savez, quand les gens parlent…

— Quels gens ?

— Je n'en suis pas sûre.

— Serviteurs ou officiels ? »

Elle doit réfléchir. Quel serait le plus judicieux ? Quelle réponse causerait le moins de tort, le moins de châtiments ?

« Eh bien… je ne m'en souviens pas. Peut-être les deux ? »

Il la regarde pendant plusieurs instants, la bouche cachée derrière sa main posée sur son menton. Puis il hoche la tête. Il lui demande ce qu'elle a fait en son absence, comment elle a occupé ses heures, et Lucrèce comprend alors qu'il a changé de sujet, mais elle ne sait toutefois pas si oui ou non sa mère est partie pour la France, si ses sœurs sont restées à Ferrare. Elle ne peut le lui demander maintenant. Il est en train de la faire descendre de ses genoux, de s'en aller vers son chevalet où se trouve son tableau inachevé, recouvert d'un châle. Il tire dessus, le laisse tomber par terre, se penche pour examiner le travail.

« Charmant, déclare-t-il en inspectant la nature morte, les pêches et le miel qui, se souvient-elle avec soulagement, masquent complètement la créature aquatique à la queue écaillée baignée par le clair de lune. Vraiment charmant. Quel délicieux passe-temps pour vous, mon amour, même si… » Un coup à la porte l'interrompt. Sans bouger, Alfonso répond : « Entrez. »

Lucrèce se retourne et découvre alors les deux apprentis qui pénètrent dans le salon, Maurizio en tête, radieux, portant déjà sur son visage le plaisir du travail à venir, suivi de Jacopo, les yeux rivés au sol. Les deux ont troqué leurs habits de voyage pour des cols propres. Leurs bottes tout juste cirées rutilent.

« Ah », dit Alfonso. Il s'arrête brièvement, le temps de recevoir des respects murmurés. « Permettez-moi de vous présenter deux apprentis peintres qui assisteront

Sebastiano Filippi, également connu sous le nom du Bastianino, qui peindra votre portrait à notre retour à la cour. » Il tend une main vers elle. « Voici ma femme, la duchesse. »

Lucrèce sort des marges de la salle et s'avance dans les cercles de lumière entrecroisés, vacillants, du candélabre. Les filigranes sur les manches de sa robe, le rubis autour de son cou, sa coiffe aussitôt s'embrasent, étincellent à la lueur des flammes. Les deux hommes se tournent vers elle.

En la reconnaissant, Maurizio blêmit, reste bouche bée, mais parvient à se ressaisir rapidement et incline alors la tête en soufflant qu'il est honoré, touché, qu'il est son dévoué serviteur. Jacopo, lui, demeure figé, comme un animal sous la menace, son regard fixé à celui de Lucrèce. Le temps d'un furtif instant, elle revoit sa peau flaccide et moite sous ses doigts, son cou atrocement tordu, sa clavicule mince et saillante.

Dans le salon, un moment s'écoule sans que personne bouge.

Puis Maurizio donne un coup de coude à Jacopo ; ce dernier semble reprendre vie, comme un pantin dont on tire les ficelles. Il arrache le béret qu'il porte sur la tête et exécute une lente et large révérence.

« Pardonnez à mon ami, dit Maurizio. Il ne s'est pas trouvé très bien aujourd'hui et…

— Pas très bien ? l'interrompt Alfonso. Qu'entends-tu par là ?

— Rien de contagieux, Votre Altesse, se hâte de répondre Maurizio. Je peux vous l'assurer. Sans doute a-t-il été simplement… incommodé par la chaleur et… et le voyage. Rien de plus.

— Je vois. » Alfonso s'approche de Lucrèce et lui prend la main. « Voici, messieurs, votre sujet, votre muse. » Il exécute un grand geste pour la désigner de la tête aux pieds. « Je présume que votre maître vous en a informés, mais j'ai commandé un portrait de mariage de la duchesse, en bonne et due forme. Vous exécuterez les premières esquisses afin que votre maître et moi puissions décider de la meilleure approche à donner à cette œuvre. Est-ce bien compris ?

— Oui, répond Maurizio en hochant la tête. Et je me permets d'ajouter, Votre Altesse, que nous aurons là une muse de choix, et que nous prendrons grand plaisir à…

— Pourquoi ton ami ne nous raconte-t-il rien ? demande Alfonso en pointant du doigt Jacopo.

— Il ne parle jamais, Votre Altesse, dit Maurizio en abattant une main sur l'épaule de Jacopo. On le suppose muet.

— Est-il sourd ?

— Non, Votre Altesse. Il entend parfaitement. C'est simplement la…

— Mais il… » Alfonso fronce les sourcils. « Est-il un dessinateur apte ?

— Plus que cela, répond Maurizio en souriant de toutes ses dents. C'est un homme de grand talent, le meilleur apprenti de l'atelier. Notre maître ne met à votre disposition que ses meilleurs apprentis, Votre Altesse. Soyez-en assuré. Les silhouettes et les étoffes de Jacopo sont exquises – presque autant que celles du maître lui-même. Vous verrez par vous-même, dès que vous nous permettrez de faire poser Son Altesse et…

— Oui, oui, l'interrompt Alfonso avec un geste sec. Je vois que tu es quant à toi capable de parler pour deux. Eh bien. » Il frappe des mains. « Je ne vois rien qui s'oppose à ce que vous commenciez maintenant. »

Lucrèce se tourne vers lui. Elle n'a pas dîné ; son estomac crie famine ; elle se sent fatiguée, a mal à la tête. La dernière chose dont elle ait envie est de poser pour les esquisses des deux apprentis. Mais Alfonso est lancé. Il arpente le salon à grands pas, décrétant qu'il supervisera lui-même la pose, qu'il a longuement étudié la peinture, à la fois en pratique et en théorie, et qu'il verra ainsi s'ils sont à la hauteur. Il s'arrête pour les prévenir : il ne tolérera rien de moins que la perfection. Si le résultat n'est pas conforme à ses attentes, il le leur fera savoir, sur-le-champ. Il conduit Lucrèce par le bras jusqu'à un fauteuil près de la cheminée, déplace son chevalet et pose près d'elle deux candélabres sur une table décorée d'une sphère en marbre et d'une timbale.

Lorsqu'elle lève les yeux, Lucrèce découvre, comme elle s'y attendait, que Jacopo la regarde, et que son visage, curieusement, la charme. Jacopo pense, elle le sait, qu'il a frôlé la mort aujourd'hui, que sans elle il ne serait peut-être plus de ce monde, qu'il ne se tiendrait pas dans ce salon, une feuille à la main, qu'à sa place près de la crédence se trouverait un vide, à cet instant. Si elle ne s'était pas déplacée, intriguée par le bruit, si elle ne l'avait pas trouvé, si elle n'avait pas su comment réagir, si elle n'avait pas été là. Sans trop savoir pourquoi, Lucrèce en est certaine. Puis elle se rend compte qu'il regarde ses pêches sur le chevalet, puis la regarde elle, et que sur son visage passe une expression d'étonnement. À cet instant, elle prend toute la mesure de la singularité d'avoir sauvé la vie d'un autre. Cette situation, elle en a confusément l'intuition, a tissé un lien entre elle et cet homme, cette personne silencieuse qui à présent place des presses aux quatre coins de sa feuille posée sur la table et ramasse son bâton. Elle le sent ; il le sent. Tous deux savent ce que l'autre pense et d'instinct connaissent ses gestes et ses peurs.

Elle ignore d'où lui vient ce sentiment et où il pourrait la mener, mais elle sait une chose : il doit rester aussi caché et muet que le langage enfoui dans la tête du jeune homme.

*

Les apprentis mettent deux jours à réaliser leurs esquisses. Ils envahissent le salon d'albâtre de leurs rouleaux de papier, bâtons de graphite, fusains et craies, de leurs sacs de voyage, manteaux et tuniques jetés au hasard. En passant devant la porte ouverte, Lucrèce jette un coup d'œil à Jacopo, voûté sur sa table, les manches retroussées ; elle entend le monologue de Maurizio, et un rire de Jacopo en réponse.

Ce rire la surprend. Il est le premier bruit qu'elle entend de lui. Il recèle quelque chose à la fois de tout à fait unique et de très ordinaire, un rire comme en ferait résonner n'importe quel jeune homme, comme ceux de ses frères lorsqu'ils jouaient à la lutte.

Ce rire lui donne envie de jeter un nouveau coup d'œil dans l'embrasure de la porte. Elle les voit tous les deux, sous le halo doré des murs aux reliefs d'albâtre, poissons agiles dans un étang limpide. Maurizio regarde le travail de Jacopo derrière son épaule ; celui-ci lui montre quelque chose sur la feuille, et Maurizio semble réfléchir, puis il secoue la tête. Cette compréhension mutuelle, sans un mot, l'intrigue. Comment Maurizio peut-il comprendre ce que Jacopo lui demande à propos de son esquisse ?

À contrecœur, elle poursuit son chemin dans la galerie pour aller voir sa mule à l'étable. Elle lui apporte un bol d'avoine, mis de côté lors du petit déjeuner.

Pendant un jour ou deux, Lucrèce est fréquemment appelée au salon où son époux examine les esquisses : il brandit une feuille d'une main, la jette, en brandit une autre. Maurizio et Jacopo, debout, côte à côte, attendent, le regard tourné vers Alfonso.

« Pas cela, déclare ce dernier en laissant tomber par terre le papier roulotté. Ni cela. Ni cela. » Il extrait une feuille de la pile et la déroule sur la table. « Celle-ci, en revanche, présente un intérêt. Elle capte sa douceur, mais aussi son élévation d'esprit, sa… » Alfonso s'interrompt, se tourne vers les apprentis. « Lequel de vous deux l'a réalisée ? Toi ? »

Il pointe du doigt Maurizio, qui secoue la tête.

« Non, Votre Altesse. Celle-ci est de Jacopo.

— Celui qui… qui a perdu sa langue ?

— Oui, monseigneur.

— Eh bien, demande-lui d'en réaliser d'autres. Continue, toi aussi. Je veux que son visage ressorte pleinement, regarde le spectateur, et que le cadre fasse apparaître ses épaules et ses bras et la plus grande partie, si ce n'est l'ensemble, de sa robe. Compris ? »

Maurizio et Jacopo reprennent place, dos courbés sur leur feuille. La tâche de Lucrèce consiste uniquement à demeurer dans l'exacte position que son époux a décrétée. Simple. En apparence. Car après une minute ou deux, les muscles de son bras levé commencent à se raidir, puis à brûler. Elle ressent plus que de coutume le besoin de cligner des yeux – sans doute est-ce le fait de se retrouver ainsi scrutée. Ses pieds, sous sa robe, semblent recouverts d'une peau extrêmement fine, comme si leurs os, dépourvus de la protection offerte par la chair, cherchaient à s'enfoncer dans le sol. Sa robe pèse sur ses épaules, lui comprime les poumons. Elle aimerait partir sans crier gare. Elle aimerait s'en aller à l'étable et demander que l'on selle sa mule, franchir le portail de la villa sur son dos, s'engager dans l'allée, s'éloigner.

Elle ose un regard autour d'elle ; ce mouvement est le seul qui lui soit permis. Alfonso a replié son imposante carrure sur une chaise ; il est assis, un bras posé sur son genou, sa tête se tournant vers elle, puis vers les apprentis, et ainsi de suite. Maurizio est installé près du mur, son visage habituellement jovial désormais grave de concentration, les sourcils noués ; on croirait voir un homme assistant à son procès, à l'âme agonisante. Il inscrit sur la feuille une marque hésitante, puis lève vers elle des yeux anxieux. Jacopo, au contraire, remarque Lucrèce, est serein, aussi calme qu'un tronc d'arbre. Sa main se promène sur la page, distribue des coups de craie assurés ; son regard se pose sur elle, juste un bref instant, puis redescend. Remonte, redescend. Lorsqu'il lève les yeux, lui semble-t-il, ce n'est pas une personne qu'il voit. Il voit une disposition de formes, des intersections de surfaces planes et d'angles, une trame d'ombres et de lumières.

« Peut-être trouvez-vous cela agaçant, mon amour ? »

Alfonso s'est levé et se tient devant elle. Il s'adresse à elle d'un ton nouveau.

« Point du tout. » Elle réprime un bâillement. « Pourquoi ?

— Vous semblez… » Il fait tourner une main en l'air. « Ailleurs. Lasse. Comme si nous vous retenions contre votre gré.

— Non, tout va bien.

— L'exercice vous est désagréable ?

— Tout va bien, vraiment.

— Dans ce cas, lui souffle-t-il, pourriez-vous faire l'effort de vous comporter un peu plus dignement ?

— Dignement ?

— Gardez à l'esprit que vous êtes ma duchesse. Il nous faut le voir dans votre port, dans vos traits, dans tout ce qui émane de vous. »

Lucrèce serre très fort les lèvres, puis hoche la tête. « Je vais y veiller. »

Au moment où Alfonso s'écarte, elle s'aperçoit que les yeux de Jacopo sont restés posés sur elle. Lucrèce regarde Jacopo et Jacopo la regarde. Sa main est restée suspendue au-dessus de la feuille. Elle est soudain redevenue visible, s'aperçoit-elle, a cessé d'être le sujet de son esquisse, est à nouveau une personne. Jacopo glisse un regard vers Alfonso, penché sur sa chaise, concentré sur ses bas desquels il retire des poils de chien. Puis il regarde à nouveau Lucrèce. Ses lèvres tressaillent, non pas d'amusement, mais de quelque chose d'autre. De dépit ? D'inquiétude ? Difficile à dire. Lucrèce a toujours le regard planté sur lui et quelque chose dans l'atmosphère semble prendre forme, là, un rayon entre leurs yeux, ondulant entre elle et lui, un tunnel presque tangible entre eux. Lucrèce ne serait pas surprise que les autres, dans le salon, le voient aussi : sa couleur serait rouge, ou bleue, ou bien entre les deux, un violet, un violet d'où jailliraient des grésillements sonores. Quiconque traverserait ce salon à cet instant serait forcément saisi par cette vision : ce tunnel, cette connexion entre eux, repoussant tous les autres. Occupant son espace propre.

C'est Jacopo qui, le premier, la rompt. Alfonso remue sur sa chaise, décroise les jambes, les recroise dans l'autre sens ; en un claquement de doigts, l'apprenti se reconcentre, comme s'il se souvenait soudain où il se trouve. Une fois de plus, il courbe la tête au-dessus de sa feuille, approche son crayon de sa surface pour inscrire une trace incertaine quelque part vers le haut. Sa main, observe Lucrèce, tremble d'une manière presque imperceptible, comme si quelqu'un juste derrière lui secouait légèrement le coude.

Lucrèce fait pivoter son regard vers la fenêtre où elle aperçoit, dans la tranche de ciel qui surplombe les toits de la villa, la forme d'enclume d'une masse de nuages sombres.

*

Le ciel attend la nuit pour se déchirer, pour s'éventrer et faire tomber sur terre l'orage. Depuis la fenêtre de sa chambre, Lucrèce regarde les montagnes apparaître au milieu de l'obscurité, illuminées par un éclair, puis disparaître, réapparaître, disparaître à nouveau – suite de pics rocheux révélés par la flamme vacillante d'une torche céleste. L'orage arrive quelques secondes plus tard, grondant, comme une énorme pierre roulant vers elle.

Dehors, en bas de la chambre, les chiens de la villa, enfermés quelque part, hurlent ; les serviteurs courent dans tous les sens pour rentrer le mobilier d'extérieur ; les arbres sont projetés d'avant en arrière.

Les apprentis, comme Lucrèce le sait, devaient repartir ce soir ; il était convenu qu'ils remballent leur matériel et regagnent la ville à cheval. Mais ils ne vont pas rentrer maintenant. Lucrèce et Alfonso devaient quitter la villa peu après eux, mais le ciel et le vent en ont décidé autrement ; ils ont d'autres plans pour eux tous.

Comme s'il lisait ses pensées, l'orage répond, resserrant sa prise sur la vallée, asseyant son pouvoir, faisant déferler une nouvelle rafale de tirs. Elle entend la pluie avant de la voir, percussion des gouttes sur les tuiles du toit, déversements dans la cour, déferlements et roulements dans les gouttières. La *delizia* est engloutie par l'orage, tous ses murs et son toit trempés, ruisselants ; en quelques secondes, les feuilles des arbres luisent, immaculées, débarrassées de leur poussière d'été.

Le ciel se déchire à nouveau au-dessus des montagnes, deux éclairs fourchus s'avancent sur scène – deltas de fleuves lumineux –, la vallée apparaît sous le feu, disparaît. La chaleur abrutissante des dernières semaines s'est retirée dans sa tanière pour lécher ses plaies. Par la fenêtre ouverte, les gouttes de pluie tombent, aussi grosses que des pièces, sur le visage et le cou de Lucrèce. Elle tend les mains devant elle, paumes tournées. Elle veut que ces gouttes atterrissent là pour sentir leur nature sauvage, capturer un peu de l'esprit de l'orage.

Derrière elle, Emilia s'affaire à ranger ses effets dans des coffres et des sacs. Lucrèce entend ses petits pas qui vont et viennent, le froufrou des robes en soie qu'elle étale à l'intérieur des malles.

Elle sait qu'Alfonso est entré lorsqu'elle entend Emilia lui murmurer des salutations. Elle se tourne vers lui afin de lui faire part d'un commentaire sur cet orage incroyable, espérant qu'il se postera devant la fenêtre avec elle pour le regarder.

« Que faites-vous ainsi, devant la fenêtre ? Refermez-la, je vous prie. »

Elle se demande un instant s'il la taquine, si l'énervement qu'elle perçoit est feint. Son père s'adresse souvent à sa mère sur ce ton, lorsque Éléonore l'agace ou l'exaspère : ses mots sont sévères, mais son regard posé sur elle est indulgent et affectueux. Lucrèce décide donc de sourire à Alfonso.

« Regardez cet orage ! s'exclame-t-elle, enjouée, en ouvrant la fenêtre plus grand encore pour qu'il puisse l'admirer. Quel spectacle. Voyez comme le ciel est devenu sombre et… »

Mais il fond sur elle et, le bras tendu, lui attrape les poignets.

« Je vous ai dit, murmure-t-il, de fermer cette fenêtre, et lorsque je vous demande quelque chose, j'attends que vous vous exécutiez. Sans tarder. Sans réfléchir. Vous comprenez ? »

Sa prise est ferme, inflexible, et ce n'est qu'à cet instant qu'elle comprend, le ventre serré, qu'Alfonso est parfaitement sérieux, qu'elle l'a énervé. Sans desserrer sa main, il pousse le battant de la fenêtre, qui claque bruyamment.

« Des gens meurent pour moins que cela, dit-il. Êtes-vous devenue folle ? Vous êtes gelée. Et trempée jusqu'aux os. » Il claque des doigts en direction d'Emilia. « Apporte de quoi sécher ta maîtresse. Vite, je te prie. »

Il la tire loin de la fenêtre, mais sa main qui la retient toujours est loin de s'être détendue, à présent fermée sur le haut de son bras comme une menotte. Il continue à parler du temps, des orages, des refroidissements, tout en défaisant de son autre main les rubans de sa robe. Il arrache à Emilia le linge qu'elle apporte, et lui frotte grossièrement le front, les joues, puis ses épaules à présent nues. Lorsqu'il fait glisser sa robe par terre, Lucrèce a le réflexe de se cacher avec ses bras, mais il l'en empêche.

« Restez ainsi, lui ordonne-t-il, tant que vous ne serez pas sèche. »

Emilia s'approche, s'arrête si près d'elle qu'elle sent le souffle de la servante sur son cou nu. Un grand effort lui est nécessaire pour se retenir de prendre sa main rassurante. Emilia dépose avec soin la simarre de Lucrèce sur ses épaules, puis recule d'un pas.

« Je suis désolée », bredouille-t-elle en passant ses bras dans les manches, avant de nouer le cordon.

Le comportement d'Alfonso est tout à fait inédit – il est inconnu, effrayant. Lucrèce est certaine de n'avoir jamais vu son père attraper sa mère par le bras et la traîner à travers une pièce tout en l'admonestant. Elle n'a jamais vu Cosme toucher Éléonore avec autre chose que du respect et de la tendresse. Il lui apparaît brusquement, avec évidence, comme si ces mots étaient écrits dans l'air, devant elle, que les sentiments que nourrit pour elle Alfonso sont bien différents de ceux de son père à l'égard de sa mère. Elle avait cru que son mariage reposerait sur l'amour et l'affection, sur un lien incassable, un rapport de parité, de complicité ; elle espérait connaître grâce à lui la joie et le respect. Mais elle se retrouve soudain saisie par la peur, instillée par la fureur et le mépris de cette main sur son bras, que cette union soit, en réalité, une tout autre chose.

« Je ne voulais pas déclencher votre courroux, dit-elle. Je désirais simplement…

— Ce genre d'insouciance est digne d'une enfant, pas d'une duchesse de votre rang. Quelle image croyez-vous renvoyer aux autres ? Et si quelqu'un dehors vous voyait, vous exhibant ainsi à la fenêtre ?

— Je doute que quelqu'un…

— Votre mère ne vous a-t-elle donc jamais appris à vous tenir avec décence ? Et à protéger votre santé ?

— Elle…

— Avez-vous seulement songé que vous pourriez déjà porter un enfant ? Y avez-vous pensé un instant ? Quiconque vous verrait penserait qu'il n'est pas dans votre souhait de porter mes héritiers. »

Lucrèce doit réprimer une envie terrible et soudaine de rire. Elle est obligée de baisser la tête pour cacher son sourire. Croit-il réellement qu'un orage puisse compromettre une grossesse ?

« Je regardais simplement…

— Je vois que cela vous amuse. » Sa voix est un cran plus grave. Sa main ne la touche plus. « Comment pourrais-je recevoir l'assurance que cela ne se… »

Cette situation n'est plus supportable. Quelle mouche l'a donc piqué ? Elle ne mérite pas cela : elle n'a rien fait d'autre qu'ouvrir la fenêtre pour regarder l'orage. Elle relève la tête pour le lui dire.

« Alfonso…

— Ne soyez pas assez sotte pour m'interrompre, dit-il en dressant l'index, les yeux fermés, à la limite de perdre patience. Ni maintenant ni jamais. Est-ce bien compris ? »

De nouveau, elle baisse la tête.

« Oui, Votre Altesse. »

Son sourire et son hilarité se sont envolés, semblent n'avoir jamais existé ; il n'y a plus aucun risque à présent qu'elle éclate de rire. Elle se tient là, devant mon époux furieux, telle une pénitente. Elle s'imagine, vue de l'extérieur : une jeune fille aux épaules voûtées, à la tête courbée, aux paumes tournées vers le ciel. N'importe qui la croirait pétrie de regrets, de remords. Elle seule sait qu'au fond d'elle, sous sa peau refroidie, se passe tout autre chose : des flammes, vives et réconfortantes, lui lèchent les entrailles, un feu s'embrase, crépite, se consume, projetant une fumée qui s'infiltre dans les moindres recoins de son être, sous chacun de ses ongles, dans chaque centimètre de peau. Sa chevelure retombe tout autour d'elle – il ne peut voir que le haut de sa tête. Sans doute croit-il qu'elle écoute son sermon, ses remontrances, mais non. Elle s'attelle à attiser cet incendie, à le rendre plus puissant encore, l'encourage pour que ne soit épargné pas un seul recoin à l'intérieur d'elle. Il ne saura jamais, n'aura jamais accès à cette part d'elle, peu importe la violence avec laquelle il lui serrera le bras ou lui attrapera les poignets.

Elle se demande, cependant, par-dessus le rugissement des flammes, ce qu'il adviendra ensuite. Sera-t-elle renvoyée à Florence, tombée en disgrâce, comme son père l'avait prédit ? Devra-t-elle affronter une nouvelle fois ses parents, elle qui n'est partie que depuis si peu ? Après tout, peut-être vaut-il mieux pour elle mourir ici d'une fièvre que courir le risque de subir la fureur de son père et la déception cinglante de sa mère.

Sous sa tente de cheveux, elle voit ses pieds, nus et mouillés, en face des siens, dans leurs bottes cirées. Elle voit les empiècements sur le devant de sa simarre, ornée d'un délicat travail à l'aiguille, et ses bras pendant le long de son corps.

Elle sait ce qu'il lui reste à faire, mais quelque chose en elle rechigne, voudrait sortir de la chambre en courant, descendre quatre à quatre les marches de l'escalier, traverser la cour, s'échapper de la villa, dans la forêt, où elle se cacherait dans les broussailles, s'abriterait avec les porcs-épics et les fouines, les cheveux semés d'aiguilles de pin, de la mousse accrochée au bas de son habit. Plus jamais elle n'en sortirait.

Avec un petit soupir, elle lève l'une de ses mains froides et se risque à prendre celle d'Alfonso. Voilà la réaction attendue d'elle ; voilà sa seule porte de sortie. Elle ne peut pas s'enfuir dans la forêt en courant, si forte cette envie soit-elle. Voyant qu'il ne résiste pas, elle soulève sa main jusqu'à ses lèvres et baise ses os durs, encore et encore.

« Je suis sincèrement désolée. » Elle prononce ces mots comme un comédien lisant ses répliques. « Par pitié, pardonnez-moi. Je ne recommencerai jamais. J'étais si curieuse de voir l'orage et les éclairs. Je n'ai pas réfléchi. Je ne supporte pas de vous voir en colère contre moi. »

Il y a un silence. Elle ne peut se résoudre à le regarder, craignant de trouver son visage déformé par la fureur et l'incompréhension. Elle attend, sa main toujours contre son visage, consciente que son feu se retire peu à peu, meurt, que les flammes se réduisent, et cette sensation lui procure une peine si profonde que des larmes, des vraies – sincères, spontanées –, s'amassent derrière ses paupières et roulent sur ses joues.

Au contact de l'eau salée sur la peau de sa main, sa colère s'envole comme les nuages s'écartent pour laisser place aux rayons du soleil. La fureur sur son visage s'efface, remplacée par une expression d'indulgence. Son autre main se lève pour épouser sa joue. Il essuie ses larmes du bout de son pouce. Il semble être redevenu lui-même, tout à coup, comme s'il s'était inexplicablement métamorphosé, l'espace d'un moment, en un monstre irascible, acharné, caché dans un corps d'homme, un diable en col et manchettes. Mais à présent, la bête est partie : Alfonso est revenu.

« Très bien », fait sa voix – une fois de plus, ce ton égal, affectueux. Il se penche vers elle pour lui embrasser le front, puis la tempe. « N'en parlons plus. Ne vous affolez pas, très chère. »

Il l'attire contre lui et la serre. Le visage de Lucrèce est écrasé contre sa veste ; ses bras lui emprisonnent la tête. Pour masquer l'impressionnant tremblement de ses mains, elle les glisse autour de la taille d'Alfonso, les joint derrière son dos. Elle inspire, expire, inhale son odeur. Elle se rend compte qu'elle ne peut s'arrêter de déglutir, comme après avoir avalé quelque chose qui ne passe pas ; elle se demande ce qui va suivre, maintenant.

Elle ne se le demande pas longtemps. L'une de ses mains joue avec ses cheveux, sa paume descend le long de la cascade ondulée. Puis se soulève. Puis atterrit plus bas, près de sa taille. La main défait le nœud qui s'y trouve et desserre la ceinture. Elle écarte le pan de la simarre. Adresse un signe à Emilia.

« Laisse-nous », dit son propriétaire.

*

Lorsque enfin il s'en va, s'éloigne d'elle, franchit la porte de la chambre, elle demeure un moment dans le lit, les yeux levés vers les fresques, absorbée par intermittence par leurs dessins, tandis que, graduellement, lui apparaît son absence, qu'elle s'autorise à croire que, oui, Alfonso est parti.

Alors elle se lève, va et vient dans la chambre, se faufile entre les tas bien nets qu'Emilia a préparés, les boîtes, les malles ; elle ramasse sa robe de chambre, ses pantoufles, son châle, et les remet.

Emilia frappe doucement à la porte, demande en quoi elle pourrait être utile en vue du départ de demain, de quoi Son Altesse aurait besoin. Lucrèce répond que tout va bien, qu'elle n'a besoin de rien, qu'Emilia retourne au lit.

La servante attend un moment de l'autre côté de la porte ; Lucrèce entend sa respiration. Elle hésite à lui dire de revenir dans la chambre, à refermer la porte derrière elle et à lui demander si elle aussi a vu, si elle aussi a compris, a pensé qu'Alfonso était devenu quelqu'un d'autre, là sous leurs yeux, que signifie cette métamorphose, et risque-t-elle de se reproduire ? Emilia répondrait que oui, elle a vu, elle aussi ; elle la réconforterait, lui expliquerait qu'il arrive à tous les hommes d'être ainsi, que cela ne veut rien dire. Lucrèce s'apprête à poser la main sur la poignée de la porte quand elle entend la servante s'éloigner sur la pointe des pieds dans le corridor.

Elle décide alors de se concentrer sur des questions pratiques. Elle ouvre sa boîte de matériel de peinture ; elle compte les pinceaux, les fioles d'huile ; elle passe ses doigts sur l'intérieur nacré de ses coquilles d'huîtres ; elle touche les petits paquets de minéraux et de pigments. Elle vérifie que son pilon et son mortier sont bien protégés sous la paille.

Elle ne s'embarrasse pas à ouvrir les malles pour vérifier comment sont rangés ses robes, ses tuniques, ses souliers, ses voiles, ses écharpes, ses bijoux, ses capes, ses *giornèe*, ses cols, ses ceintures. Emilia y veillera, les pliera si nécessaire le long des coutures, glissera entre chaque vêtement une feuille de papier et des copeaux de cèdre.

En croisant son reflet dans le miroir, elle se fige. Son cœur, tel un poisson, bondit dans sa poitrine : pendant une fraction de seconde, elle croit voir sa sœur, Maria, lui rendre son regard. Ce front haut, ces sourcils haussés, inquiets, cette lèvre inférieure légèrement trop saillante. Et puis, bien sûr, elle comprend qu'il ne s'agit aucunement de Maria, qu'elle n'est pas en train d'assister à la visite d'un revenant : ce n'est qu'elle, Lucrèce, mais qui soudain semble curieusement bien plus âgée.

Il aura toujours besoin de victoires, qu'on le voie gagner : elle admet ces mots tout en tournant la tête devant le miroir, d'abord à gauche, puis à droite, pour être tout à fait sûre que ce reflet est bien le sien. Il ne surviendra jamais un instant ou une situation où on le verra prêt à accepter la défaite.

Elle pense à Maria, à ces jours d'alitement, à la fièvre qui la dévorait, à ses poumons remplis de mucus mortel. Si cela n'était pas arrivé, ce serait elle, Maria, qui occuperait cette chambre, ce lit, ce mariage, ce miroir. Lucrèce, elle, se trouverait sans doute toujours au *palazzo*, prendrait l'air sur les remparts, monterait à la pouponnière rendre visite à Sofia, apprendrait à monter à cheval avec ses frères dans la cour, se perfectionnerait au luth, épierait depuis la coursive un spectacle donné par ses parents.

Mais elle sait qu'il y aurait eu un autre homme si ce n'avait été Alfonso – un prince, un autre duc, un noble allemand ou français, un lointain cousin espagnol. Son père lui aurait de toute façon trouvé un mariage avantageux, car c'est bien, après tout, le but en vue duquel elle a été conçue : être mariée, servir de maillon dans les chaînes du pouvoir, donner des héritiers à des hommes comme Alfonso.

Ses frères, au contraire, ont été élevés pour régner : on leur a enseigné à se battre, à argumenter, à débattre, à négocier, à dominer, à contrer, à attendre, à chercher l'avantage, à manigancer, à manipuler, à asseoir leur influence. Ils ont appris la rhétorique, le discours, la persuasion, à l'écrit comme à l'oral. Chaque matin, ils sont soumis à des exercices de saut, de course, de combat, de musculation, d'escrime. Ils ont appris à tenir une épée, une dague, un arc, une lance, un pieu ; ils savent se battre sur un champ de bataille ; ils ont étudié la stratégie militaire. On leur a enseigné le combat à mains nues, aux poings, aux pieds, dans le cas où surviendrait le besoin de se défendre dans une rue, dans un salon, dans un escalier. Il leur a été révélé comment ôter la vie à quelqu'un – un ennemi, un agresseur, un intrus – de la manière la plus rapide et la plus efficace qui soit.

Lucrèce a conscience que ce savoir occupe aussi une place dans la tête de son époux, que lui-même a connu une éducation similaire. Comme ses frères, comme tous les gouvernants, Alfonso sait où résident les faiblesses de l'espèce humaine, sait où faire pression avec ses doigts, sur quoi serrer son poing, entre quelles côtes insérer une lame, quelle partie du cou ou de la colonne vertébrale se brise le mieux, quelle veine, une fois percée, saigne le plus abondamment.

Elle regarde son reflet qui, à la lumière sirupeuse, épaisse de la lanterne, lui semble à moitié tenir d'elle, à moitié de Maria, et se demande ce que sa défunte sœur aurait fait, comment elle aurait enduré ce mariage. Elle a beau s'y efforcer, elle ne peut imaginer son hautaine, son incisive sœur se soumettre à une telle vie, à un tel homme. Mais, en même temps, jamais Maria ne serait restée comme elle, postée devant la fenêtre à contempler l'orage : Maria se serait tenue, posément, sur une chaise, drapée dans ses châles et ses couvertures de laine, tournant peut-être les pages d'un texte religieux ou brodant sur une toile canevas une scène de chasse au fil de soie. En ce sens, Maria aurait été une meilleure épouse pour Alfonso, n'aurait pas déclenché son courroux comme l'a fait Lucrèce.

Brusquement, elle comprend que quelque chose chez elle refuse de se plier, ne cédera jamais. Elle n'y peut rien – elle est ainsi constituée. Et Alfonso, si vif d'esprit, si doué pour cerner les gens, l'a certainement senti. Pour quelle autre raison, sinon, se serait-il énervé de la sorte ? Pour quoi, si ce n'est pour tenter de détruire les murs de sa citadelle, de l'assiéger, de la déclarer sienne ?

Si Lucrèce veut survivre à ce mariage, ou s'y épanouir un tant soit peu, elle doit préserver cette part d'elle, la tenir éloignée de lui, séparée, sacrée. Elle l'entourera d'un buisson de ronces, d'une clôture haute, tel un château de conte ; elle plantera devant des bêtes griffues, montrant les crocs. Cette part d'elle, Alfonso ne la connaîtra, ne la verra, ne l'atteindra jamais. Jamais il ne la pénétrera.

*

Le lendemain, lorsque Emilia la réveille, Lucrèce est informée que les apprentis sont partis de bonne heure, ont sellé leurs poneys juste après l'aube.

Lucrèce et Alfonso, suivis de tout leur cortège, partent quant à eux un peu après midi. L'air a été lavé par l'orage. Lucrèce se fait la réflexion qu'il recèle, en fond, les premières fraîcheurs de l'automne. Elle porte pour chevaucher un châle en laine noble autour de ses épaules. Alfonso monte son étalon, elle sa jument couleur crème ; sa mule, a dit Alfonso, suivra plus tard.

Un domestique la ramènera. Il ne serait pas convenable que la cour ou les citoyens de Ferrare la voient dessus.

Perchée sur le dos de sa jument à la longue crinière, elle se retourne une dernière fois vers la villa. Elle aimerait pouvoir graver dans son esprit les deux carrés rouges de ses toits et la symétrie de ses jardins ornés de fontaines. Elle s'agrippe à ses rênes, habitée par le pressentiment singulier qu'elle ne la reverra jamais, que plus jamais elle ne goûtera au bonheur et à la liberté qu'elle a connus ici. La vie à la cour l'attend, la duchesse consort est sur le point d'entrer en scène.

La tête haute

La forteresse, région de Bondeno, 1561

Emilia étale sur le lit une robe de velours et une ceinture ornée de pierres précieuses, mais Lucrèce secoue la tête.

« Non, pas celle-là.

— Mais, madame, vous allez recevoir des gens – des courtisans, des artistes, des…

— Qu'importe. Donne-moi celle en laine. J'ai trop froid. »

D'un geste plein d'emphase, Emilia fait volte-face et s'en va ramasser la robe en laine que Lucrèce a laissée traîner la veille au soir. Comment est-il possible que seulement quelques heures se soient écoulées depuis ? Elle a l'impression d'être ici depuis des semaines, des mois même. Elle n'est plus la même personne que la veille, n'est plus la fille arrivée à cheval de Ferrare, la duchesse installée à la grande table de la salle à manger, hier soir. Sa forme a changé, sa peau a mué, son être a été repeint, ou refaçonné.

« Nous devons faire vite, lui dit Lucrèce en arrachant le corset des mains d'Emilia pour tenter de l'enfiler à la hâte.

— Je ne comprends toujours pas pourquoi il vous faut redescendre. Vous devez rester au lit, vous devez… »

Lucrèce laisse les mots d'Emilia glisser sur elle. Elle rassemble ses cheveux à l'intérieur d'une *scuffia* et, sans même laisser le temps à la servante de lui attacher sa ceinture ou de passer des boucles d'oreilles à travers ses lobes, attrape ses fourrures et s'en va vers la porte.

Elle entrera dans cette salle la tête haute. La tête haute, oui. La fièvre est toujours accrochée à elle comme la brume au-dessus de la surface d'un lac : un film de sueur froide lui recouvre le front et une douleur sourde, envahissante résonne dans ses reins et dans ses os, derrière ses orbites. En descendant l'escalier venteux, elle sent ses chevilles faiblir, mollir. Mais elle ne renoncera pas. Elle accroche le gros grain des murs de pierre avec détermination, animée par une colère légitime, cristalline.

Sœurs d'Alfonso II, vues de loin

Le château, Ferrare, 1560

Son époux chevauche à ses côtés après avoir quitté la *delizia*. Ses mains sont moulées dans des gants de cuir ; son béret est légèrement relevé sur sa tête, ce qui lui permet de distinguer son visage lorsqu'il se tourne pour lui parler. L'air d'après l'orage est frais et propre, le sol est encore mouillé. On croirait même, en passant dans les champs, entendre les racines des arbres fruitiers s'abreuver goulument de cette eau de pluie providentielle. Leonello suit derrière, et plusieurs gardes se trouvent en tête.

Ils arrivent en ville accueillis par des rangées et des rangées d'hommes, tous au service d'Alfonso, postés devant les remparts, portant épées et drapeaux ; des musiciens sonnent l'annonce de leur entrée en levant en l'air leurs instruments pour pousser des notes sonores. Le bruit est tellement assourdissant et plat que Lucrèce doit se retenir de grimacer. Et alors, des masses de gens surgissent des portes de la ville, se déversent dans la rue, autour des chevaux, les hélant, les acclamant, agitant mouchoirs et chapeaux. Le cheval de Lucrèce, inquiet, part sur le côté en dérapant et fouette sa queue. Alfonso attrape sa bride et la tire pour le remettre dans le rang. Leonello crie un ordre aux soldats, qui repoussent la foule pour leur dégager le passage. Lorsqu'ils franchissent les arches marquant l'entrée de la ville, les gardes ôtent leur chapeau et s'inclinent, tout en cherchant discrètement à regarder leur nouvelle duchesse. Dans les rues, les haies de spectateurs ne cessent de grandir, tous les visages tournés vers Lucrèce et Alfonso qui à présent s'engagent sur une route droite, bordée d'arbres et de hauts bâtiments symétriques. Les habitants de Ferrare posent leurs fagots, abandonnent leurs étals, tirent leurs enfants par la main pour courir la voir, elle, ou l'acclamer, ou jeter derrière elle des fleurs ou des poignées de grains. Les fenêtres des maisons s'ouvrent et des silhouettes se penchent, elles lui crient la bienvenue, la félicitent, dessinent des signes de croix en l'air. Elle ne sait pas si elle doit sourire ou agiter la main. Elle se tourne rapidement vers Alfonso qui, lui, regarde droit devant. Elle s'efforce de se composer une expression aimable mais digne, ni trop sévère, ni trop enjouée. À quoi une duchesse est-elle censée ressembler ? Elle ne peut pas s'empêcher de jeter des coups d'œil vers ces gens en liesse qui l'accueillent. Elle voit : un homme avec un petit enfant perché sur ses épaules ; l'enfant agite la main d'un air distrait, comme s'il se contentait d'exécuter une consigne, sans comprendre pourquoi. Un jeune garçon agrippant par le collier un chien déchaîné, qui aboie sur les chevaux et les soldats ; sur son visage joyeux se lit le plaisir d'assister à ce spectacle. Un couple âgé, bras dessus bras dessous, qui se tient à côté de l'étal d'un marchand de paniers tressés ; l'homme est penché vers sa femme et lui dit quelque chose à l'oreille, comme s'il lui expliquait ce qui se déroule sous ses yeux. En passant devant eux, Lucrèce s'aperçoit que les yeux de la femme sont occlus, qu'ils ne voient pas, et que son visage est tourné vers le ciel comme pour invoquer sa puissance, comme si sa clarté était l'unique chose qu'elle était capable de voir. Au coin d'une rue, une fille est arrêtée, un sac en équilibre sur la tête, les pieds nus, crasseux ; il y a là aussi une jeune mère avec un bébé attaché dans le dos, et près d'une petite fontaine, une bande d'enfants qui s'amusent à projeter dans l'air des perles d'eau en se hélant les uns les autres. En les voyant arriver, tous se ruent vers le cortège et applaudissent, crient, sautillent, tortillent d'excitation leurs bras et leurs jambes minces. Lucrèce lève la main pour les saluer – elle ne peut pas résister – et les enfants éclatent de rire, jettent les bras en l'air pour la saluer à leur tour en criant, *La duchessa ! La duchessa !*

Son sourire se fane lorsque, au détour d'une cathédrale, ils débouchent sur une large place en partie dans l'ombre d'un imposant édifice, surplombé à chaque coin par une grande tour, surgissant au milieu de douves aux eaux vertes. Le château, dont le pont-levis a déjà été abaissé, les attend.

L'édifice fortifié est immense, ses murs sont épais, ses remparts hauts – il doit facilement mesurer trois ou quatre fois la taille du palais de son père. Il semble posé sur l'eau et ses tours à leur sommet percent les nuages. Des fenêtres rectangulaires trouent la brique rouge aux étages supérieurs, et des coursives relient entre elles toutes les tours. Personne n'entre ici sans invitation ; personne ne sort d'ici sans permission. Plus qu'un château, cet édifice est une incarnation du pouvoir, un lieu déjà tout prêt à se défendre.

Les sabots des chevaux claquent sur la passerelle ; Lucrèce aperçoit une hirondelle frôler l'eau des douves, flèche bleu-noir, puis disparaître sous une arche. Ils passent sous la herse relevée, les piques de fer pointent au-dessus de sa tête, et la voilà soudain à l'intérieur. On pousse les portes pour les refermer derrière elle, le château à nouveau est en sécurité, ils pénètrent dans une cour dont les quatre côtés sont entourés par des murs vertigineux ; Alfonso et Leonello descendent de selle avant de jeter leurs rênes à leurs hommes ; Alfonso retire ses gants, penche la tête à gauche et à droite pour s'étirer le cou, puis s'approche de sa jument pour l'aider à descendre.

Crochetant le bras de Lucrèce au sien, il l'entraîne et tous deux pivotent vers une masse de serviteurs et de soldats inclinés, rassemblés devant eux. Du regard, Alfonso les passe en revue, soupesant leur respect, acceptant leur déférence. Puis il hoche la tête et entraîne Lucrèce en direction de l'ombre fraîche de la loggia.

Ils gravissent un grand escalier de marbre. Par-dessus son épaule, Alfonso dit quelque chose à Leonello, qui les suit, à propos d'un vice-roi des Pays-Bas et d'un traité, et quelque chose d'autre à propos du pape Urbain et d'une lettre d'intention. Leonello répond par des hmm, hmm, sans chercher manifestement à exprimer son accord ou son désaccord, mais plutôt comme s'il consignait toutes ces informations. Lucrèce tente de rester devant lui, de le tenir à distance derrière l'arrondi de sa robe. Elle déteste savoir qu'il se trouve là, juste à côté, sans qu'elle puisse le voir. Elle s'efforce de repousser le souvenir du bruit de la boîte frappant le visage du jeune domestique, ce fracas sourd.

Ils débouchent tous les trois sur un palier aux murs couverts de tentures. Leonello et Alfonso discutent toujours de leurs affaires d'État. Lucrèce tourne la tête pour examiner les tapisseries – scènes dépeignant une nature mythique, où des licornes dorment lovées au pied d'arbres – quand plusieurs serviteurs les dépassent brusquement pour aller leur ouvrir de lourdes portes, et les voilà alors qui les franchissent et pénètrent dans une grande salle d'apparat, sous un haut plafond voûté ; du coin de l'œil, Lucrèce aperçoit que sur les murs sophistiqués sont représentés des hommes entièrement dévêtus, en rang, les bras levés en l'air – de joie ou de colère, difficile à dire.

« Permettez-moi, lui dit Alfonso en inclinant furtivement la tête, de vous présenter mes sœurs. »

Lucrèce est interloquée. Elle pensait qu'on la conduisait vers sa chambre pour qu'elle se change, quitte ses vêtements de voyage et se prépare en vue d'être reçue par la famille d'Alfonso, pour l'officiel *menare a casa*. Elle s'attendait à ce que cette tâche prenne plusieurs heures. Mais à la place, elle se tient là, dans sa tenue poussiéreuse et son manteau, tout échevelée, les gants crasseux. Et les voilà : des silhouettes assises tout au fond de la grande salle, sur une estrade, qui se lèvent et tournent leur visage vers elle. Tentant de cacher son trouble, Lucrèce fait glisser son bras crocheté à celui d'Alfonso pour adresser une profonde révérence à ces personnes – y en a-t-il deux ou trois, et la mère d'Alfonso fait-elle partie du lot ? –, la tête bien basse, comme on le lui a appris, de manière à tourner le regard vers le tapis.

Une exclamation retentit alors, le bruit de pieds sur le marbre à motifs, puis une voix douce, mélodieuse, qui dit :

« Nous sommes ravies que vous soyez venue. Quelle joie de vous connaître enfin, Lucrèce. »

Une main atterrit sur son bras et Lucrèce, redressant la tête, découvre une femme vêtue d'une robe sans manches bleu encre qui la regarde. Cette femme est considérablement plus grande que Lucrèce, et possède les mêmes yeux noirs que son frère, mais a sur le visage quelque chose de fragile, avec des pommettes hautes et une bouche rouge tout en courbes.

« Merci, bredouille Lucrèce, déstabilisée par l'accueil chaleureux de cette femme, par sa beauté sereine. Votre Altesse. C'est un honneur et une… »

La femme prend les doigts de Lucrèce entre les siens.

« Appelez-moi Elisabetta, je vous en prie – ne sommes-nous pas sœurs, à présent ? » Elle désigne une seconde femme qui se hâte vers elles. « Et voici Nunciata. »

Lucrèce exécute une nouvelle révérence, tout en sentant Nunciata la jauger de la tête aux pieds. Ces deux sœurs ne pourraient pas être plus opposées. La chevelure brillante d'Elisabetta, séparée en plusieurs mèches, est relevée sur le sommet de son crâne et maintenue par un bandeau en dentelle. La jolie tige qu'est son cou est entourée par une collerette amidonnée et un collier de perles ras. Sous sa robe ajourée se devine un jupon de soie rose, et ses pieds fins sont chaussés de souliers de cuir doré. Lucrèce aimerait pouvoir la contempler longuement, elle, sa robe, ses bijoux, et tout mémoriser. Elle lui donnerait vingt-six, vingt-sept ans. Nunciata, quant à elle, n'a pas eu autant de chance : de petits yeux enfoncés dans un visage blafard, un menton mal dessiné qui se fond à son cou épais. C'est une femme trapue, et les deux plis imprimés entre ses sourcils suggèrent de fréquents froncements. Sa robe d'un brun gris est faite d'un brocart qui la rend rigide. Coincé sous son bras, un petit épagneul aux oreilles soyeuses porte sur sa gueule un air hostile et autoritaire.

« Bienvenue », lui dit Nunciata d'un ton traduisant tout le contraire, avant de la gratifier d'un salut raide de la tête.

Lucrèce lui sourit, espérant lui signifier par là qu'elle ne porte aucun jugement sur son apparence, qu'elle sait ce que cela fait d'être la sœur que personne n'admire ni ne regarde. Mais Nunciata s'est déjà détournée, est partie vers la fenêtre devant laquelle Alfonso se trouve toujours en conversation avec Leonello.

« Je vois que même le mariage n'a pas changé ses manières », dit-elle. Elle pousse un soupir et lance à Alfonso, d'un ton querelleur : « N'allez-vous donc pas venir nous saluer ? Ou attendez-vous que votre petite mariée le fasse à votre place ? »

Alfonso poursuit sa conversation, comme s'il ne l'entendait pas.

« Une *toute* petite mariée, ajoute Nunciata en plantant son regard sur les pieds de Lucrèce, puis sur ses bras, ses cheveux, partout sauf sur son visage. Une constitution délicate, n'est-ce pas ? »

Le regard d'Elisabetta va et vient entre son frère et sa sœur, puis se pose à nouveau sur Lucrèce. Sa main, toujours dans la sienne, la serre un peu comme pour la rassurer.

« Elle est charmante, remarque Elisabetta. Tout à fait charmante. Quel choix judicieux que cette…

— Je voulais sans doute dire jeune, l'interrompt Nunciata. Vous semblez très jeune, répète-t-elle, plus fort cette fois, d'un ton accusateur, comme si Lucrèce avait commis une faute. Je vous pensais âgée d'au moins vingt…

— Non. »

Elisabetta l'arrête, non sans délicatesse, ayant compris, comme tous ceux présents, que Nunciata a confondu Lucrèce avec Maria, la mariée qui jamais ne sera. Lucrèce est envahie par le sentiment qu'il lui suffirait de tourner la tête pour voir sa défunte sœur juste à côté d'elle, les bras croisés, agacée, dans une posture plus ou moins similaire à celle de Nunciata.

« Je crois savoir que Lucrèce a… quatorze ou quinze ans ? »

Elle se tourne vers Lucrèce, qui hoche la tête.

« Je fêterai mes seize ans dans…

— Quel bel âge ! s'exclame Elisabetta. Avoir presque seize ans, voilà le…

— Très jeune, en effet », marmonne Nunciata en se tournant vers l'oreille de sa sœur, le visage tordu par une hargne anxieuse, la même que l'on verrait sur une personne flouée par un marchand. Puis elle ajoute dans un murmure qu'elle croit, apparemment, inaudible pour Lucrèce : « Mais pas trop quand même. Du moins l'espérons-nous. »

Les pommettes délicates d'Elisabetta se colorent, et les mots semblent lui manquer. Un instant, Lucrèce semble percevoir qu'Elisabetta est embarrassée par le manque de tact de sa sœur, par son indiscrétion maladroite. Mais alors qu'Elisabetta s'empresse de baisser les yeux vers le sol, la tête courbée, Lucrèce comprend, effarée, que Nunciata vient de formuler à haute voix ce qu'Elisabetta pense sans le dire, que tous, chaque personne dans cette salle, et peut-être même chaque personne dans cet édifice, tous guettent désespérément le moment où elle tombera enceinte.

Lucrèce reste campée là, dans ses habits de voyage, dans sa peau de jeune fille de quinze ans. Tous ces gens, lui semble-t-il, désirent voir à travers elle ; ils sont pareils aux anatomistes qui écorchent des animaux pour regarder à l'intérieur, qui déshabillent les muscles de leur peau et les veines de leurs os pour observer, conclure, noter. Tous ici brûlent du désir, du besoin de voir grandir en elle un être, de savoir que la descendance est assurée. Ils la voient comme une porte d'entrée, comme la clé de la survie de leur famille. Lucrèce voudrait pouvoir serrer son manteau autour d'elle, cacher ses mains dans ses manches, nouer sa coiffe autour de sa tête, faire tomber un voile devant son visage. Je vous interdis de me regarder, voudrait-elle leur dire, je vous interdis de me sonder. Je ne suis pas à vous. Comment osez-vous me scruter ainsi, me juger en dessous de vos attentes ? Je ne suis pas votre Fecundissima et ne le serai jamais.

Il y a un mouvement sur le côté. Une fois encore, l'image de Maria lui traverse l'esprit, mais la main qui se referme sur elle a quelque chose de chaud et de familier : un corps de grande taille, là, près d'elle. Alfonso.

Il toise ses deux sœurs, puis se tourne vers Lucrèce pour la dévisager. S'il a décelé ce qui vient de se produire entre elles, il ne laisse rien paraître. Il soulève la main de Lucrèce et, sous le regard de ses sœurs, la plaque contre son torse.

« Qu'en pensez-vous ? leur demande-t-il comme si de rien n'était. N'est-ce pas une beauté ? Ne vous avais-je pas dit que j'avais bien choisi ?

— Oh, oui, répond Elisabetta avec un soulagement visible. Vous avez bien choisi. Quel plaisir de la rencontrer. Je suis tellement heureuse, elle est charmante. »

Nunciata hoche la tête, ses lèvres pincées ne formant plus qu'un trait, et marmonne quelque chose sur le fait qu'ils craignaient qu'il ne prenne jamais femme, s'entête indéfiniment à vivre en jeune homme, et que ce mariage, survenant enfin, est une grande chance pour leur famille.

Alfonso laisse un court silence s'installer. Il demeure parfaitement immobile, le regard fixé sur Nunciata. Puis il déplace la main de Lucrèce jusqu'à sa manche et la maintient là, fermement, sur le creux de son bras. Lucrèce sent sous sa paume son muscle contracté, aussi dur que du métal.

Elle s'éclaircit la gorge. Quelque chose semble indiquer qu'il lui revient de prendre la parole.

« Est-il… » Elle hésite, balaie la salle du regard comme si le sujet sur lequel déporter la conversation se trouvait au milieu des meubles et des chaises. « Aurai-je le plaisir de faire la connaissance de votre honorée mère aujourd'hui ? Et de votre sœur aînée ? »

Elisabetta fronce le visage, ses sourcils se haussent. Elle jette un coup d'œil vers Alfonso.

Nunciata ricane.

« Vous comptez vous rendre en France ? » demande-t-elle en levant dans un agaçant froufrou de robe celui de ses bras qui ne tient pas le petit chien.

Sa repartie laisse Lucrèce sans voix.

« Je… non, répond-elle. Sont-elles… ? »

Elisabetta soupire.

« Que voulez-vous que nous disions, Fonso ? » murmure-t-elle.

Alfonso ne répond pas. Il décroche Lucrèce de lui, puis s'en va en direction de la table pour se servir une coupe de vin.

« Ce que je veux que vous disiez ? répète-t-il. Que voulez-vous dire, vous, Elisabetta ?

— Vous avez très bien compris », intervient sèchement Nunciata, et l'épagneul, sentant l'irritation de sa maîtresse, pousse un aboiement bref et aigu.

Alfonso boit une gorgée, le regard fixé, par-dessus le rebord de la coupe, sur Nunciata et le chien. Lucrèce recule d'un pas. La salle entière semble remplie de flammes seulement visibles par la fratrie, par des conflagrations cachées qui la brûleraient si elle s'en approchait.

« Ma mère, articule alors Alfonso (Lucrèce, dans un sursaut, s'aperçoit qu'il s'adresse à elle), se trouve à ce jour en France avec notre sœur Anna. Comme je vous l'ai dit. » Puis il ajoute en faisant tourner son vin dans son verre : « C'est la raison pour laquelle, très chère, je peine à comprendre pourquoi cette question vous vient à l'esprit. »

Lucrèce ouvre les lèvres, prête à répondre, Vous ne me l'avez pas dit, vous ne me dites jamais rien. Je pensais qu'elles se trouvaient à Ferrare. C'est vous qui disiez que tous les problèmes se résolvaient toujours en votre faveur. Mais elle referme la bouche. Ce geste n'a pas échappé à Elisabetta, qui regarde Lucrèce attentivement, avec empathie.

« Ne parlons point de questions fâcheuses, déclare-t-elle en frappant des mains. Il nous faut fêter votre arrivée, Lucrèce. Je vais organiser une *festa*, avec des musiciens et des comédiens, en votre honneur

– il y aura ces chanteurs qu'Alfonso aime tant, ceux qu'il fait venir de Rome. » Puis elle s'empresse d'ajouter : « Pas ce soir, cependant. Vous devez être fatiguée après ce voyage. Puis-je vous la voler un instant, Alfonso ? Nunciata et moi allons la conduire dans ses appartements. Je suis certaine que vous apprécierez de pouvoir vous reposer et défaire vos bagages. Nous aurons tout le temps qu'il faut pour discuter ces prochaines semaines. Allez, suivez-nous, venez voir votre chambre. Tout a été préparé. J'y ai moi-même veillé.

— Merci », répond Lucrèce.

En découvrant sa chambre, elle répète ce mot : merci, merci. Il y a un salon privé, de forme parfaitement carrée, qui occupe le dernier étage de l'une des tours du château ; la pièce comporte d'épaisses tentures aux murs, un bureau, plusieurs chaises somptueuses, une immense cheminée, deux fenêtres pourvues de banquettes rembourrées. Attenante à ce salon se trouve une chambre, plus petite, avec un lit à baldaquin, un miroir, des placards et un coffre pour ses habits. Lucrèce aperçoit les serviteurs qui déjà ordonnent ses malles et ses boîtes. Emilia se faufile entre les bagages en les comptant sur ses doigts.

Nunciata se fraie tant bien que mal un chemin dans la chambre, le souffle court, avant de se laisser tomber sur une chaise en se plaignant du pas trop rapide de sa sœur, elle avait oublié que la chambre se trouvait si loin. Elle pose par terre son épagneul qui disparaît sous sa masse de jupons.

« J'espère que vous vous plairez ici, lui dit Elisabetta pendant que sa sœur s'évente et continue de se plaindre des escaliers. J'ai moi-même choisi le mobilier, mais si la moindre chose vous déplaît ou…

— Oh, non, lâche Lucrèce. Tout est parfait. Je n'ai absolument rien à redire. Ces appartements sont splendides. Vous êtes toutes les deux fort aimables.

— Je vous en prie. » Elisabetta prend place à son tour sur le rembourrage de velours. « Tout le plaisir est pour moi. Nous avons été si heureuses d'apprendre le mariage d'Alfonso. N'est-il pas, Nuncia ? »

Nunciata pousse un grognement en fouillant dans sa poche pour en sortir un mouchoir.

« C'est tout ce que mes sœurs et moi espérions. Et… » Elisabetta s'interrompt le temps de rajuster sa manche. « Notre mère également. Je regrette simplement qu'elle… qu'elle n'ait pu être présente. »

Lucrèce s'assoit à côté elle ; une terrible envie la taraude de l'interroger sur leur mère, sur les raisons de son départ, sur ce qu'a déclaré Alfonso, de demander à Elisabetta et Nunciata si leur mère leur manque, si elles pensent qu'elle reviendra, et qu'en est-il d'Anna, leur sœur aînée, un mariage est-il prévu pour elle ? Va-t-elle produire un héritier ? Et cet héritier réclamera-t-il le titre d'Alfonso, le château et leurs terres, et cela signifie-t-il que tous les espoirs concernant la lignée d'Alfonso reposent sur elle, que la pression qui pèse déjà sur ses épaules est multipliée par dix ? Mais à la place, elle lâche d'un coup :

« Vous n'êtes pas mariée ? »

Les yeux bruns d'Elisabetta se tournent vers elle.

« Pardonnez-moi, ajoute Lucrèce. J'ai parlé sans…

— Vous n'avez pas à vous excuser, répond Elisabetta d'un ton léger. Non, je ne suis pas mariée. Et Nuncia non plus. Je n'oserais parler pour ma sœur, mais je n'ai quant à moi jamais encore reçu de demande qui me donne envie.

— De vous marier, précise Nunciata d'un ton moqueur. Car en termes d'envie, d'autres choses vous tentent, n'est-ce pas, Elisa ?

— Allons, Nuncia. » Les joues d'Elisabetta sont cramoisies.

Pour la première fois, Lucrèce la voit perdre son sang-froid, voit le vernis se fissurer.

« Une, en particulier », insiste-t-elle dans un murmure plein de malice.

Elisabetta se tourne vers Lucrèce et, la mâchoire serrée, répond :

« Ma sœur est de tempérament taquin.

— J'ai des sœurs, moi aussi, dit Lucrèce. Je connais cela. » Puis elle s'empresse de se corriger. « Ou plutôt, une sœur. J'en avais deux, mais… »

Elisabetta s'avance pour prendre la main de Lucrèce dans la sienne. L'espace de quelques instants, toutes les trois – la jeune mariée, les deux belles-sœurs – restent ainsi en silence, triangle au milieu de la chambre carrée.

Puis Elisabetta, avec une délicatesse experte, ôte sa main pour désigner la fenêtre où le bleu du ciel de Ferrare commence déjà à s'assombrir.

« Il se fait tard, nous allons vous laisser. Nuncia ? »

Nunciata range son mouchoir, hoche la tête, mais aucune des deux ne se lève. Lucrèce se tortille sur sa chaise. L'épagneul sort le museau – retroussé et surmonté d'yeux globuleux – des jupons de Nunciata et plante son regard sur Lucrèce.

« Prendrez-vous votre souper dans vos appartements, ce soir ? lui demande Elisabetta. Nous pouvons vous le faire porter.

— Je suis certaine qu'elle peut le demander elle-même, répond Nunciata d'un ton cassant. Je présume que se faire apporter son repas était aussi possible à Florence, n'est-ce pas ? »

Lucrèce regarde les deux sœurs tour à tour. Quelle peut être la bonne réponse ? Elle ignore pourquoi les deux sœurs agissent l'une envers l'autre de cette façon, mais une chose est sûre : Nunciata vient d'arracher une victoire acrimonieuse à la belle Elisabetta qui, les joues rouges, se tient penaude. Lucrèce connaît suffisamment les fratries pour savoir qu'au sortir de cette pièce, des mots amers, des accusations, des explications, remontant peut-être même à l'époque de leur enfance commune, seront échangés entre les deux sœurs.

« Oui, répond-elle. Naturellement. Mais je vous en prie, ne vous dérangez pas davantage pour moi.

— Bien », répond Elisabetta de sa voix mélodieuse.

Puis elle ramasse ses jupons, prête à se lever. Mais auparavant, elle ajoute, sans regarder Lucrèce ni Nunciata :

« Vous ne répéterez pas la sotte remarque de ma sœur, n'est-ce pas ? À mon frère, j'entends. »

Lucrèce cligne des yeux.

« Cela ne ferait que… » Elisabetta choisit ses mots. « L'inquiéter inutilement. Il est déjà assez préoccupé ainsi. Je ne voudrais pas ajouter à ses soucis. Par ailleurs, Nunciata se moquait simplement gentiment, n'est-ce pas ? »

Elisabetta se tourne vers sa sœur qui l'ignore, tout occupée à son chien dont elle fait glisser les oreilles entre ses doigts. Lucrèce sent à nouveau ces flammes dans l'atmosphère, entre elles.

« Trouvez-vous ? finit par demander Nunciata.

— Vous vous moquiez gentiment, oui.

— Si vous le dites.

— Promettez-vous, Lucrè ? » insiste alors Elisabetta. Son ton se veut malicieux, mais Lucrèce perçoit clairement derrière son inquiétude, tranchante comme une lame. « Puis-je me permettre de vous appeler ainsi ?

— Bien sûr, répond Lucrèce. Ma sœur m'appelle comme cela.

— Dans ce cas, c'est tout à fait approprié. Puisque nous sommes maintenant des sœurs.

— Et je vous promets que je n'en dirai mot à Alfonso, ajoute Lucrèce, tout en pensant qu'elle promettrait n'importe quoi à cette charmante créature qui a décoré pour elle ses appartements, cette créature si apeurée à l'idée qu'on la perce à jour.

— Merci, répond Elisabetta. Ce ne sont là que des peccadilles, des histoires sans importance, voyez-vous. Mais merci. »

Son visage en forme de cœur se détend sous l'effet du soulagement. Elle pince légèrement la joue de Lucrèce.

« Comme vous êtes douce et mignonne, lui souffle-t-elle. Alfonso a fait le bon choix. Ne trouvez-vous pas, Nuncia ? »

Nunciata répond par un bruit évasif. L'épagneul, apercevant un pigeon sur la balustrade, pousse un petit grognement avant de se ruer vers lui en tirant sur sa fine laisse.

Elisabetta, d'un air absorbé, frôle du bout des doigts les cheveux de Lucrèce, retenus comme d'ordinaire par son bandeau et sa *scuffia*.

« Est-ce ainsi que l'on se coiffe à Florence ?

— Je… » Lucrèce tâte la résille, sent ses perles s'enfoncer sous sa main. « Ma… ma mère la porte ainsi. Je crois qu'elle tient cette coutume de sa propre mère. Et nous, ses filles, avons…

— Votre mère est espagnole, c'est bien cela ? demande Nunciata.

— Ma mère est née en Espagne, mais a passé son enfance à Naples, où son père était…

— Et vous parlez espagnol ?

— C'est exact.

— Et quoi d'autre ? demande Nunciata.

— Le français, ainsi qu'un peu d'allemand. J'écris également le latin et le grec.

— Je vois. Une vraie petite savante, n'est-ce pas ? »

Lucrèce, en un éclair, prend la décision de ne pas relever l'agressivité qu'elle sent poindre ; cette stratégie fonctionnait déjà lorsque Isabella et Maria cherchaient à la provoquer.

« Mon père, poursuit-elle d'un ton égal, croit en l'instruction de ses filles, ainsi qu'à…

— Vous avez vos dames d'honneur avec vous, je présume ? »

Lucrèce secoue la tête.

« Je pensais qu'il me serait peut-être…

— Pas de dames d'honneur, donc ? insiste Nunciata avec un regard narquois. Pas même une ?

— J'ai avec moi une servante, répond Lucrèce. Une servante que j'aime beaucoup. Elle est là. »

Elle pointe la chambre du doigt. Nunciata se penche de côté pour jeter un coup d'œil par l'entrebâillement de la porte, derrière laquelle Emilia se trouve penchée par-dessus des boîtes pour sortir les habits et les secouer. À en croire sa réponse, ce qu'elle voit ne l'impressionne manifestement pas.

« Je me chargerai de vous envoyer quelqu'un. Une dame de compagnie. Qui siéra à votre rang. Elle vous servira, vous expliquera les manières de la cour, et je l'espère choisira pour vous des toilettes appropriées. »

Lucrèce est trop en colère pour répondre. L'idée de laisser entrer dans ses appartements une dame de compagnie que non seulement elle ne connaît pas, mais qui en plus a été choisie par la vilaine Nunciata ne la réjouit pas. Cette dame passera son temps à l'épier. Qu'a-t-elle à critiquer dans sa tenue actuelle, ses cheveux ? Elle aimerait pouvoir se pencher en avant et souffler à Nunciata que sa mère est considérée comme une femme splendide, à l'allure particulièrement soignée, et que les gens viennent de toute la province, et même de plus loin pour l'admirer, pour copier ses robes et ses manières.

Sans doute Elisabetta a-t-elle deviné son malaise car, sans crier gare, comme pour changer de sujet, elle demande à Lucrèce :

« Parlez-nous d'Alfonso.

— Que voulez-vous savoir ?

— Il semble épanoui, rasséréné par ce séjour à la campagne, auprès de vous. C'est un plaisir de le voir ainsi. N'est-ce pas, Nuncia ? »

Nunciata ne répond pas. La tête baissée, elle continue à mignarder son chien.

« Est-il… » Elisabetta semble hésiter. « … Attentionné avec vous ? »

Lucrèce hoche la tête.

« Oui.

— Et… gentil ? Vous traite-t-il bien ?

— Oui. »

Elisabetta la regarde pendant un moment encore avant d'ajouter :

« Bien. Je suis heureuse de l'entendre. » Elle aide Nunciata à se lever. « Nous allons vous laisser, à présent. Faites-moi appeler s'il vous faut quoi que ce soit. Mes appartements sont voisins de la salle d'apparat où nous vous avons reçue plus tôt. Et ceux de Nunciata voisins des miens. » Elle franchit la porte, son bras crocheté sous celui de sa sœur, puis se retourne pour lancer à Lucrèce : « Les appartements d'Alfonso se trouvent immédiatement sous les vôtres. Il y a un escalier qui relie vos chambres. Je suis sûre qu'il montera vous voir bientôt. »

*

Il ne vient pas cette nuit-là. Lucrèce guette le bruit de son pas assuré dans leur escalier commun, celui de la clenche qu'on soulèverait sans avoir pris la peine de frapper. Mais rien.

Elle se prépare à se retirer au lit, Emilia ouvre les couvertures, tire les tentures du baldaquin une fois Lucrèce à l'intérieur – un oiseau dans une cage de tissu. Mais toujours rien.

Elle attend. La chambre se remplit de nuit, la lointaine lumière blanche des étoiles perce des trous dans le ciel. Elle s'imagine là, tout en haut de sa tour, au coin du château, à l'angle de deux murs. La chambre flotte dans l'air, au-dessus de la ville, de l'eau verte des douves. Il lui suffirait de se pencher un peu trop par la fenêtre, de perdre l'équilibre pour tomber dedans comme une pierre.

Elle demande à Emilia, plutôt que de dormir dans l'antichambre, de s'installer sur une paillasse au pied de son lit. La servante s'exécute, apporte son matelas et se couche rapidement par terre, sans discuter.

Mais le sommeil pour Lucrèce ne vient pas, refuse d'entendre son appel. Son esprit, trop excité par le voyage, par ces nouvelles chambres, a trop à faire, trop d'impressions à analyser, à polir, à classer, trop de questions à poser et soupeser. Elisabetta et ses hauts souliers dorés, ses pommettes délicates, ce secret que Lucrèce comprend à peine mais qu'il faut à tout prix préserver, Nunciata et son tempérament mauvais, ses doigts boudinés, la gueule soyeuse et prétentieuse de l'épagneul, ses petits crocs blancs comme des aiguilles, cette mère volatilisée, partie en France, cette sœur dont l'éventuel mariage ferait peser une menace terrible, cette cour sur laquelle Alfonso doit exercer son autorité comme un fauconnier qui ramène l'oiseau sur son gant, la fête à venir.

Le château, sous son manteau de nuit, respire avec des bruits étranges : les grincements des solives, les échos légers des pas, un frottement, puis un claquement dehors, sur l'une des coursives, que Lucrèce pour se rassurer attribue aux gardes qui sans doute effectuent leur ronde, mais que son cerveau fébrile impute à des fantômes ou des esprits traînant leurs chaînes et leurs instruments de torture partout dans les recoins silencieux du château.

Elle tente de se réfréner, de se contrôler comme on retient un chien de chasse excité, ordonne à ses oreilles de ne pas entendre ces bruits lointains mais de se concentrer, à la place, sur ceux de la chambre : le bruissement des tentures du baldaquin, la respiration profonde et régulière d'Emilia.

Lucrèce sera la guide de cette nuit, son compagnon, son confesseur. Elle entend les portes s'ouvrir et claquer ; elle entend une charrette cahoter dans la rue, en bas ; elle entend le grondement d'une voix – masculine –, sûrement à un étage inférieur, puis une femme qui répond d'un ton, estime Lucrèce, rassurant ; elle entend, tout au loin, par-delà les fortifications de la ville, le hurlement plaintif d'un loup. Elle voit l'obscurité faiblir, glisser graduellement vers l'aube, puis céder sa place souveraine à une brume grise vitreuse. Et alors que cette nuit, sa première nuit, touche à sa fin, alors qu'elle se trouve sur le point d'appartenir au passé, Lucrèce s'endort, guide épuisée, son travail achevé.

*

Les chanteurs d'Alfonso, au banquet, se tiennent de part et d'autre de l'estrade, la tête penchée vers le haut. Leur voix, plutôt que de sortir de leur bouche, semble jaillir de quelque part derrière eux. Jamais Lucrèce n'avait entendu un son pareil : il y a dans ces voix plus de force, plus de puissance que dans celle de tous les chanteurs qu'elle a jamais entendus. Ils entonnent une note qu'ils soutiennent, sans même reprendre leur souffle, qu'ils étirent pendant un temps si long que Lucrèce, de peine pour eux, en éprouve un vertige. Elle compte jusqu'à huit, neuf, dix et au-delà – comment est-ce possible ? Leurs voix s'entrecroisent, bondissent jusqu'au plafond voûté, s'entortillent, semblent pousser ; ils chantent ensemble, chantent les uns contre les autres, la mélodie va et vient entre eux, d'un côté puis de l'autre, comme le cordon luisant d'un cerf-volant.

Elle regarde autour d'elle, cherchant à savoir si son ébahissement est partagé. Nunciata, installée en face, à la table, ne remarque même pas le spectacle, plongée dans une discussion avec un homme présenté à Lucrèce comme un poète. Son épagneul, dont la petite croupe ne cesse d'être secouée de tressaillements, est posé à même la table et lape un plat. Elisabetta est tournée face aux artistes, mais son regard glisse ailleurs, sur le côté, tout à l'opposé de la salle. Certains invités écoutent un moment, puis se tournent vers leur voisin pour souffler un commentaire ou une remarque ; deux dames, l'une en robe émeraude et demi-collerette mousseuse, l'autre à la chevelure ornée de petits oiseaux empaillés, font des messes basses, leurs visages tout proches l'un de l'autre, leurs épaules tressautant sous leurs rires silencieux. Un homme au bout de la table a plongé sa main dans la corbeille de fruits ; ses doigts tâtent le raisin, les pêches, les abricots ; il jette son dévolu sur une figue, la sort de la pile et la jette, entière, dans sa bouche ouverte. Croisant le regard de Lucrèce, il lui adresse un clin d'œil, tandis que ses lèvres humides remuent. Elle détourne la tête. Seul Alfonso, voit-elle, est entièrement concentré sur la musique, penché vers l'avant, le menton dans une main, battant la mesure du bout de son index, sur sa tempe. Il est ailleurs, transporté, attrapé par la musique comme un papillon dans un joli filet. Elle imagine les notes et les phrases onduler dans sa tête comme autant de fanions colorés.

Elle est assise à cette table de banquet dans sa robe de mariage. Plus tôt ce jour-là, il est entré dans ses appartements, visiblement fatigué, les traits tirés, pour lui en faire la demande. Il était désolé de ne pas lui avoir rendu visite la veille au soir, lui a-t-il dit. Des affaires d'État l'avaient appelé – un grand nombre de personnes devaient lui parler, comme c'est souvent le cas lorsqu'il s'absente du château –, mais il voulait savoir si elle accepterait de porter sa robe lors de la fête donnée en son honneur. Les courtisans seraient ravis de la voir dans ses habits de mariée, et lui-même serait fier de l'escorter ainsi jusque dans la grande salle pour la présenter à la cour. Elle ressemblait à une déesse, ainsi vêtue, et il lui plairait que tout Ferrare la voie ainsi à ses côtés. Emilia a battu des mains une fois Alfonso parti, avant d'aller chercher la robe en courant. Elle était si heureuse que Son Altesse la reporte, et si vite, lui a-t-elle dit tout en lissant ses jupons, en arrangeant les ornements dorés.

Ainsi donc, Lucrèce l'a réenfilée : le jupon bleu, les manches énormes, la ceinture d'or qu'Alfonso lui avait donnée. Cette fois, cependant, elle a pu demander à Emilia de serrer les lacets du corset comme elle le souhaitait, ignorer les consignes de sa mère et indiquer à quel endroit les nœuds devaient être faits. La robe est devenue sienne. Ce soir, elle n'a pas l'impression de porter le vêtement de Maria, mais le sien, à elle seule. Elle n'est pas une usurpatrice, une intruse jouant à être sa sœur, mais bien elle : Lucrèce, duchesse de Ferrare.

Alfonso et elle sont entrés dans la salle de banquet en musique – des roulements d'arpèges de trompettes –, sous les applaudissements et les exclamations. Les invités se trouvaient réunis de part et d'autre de la salle dans laquelle Alfonso l'a conduite selon un circuit, s'arrêtant ici et là pour lui présenter une personne particulière : un cousin, un ami, un courtisan, un poète, un sculpteur, un ami, certaines des dames de compagnie de Nunciata et d'Elisabetta, un joueur de luth, le chef de sa garde. Lucrèce, chaque fois, a incliné la tête, accepté leurs révérences et courbettes, tout en s'efforçant de graver leurs noms dans sa mémoire. Les robes des dames étaient plus étroites qu'à Florence, et les cols plus hauts. Il y avait davantage de dentelles, et le corset à l'avant était plus long. Elle a examiné ces robes du coin de l'œil pendant que l'un des conseillers d'Alfonso l'informait du nombre d'entrées et de sorties que comportaient les fortifications de Ferrare. Alfonso se tenait à ses côtés, les mains dans le dos. Elle le sentait vibrer d'amusement devant la détermination que montrait l'homme à énumérer les noms de toutes les portes de la ville, en les comptant sur ses gros doigts. Elle a opiné du chef, feignant d'être fascinée par ces informations, tout en se demandant si elle serait capable de dessiner ces robes dans une lettre à Isabella, qui lui avait demandé de lui décrire dans ses courriers la mode de Ferrare.

C'est à travers ce prisme qu'elle regarde tout le banquet. Comment faire ce récit à Isabella ? se demande-t-elle alors que se joue devant elle un spectacle long et sinueux, un drame historique en vers dans lequel un roi empoisonne par accident sa femme, avant d'être à jamais hanté par elle et ses apparitions vengeresses. Et lequel de ces plats lui décrira-t-elle ? La tête farcie de sanglier – dont la gueule est restée ouverte de force, bloquée par un coing, tandis que ses yeux sont fermés, comme par souci d'atténuer cette humiliation – ou bien le bouillon de poisson, les torsades sucrées aux amandes, la *frittata*, les rectangles blancs de *lardo crudo*, les tranches de fromage si fines que l'on voit la lumière à travers.

À table, elle compose les phrases dans sa tête : *C'est une cour très raffinée*, écrira-t-elle à sa sœur restée à Florence, auprès de leurs parents, cette sœur qui n'a pas été obligée d'aller vivre avec son époux. *Ils ne s'amusent ici pas d'acrobates ou de nains, mais avec du théâtre, de la poésie et de la musique.* Ou bien : *Les dames portent leur chevelure relevée très haut, loin du sommet de leur collerette.* Et encore : *Nous avons assisté à la déclamation d'un poème épique, puis deux chanteurs à la voix extraordinaire se sont produits – comme j'aurais aimé que vous les entendiez.*

La perspective de cette lettre lui insuffle une sensation de plaisir nouvelle et mordante. Elle dira à Isabella toutes ces choses qu'elle ne connaît pas. Elle lui permettra de les imaginer de près, ardemment, à en éprouver des pincements de jalousie, à en regretter de ne pas être, elle aussi, partie pour Ferrare. Peut-être voudra-t-elle venir lui rendre visite. Lucrèce pourrait l'inviter, avec la permission d'Alfonso. Isabella pourrait traverser les Apennins à cheval et venir résider ici avec elle, au château, pendant un temps.

Elle soupire. La musique et les voix des chanteurs ont pris un tour mélancolique, résonnant à présent sur une gamme mineure. Il est hautement improbable qu'Isabella fasse le déplacement. Sa vie à Florence l'accapare, l'absorbe tellement. Si Lucrèce lui écrivait pour lui raconter la fête, la probabilité serait grande pour que son intérêt s'étiole à mi-lecture et qu'elle jette la lettre sur le côté avant d'aller rejoindre ses amies ou la courtisane qui, à l'heure actuelle, lui sert d'animal de compagnie.

Les phrases se fanent, se taisent dans la tête de Lucrèce. Elle lisse les plis de sa jupe et se concentre à la place sur la salle, qui étincelle sous les murmures des conversations et le chant, sous les flammes vacillantes de chandelles dont les lueurs trouvent écho sur les bijoux au cou des dames, sur leurs bagues, sur les manches des armes des hommes.

L'air de musique arrive à son apogée, les deux chanteurs tiennent la même note, le son gonfle, s'amplifie. Puis, après un regard, leurs deux bouches se ferment en même temps, coupant net le ruban de soie de la note.

Les applaudissements tombent comme une pluie d'orage. Les gens se lèvent de leur chaise, les bras en l'air pour battre des mains ; les femmes agitent leurs mouchoirs ; les hommes crient, Bravo, bravo, encore, une autre. Les personnes qui applaudissent le plus fort, remarque Lucrèce, sont celles qui ont parlé le plus pendant la représentation.

Elle applaudit, applaudit jusqu'à en avoir mal aux mains. Les chanteurs envoient des baisers au public, puis se rapprochent l'un de l'autre dans un curieux pas glissé et, main dans la main, s'inclinent. Lucrèce a l'habitude des bateleurs, des acrobates, des bouffons, mais il y a chez ces chanteurs quelque chose de noble, d'insaisissable. Ils sont grands, possèdent des corps longs et fuselés, des visages félins effilés ; leurs mouvements de bras, de poignets sont d'une agilité hypnotique, comme si leurs articulations étaient huilées, et capables de se mouvoir avec plus d'aisance que pour tout un chacun. Voilà ce à quoi ils ressemblaient en chantant – à des artistes, des génies, des anges –, mais à présent qu'ils se tiennent là sur l'estrade, s'inclinant et remerciant la foule, ils redeviennent de simples humains.

Alfonso, au milieu du vacarme, se penche vers elle, courbant le dos pour mettre son visage à la hauteur du sien.

« Appréciez-vous la musique ?

— Oh, oui, répond-elle. Je n'ai jamais rien entendu de tel. Elle est sublime – ils sont extraordinaires. Cette manière de chanter, de passer du grave à l'aigu ! J'ignore comment ils font cela, comment ils peuvent ainsi faire varier leur voix. »

Il la considère, intrigué, tout en continuant d'applaudir.

« Vous avez raison, répond-il, surpris. Je n'y avais pas pensé. Ils possèdent en effet la capacité extraordinaire de passer d'un registre grave à un registre aigu. C'est une compétence unique pour des gens comme eux.

— Comme eux ?

— Des *evirati*. Que j'ai fait venir tout spécialement de Rome. Entraînés avec la plus grande rigueur depuis leur plus tendre enfance, même avant d'être… (Il exécute avec ses doigts un geste que Lucrèce ne parvient pas à déchiffrer.) Cela donne une voix d'une extraordinaire pureté, une amplitude inédite. Ils ont les cordes vocales d'un jeune garçon, mais le corps d'un homme. »

D'un coup, elle comprend. Elle a déjà lu des choses sur ces coutumes d'un autre temps, mais n'aurait jamais pensé que de telles pratiques avaient encore cours. Elle sent le rouge lui monter aux joues, ainsi qu'une sensation singulière de resserrement à la gorge. Elle jette un regard furtif en direction des deux silhouettes, près du candélabre – ces poignets longs et fins, ces visages lisses et sans âge. Elle ne peut s'empêcher de les imaginer, enfants, sur le point de se voir opérés, sans la moindre idée de ce qui les attend. Quelle douleur, quel choc pour eux, tout cela pour le bon plaisir d'un homme fortuné ; elle n'ose imaginer leur désarroi, leur incompréhension. Ont-ils seulement eu le choix ? Qui donc embauche-t-on pour se charger d'une telle besogne ?

Le silence est retombé dans la salle ; les gens se sont rassis, ont repris leurs conversations chuchotées. Les chanteurs se préparent pour un nouvel air.

Alors que les premières phrases de musique flottent au-dessus de leurs têtes, Alfonso pose sa main sur la sienne, sur la table. Le trouble qu'a provoqué en elle l'idée de la castration forcée de ces *evirati*, un traitement digne d'animaux de foire, lui fait un instant trouver révoltante la simplicité, la spontanéité de ce geste.

La main d'Alfonso, tombant ainsi sur la sienne, ses doigts s'enroulant sur les siens, porte un poids considérable, énorme. Pour Lucrèce, cette main signifie qu'il l'aime, ou tout du moins qu'il ressent pour elle quelque chose – et c'est aussi le cas pour les gens présents dans cette salle, cette assistance qu'il a pris soin de réunir. Car accomplir ce geste, là devant la cour entière, devant tous ses amis et associés et courtisans et gardes et serviteurs et artistes et musiciens et poètes, est une affirmation, un message, une promesse d'amour, mais peut-être aussi de changement. Peut-être elle, Lucrèce, la nouvelle duchesse, parviendra-t-elle à colmater la faille laissée par la duchesse mère, à remédier à l'évidente instabilité, la tristesse qui règnent ici, au schisme religieux, à la tentative d'annexion de ses filles, à l'exil de l'aînée ?

Resplendissante dans sa robe de mariée, Lucrèce demeure ainsi, la main dans celle de son époux. Elle se sent si transpercée de bonheur qu'elle croirait rayonner comme une lanterne dans le noir. Quelqu'un l'aime – un homme, un homme puissant et érudit. Elle a déclenché l'amour d'un duc, a inspiré de l'amour à son cœur : elle, Lucrèce. Elle brûle d'écrire cela à Isabella, voudrait que tout le monde le lise : *Il a pris ma main pendant le dîner, devant toute la cour*. Elle voit Nunciata remarquer ce geste et détourner les yeux. Elle voit la femme coiffée d'oiseaux empaillés jeter un regard bref et assassin à leurs mains jointes, avant de murmurer quelque chose à l'oreille de son amie, son joli visage de renarde tordu par l'ire et la jalousie. Elle voit l'homme qui a mangé la figue se curer les dents avec un os de poulet. Elle voit Nunciata tirer sur la manche du poète qui, avec une courtoisie feinte, se penche vers elle pour écouter ce qu'elle souhaite lui dire. Elle voit Elisabetta, à l'autre bout de la salle, se faufiler entre les chaises et les invités assis pour se rendre jusqu'à une silhouette postée près d'une colonne. C'est un soldat en uniforme : Ercole Contrari, le chef de la garde, à qui Lucrèce a été présentée il y a une heure environ. Elle reconnaît sa moustache et son visage avenant, aux traits réguliers. Appuyé avec un bras sur la colonne, il se penche vers l'avant au passage d'Elisabetta. Il lui murmure quelque chose qu'elle feint de ne pas entendre, la tête résolument tournée vers la salle, les tables et les rangées infinies d'invités. Lucrèce voit, cependant, la main de Contrari se tendre et cacher entre ses doigts un billet plié qu'Elisabetta, en tordant le bras derrière son dos, cueille, rapidement, furtivement, et glisse sous sa grande manche ouverte avant de poursuivre son chemin, comme si de rien n'était. Le geste est si fluide, si expert, et pourtant si dangereux, à la fois pour lui et pour elle, que Lucrèce en a le souffle coupé. Son regard pivote vers Alfonso, mais ce dernier est toujours concentré sur les chanteurs ; il pivote de nouveau vers Elisabetta, qui est allée s'asseoir de l'autre côté de la salle, près de ses cousins, et sur son visage est imprimé un air apparemment serein, mais ses yeux – ses yeux ! – sont illuminés par un traître et magnifique bonheur.

Les castrats penchent la tête en arrière, ouvrent la gorge, et déversent des notes qui fusent jusqu'au plafond telles les hirondelles aux ailes comme des flèches qui filent à la surface des douves.

*

Plus tard ce soir-là, alors que depuis bien longtemps les festoyeurs ont quitté la salle de banquet, sont partis se coucher, que les serviteurs ont fini de débarrasser les tables, de laver les plats, les casseroles, les tournebroches, de balayer les dalles, que tous les habitants du château ont depuis bien longtemps rejoint leur chambre, Alfonso s'endort dans le lit de Lucrèce, un bras autour d'elle.

Elle demeure immobile sous son poids le temps d'être sûre qu'il dort profondément, puis se dégage avant de glisser un coussin à sa place, pour ne pas le réveiller. Elle s'apprête à se couler à travers les tentures du baldaquin quand elle se sent brusquement tirée vers l'arrière par les cheveux et croit, l'espace d'un horrible instant, qu'il s'agit d'Alfonso.

Mais en se retournant, elle le découvre encore endormi ; ses yeux omniscients sont clos, ses doigts détendus. Le bout de ses cheveux est resté coincé entre son torse et le matelas.

Une mèche après l'autre, Lucrèce se libère.

Dans le salon attenant, le sol est tapissé d'un éclat crépusculaire d'argent. Elle le traverse le plus discrètement possible, imaginant cette lueur s'imprimer sur ses plantes de pied, et les empreintes que l'on retrouverait un peu partout, le matin venu.

Elle va s'asseoir à son bureau, sort un rouleau de vélin et une feuille de papier. Elle taille une nouvelle plume, réunit les rognures dans un coin. Puis elle fait passer entre ses lèvres le bout de la plume, dans un sens puis dans l'autre, sentant ses filaments se serrer et s'ouvrir, se serrer et s'ouvrir.

Elle ne sait pas vraiment ce qu'elle veut faire : écrire une lettre, dessiner, lire, graver dans sa mémoire la strophe d'un poème. Elle n'a qu'une certitude : se tenir ici, devant son bureau avec son pot d'encre, ses fusains, son canif, son papier et ses pinceaux, lui procure une paix qu'elle ne trouve nulle part ailleurs.

Le sommeil ne viendra pas ; il est un étalon qu'elle ne peut ni attraper ni harnacher ; chaque fois, il la fait tomber à terre, détale dès qu'elle s'approche, refuse qu'on l'amadoue. Elle ne saurait dire si cette insomnie doit être imputée à son repas trop lourd, à ce grand homme étalé au milieu de son lit ou à cette lumière bleutée qui se déverse dans ses appartements.

Elle plonge sa plume dans l'encre et la laisse sécher pendant qu'elle contemple, immobile, la lune ronde comme une pièce qui s'est collée dans le ciel, devant sa fenêtre. Elle replonge sa plume. Et décide d'écrire non pas à sa sœur, mais à sa mère.

Très chère Maman,

Il est tard dans la nuit et je pense à vous tous. J'espère que cette lettre vous trouvera en bonne santé et plus encore, dans les meilleures dispositions qui soient. Je vous envoie toute mon affection, ainsi qu'à Papa, Francesco, Isabella, Giovanni, Garzia, Ferdinando et Pietro.

S'il vous plaît, demandez-leur de m'écrire aussi souvent qu'ils le peuvent. J'aimerais savoir ce qui se passe chez vous. Comment se portent les chiens de chasse de Papa, les chats de la pouponnière, et aussi le petit poney alezan ? Par qui est-il monté, à présent ? Ne me dites pas qu'il s'agit de Pietro – ses coups de talon sont bien trop rudes pour cette bête si douce.

Nous sommes arrivés hier à Ferrare, où des centaines et des centaines d'habitants nous attendaient. Le peuple nourrit une grande loyauté envers Alfonso. Il était très beau et très noble sur son cheval, pendant que nous défilions dans les rues. Comme j'aurais aimé que vous le voyiez. J'ai rencontré ses sœurs, deux d'entre elles (sa mère et sa sœur aînée sont parties en France – j'ignore pourquoi –, peut-être Papa sait-il quelque chose à ce sujet ?).

Ce soir a eu lieu la fête. Il y avait de la musique (des castrats – en avez-vous déjà entendu ?), ainsi qu'une représentation de théâtre. J'écris au dos de cette page la liste des plats qui nous ont été servis, accompagnée d'un dessin de la robe d'une dame ferraraise. Cela intéressera peut-être Isabella. La mode ici, comme vous pouvez le voir, est assez différente de la nôtre.

Le château, immense, apparaît comme un grand changement après la delizia. *Je crains même de me perdre dans ce dédale de couloirs et d'escaliers ! Mes appartements se situent dans la tour sud-est, au-dessus de ceux d'Alfonso. Ses sœurs les ont décorés pour moi ; elles ont fort bon goût. Si vous le souhaitez, je joindrai à ma prochaine lettre un autre dessin pour vous les montrer.*

Donnez-moi des nouvelles de Sofia. J'espère que ses genoux ne la font pas trop souffrir par temps humide.

Je prie pour vous tous et regrette de ne pouvoir vous voir. Je vous envoie mille salutations, et plus de baisers encore,

Votre fille qui vous aime,
Lucrè

Elle relit la page. Quelle platitude, quelle vacuité – des questions sur des animaux domestiques, sur ses frères et sœurs, une liste de plats, un sanglier avec un coing dans la bouche, une coupe de figues. Elle se déteste d'avoir couché ces mots. N'importe qui aurait pu les écrire à sa place.

Voilà ce qu'elle aimerait vraiment savoir : Pleut-il à Florence, ce soir ? Les orages d'automne sont-ils arrivés ? Papa s'en va-t-il nager dans l'Arno ? Voit-on déjà les nuées d'étourneaux sur la place, à la fin de la journée ? Un rayon de lumière entre-t-il toujours dans ma chambre juste avant de disparaître sous les toits de la ville ? Me regrettez-vous ? Ne serait-ce qu'un peu ? Vous arrive-t-il de vous arrêter devant mon portrait ?

Elle fait fondre la cire du cachet sous la flamme de sa bougie, puis presse son insigne au milieu des gouttes amassées – l'emblème de son père, un bouclier à six *palle*.

Elle dépose la lettre scellée sur le côté de la table et, après avoir jeté un coup d'œil derrière son épaule, rouvre son tiroir pour en sortir, cette fois, un petit carré de *tavola* qu'elle a elle-même poncé voilà seulement quelques jours. Il est parfaitement net ; elle promène ses doigts sur sa surface lisse, le soupèse. Elle attrape un morceau de craie rouge et le passe dessus, du haut vers le bas, pour esquisser un objet vertical, étroit, fait de deux lignes parallèles. Une colonne. Émerge à présent une forme triangulaire qui, quelques coups de craie plus tard, se retrouve dotée d'une tête et de bras, et se transforme en une silhouette.

Elle broie ses pigments, les mélange avec des gouttes d'huile. Elle attrape un pinceau à pointe fine et peint un joli visage en forme de cœur sur un cou gracile, avec un menton en pointe, des yeux baissés, une expression rêveuse. Derrière cette femme, elle met un homme, à peine visible, sortant de l'ombre bleue ; la seconde silhouette est penchée vers la première. Son visage est doux et tendre.

Une fois achevé, le tableau, assez petit pour tenir dans une paume, lui procure en même temps un sentiment de satisfaction et de crainte. Elle le contemple un long moment ; elle regarde la peinture sécher, durcir, et les traits du couple se figer, désormais immortels, l'homme éternellement penché vers son amante et elle, le visage inondé de plaisir.

Elle touche du bout du doigt la peinture afin de s'assurer que l'image a bien séché, est désormais irrévocable, quand soudain, la lune s'enrobe de brouillard comme si elle-même s'alarmait de ce que la main de Lucrèce vient de faire naître.

Elle jette un regard derrière elle pour vérifier que la porte de la chambre est bien fermée, qu'Alfonso ne se trouve pas derrière son épaule, à regarder. Puis elle saisit son pinceau à poils durs et l'enduit d'un brun vert foncé, la couleur de l'ombre de la forêt, et à grands gestes recouvre la *tavola* d'obscurité, oblitère les deux amants, les cloîtrant à l'intérieur d'une tombe de peinture. La robe de la femme disparaît, cachée à jamais ; la seule trace dénotant encore l'existence de cette scène se réduit désormais aux légères ondulations qui marquent la surface du tableau, comme des petits cailloux au fond d'un lac.

Elle essuie ses pinceaux sur un chiffon ; remet de l'ordre sur le bureau ; expose la *tavola*, maintenant vierge, contre un vase pour la laisser sécher ; puis elle souffle la bougie et, après s'être assurée une dernière fois que toute trace de son acte a bien été éliminée, elle s'en retourne se coucher.

*

Les journées d'Alfonso au château sont pour elle un mystère ; elle ne constate qu'une chose : il est ici autrement plus occupé qu'à la *delizia*. Il se lève de bonne heure pour faire de l'exercice, habituellement accompagné de Leonello et de deux ou trois autres jeunes hommes. Ils s'en vont ensuite chasser en dehors de la ville, ou s'exercent à l'escrime dans la cour. Puis il gagne ses bureaux pour lire sa correspondance, écrire des lettres et donner des directives, entendre des plaintes et des promesses, donner des ordres à ses gardes, ses secrétaires, ses officiels, ses conseillers, ses politiciens, ses architectes, ses cardinaux, ses médiateurs, pour travailler sans relâche, avec hargne, à faire passer la région sous son contrôle. Émissaires, courtisans, membres de l'armée et ambassadeurs défilent toute la journée durant. Il prend souvent là-bas son repas de midi. Emilia rapporte à Lucrèce ce qu'elle entend de ses sous-secrétaires, qui parlent aux garçons d'écurie, qui parlent aux gardes, qui à leur tour parlent aux cuisinières, qui parlent ensuite aux servantes : Alfonso aurait posté des espions dans toute la région, et aussi dans les régions voisines ; la province, apparemment, serait plutôt calme, mais il en va tout autrement à la cour.

Lucrèce peut passer des journées entières sans le voir, hormis brièvement, lorsqu'il traverse la cour d'un air sombre et préoccupé, flanqué de ses officiels. Il lui adresse parfois un signe de la main alors qu'elle prend l'air sur la loggia et qu'il franchit les portes du château sur un cheval fourbu, ou un au revoir rapide, le matin, lorsqu'il quitte sa chambre.

Il se rend à la chapelle, située dans les étages inférieurs, une fois par jour, non pas pour assister à la messe ou se rendre à confesse, comme Alfonso le lui a dit lui-même, mais pour assister à la répétition des castrats avec le chef de chœur. Ce maître, a-t-il raconté à Lucrèce, est l'un des meilleurs au monde : un Autrichien venu de Vienne, qui chaque matin impose à ses élèves deux heures d'exercices vocaux et d'improvisation d'harmonies. Les après-midi sont consacrés à la répétition des récitals qui seront présentés lors des rassemblements de la cour, selon le souhait d'Alfonso. Celui-ci a dit à Lucrèce qu'il aime s'asseoir là-bas et écouter ; cela lui nettoie la tête, lui berce l'esprit. S'il lui arrive de devoir prendre une décision difficile, politique, financière ou familiale, ce temps passé à la chapelle pendant les répétitions l'aide à trouver la meilleure issue.

Au terme de quatre ou cinq jours au château, Lucrèce se rend compte que tout cela signifie qu'elle jouira de longues périodes de liberté. Elle n'arrive pas à le croire. Toutes ces heures qu'offrent ces jours, où elle aura le loisir de faire ce que bon lui semble. S'installer à son bureau, dessiner ce qu'elle voit par la fenêtre, les images qu'elle a dans la tête, ou encore n'importe quel objet placé devant elle – un globe, un gant de cuir, un télescope, un pigeon mort dans les cuisines, un squelette d'écureuil rapporté de la *delizia* –, et réfléchir à la meilleure manière de transposer tout cela en peinture, sur la toile. Envoyer Emilia chez l'apothicaire pour acheter de la cochenille ou du vert-de-gris ; la servante revient avec des torsades de papier ciré, remplies de pigments, des petits paquets coniques bien serrés desquels se déversent les ingrédients d'où naîtront un arc-en-ciel, des ours, des bêtes, de la pluie, des feuilles, des cheveux et de la chair, tout ce qui peut exister au monde, en fait, du moment qu'elle trouve le mélange adéquat et donne les bons coups de pinceau. Empruntant l'escalier privé menant aux appartements ducaux, elle s'installe sur la terrasse de l'orangeraie et contemple les rues de la ville à travers ses lucarnes en forme de diamant. Tout, pendant cette première semaine à Ferrare, lui semble possible, à sa portée. Il y a dans ces journées au château quelque chose qui l'emplit d'un sentiment de liberté : elle peut tout faire, tout peindre. Il lui suffit de tendre la main et d'attraper ce qu'elle veut.

Les sœurs d'Alfonso, toutefois, ne voient pas les choses de cet œil. Après plusieurs journées que Lucrèce a passées enfermée dans ses appartements à s'exercer à des perspectives de divers bâtiments – la villa, le palais –, Elisabetta commence à envoyer ses gens la chercher, le matin. Ses appartements sont entièrement tapissés d'un rose profond, comme l'intérieur d'un fruit juteux, et Lucrèce se retrouve forcée d'assister à la fin du coiffage de sa belle-sœur ou de son masque de beauté, une pâte dont elle se badigeonne le visage et les mains, ou bien à ses échanges avec ses dames d'honneur qu'elle interroge sur une robe, une lettre, un récital ou une fête à venir.

Elle passera ensuite son bras sous celui de Lucrèce, et toutes les deux chemineront ensemble le long de l'aile du château, franchissant une succession de pièces en enfilade, pour ensuite descendre un escalier ou monter vers une loggia privée. Elisabetta, parfois, demande d'un ton implorant à Lucrèce d'aller lui cueillir des fleurs sur l'un des orangers plantés sur la terrasse des appartements ducaux.

« Ces fleurs sont excellentes pour éclaircir le teint », dit-elle en voyant Lucrèce lui en rapporter un panier. Puis elle ajoute avec un sourire : « Non que vous en ayez besoin. »

Elle pose des questions à Lucrèce sur son enfance, sur ses frères et sœurs, sur sa ville de Florence dans laquelle elle ne s'est jamais rendue, mais dont elle a beaucoup entendu parler, une ville charmante, paraît-il, à l'architecture exquise. Elle écoute attentivement les réponses de Lucrèce, mémorise les détails qu'elle lui donne sur les membres de sa famille, leurs noms, leurs âges, leurs goûts.

« Peut-être irez-vous un jour là-bas », ose Lucrèce, car il serait impoli de ne pas émettre cette hypothèse.

La bouche d'Elisabetta se courbe en un sourire.

« J'aimerais beaucoup. »

Elle essaie d'imaginer Elisabetta dans le palais de ses parents : ses robes étroites balayant les carrelages, son regard scrutateur passant en revue les dorures des plafonds, le craquement de la dentelle de sa collerette chaque fois que sa tête se tournerait dans un sens ou dans l'autre, les différents tons qu'elle adopterait selon qu'elle parlerait avec Isabella ou Éléonore. Elle ne peut cependant l'imaginer s'y rendre sans Nunciata et se demande, le cœur serré d'embarras, si cette dernière insisterait pour venir également. Elle voit déjà ses regards critiques devant les fresques opulentes et les statues de ses parents, ses grimaces en entendant le vacarme des musiciens jouant des airs guillerets pour accompagner les acrobates. Elle déteste à l'avance l'idée que Nunciata raconte à ses dames comme la cour de Florence est tapageuse. Imaginer ainsi Nunciata et son acariâtre épagneul lui donne, pour la toute première fois, envie de protéger ses parents et le monde qu'ils ont bâti autour d'eux.

Jamais elle n'emmènera Elisabetta ou Nunciata à Florence.

Elisabetta s'assure que Lucrèce ne passe pas trop de temps dans ses appartements et participe à la vie de la cour. Vous ne devez pas rester enfermée là-haut toute la journée, lui dit-elle en arrivant à l'improviste et en tirant brusquement les rideaux, anéantissant toute la mise en scène de lumière que Lucrèce a soigneusement composée pour son nouveau tableau. Elle jette un coup d'œil au chevalet, mais n'émet aucun commentaire en dehors d'un « Comme c'est joli ». Elle prend Lucrèce par la main, ordonne à Emilia de lui retirer sa blouse de peinture, puis la conduit à un étage inférieur, dans l'un des salons, où des écrivains discutent de poésie, où des philosophes débattent sur l'éthique, où un comédien récite un texte, où des dames de la noblesse échangent des messes basses sur leurs époux ou leurs amants ou leurs tailleurs. Lucrèce reste assise, sans rien dire la plupart du temps, lors de ces réunions. Elle endure les regards furtifs ou insistants des hommes et des femmes de la cour, leur manière de jauger sa posture, ses bijoux, sa valeur, sa stature, ses atouts, etc. Elle met alors en veille cette part d'elle qui, en surface, remarque ces flèches et ces piques, et préfère s'accorder, telles les cordes d'un luth, sur les bribes de conversation qu'elle parvient à glaner chez les philosophes, ou sur les vers que le comédien déclame à propos d'Ithaque. Entend-elle le nom « Alfonso » murmuré autour d'elle, elle refuse de laisser entrer dans sa tête les mots qui l'entourent ; elle ne glissera pas dans le bassin où nagent ces gens ; elle ne tournera même pas les yeux vers la porte devant laquelle se tient la large et droite carrure du chef de la garde, Ercole Contrari ; elle ne clignera pas des yeux quand Elisabetta se faufilera dehors, suivie peu après par lui. Tout cela, Lucrèce le voit, mais refuse de l'admettre.

Si, à ce stade, son horizon est obstrué par un nuage, celui-ci s'appelle Nunciata, qui brusquement, un matin, semble s'apercevoir du temps que sa sœur consacre à Lucrèce alors que toutes les deux passent devant la porte ouverte de la chapelle où elle se trouve, seule avec son épagneul. Lucrèce est en train de raconter à Elisabetta que sa mère ne voulait à son service que des dames d'honneur espagnoles, une exigence qui souvent donnait lieu à des malentendus linguistiques entre ces dernières et les domestiques du *palazzo*. Elisabetta, bras dessus bras dessous avec Lucrèce, rit en lui disant comme elle la trouve drôle, et la prie de lui raconter autre chose. Quand Nunciata l'appelle en lui demandant ce qu'elles font, Elisabetta, au lieu de s'arrêter, se contente de répondre par-dessus son épaule qu'elles sortent prendre l'air. Il ne faut que quelques instants à Nunciata pour partir à leur poursuite jusqu'à la cour, où Elisabetta a demandé qu'on aille chercher la mule blanche à qui elles voudraient donner des pelures d'orange et des croûtes de gâteau. Elisabetta est occupée à tresser des rubans de couleur dans la crinière du patient animal tout en demandant à ses dames de lui brosser la queue, pendant que Lucrèce le retient, lorsque Nunciata apparaît, épagneul sous le bras, le visage luisant d'effort. Les yeux plissés, elle les regarde décorer la mule, puis conduire la bête à travers la cour tout en se demandant s'il faudrait rajouter des rubans, dans une couleur plus vive peut-être, voire de la dentelle. Elisabetta émet ensuite l'idée d'appeler Alfonso pour lui montrer le résultat, qui pourrait le divertir. Lucrèce, galvanisée par son entrain, commence à hocher la tête, mais alors Nunciata s'interpose.

« Notre frère, déclare-t-elle en ne s'adressant manifestement qu'à Elisabetta, n'appréciera pas qu'on le dérange. Surtout pour de pareilles frivolités. Reprenez-vous un peu. »

Sa voix est comme de l'eau qu'on jette sur le feu : toute leur joie, toute leur ardeur s'éteint d'un coup. Elles défont les rubans, rendent les rênes de la mule au garçon d'écurie, et s'en vont chacune de leur côté.

À la suite de cet épisode, Nunciata fait en sorte de se joindre à elles chaque jour. Elle s'assure d'arriver dans la chambre d'Elisabetta suffisamment tôt pour pouvoir monter avec sa sœur chercher Lucrèce. Elle assiste à chaque rassemblement organisé par Elisabetta dans les salons, bien que bâillant et ne tenant pas en place pendant les spectacles ou les récitals, s'imposant souvent sur le siège entre Elisabetta et Lucrèce, parlant plus fort que Lucrèce lorsque celle-ci adresse une remarque à Elisabetta, répondant à sa place lorsque Elisabetta lui pose une question. Leur groupe a quelque chose de bancal ; Lucrèce regrette le temps où il n'y avait qu'elle et la charmante, la légère Elisabetta. Cette dynamique triangulaire, dans laquelle Lucrèce et Nunciata cherchent l'attention de la troisième, est aussi déroutante qu'inconfortable, tout à l'opposé de la relation exclusive et intime qu'entretenaient Maria et Isabella.

Elisabetta, elle, semble amusée par le comportement de Nunciata. Elle cherche de nouvelles cachettes dans des coins de plus en plus reculés du château pour lui échapper, murmure à Lucrèce que Nunciata ne les trouvera jamais là-bas. Elle est tellement jalouse, lui souffle-t-elle d'un air réjoui en serrant la main de Lucrèce tandis qu'elles se cachent derrière les rideaux de son salon. Mais lorsque Lucrèce écrit à sa mère qu'elle aussi s'amuse bien à jouer à ce jeu, sa réponse, une mise en garde écrite sur un ton des plus sérieux, la laisse coite.

Très chère Lucrè,

N'allez pas vous méprendre en croyant que les rivalités qui opposent les sœurs d'Alfonso ont pour but de gagner votre cœur. Ces comportements ne doivent pas être confondus avec de l'affection. Souvenez-vous qu'à la cour, toute alliance est question de puissance et d'influence. Devenir la confidente de l'épouse de leur frère, de la duchesse consort, est leur seul objectif. Elles veulent être proches de vous pour être proches de lui, pour assurer leur position. Elles vous voient comme un biais pour parvenir à lui. Prenez garde, toujours, à ne jamais donner plus de faveur à l'une qu'à l'autre. Conduisez-vous avec équité, mais aussi en gardant la distance de rigueur. Vous êtes la duchesse, pas elles. Interrogez-vous sur la raison de leur rapprochement soudain avec vous. Existe-t-il des raisons de suspecter que l'une d'entre elles pourrait chercher à agir contre son frère ? Ou contre vous ?

Vous êtes, chaque jour, dans mes prières,

Votre mère dévouée

Lucrèce s'empresse de cacher la lettre dans un tiroir fermant à clé. Elle la ressort, de temps à autre, pour la relire. Se pourrait-il que sa mère dise vrai ? Il n'est pas non plus impossible qu'Elisabetta apprécie réellement sa compagnie et que Nunciata se sente exclue de leur relation nouvelle. Mais le doute, de plus en plus, s'insinue chaque fois qu'elle se retrouve en compagnie des deux sœurs. Que lui veulent-elles ? Avancent-elles masquées, comme le pense sa mère ? Leurs invitations, leur compagnie sont-elles des coups pour progresser sur l'invisible et complexe échiquier du pouvoir ?

Quand Elisabetta commence à emmener quotidiennement Lucrèce en promenade, en dehors des murs de la ville, et que Nunciata, faute d'aimer monter à cheval, ne peut se joindre à elles, cette dernière envoie une dame d'honneur à la porte de Lucrèce. Clelia arrive dans ses appartements un après-midi, sans même s'être annoncée. Il lui a été demandé de veiller sur la duchesse, annonce-t-elle alors que Lucrèce rentre tout juste de promenade. Elle pénètre dans sa chambre, son ton déférent trahi par le regard avide avec lequel elle la dévore et observe autour d'elle sa table de peinture, son chevalet, sa collection de plumes d'oiseau, l'ivoire délicat de son crâne de renard sur le rebord de la fenêtre. Ses yeux, légèrement globuleux, ont tendance à s'ouvrir si grand que l'on voit le blanc tout autour de l'iris ; il y a, remarque Lucrèce, quelque chose d'étrange dans sa manière de se mouvoir, de faire claquer la semelle de ses souliers sur le sol, tout en poussant de lourds soupirs par intermittence. Sa présence déstabilise Emilia ; Lucrèce la surprend à rôder, à observer Clelia pendant que celle-ci travaille – lorsqu'elle étale des vêtements ou cire des souliers. Insidieusement, une compétition s'installe entre les deux femmes : qui emmènera Lucrèce prendre sa boisson du matin, qui tranchera son pain, qui tressera ses cheveux, lacera son corset. Nunciata, venue vérifier si Lucrèce apprécie sa nouvelle dame, lui raconte que Clelia est une cousine de noble famille traversant une période difficile. « Elle a déjà procréé, dit-elle d'une voix rauque en jetant un regard méprisant à Emilia, et fera en ce sens une parfaite dame de compagnie pour vous. » Lucrèce se retrouve forcée d'envoyer Clelia en course sous de faux prétextes pour pouvoir peindre, réaliser des esquisses ou lire. Le reste du temps, Clelia arpente sans cesse ses appartements de son pas bruyant, ou se plante devant la fenêtre en soupirant, comme si se trouver là était pour elle le pire des supplices.

« Donnez-lui un peu de temps, lui conseille Elisabetta en lui tapotant gentiment le bras, quand Lucrèce s'ouvre à elle de la présence pesante de la dame d'honneur. Il lui faut sans doute prendre ses marques. Vous finirez par vous habituer. » Puis elle ajoute : « Clelia accomplit des merveilles avec vos cheveux et votre toilette, ne trouvez-vous pas ? »

La coiffure de Lucrèce, ce jour-là, a été réalisée à la mode de Ferrare, comme celle d'Elisabetta : deux anglaises partant des tempes, de chaque côté du visage, et le reste maintenu au sommet de la tête par des épingles pointues. Lucrèce n'est pas complètement sûre de s'apprécier ainsi, et cette masse de cheveux perchée sur son crâne lui donne l'impression d'avoir le cou raide. Mais elle ne dit rien de tout cela et, à la place, acquiesce, sourit, et répond qu'en effet, elle laissera du temps à Clelia.

Elisabetta hoche la tête, satisfaite, puis lui annonce devoir partir : elle a un rendez-vous. Son regard, croisant celui de Lucrèce, semble lui dire : Vous avez compris, vous avez deviné, n'est-ce pas ? Et Lucrèce, se levant pour la raccompagner à la porte, calquant son pas sur celui d'Elisabetta, lui répond silencieusement que oui, elle a compris et ne dira jamais rien.

*

Alfonso, ce soir-là, apparaît dans sa chambre plus tôt que d'ordinaire. Lucrèce n'a pas encore terminé de se préparer pour le coucher : Emilia est en train de lui retirer sa collerette, épingle par épingle, et Clelia de défaire la ceinture portée au dîner lorsqu'il ouvre la porte.

« Continuez, je vous en prie », lance-t-il aux deux jeunes femmes qui, hésitantes, ont interrompu leur tâche.

Il prend place sur une chaise, sur une pile de vêtements, mais ni Lucrèce, ni Emilia, ni Clelia n'osent lui faire remarquer qu'il froisse les étoffes. Lorsque Clelia dépose la ceinture dans sa boîte, qui se trouve près de lui sur une table, Alfonso la ramasse et la tient entre ses mains, faisant couler entre ses doigts les maillons d'or et les rubis.

« Votre coiffure, remarque-t-il soudainement, a changé. »

Lucrèce, debout au milieu de la chambre, est à présent en robe de chambre et jupons.

« Oui, lui répond-elle en se tournant vers lui. C'est une nouveauté pour moi aussi. »

Elle attend qu'il lui dise qu'il apprécie, ou peut-être pas, ou bien remarque que cette coiffure est la même que celle d'Elisabetta. Mais il n'ajoute rien.

La ceinture toujours entre les mains, il se lève, marche jusqu'à la fenêtre, revient, puis repart dans l'autre sens, comme pour l'examiner sous tous les angles.

« J'ai une grande nouvelle pour vous, annonce-t-il alors avec un sourire. Le Bastianino arrivera demain matin pour le portrait.

— Je l'ai entendu dire, oui, répond Lucrèce. Et…

— Vous l'avez entendu dire ? » Il se fige. « Je me demande bien par qui.

— Par Nunciata. Elle a dit que…

— Et comment a-t-elle eu connaissance de cette information ?

— Je crois qu'elle a dit que… (Lucrèce se giflerait d'avoir parlé trop vite) … que l'une de ses amies avait passé commande au Bastianino, mais il lui a répondu qu'elle arriverait avec du retard comme il serait ici, avec nous, au lieu de…

— Je vois. »

Il tourne en rond dans la chambre entre la cheminée, la fenêtre, la porte, la chaise. Clelia et Emilia ont baissé les yeux et leurs mouvements sont rapides : elles n'ont qu'une envie, déguerpir d'ici, s'éloigner de lui. Lucrèce se trouve sur le point de les congédier – plus tôt Alfonso fera ce qu'il est venu faire, plus tôt elle sera libérée –, mais il élève de nouveau la voix.

« J'ai ouï dire que vous passiez quantité de temps avec mes sœurs. »

Lucrèce le regarde. Est-ce une question ou une affirmation ? Quelle réponse doit-elle donner ?

« Je… oui… sans doute.

— Avec Nunciata ?

— Oui.

— Seulement Nunciata, ou Elisabetta également ? »

Son regard monte vers sa coiffure en même temps qu'il formule cette question, puis revient se poser sur son visage.

« Les deux. Au départ, il n'y avait qu'Elisabetta qui… »

Elle laisse sa phrase se perdre, sentant le terrain glisser.

« Poursuivez.

— Il n'y avait qu'Elisabetta qui… qui cherchait ma compagnie. Elle s'est montrée très chaleureuse à mon arrivée, et puis… Nunciata… » Elle s'interrompt. Elle ne sait pas comment expliciter ces choses devant lui ; elle n'arrive pas à comprendre ce qu'il voudrait entendre, craint de donner la mauvaise réponse. « Elle… Nunciata… semblait avoir envie de se joindre à nous. Si bien que, maintenant…

— Maintenant ? la presse-t-il.

— Maintenant… Elles… Nunciata… Nunciata et Elisabetta ont… ont toutes les deux la gentillesse de… de passer du temps avec moi et…

— Vous passez donc votre temps ensemble, toutes les trois ?

— Parfois.

— Et qu'en est-il le reste du temps ? Êtes-vous seule avec Nunciata ? Ou avec Elisabetta ? »

Lucrèce hoche la tête.

« D'autres personnes se joignent-elles à vous ?

— Non, s'empresse-t-elle de répondre. Oui. Parfois, les dames d'Elisabetta. Ou bien… ou bien des courtisans. Ce poète que Nunciata affectionne.

— Diriez-vous passer plus de temps avec Nunciata ou Elisabetta ? Ou autant ?

— Peut-être… un peu plus de temps avec…

— Elisabetta ? »

De nouveau, son regard monte vers sa coiffure.

« Probablement, oui.

— Que faites-vous, toutes les deux ?

— Nous… nous nous promenons… dans la loggia. Je suis invitée à… ses réunions dans son salon.

— Et vous sortez aussi du château avec elle, n'est-ce pas ?

— Oui.

— À cheval ?

— Oui.

— Pour vous promener ?

— Oui. »

Il hoche la tête, digérant l'information, tout en laissant tomber la ceinture dans le creux de sa paume, maillon par maillon. Il la dépose ensuite dans sa boîte et lui prend la main pour la conduire jusqu'à la chambre.

« Venez, lui dit-il. Il se fait tard, vous êtes sûrement fatiguée. »

*

« Pourrais-je me permettre de demander à Son Altesse de relever légèrement le menton ? Un peu plus. Encore un tout petit peu plus. Voilà, voilà, magnifique. Maintenant, tournez le visage en direction de la fenêtre, lentement, s'il vous plaît, lentement. Là, parfait ! Ne bougez plus, s'il vous plaît, Votre Altesse. »

L'artiste se trouve au milieu du Salone dei Giochi, le salon des Jeux, baigné de lumière. Du coin de l'œil, Lucrèce, dont le visage est tourné vers le mur, s'aperçoit qu'il se tient parfaitement immobile. Ses jambes sont serrées, ses bras le long du corps, comme un nageur qui s'apprête à plonger ou un acrobate qui se concentre avant d'exécuter son tour.

« Oui », se murmure-t-il à lui-même.

Ses doigts exécutent des tours discrets, comme s'il tenait des pinceaux invisibles, comme si, dans sa tête, la création avait déjà commencé. Puis, sans même tourner la tête, l'artiste s'adresse à la personne qui se trouve dans son dos.

« Voyez-vous, Votre Altesse ? Je trouve cette pose meilleure que la précédente : nous pouvons ici saisir la courbe de la mâchoire, l'élégance du cou, bien que je m'interroge sur la possibilité de trouver la nuance qui rendra ce rosissement le long de la gorge. C'est exquis, trop exquis. Oh, et ce front ! »

Alfonso, drapé de couleurs sombres aujourd'hui, arpente le coin ombragé où il se trouve. Il examine les esquisses disposées sur une longue table, se penche sur l'une, puis sur l'autre, les passe en revue dans un sens, puis dans l'autre. La veille au soir, il a raconté à Lucrèce que le Bastianino était l'auteur des fresques de ce salon. Un silence, court comme un battement d'ailes, s'était écoulé avant que Lucrèce parvienne à faire sortir de sa bouche un bruit d'acquiescement. À dire vrai, elle n'aime pas ces fresques – représentations de bébés chevauchant des dauphins, de créatures mi-aquatiques, mi-humaines sur des serpents, d'hommes aux visages inexpressifs en plein combat. Ces peintures ont, à ses yeux, quelque chose d'étrangement statique et de désagréablement charnu. Alfonso, cependant, persiste à lui dire que le Bastianino est l'artiste qu'il faut pour réaliser son portrait ; comme il est heureux que, après avoir décoré les murs de sa maison, cet homme puisse à présent peindre le portrait de son épouse.

Voilà maintenant plusieurs heures que Lucrèce pose pour les esquisses – d'abord assise, puis debout, les pieds croisés, les mains entrelacées, les mains disjointes, la tête en avant, la tête sur le côté, le bras levé, le bras baissé, le poignet tourné. Il décide de la faire changer de position, et entame une autre esquisse.

Il est arrivé au château le matin même, suivi d'une quantité impressionnante de matériel que plusieurs de ses apprentis portaient sur le dos. Lucrèce les a balayés du regard : des garçons, jeunes, à l'air renfrogné, supervisés par Maurizio qui leur indique où déposer le matériel, où installer les coquilles d'huîtres, où placer le papier et les toiles. Maurizio portait le même justaucorps bleu que lors de leur première rencontre dans la galerie de la *delizia*. Aucune trace de Jacopo. Lucrèce a senti gonfler dans sa poitrine une flamme d'angoisse brute : était-il malade, lui était-il arrivé quelque chose ? Elle a vérifié dans le couloir, mais il était vide, puis elle a regardé Maurizio d'un air interrogateur. Sans doute a-t-il vu son geste, car il lui a répondu par un hochement de tête presque imperceptible, comme pour lui dire : N'ayez crainte, il va bien, il ne lui est rien arrivé.

L'artiste, le Bastianino, s'approche d'elle, lui soulève le bras, lisse un pli sur le bas de sa robe, rajuste la ceinture à sa taille, retend la dentelle autour de sa gorge. Alfonso, campé juste à côté, observe, les mains jointes dans le dos. Lucrèce trouve la situation insensée – qu'Alfonso permette à un autre homme de toucher ainsi sa robe, sa main ou ses bijoux a quelque chose de très singulier. Si cet homme n'était pas là pour la peindre, Alfonso pourrait très bien sortir sa dague de son fourreau et transpercer cet individu – Lucrèce a entendu dire qu'il a déjà tué pour moins que cela.

Elle entend de temps à autre le Bastianino murmurer « Avec la permission de Son Altesse » lorsque Alfonso s'approche, mais sans attendre sa réponse, les doigts du peintre s'insèrent à l'intérieur de la manche de Lucrèce pour tirer sur la dentelle, ou se posent sur sa tempe ou sa joue.

Ce qu'Alfonso ignore, c'est que chaque fois que l'artiste lui touche la main ou le menton, ou une autre partie du corps, son geste s'accompagne d'une pression secrète, subreptice – quelque chose de caché, d'infime. La première fois, Lucrèce a levé les yeux vers lui, surprise, pour le trouver qui la fixait avec une expression espiègle, provocatrice. C'est un homme à la moustache tombante, aux cheveux trop longs, grisonnants aux tempes, aux bajoues roses et aux yeux verts, vifs. Lucrèce connaît parfaitement ce genre d'hommes, qui ne peuvent résister à la tentation de coqueter avec une femme, quand bien même cette femme serait la duchesse consort et l'épouse de leur patron, quand bien même cette femme aurait trente ans de moins qu'eux, quand bien même ils y risqueraient leur vie. Éléonore, de toute sa hauteur, lui lancerait un regard glacial – comme Lucrèce l'a vue faire de nombreuses fois avec des hommes du même acabit –, avant d'aller dire à Cosme qu'il n'est pas « digne de confiance ».

Lucrèce, elle, préfère l'ignorer, éviter de croiser son regard. Elle continue de prendre la pose devant l'artiste et son époux, et les apprentis et différents courtisans qui la regardent, commentent, réfléchissent ensemble aux éléments qui pourraient encore agrémenter le portrait – peut-être plus d'or, de bijoux, un globe, un médaillon, un animal, une table, un livre ? Comment mettre à son plus bel avantage la maison de Ferrare ? L'artiste ébauche, Maurizio conseille, Alfonso arpente le salon. Nunciata, son chien dans ses bras, accompagnée de son poète, Tasso, s'arrête à côté d'Alfonso et regarde par-dessus l'épaule du Bastianino. Elle donne à voir un petit haussement d'épaules dédaigneux pour signifier qu'elle n'apprécie pas ce qu'elle observe, puis murmure quelque chose à Tasso qui sourit et secoue la tête avec indulgence. Alors que la journée touche à sa fin, Leonello pousse l'une des portes et vient se positionner à côté d'Alfonso, jetant tour à tour des coups d'œil aux esquisses et à Lucrèce, sans mot dire.

Lucrèce fait de son mieux pour garder la pose. Son esprit se détache du salon et part à la dérive. Elle devient une autre, se laisse transporter ailleurs comme elle le fait la nuit, avec Alfonso, laissant derrière elle sa peau et ses os, les couches externes de son être. Le reste se retire, s'échappe, se glisse ailleurs. Elle pense à sa mule blanche, au tintement de ses brides lorsqu'elles parcourent la forêt ; elle pense à Sofia qui, à cette heure, doit être occupée à dresser la table de la pouponnière avec des cuillères et des assiettes, ou demande peut-être à l'une des nourrices de lui masser les pieds ; elle pense au précieux insectarium de sa mère, aux déjections des vers, aux filaments collants de soie ; elle regarde le double d'argent que projette sur les murs et le plafond du salon la surface mobile de l'eau des douves. Et puis, soudain, quelque chose à la fenêtre attire son regard, la ramène dans le présent, dans cette salle.

Là, sur un étroit rempart de la tour d'en face, sont apparues deux silhouettes, marchant l'une vers l'autre : marionnettes noires à contre-jour sur le ciel bleu. La femme s'avance vers l'homme, qui lui aussi s'avance vers elle ; ils se rejoignent à mi-chemin. Leurs corps se fondent, la lumière entre eux s'éclipse.

Il s'agit, bien sûr, d'Elisabetta et Contrari. Lucrèce a reconnu l'empressement de leurs pas, le profil d'Ercole. Ce dernier possède la carrure large des gardes, et leur chapeau à plume. L'espace d'un moment, elle est avec eux, là-bas, sent le vent qui souffle sur les remparts et l'urgence de leur étreinte volée ; elle est Elisabetta, elle est Contrari ; l'intensité de leur amour court à travers elle.

Elle ne les observe qu'un bref instant avant de poser de nouveau son regard sur le salon.

Alfonso a les yeux braqués sur elle, plissés.

Lucrèce tente d'esquisser un sourire, mais son cœur bat soudain la chamade sous sa robe. Est-il possible qu'Alfonso ait deviné quelque chose ? L'expression sur son visage, la manière dont elle regardait par la fenêtre l'a-t-elle trahie ? Comment aurait-il pu comprendre ?

Il est certain qu'Alfonso a remarqué quelque chose. Lucrèce voit que son regard s'est tourné vers la fenêtre, vers les remparts, la tour, le ciel, et il en est de même pour Leonello qui l'a rejoint et s'est arrêté près de lui.

Lucrèce risque un coup d'œil : Elisabetta semble être seule. Contrari est parti. Elle pousse le soupir qu'elle retenait. Il n'y a peut-être pas lieu de s'inquiéter, finalement.

Alfonso suit du regard sa sœur qui s'en va vers l'autre tour. Son expression est songeuse, sa tête penchée sur le côté, ses bras croisés. Lorsque Elisabetta disparaît derrière une porte, au centre de la tour, il se retourne vers le salon. Lucrèce l'observe décroiser les bras, puis marcher jusqu'au Bastianino et considérer longuement, avec circonspection, l'ébauche sur laquelle travaille l'artiste avant de tendre la main et d'arracher la feuille du chevalet.

« Je croyais avoir été clair, murmure-t-il sans presque remuer les lèvres. Je veux que ce tableau fasse ressortir… Comment le dire ? Sa majesté, sa noblesse. Me comprenez-vous ? Elle n'est pas comme le commun des mortels : traitez-la comme telle. Faites en sorte, je vous prie, que ce portrait reflète ce trait plus que tout autre. Je veux que quiconque pose le regard sur cette toile sache instantanément ce qu'elle est : majestueuse, raffinée, intouchable. »

Le Bastianino le regarde, bouche bée, pendant plusieurs instants, avant de se ressaisir.

« Naturellement, Votre Altesse, répond-il en s'inclinant. Je ferai tout mon possible pour exaucer vos souhaits. »

Alfonso hoche la tête. Il jette l'ébauche sur le côté et sort du salon sans un regard pour personne.

*

Un billet, de bonne heure, déposé devant sa porte. L'écriture de son époux : elle doit être peinte aujourd'hui dans un habit spécialement choisi par lui et arrivé hier soir au château. Veut-elle bien le porter, ainsi que son cadeau de fiançailles, et descendre au salon ? Il signe : *Votre Alfonso*.

Dans son salon carré, sur une patère accrochée au mur, pend le bas de la robe. Le corset et les manches, séparés, sont pliés sur la crédence, près du bureau. Lucrèce, en pénétrant dans la pièce, croirait voir une femme coupée en quatre dont les parties du corps auraient soigneusement été disposées sur le mobilier.

Emilia, tout exaltée, bat des mains, s'en va chercher la jupe et caresse sa soie susurrante, puis ramasse une manche, la repose, émet des commentaires sur la belle étoffe, les broderies, les motifs en relief. Même Clelia laisse entrevoir une réaction pouvant passer pour de l'enthousiasme. Elle non plus ne peut s'empêcher de toucher la robe.

Lucrèce se lève pour leur permettre de la lui passer. Elle dresse les bras, les abaisse, pivote, courbe la tête, tout en gardant les yeux tournés vers le ciel, qui en ce jour est gris et bileux, gorgé de pluie.

Lorsque Emilia et Clelia l'emmènent devant le miroir, Lucrèce découvre une personne portant sur son visage une expression légèrement troublée. La robe est près du corps, et le bas se déverse en torsade autour d'elle. Le col haut monte jusqu'au sommet de son cou, l'empêche presque de tourner la tête ; la dentelle lui enserre la gorge. Ses bras sont emmaillotés, invisibles sous les manches bouffantes partant des épaules, et courant jusqu'au début de ses poignets : ses mains, au bout, semblent aussi pâles et inutiles que des pattes de souris, ressortant là au milieu des franges et des ornements. Jamais Lucrèce n'a porté un tel vêtement de sa vie : la taille est serrée, les manches sont énormes, et cette jupe étriquée lui donne l'impression d'être aussi frêle et fragile qu'un roseau. Elle ne reconnaît pas la femme drapée dans cette robe, qui ne ressemble ni à celles qu'elle a ramenées de Florence ni à celles que portent Elisabetta, Nunciata ou les dames de la cour. Cela signifie-t-il, se demande-t-elle en levant un bras, en enfonçant un orteil dans le bas de l'étoffe, que son époux l'aurait fait tailler spécialement pour elle, que cette robe répond à ce qu'il a imaginé pour son portrait de mariage ? Le plus troublant réside dans l'étoffe elle-même : un tissu rouge foncé sur lequel sont cousus des motifs noirs damassés qui, à bien les regarder, semblent par moments apparaître derrière le rouge, et par moments revenir au premier plan. Faut-il voir du noir sur du rouge ou du rouge sur du noir ? Lucrèce scrute, scrute le motif, mais impossible de répondre, impossible de voir si les délicats lacis de noir emprisonnent le rouge ou le libèrent. Cette illusion lui donne le tournis, la déstabilise, comme si ces deux couleurs, liées et séparées, menaçaient tout à la fois de se fondre et de s'écrouler.

Dans le salon des Jeux, au milieu des fresques où combattent les hommes, se tient le Bastianino. En la voyant, un grand sourire se dessine sur son visage, révélant des dents irrégulières de loup.

« Oui, oui, dit-il en croisant les bras et en secouant la tête pour dégager des mèches de ses yeux. Parfait, Votre Altesse, parfait. Quel portrait nous allons faire ! »

Alfonso se trouve non loin, un pied posé sur un tabouret ; il tient entre ses mains un livre ou un pamphlet qu'il ne referme pas. Il jette par-dessus son ouvrage un coup d'œil à Lucrèce. Le Bastianino la conduit avec empressement vers une chaise, puis arrange sa robe autour d'elle, tout en déversant une litanie de compliments et d'hyperboles. Il lisse le bas de la robe, rejette l'ourlet dans un sens, puis dans l'autre, le retrousse de manière à révéler la pointe de ses souliers. Il place un coussin derrière son dos pour l'obliger à se tenir droite, pose l'un de ses bras sur la table.

Puis il recule de trois pas rapides, puis d'un quatrième, plus lent cette fois, et un autre encore.

« Bien, déclare-t-il en écartant tout grand les bras comme s'il s'apprêtait à se jeter sur elle pour l'étreindre. Voyez-vous ? »

Deux silhouettes s'avancent alors vers elle : Lucrèce les voit arriver depuis les deux côtés opposés du salon,

Alfonso d'une part, ayant quitté l'endroit où il lisait, près de la cheminée, et l'autre silhouette, venant du recoin où le Bastianino entrepose son matériel. La première est grande, dotée de longues jambes et de bottes qui claquent sur le carrelage, la seconde plus râblée, pourvue d'une épaisse masse de cheveux bouclés et de chaussures qui, sans un bruit, glissent sur le sol.

La première est son époux ; la seconde, voit-elle alors que la lumière tremblotante reflétée par l'eau des douves tombe sur lui, est l'apprenti, Jacopo.

Instantanément, Lucrèce sent peser sur elle le ridicule de sa pose, là sur sa chaise, emprisonnée dans ce lac d'étoffe précieuse. Elle sent le corset qui la serre, la collerette amidonnée qui lui pique la peau, les va-et-vient du rubis qui pend à son cou. Jacopo ne la regarde pas. Il s'approche, s'arrête derrière le Bastianino et semble porter son regard par terre, devant elle, sur le bas de sa robe. Il tient entre ses doigts, dressés comme des lances, un pinceau, un fusain, un couteau à peindre, une petite fiole contenant sans doute un produit pour nettoyer pinceaux et toiles. La peau, à la jointure de ses doigts, est irritée, couverte de mouchetures colorées : rouge des teinturiers, jaune d'orpiment. Elle se demande un instant quel sujet l'apprenti a bien pu peindre pour utiliser ces nuances : les ailes d'un chérubin ? Les pétales d'une fleur ? L'animal préféré d'un membre de la famille ?

Un mouvement près de Jacopo rompt le fil de ses pensées. Alfonso est en train de hocher la tête, une main glissée à l'intérieur de son veston. Il lui sourit alors de ce sourire, rare, qu'elle affectionne le plus : involontaire, spontané, grand, qui s'étire sur tout son visage et efface sa sévérité pour le rendre beau et vivant.

« La voilà donc », souffle-t-il. Les mots s'envolent jusqu'à elle, à travers le salon, et Lucrèce lui retourne son sourire. « Ma première duchesse. »

Le sourire de Lucrèce est encore imprimé sur ses lèvres lorsqu'elle aperçoit, fugacement, le Bastianino baisser les yeux vers le sol en fronçant les sourcils. Jacopo, lui, tourne lentement la tête vers Alfonso – le geste, celui d'un vulgaire apprenti en tenue de travail osant dévisager un duc, est en soi choquant.

Mais Alfonso, aussitôt, se reprend :

« Ma belle duchesse », dit-il, et sur le visage du Bastianino se dessine une fois encore un rictus narquois tandis que Jacopo détourne les yeux et que Lucrèce sent cette curieuse tension dans l'atmosphère s'éloigner doucement d'elle, comme une embarcation sur une rivière.

Il ne pouvait pas vouloir dire autre chose, cela ne fait aucun doute. « Belle », pas « première ». Comment aurait-il pu la qualifier de « première », lui qui n'a jamais eu d'autre épouse qu'elle ? Sa langue a fourché, Alfonso s'est momentanément oublié. Cela lui arrive à elle aussi, tout le temps, ces mots qui s'invitent sans prévenir, qui forcent le passage sans sa permission, sans qu'elle en soit consciente. Qui surviennent de manière déplacée, malvenue. Alfonso voulait dire, « belle duchesse » et non « première duchesse », car « première duchesse » n'a aucun sens, aucun sens du tout : cette expression sous-entendrait qu'il y en aurait d'autres, dans les années à venir. Cette idée est en soi tellement folle, tellement saugrenue qu'elle ne peut être réaliste.

Lorsque l'attention de Lucrèce retourne au salon, Alfonso est parti. Clelia et Emilia sont assises sur une banquette, sous la fenêtre. La seconde est occupée à coudre un motif bleu sur un tissu blanc, tandis que la première plante mollement son aiguille dans une rose brodée, une rose qui, pendant un temps, avait appartenu à Isabella, puis à Lucrèce, et appartient désormais à Clelia. Le Bastianino, concentré sur sa toile, ses peintures, ses perspectives, est retombé dans le silence. Jacopo, par intermittence, dessine et écrit sur une grande planche qu'il tient en équilibre entre sa hanche et son bras. Il travaille, remarque Lucrèce, de la main gauche. Son regard va et vient entre elle et sa planche.

À un moment donné, il se dirige droit vers elle pour examiner, pense-t-elle, le tombé de sa robe sur son genou, la manière dont le tissu plonge, cascade vers le sol. Elle voudrait lui dire, lui demander : Est-ce le pli que vous examinez, les nuances de couleur, ou la manière dont le motif reprend après avoir été coupé par un pli ? Détestez-vous ce motif ? Car moi, oui. Il me donne un sentiment d'enfermement, sa symétrie et ses enjolivures m'emprisonnent. Le voyez-vous, vous aussi ? Je suis certaine que oui, même si je ne saurais dire pourquoi. Mais je suis certaine que oui.

Elle le regarde, là tout près d'elle, le grain de sa main droite mouchetée de peinture, les hémisphères colorés sous ses ongles comme les bandes distinctes d'un arc-en-ciel, et sa main gauche qui jamais ne s'arrête de bouger, enroulée autour du stylet, et le bout de sa langue qui dépasse au coin de sa bouche lorsqu'il réfléchit. Cette langue l'intrigue, humain instrument, chez lui dormant, inutilisé. Une langue comme n'importe quelle autre, pourtant. Jamais on ne devinerait, à voir sa couleur rose et sa surface granuleuse, qu'elle est différente des…

Jacopo cherche à frotter quelque chose sur sa feuille et fait tomber par mégarde son stylet. Un bruit de rebond métallique résonne plusieurs fois tandis que l'objet, sur le carrelage hexagonal, part dans un sens, puis dans l'autre, avant d'atterrir aux pieds de Lucrèce.

Mais l'ouïe de Lucrèce, toujours alerte, toujours aiguisée, entend également autre chose. Jacopo murmure, assez distinctement, énervé contre lui-même, des mots dans une langue qu'elle reconnaît, un dialecte au son duquel elle a grandi, dans la pouponnière du *palazzo*, qu'elle a entendu dans la bouche de ses nourrices napolitaines : « Espèce d'idiot. »

Il s'agenouille, tenant toujours sa planche, sans la regarder, pour récupérer par terre son stylet.

Lucrèce jette un coup d'œil autour d'elle. Ses suivantes se trouvent à l'autre bout du salon – Clelia bâille, Emilia est penchée sur son ouvrage. Le Bastianino se tient derrière son chevalet. Les gardes sont postés à la porte, appuyés contre le mur, le visage vitreux d'ennui.

Lucrèce prend alors une grande inspiration.

« Êtes-vous de Naples ? » souffle-t-elle à peine, sans presque remuer les lèvres, dans le même dialecte que lui.

Jacopo, dans un sursaut, dresse la tête. Elle avait oublié le bleu-vert changeant de ses yeux, les angles saillants de son visage, ses traits taillés dans le marbre.

« Je le suis, répond-il d'une voix si discrète que ses mots pourraient se confondre avec une respiration. Je l'étais. Comment vous le savez… »

Mais ses mots se perdent alors qu'il se retourne pour regarder derrière son épaule.

Lucrèce décale son pied – le mouvement est infime, mais elle fait glisser sous sa semelle le stylet pour le ramener sous sa jupe. Voyant son geste, Jacopo, après un instant d'hésitation, continue à faire semblant de chercher.

« Ma nourrice, murmure-t-elle en guise d'explication. Ainsi donc, vous ne parlez que ce dialecte ? »

Jacopo, les yeux baissés, répond en décrivant des cercles avec ses mains sur le sol :

« Je pourrais plus ou moins parler comme eux (il penche la tête en direction du Bastianino), si je le voulais. Mais... » Il lève alors les yeux vers elle et, pendant un instant, Lucrèce se rappelle son pouls si faible sous ses doigts, sa respiration rauque et laborieuse. « J'ai choisi de ne pas le faire.

— Comment est-il possible que...

— Jacopo ? » Elle est interrompue par le Bastianino. « Qu'y a-t-il ? Que fais-tu là à ramper par terre ? »

Lucrèce soulève la pointe de son pied pour libérer le stylet ; la main de Jacopo, en un éclair, disparaît sous la jupe et ressort avec, entre deux doigts, l'instrument. La parenthèse est fermée, l'occasion qu'ils avaient de parler s'est envolée ; les derniers mots ont été prononcés.

Jacopo, cependant, qui se trouve encore accroupi là, souffle dans l'air ces mots, tout près d'elle :

« Je n'oublierai jamais que vous m'avez sauvé la vie. »

Puis il s'en va, s'éloigne dans le grand salon. Lucrèce l'observe, regarde sa démarche souple, remarque ce pied qui semble légèrement rentrer vers l'intérieur à chaque pas. Coincée sous son bras, sa planche est couverte de représentations de ses poignets, de son cou, du plat de sa joue, de ses orbites. Il les gardera, en a pris possession, et fera en sorte de les conserver à l'abri, que rien ne leur arrive. À cette pensée se diffuse en elle une petite vague de chaleur.

*

Elle sort à cheval avec Elisabetta et les gardes. Ils longent la route droite qui mène du château aux fortifications de la ville, puis s'en vont sur les terrains de chasse. Les premières gelées de l'année ont emprisonné chaque branche, chaque brin d'herbe, ainsi que les verrous et les poignées des portes du château qu'ils ont tournés avant de partir. L'air porte en lui le froid teinté de fer qui indique l'arrivée de l'hiver. La forêt semble étrangement calme, comme rendue muette par le froid. Lucrèce fait aller son cheval au petit galop : elle désire sentir défiler le monde, voir les arbres se fondre en une seule et même entité.

Elisabetta, en manteau bordé de fourrure et chapeau à plume, préfère rester en retrait ; Contrari chevauche à côté d'elle, ses rênes tenues d'une seule main assurée. Ils conversent ainsi, leurs têtes inclinées l'une vers l'autre, pendant des heures.

Il y a dans leur manière d'être quelque chose qui rappelle à Lucrèce Cosme et Éléonore. Cette manière qu'a Contrari de crocheter un doigt sous la manche d'Elisabetta. La tendresse qui se lit dans ses yeux lorsqu'il la regarde, la puissance d'un tel amour, capable de transformer un homme à la carrure si imposante en quelqu'un de doux. Ces mots qu'Elisabetta semble deviner avant même que Contrari ne les prononce, comme par intuition. Lucrèce voit tout cela, et toutes ces choses familières l'emplissent d'un profond désir de vivre, elle aussi, cette connexion avec un autre ; elle aimerait que quelqu'un la regarde comme si elle était une chose rare et précieuse, aimerait porter ridiculement sous le ruban de son chapeau la branche de houx qu'on lui aurait offerte, aimerait qu'on lui demande son opinion sur tel ou tel sujet.

Lorsqu'elle se retourne sur sa selle pour les regarder, elle croirait voir deux esprits sylvestres ancestraux aux visages teintés de vert par les feuilles mouvantes de la forêt.

*

Incapable de dormir cette nuit-là, elle écarte les tentures du baldaquin, sort de son lit et traverse la chambre, puis le salon. Elle passe devant le placard où dort Emilia, enfermée. Elle soulève le verrou de la porte et se penche devant la rampe de l'escalier.

Il n'est pas encore minuit, estime-t-elle. Le château semble toujours actif, même si son effervescence est moindre. Il y a au loin des bruits de pas qui s'éloignent ; peut-être un serviteur, appelé tardivement dans une chambre. Il y a les voix étouffées qui proviennent de la cour.

Elle ressent cette sensation qui depuis toujours l'habite, d'aussi loin qu'elle s'en souvienne : une attirance pour l'exploration, le mouvement. Elle réfléchit un instant, puis rouvre la porte derrière elle. À reculons, elle effectue plusieurs pas, jusqu'à la porte du placard d'Emilia, qu'elle ouvre. La bonne est allongée là, sur le ventre, le visage enfoncé dans sa paillasse, un bras autour de son corps.

Lucrèce ramasse par terre une robe de bure, un tablier de lin, une coiffe.

Elle fait passer la robe par sa tête – ni trop grande, ni trop petite, juste un peu lâche au niveau des épaules –, puis noue le tablier. Elle revêt la coiffe ; c'est une coiffe large, en forme de fleur de lys. Qui voudrait masquer son identité peut la rabattre sur son visage.

Silencieusement, avec précaution, elle s'engage dans l'escalier. La robe de la servante lui chatouille les chevilles. Elle prend soin de marcher d'un pas rapide, tête baissée, les mains jointes devant elle. Elle est une bonne ; elle porte sur la peau un tissu rêche, et saura quoi dire si quelqu'un la questionne : sa maîtresse, qui n'arrivait pas à dormir, lui a demandé d'aller lui chercher du lait et du miel dans les cuisines.

Du lait et du miel, du lait et du miel. Comme une incantation, elle se répète ces mots en descendant l'escalier, en longeant une rangée de fenêtres qui surplombe les douves et la surface de l'eau que le gel a rendue opaque. Elle passe devant deux gardes, dont un lance une remarque grivoise qui fait éclater l'autre de rire. Elle croise une autre servante, une femme plus âgée, qui chancelle sous le poids de la jarre d'eau qu'elle transporte, au-dessus de laquelle tremblote un voile de vapeur. Elle pousse un grognement pour saluer Lucrèce, sans pour autant s'arrêter.

Lucrèce passe d'une tour à l'autre. Elle descend d'un étage, puis d'un autre. Elle entend l'épagneul japper derrière une porte, puis Nunciata lui dire d'une voix mièvre qu'elle va lui donner à manger. Elle passe devant trois courtisans qui jalousement discutent d'une lettre et d'un homme que l'on a choisi plutôt qu'eux. Elle aperçoit la femme aux oiseaux empaillés sortir de la chambre d'un écuyer à cette heure indue, le jupon tout de travers, les pieds nus.

Personne parmi tous ces gens ne lui adresse plus qu'un bref coup d'œil. Son déguisement est parfait. Quelle liberté s'est-elle octroyée en se déguisant ainsi, en prenant les habits de sa bonne, quelle brillante idée ! Elle peut aller partout, s'infiltrer où elle veut. Tous ces gens ne voient pas les serviteurs, ne les reconnaissent pas comme abritant, eux aussi, une raison, des émotions. Une bonne en robe de bure ne vaut pas mieux qu'une table ou qu'un chandelier sur un mur. Lucrèce a soudainement accès à la vie privée, cachée du château, à l'envers de la broderie, là où se trouvent tous les nœuds, toutes les trames et tous les secrets.

Une heure plus tard environ, elle retourne dans sa chambre, le souffle court, revigorée. Sa peau fourmille, son esprit est nourri et apaisé, tout cela en même temps. Elle remet à leur place les vêtements d'Emilia et retourne se coucher, se retire dans son espace privé pour repenser à tout ce qu'elle a vu.

*

Elle dort, en revanche, la nuit où survient le terrible bruit – elle ne s'est pas rendu compte qu'elle s'était endormie, mais elle a pourtant dû sombrer car ce bruit la tire brusquement de son rêve, comme un noyé qu'on sort de l'eau. Elle se retrouve non pas à Florence, se promenant dans une allée, comme elle le croyait, mais recroquevillée dans un endroit froid et obscur. Un moment s'écoule pendant lequel elle ne parvient pas à comprendre où elle est tant l'obscurité est profonde. Elle tâte ce qui l'entoure. Alfonso se trouve-t-il dans le lit ? Dans la chambre ? Mais ses mains trouvent un espace vide, le bord d'une couverture, puis les tentures du lit.

Quel est donc ce bruit qui l'a réveillée ? Elle tourne la tête d'un côté, puis de l'autre, sans vraiment savoir si ce qu'elle croit avoir entendu était réel.

La réponse arrive sous la forme d'un hurlement, haut perché, désespéré, sorti du plus profond d'une âme humaine. Ce cri transperce le silence nocturne du château, résonne encore et encore, coupe l'air, menace de ses dents acérées les oreilles de Lucrèce.

Qu'a-t-il donc pu se passer ? Elle sort en vitesse du lit, franchit les tentures, traverse la chambre. Dans la nuit du salon, elle trouve Emilia qui chancelle vers elle, les cheveux emmêlés, le visage déformé par la peur.

« Avez-vous entendu ? demande Emilia.

— Oui.

— Qu'était-ce ? »

Les deux femmes s'accrochent l'une à l'autre. La servante tremble. Elle pose une main sur sa poitrine, comme pour intimer à son cœur de ralentir.

Le hurlement retentit à nouveau, plus fort, et cette fois, des mots s'y rattachent :

« Non, non, non ! »

C'est une femme, folle de détresse. Lucrèce s'avance vers la porte, sa main dans celle d'Emilia.

« Par pitié ! sanglote la femme. Par pitié, non ! »

Lucrèce colle son oreille contre le panneau de bois de la porte.

« Qui est-ce ? murmure Emilia.

— Je ne sais pas.

— Que devons-nous faire ? Appeler la garde ? Pensez-vous que…

— Chut », la presse Lucrèce, l'oreille toujours collée à la porte.

La femme, qui qu'elle soit, supplie, demande d'arrêter, d'arrêter, par pitié.

Les doigts de Lucrèce trouvent le verrou et le font glisser.

Emilia tente de l'arrêter.

« Votre Altesse, non, il ne faut pas, vous…
— Laisse-moi.
— Ne sortez pas.
— Elle a besoin d'aide.
— Mais il se passe quelque chose de grave et…
— Laisse-moi, te dis-je. »

Emilia la lâche. Lucrèce termine de tirer le verrou, ouvre la porte, et sort.

Pendant quelques instants, elle n'entend plus que le déferlement de son propre sang dans ses veines. Puis elle perçoit un bruit, celui d'un frottement, provenant de l'étage du dessous, puis le cliquètement d'armes, le claquement de plusieurs paires de bottes qui vont et viennent, rapidement, dans un couloir, dans un sens et dans l'autre. Il y a aussi le grondement de voix masculines, qui s'adressent les unes aux autres d'un ton pressant.

Il y a ensuite une voix féminine, suppliante, étouffée par les larmes :

« Je vous implore. »

Lucrèce s'apprête à s'engager dans l'escalier pour découvrir qui est cette femme, pour tenter de l'aider – il doit bien y avoir quelque chose à faire pour cette pauvre créature. Mais elle entend alors, assez distinctement, la femme dire : « Alfonso, s'il vous plaît. »

Ce nom racle la tête de Lucrèce, chaque voyelle est un coup contre sa tempe. Alfonso est en bas ? Alfonso est présent ? Est-il en train d'essayer de mettre un terme à ce qui se passe là-bas, ou bien en est-il le témoin, y prend-il part ? Lucrèce ne parvient pas à y croire. Elle a dû mal entendre.

La voix de la femme s'élève à nouveau.

« Alfonso, je vous en supplie. Je vous en supplie, ne faites pas ça. »

À l'étage inférieur, une porte claque, puis des bruits de pas résonnent dans un escalier. Silence.

Lucrèce demeure un moment encore dans le couloir, au milieu du souffle glacé du château. Puis elle retourne vers la porte de sa chambre, titubante, ignorant les questions de la servante. L'un après l'autre, elle repousse les verrous.

*

Le lendemain, le château se réveille figé, ses couloirs et ses salons remplis par un silence qui pèse contre les murs, une pression intérieure. Lucrèce ne sort pas effectuer sa promenade matinale sur la terrasse ; Elisabetta n'envoie personne la chercher, ne la demande pas dans ses appartements ; elle ne voit pas Nunciata poser son épagneul dans la loggia pour lui faire prendre l'air. Même la ville, ou du moins les parties qu'on entrevoit par les hautes fenêtres, semble de sombre humeur, envahie par des voiles de brume suspendus au coin des rues et au bord des places.

Le petit déjeuner est déposé sur le pas de sa porte. Son bol quotidien de lait tiédi, avec sa pellicule jaune froncée et sa texture crémeuse, opaque, lui donne envie de vomir. Elle le repose, intacte, sur le plateau.

Emilia se déplace sur la pointe des pieds. Elle lisse les tentures des murs, époussette les tableaux de Lucrèce, ses sachets de pigments, ses flacons d'huile de lin. Clelia, assise dans un fauteuil, devant la fenêtre, pousse de temps à autre un gros soupir, tout en brodant de maladroits pétales sur le bord d'une blouse de Lucrèce.

Lucrèce l'envoie en bas avec un message pour Elisabetta : voudrait-elle sortir avec elle sur la terrasse ?

Clelia revient en lui disant que personne n'a répondu à la porte.

Vers le milieu de cette longue matinée, un serviteur des étages inférieurs demande à ce que la robe pour le portrait soit rangée dans une boîte afin de pouvoir être emportée, et transmet également un message à l'intention de la duchesse : elle ne doit plus quitter ses appartements jusqu'à nouvel ordre.

Lucrèce se lève de sa chaise et s'en va jusqu'à la porte où se trouve Clelia, en discussion avec le messager.

« Pourquoi dois-je rester ici ? demande-t-elle. Qui envoie cet ordre ? »

Le serviteur s'incline et répond :

« C'est une demande de Son Altesse le duc. Il vous transmet ses regrets de ne pouvoir vous délivrer ce message en personne, mais…

— Le duc a demandé cela ? Pourquoi ? »

Le serviteur, soudain pris de panique, ne semble plus savoir où poser son regard.

« Je… Je ne saurais le dire, madame, il m'a juste été demandé de… »

Il ne parvient pas à achever sa phrase et s'incline de nouveau, le visage cramoisi de honte.

Lucrèce voudrait attraper cet homme par la manche et lui sommer de révéler ce qu'il sait, ce que tout cela signifie. Mais elle tire à la place sur le devant de son propre corset, feignant de garder son sang-froid.

« Pourquoi doit-on emporter la robe ? demande-t-elle. Où l'emmène-t-on ?

— Dans la… bégaie le serviteur. Dans la… Sala… Sala dell'Aurora, où Son Altesse l'attend. Je crois qu'elle… qu'elle doit servir au… au portrait de Votre Altesse.

— Au portrait ? » L'esprit en ébullition, Lucrèce pince les lèvres. « Tu peux disposer. Je descendrai la robe moi-même. »

Le serviteur blêmit.

« Mais Son Altesse a dit que…

— Je sais ce qu'il a dit. Je la descendrai moi-même. »

De retour dans le salon, elle demande à Emilia et à Clelia de préparer la robe. Elle regarde le couvercle s'abaisser, aperçoit un dernier éclair de soie prune, le motif noir brodé qui en ce matin semble occuper le premier plan, semble dominer le rouge délicat. Puis elle demande à Emilia et Clelia de lui apporter la boîte ; Lucrèce marche devant, la tête haute, jusqu'à la Sala dell'Aurora, la salle de l'Aurore.

La pièce carrée est déserte ; les visages peints des dieux dans les cieux semblent regarder dans le vide. Lucrèce s'avance en se demandant à quel endroit se trouve précisément le centre de l'immense salle, mais à l'instant où elle pense s'y trouver, la porte s'ouvre.

Elle se retourne et voit son époux, accompagné de trois de ses conseillers et de Leonello. Il y a quelque chose de sombre et de menaçant dans la mine des cinq hommes, dans leur manière de se déplacer en escadron, comme s'ils portaient entre eux quelque chose de lourd.

Sans dire un mot, il s'avance dans la salle, découvrant la scène qui se présente à lui : sa femme, sa bonne et sa dame de compagnie, le serviteur qu'il a envoyé plus tôt, la boîte contenant la robe. Son allure est impeccable : bas noirs, veston noir, bottes noires.

« Ma très chère », murmure-t-il en tendant une main vers elle.

Son regard se pose tour à tour sur la boîte, sur les suivantes, recueillant les informations, calculant ce que recèle cette situation.

Il lui prend la main et, se tenant tout près d'elle, reste courbé pendant un moment, puis lui dit :

« Je ne m'attendais pas à vous voir. »

Comme cette phrase lui ressemble, pense Lucrèce. Huit petits mots, si anodins en apparence, mais si lourds de sens. Lui qui semble simplement exprimer sa surprise de la voir lui dit en réalité tout son mécontentement de constater qu'elle a pris l'initiative de descendre ainsi dans ses appartements. Mais pour quelle raison ne veut-il pas qu'elle s'invite ici ? Pour quelle raison lui a-t-il donné l'ordre de rester enfermée dans sa chambre ?

« J'ai pensé qu'il valait mieux descendre en personne afin de m'assurer que la robe vous serait bien remise, explique-t-elle. Et au cas où vous auriez besoin de moi pour poursuivre le portrait. »

Son visage ne bouge pas ; la main de Lucrèce, toujours dans la sienne, devient chaude.

« J'aurais envoyé quelqu'un vous chercher, répond-il, si tel avait été le cas. »

Elle hausse les épaules.

« Ce changement d'air me fait du bien. »

Il hoche la tête, laisse tomber sa main et se tourne vers la table où est posée la boîte.

« La voilà ? »

La question s'adresse aux suivantes, mais il ne les regarde pas. Emilia, qui ne l'a pas compris, ne répond pas. Alfonso attend d'un air patient, résigné, une main sur la boîte, jusqu'à ce que Clelia finisse par sursauter et, après avoir exécuté une révérence, dise :

« Oui, Votre Altesse.

— Pourquoi… »

Lucrèce s'adresse à son dos, elle s'apprête à lui demander la raison pour laquelle il a exigé qu'elle reste dans ses appartements, elle s'y apprête, oui, mais son intuition lui dit alors que le meilleur moyen de lui soutirer des informations serait de le faire parler plutôt que de lui poser directement la question, et donc, à la place, elle demande :

« Va-t-on emmener la robe ?

— C'est une pratique courante, répond-il. Afin de vous épargner des temps de pose et de ne point trop user de votre patience. Le Bastianino la gardera dans son atelier un certain temps, pour la peindre. Ensuite (il se tourne vers elle), il nous la renverra une fois le portrait achevé. »

Lucrèce aperçoit alors une blessure sur la gauche de son visage qu'elle n'avait pas vue avant. Sous la pommette, juste en face de l'oreille, trois égratignures encore fraîches, profondes.

« Votre visage ! s'exclame-t-elle en s'avançant vers lui. Vous êtes-vous…

— Ce n'est rien. » Du bout des doigts, il effleure les traits rouges. « Je les avais presque oubliées.

— Mais il vous faut un baume ou…

— Ce n'est rien, répète-t-il. Ne vous inquiétez pas.

— Alfonso », dit-elle d'une voix plus grave. Elle n'y tient plus. « Je dois… Il me faut vous demander quelque chose. »

Il se contente de la regarder, sans lui répondre.

« Il y a eu des bruits terribles, la nuit dernière. Et ce matin, le billet que j'ai envoyé à Elisabetta n'a trouvé aucune réponse. Que se passe-t-il ?

— Sortez, s'il vous plaît », dit-il sans bouger d'un pouce, et l'espace d'un terrible instant, Lucrèce croit qu'il s'adresse à elle, qu'il lui demande de quitter la salle d'un ton impérieux.

Mais, sans hésitation, Leonello, ainsi que les trois conseillers, le serviteur et les suivantes, comme un seul homme, déguerpissent en direction de la porte.

Brusquement, Lucrèce et Alfonso se retrouvent seuls dans cette belle salle où, au-dessus de leur tête, Aurore dans son char doré repousse la sombre présence de la nuit.

« Il y a des choses, commence-t-il d'une voix à peine plus forte qu'un murmure, qui, de temps en temps, se produiront dans nos vies et sembleront incompréhensibles à vos yeux. Vous resterez en retrait. Il est de mon devoir de m'occuper de tout ce qui pourrait constituer une menace à notre statut ou à notre réputation. De mon devoir à moi, et à moi seul. Je vous ai fait porter le message de rester dans vos appartements, et vous voilà ici. Ce qui s'est passé la nuit dernière était… »

Ce stupéfiant discours, qui fait trembler les jambes de Lucrèce sous sa jupe, est interrompu par une porte que l'on ouvre, à l'autre bout de la salle.

Jacopo, l'apprenti, s'avance vers eux, son béret à la main. Alfonso lui lance un regard en coin, puis tend le bras et pointe la boîte du doigt.

« Là », déclare-t-il.

Jacopo se rend à l'endroit désigné, contournant le centre de la salle où se tiennent Lucrèce et Alfonso. Puis il sort de sa besace une sangle de cuir et commence à l'enrouler autour de la boîte.

« Il y aura bien des choses, poursuit Alfonso comme si Jacopo ne se trouvait pas dans la salle (et Lucrèce se dit que son époux doit sans doute le croire muet mais également sourd), qu'il sera préférable pour vous de ne pas savoir. Je vous demande de veiller à ce que l'aiguille de la boussole qu'est votre loyauté pointe toujours dans la bonne direction : vous êtes ma femme et je ne devrais pas avoir à vous rappeler que quoi qu'il advienne, votre premier devoir sera toujours de m'écouter, moi. Et personne d'autre. Ni vos dames ni mes sœurs, personne à part moi. Je suis votre époux et, oui, votre protecteur également. Permettez-moi donc, je vous prie, de vous protéger. »

Elle voit, derrière lui, Jacopo lui jeter un regard en coin. Il soulève la boîte pour la porter à l'épaule. Ses gestes sont lents, exécutés avec précaution. Il prend autant de temps que possible. Ses pas, alors qu'il se dirige vers la porte, sont lents également, et l'espace d'un curieux instant, Lucrèce pourrait même le croire prêt à rebrousser chemin et revenir jusqu'à eux. Mais il ne le fera pas. Il ajuste la sangle sur son épaule, sur la boîte, et Lucrèce réalise soudain que se trouve à l'intérieur sa robe qu'il sortira, très bientôt, soulevant le couvercle, et qu'il respirera l'air qui s'en échappera, l'air de sa chambre ; sa main touchera son étoffe, la soulèvera, la secouera, l'examinera, puis il décidera quelle combinaison de pigments donnera le résultat le plus fidèle sur le portrait du Bastianino. Il l'imaginera dedans, réfléchira à la manière dont cette robe enferme son corps, se drape sur ses bras et ses jambes ; il la contemplera, l'étudiera ; cette robe hantera ses jours et ses rêves, la nuit.

« Je suis certain, poursuit Alfonso, que votre père agit de la sorte et protège votre mère de tout ce qui, dans son règne, pourrait…

— Au contraire, ose l'interrompre Lucrèce, oubliant un instant qui elle est, à qui elle s'adresse. Mon père partage tout avec ma mère. Il la consulte sur bien des questions, lui cède le pouvoir dès lors qu'il s'absente, cherche toujours son avis et…

— Comme tout cela est touchant. » Les lèvres d'Alfonso, en prononçant ces mots, sont rigides. « Mais votre père est un homme et j'en suis un autre. Et vous, mon amour, n'êtes rien de plus qu'une enfant. »

Par-dessus l'épaule de son époux, qui la surplombe, lui bloquant presque toute la vue, Lucrèce constate que Jacopo a atteint la porte de la salle. Sur le seuil, il semble hésiter un instant ou deux, puis pose une main sur la clenche.

« Ainsi donc, faites-moi la faveur de retourner dans vos appartements, comme il vous l'a été demandé, et d'y rester jusqu'à nouvel ordre. » Du bout de son pouce, Alfonso frôle le contour de sa mâchoire. « Me suis-je bien fait comprendre ? »

Elle hoche la tête – un mouvement rapide du menton. Jacopo pousse la porte, sort en lui jetant un dernier regard, et la referme. Lucrèce doit se retenir pour ne pas quitter brusquement son époux et courir derrière lui. Elle espère, follement, avoir laissé un peu d'elle dans cette boîte, s'être cachée dans les replis de la robe pour que Jacopo l'emporte avec lui, franchissant le portail, puis le pont-levis, loin des murs du château.

« Oui, répond-elle finalement en penchant la tête pour regarder Alfonso, ses cheveux sur lesquels sont imprimées les dents du peigne, les stries à vif sur sa joue, comme si quelqu'un l'avait griffé avec ses ongles. J'ai compris. »

*

De retour dans sa chambre, Lucrèce congédie ses suivantes. Elle resserre son châle autour de ses épaules et se campe devant la fenêtre, depuis laquelle elle aperçoit un bout des douves, ainsi que le principal pont-levis et quelques-unes des rues qui mènent à la place.

L'hiver semble être arrivé avec une soudaineté particulière. Peut-être est-ce le climat du nord ou l'influence froide et humide du Pô, mais les saisons à Ferrare tournent comme une manivelle ; un jour, l'été, celui d'après, les feuilles qui tombent des arbres, puis le givre qui s'abat et les vents glacés qui s'infiltrent dans les fentes des murs et des fenêtres. Lucrèce avait l'habitude du climat toscan, où d'abord la lumière et la chaleur se tamisent lentement, avant de basculer doucement vers l'automne et que s'installe l'hiver, presque en s'excusant.

Debout devant la fenêtre, elle attend, les doigts pressés contre le carreau, le front posé sur le verre froid. Une petite auréole de brume apparaît et disparaît à chacune de ses respirations.

Un groupe de gardes marche en direction du pont, rangé en formation, par paires, leurs épées sur l'épaule. Ils traversent la place, puis disparaissent au bout d'une contre-allée. Un homme en manteau noir arrive sur le pont à grands pas ; le garde de la guérite le laisse passer. Deux servantes chargées de paniers sortent en se pressant, puis se séparent au centre de la place, la plus grande criant quelque chose à la seconde, qui lui lance un au revoir de la main.

Puis retentissent les bruits métalliques des rouages du pont-levis qu'on actionne. Une charrette sort à toute vitesse, tirée par un cheval pie conduit par un serviteur debout, fouet à la main, suivie par trois autres domestiques à pied, qui courent ; ils s'interpellent les uns les autres, se réprimandent. Plusieurs gardes suivent derrière, en courant eux aussi, chapeau à la main, tête nue, une expression de frénésie et de colère sur le visage.

À l'arrière de la charrette – Lucrèce étire le cou pour mieux voir, perchée sur la pointe des pieds –, une forme longue, rectangulaire est cachée sous des couvertures.

Ce moment, comprend-elle alors, est celui qu'elle attendait. Elle ne sait pas vraiment ce qu'il veut dire, ce qu'il implique – elle l'ignore. L'empressement des serviteurs alarmés, les claquements furieux du fouet, les gardes enragés qui les suivent, encore à présent, alors que la charrette s'engage sur la place, puis tourne au coin et se retrouve avalée dans l'interstice qui sépare deux habitations.

Lucrèce laisse son regard planté sur cet espace encore longtemps après que les gardes ont abandonné la course et s'en sont retournés, lentement, au château, un bras de l'un passé autour des épaules d'un camarade, encore longtemps après que la charrette s'est échappée. Son regard ne se détache pas de là, comme si la charrette risquait soudain de réapparaître et de tout expliquer, et son conducteur alors serait calme, et son chargement parfaitement innocent et normal.

Elle se pose des questions à elle-même, se demande ce que ses yeux ont vu, ce qu'ils ont cru voir, s'ils ont pu se tromper. Mais elle sait ; son cœur sait. La forme à l'arrière de la charrette était longue, mince, avec des coins carrés. Comme ceux d'une boîte ou d'un lit. Ou d'un cercueil.

Elle demeure encore un long moment à la fenêtre. Elle regarde les gens de Ferrare aller et venir, traverser la place dans un sens, puis dans l'autre. Elle regarde les enfants tenir la main de leurs parents. Elle regarde une femme porter sur son dos un gros ballot de vêtements, un homme faire rouler un tonneau avec ses pieds nus et crasseux, une petite fille tirer un chien au bout d'une corde, deux frères porter du bois pour le feu. Elle regarde le ciel se vider de sa lumière et les pierres des maisons se teinter d'ombre.

Elle se trouve toujours à la fenêtre quand la charrette revient. Le conducteur est maintenant assis au bord et laisse le cheval aller librement sur le pont ; le fouet a été roulé et coincé sous son bras. Il n'y a plus rien à l'arrière du véhicule.

Emilia et Clelia la trouvent là, raide de froid, à leur retour. Elles l'aident à s'asseoir sur une chaise, frictionnent ses mains et ses pieds gelés. Emilia verse dans sa bouche des cuillerées de bouillon chaud. Clelia la réprimande d'être ainsi restée dans le froid.

« Il s'est passé quelque chose, leur dit-elle, leur répète-t-elle. Je le sais. »

Emilia évite son regard. Elle se concentre sur le bouillon, sur les couvertures qu'elle arrange, sur le feu qu'elle allume.

« Je sais. » Voilà tout ce que parvient à leur dire Lucrèce.

« Comment peut-elle savoir ? murmure Clelia en se tournant vers Emilia.

— N'y pensez pas maintenant, répond Emilia en caressant le bras de Lucrèce. Ne pensez à rien. »

Mais lorsque Clelia sort des appartements pour aller demander de l'eau dans les cuisines afin qu'elles la baignent, Lucrèce se tourne vers Emilia, s'accroche à son épaule, l'oblige à s'asseoir à côté d'elle et lui dit :

« Dis-moi ce qui s'est passé. Je sais que tu sais. »

Emilia la supplie :

« Ne me demandez pas. Changez-vous donc les idées. »

Lucrèce répond :

« Dis-moi. »

Emilia lui propose de jouer aux cartes ou de dessiner. Aimerait-elle qu'elle lui apporte du papier ?

Lucrèce dit :

« Emilia, ta mère m'a élevée, nous sommes des sœurs de lait, toi et moi. Tu me connais depuis plus longtemps que je ne me connais moi-même. Nous avons vécu bien des choses ensemble. S'il te plaît, dis-moi. »

Emilia pose ses doigts sur la cicatrice de son visage, d'abord un, puis un autre ; elle baisse les yeux, puis parle avec hésitation.

Elle l'a entendu, dit-elle à Lucrèce, d'une cuisinière qui elle-même l'a entendu d'un homme servant Son Altesse le duc, dans ses bureaux. Ercole Contrari – et là, Emilia hésite encore, choisit ses mots – aurait compromis l'honneur de la sœur du duc, dame Elisabetta. Le duc a condamné Contrari, chef de la garde, à mort.

Le récit d'Emilia s'interrompt à ce stade, trop brutalement, comprend immédiatement Lucrèce.

« Continue, lui dit-elle.

— Non, souffle Emilia en secouant la tête.

— Si, répond Lucrèce. Dis-moi.

— Et comme dame Elisabetta, poursuit alors Emilia d'une voix tremblante, ne montrait aucun regret, et refusait de condamner Contrari, clamant qu'elle l'aimait et qu'il l'aimait aussi, le duc a ordonné (Emilia s'arrête, déglutit) que Contrari soit étranglé et que dame Elisabetta soit forcée d'assister à l'exécution. »

Lucrèce écoute chaque mot, séparément, leurs syllabes, les blancs entre eux. Elle les fait défiler dans sa tête, phrase par phrase. Elle les isole, avec soin, avec toute son attention, pour être bien sûre de leur sens, de leur signification, pour comprendre pleinement ce que vient de lui expliquer Emilia.

« Et donc, commence Lucrèce sans vraiment savoir ce qu'elle souhaite demander, mais elle entend sa voix poursuivre sans même l'avoir commandé, cela a-t-il… eu lieu ? »

Emilia hoche la tête.

« Le duc a demandé à deux des hommes de Contrari de mettre la sentence à exécution, dans le salon des Jeux. Mais ils… n'ont pas pu. Baldassare s'en est finalement chargé.

— Baldassare ? répète Lucrèce. Leonello Baldassare ?

— Oui.

— Et dame Elisabetta… ?

— Était présente.

— Et mon époux ?

— Il regardait. Il a ordonné aux gardes de la ceinturer pour qu'elle ne s'échappe pas. »

Lucrèce s'intime de parler. Elle demande à sa bouche et à sa langue de produire des sons. Elle dit à Emilia et à Clelia, de retour, qu'elle a changé d'avis concernant le bain ; qu'elle voudrait rester seule, merci.

Les suivantes se retirent à reculons, puis referment la porte derrière elles.

Lucrèce demeure dans le salon, fixant du regard les volutes de vapeur qui s'inscrivent dans l'air, au-dessus des bassines d'eau chaude rapportées des cuisines par Clelia. Elles montent et s'entortillent, comme des serpents au son d'une flûte, se fraient un chemin vers les fenêtres, déposent leur mue sur les carreaux froids. Un moment plus tard, il fait noir sur la place, et Lucrèce ne se tient plus dans les appartements d'une tour, mais dans une boîte, coupée du monde.

Elle marche d'un pas rapide, passe à travers la vapeur pour se rendre dans son salon où elle enfile son manteau et ses souliers. Elle ferme la bride de son col, abaisse sa capuche sur sa tête. Puis sort dans le couloir.

Elle va prestement sur le sol en brique, les mains serrées sur le rebord de la capuche pour éviter qu'elle ne tombe, passant d'un rond de lumière des torches à un autre, telle une mite brune. Quand résonnent des voix dans un couloir perpendiculaire au sien, elle fait un pas de côté pour se glisser dans une alcôve et se plaque contre le mur.

Tasso le poète arrive. Une femme se trouve à ses côtés ; Lucrèce reconnaît l'une des dames d'honneur de Nunciata. Elle est pendue à son bras, et son châle traîne sur le sol ; le poète semble de sombre humeur, abattu, presque indifférent à la femme qui l'accompagne.

« Il a fait appeler le médecin, dit-elle, le visage levé vers lui. Mais elle refuse de le voir.

— C'est une situation terrible, répond Tasso de sa voix de stentor. Tragique, sombre.

— Dépêchons, répond la femme en frissonnant, avant de jeter un coup d'œil derrière son épaule. Venez. Il n'est pas convenable de déambuler ainsi par une nuit comme celle-ci. »

Ils disparaissent à l'angle du corridor et Lucrèce sort de sa cachette. Il y a quelque chose chez cette femme que, d'instinct, elle n'apprécie pas, mais elle la comprend, en même temps. Il flotte ce soir une atmosphère étrange au château : l'air qui emplit les salles et les couloirs a quelque chose de lourd et de puant, comme empesé par les récents événements. Il règne un silence inhabituel, rompu de temps à autre par des sons étranges, certains étouffés et mystérieux, d'autres amplifiés par l'écho. Les bruits de pas de Lucrèce, lorsqu'elle descend l'escalier, semblent ricocher sur les murs, leur claquement démultiplié, distordu, transformé en une bête monstrueuse qui lui donne des picotements de peur dans la poitrine.

Elle se dépêche, court presque, arrivée au rez-de-chaussée. Si Alfonso la surprenait, si Baldassare ou l'un de ses hommes croisait son chemin, si Alfonso montait dans sa chambre et la trouvait vide – que se passerait-il ? Elle n'en a aucune idée.

Elle s'en moque, s'en moque. Qu'il voie, qu'il sache. Elle s'en moque.

Elle se répète ces mots en courant, et sa capuche est retombée dans son dos alors qu'elle tambourine à la porte d'Elisabetta, qu'elle pousse la dame d'honneur qui lui ouvre, qui lui dit être désolée, mais qu'Elisabetta ne recevra personne.

Lucrèce, hors d'haleine, pénètre malgré tout dans ses appartements. Ce soir, le rose framboise de ses tentures, comme contaminé par la noirceur de ce jour, a pris une couleur plus sombre, violacée.

La dame d'honneur tente de la convaincre de faire demi-tour, piaillant des supplications, des excuses. Elle n'osera pas la toucher, Lucrèce le sait, mais ses bras sont écartés tout grand, comme pour former un bouclier face à son regard avide.

Elle sait comment s'y prendre – elle est, tout de même, la fille de sa mère. Elle lève le menton, et regarde de haut cette dame. Je suis la duchesse de ce château, traduit sa posture, et vous êtes sur mon passage ; Lucrèce le sait ; la dame le sait.

« Écartez-vous, lui dit-elle. S'il vous plaît. »

La dame, avec un soupir, se décale vers le mur tout en continuant de susurrer des excuses.

Lucrèce entend dans la chambre un léger bruissement, suivi d'un bruit comme une toux ou un grognement. Ce que Lucrèce pensait, dans la pénombre, être un tas de vêtements sur une banquette s'anime tout à coup.

« C'est vous », fait une voix, morne et mécontente.

Lucrèce se rue vers elle et se laisse tomber à genoux. Dans l'ombre, elle décèle un visage, gonflé et cireux, rond comme une lune. Elle pense un instant avoir fait erreur, se trouver en face de Nunciata, mais elle reconnaît les bagues de cette main qu'elle a prise tant de fois comme étant celles d'Elisabetta, et ce front haut, ces yeux noirs, les mêmes que ceux d'…

« Comment osez-vous venir ici ? lui lance Elisabetta d'une voix rauque. Que voulez-vous ? »

Lucrèce lui serre la main.

« Il fallait que je vous voie. J'ai appris… je suis désolée – je suis profondément désolée… Je n'arrive pas à le croire, je ne peux…

— Alors vous êtes encore plus bête que je ne le pensais », rétorque Elisabetta en arrachant sa main de celle de Lucrèce avant de se détourner d'elle pour enfouir son visage dans ses coussins.

Lucrèce, piquée, s'écarte. Toujours à genoux, elle attend un moment. Elle n'a pas oublié la dame d'honneur qui attend derrière, prête à la raccompagner.

« Vous êtes en deuil, dit Lucrèce. Je comprends et… »

Elisabetta laisse échapper un rire bref, amer.

« Vous comprenez ? Réellement ? Ils m'ont forcée à regarder. Ils m'ont maintenue pendant qu'ils le tuaient à mains nues.

— Je ne peux imaginer votre…
— Dites-moi, aimez-vous mon frère ?
— Bien… bien sûr que je l'aime, bégaie-t-elle.
— Vraiment ?
— Je… »

Elisabetta, soudain, se redresse. Lucrèce, une fois encore, est choquée par son apparence. Ses cheveux, collés, pendent par mèches devant son visage ; ils paraissent plus courts qu'elle ne l'imaginait, et elle comprend soudain que l'impressionnante masse que porte Elisabetta au sommet de son crâne est un postiche, volé sur la tête d'une autre femme. La peau qui entoure ses yeux est rouge, enflammée de colère, comme frottée avec de la toile rêche.

« Vous n'avez pas la moindre idée de ce qu'est l'amour, dit Elisabetta. Vous n'êtes qu'une enfant. » Elle pose alors la main sur la joue de Lucrèce et lui pince le lobe de l'oreille. « Une belle petite idiote accoutrée de bijoux et de soies. Un petit singe de compagnie. »

Lucrèce a l'impression d'être un drapeau sur un rempart venteux, fouetté de tous côtés. Elle n'a aucune idée du tour que va prendre cette conversation, de ce qu'il va advenir.

« Je suis sincèrement désolée, répète-t-elle, de ce qu'il s'est passé, de… »

Mais Elisabetta rapproche son visage du sien, lui soufflant au nez son haleine ferreuse. Elle est, songe Lucrèce, un carreau brisé, son être tout entier fracturé en mille morceaux.

« Vous lui avez dit, n'est-ce pas ? murmure-t-elle au milieu de cette proximité inédite, les yeux rivés sur elle. Pourquoi avoir fait cela ? Nous étions amies, vous et moi.

— Nous… nous sommes amies, bégaie Lucrèce, stupéfaite. Je ne lui ai rien dit ! Je vous le promets.

— Est-ce bien vrai ? Quelqu'un lui a parlé, forcément. Et je pense que c'est vous.

— Ce n'est pas moi. Jamais je n'aurais fait une chose pareille. Jamais.

— Le jurez-vous ?

— Je le jure, Elisabetta. Il… » Lucrèce ne sait comment le formuler. « Il a comme un don pour voir la vérité, le fond des choses. J'ignore quel est son secret, mais il sait comment percer les gens à jour, voir tout ce que l'on cherche à cacher. Il sait comment effeuiller les couches derrière lesquelles nous cachons nos secrets… »

Elisabetta pousse malgré elle un grognement de dégoût et s'écarte brusquement d'elle.

« Vous avez raison. Je le reconnais parfaitement là. »

Elle enfouit le visage dans ses mains, referme ses doigts dessus et reste ainsi un moment. Lorsqu'elle les retire, son beau visage est toujours ravagé, ruiné, mais plus amer.

« Je vous crois », dit-clle tout bas.

D'un air absent, elle saisit la main de Lucrèce. Une larme s'amasse au coin de son œil et roule d'un coup sur sa joue, suivie par une autre, et une autre. Elle ne lève pas la main pour les essuyer, les laisse ruisseler sur son visage et former une auréole sombre sur sa robe de chambre.

Agenouillée devant elle, Lucrèce lui tient la main. Et c'est alors qu'Elisabetta lui dit une chose inattendue.

« Pauvre Lucrèce, souffle-t-elle, toujours sans la regarder.

— Moi ? demande Lucrèce. C'est vous qui…

— Non, non, soupire Elisabetta en lissant un pli sur son vêtement. Je pars. Dès que le soleil se lèvera. Je m'en vais à Rome, chez Luigi, mon autre frère. Je ne reviendrai sans doute jamais. Alfonso n'est pas mon époux. Il m'est permis de partir. Pas à vous. »

Lucrèce, de nouveau, sent ce vent chaotique, imprévisible, la secouer dans tous les sens.

« Je suis plutôt satisfaite de mon…

— Écoutez-moi, petite Lucrè, lui confie Elisabetta en crochetant son index, l'attirant si près que leurs fronts se touchent. Vous n'avez pas idée de quoi il est capable. » Son front appuie si fort que Lucrèce en a mal. « Il faut être sans cœur pour régner comme il le fait, si bien, si fermement. En un temps restreint, il a mis la cour sous son joug, mais à quel prix ? Si vous saviez ce à quoi j'ai déjà assisté ! » Sa main s'enroule en un poing et frappe sa poitrine. Lucrèce fronce le visage. « Il n'a rien ici. Rien du tout. Et vous savez quoi ?

— Quoi ? »

Le visage d'Elisabetta se tord en un sourire laid et douloureux.

« Il n'a jamais, crache-t-elle, réussi à engrosser une femme. Pas une seule, pas une…

— Peut-être que…

— Pas une seule femme ici ni nulle part ailleurs. Jamais ! Pas une ! Me comprenez-vous ? La rumeur court qu'il est incapable d'engendrer un héritier, que le duché ne peut demeurer dans notre famille, ce qui bien sûr le fait enrager au-delà de l'imaginable, car depuis toujours il sait ce qui se dit de lui, j'ignore d'où lui vient ce don, mais je sais en revanche une chose : il rejettera la faute sur quelqu'un, et savez-vous sur qui ? »

Lucrèce se sent submergée par la pression de ce front, par l'odeur de saleté, de toilette négligée d'Elisabetta.

« Vous, souffle-t-elle avec malice et, presque, plaisir. C'est vous qui serez tenue responsable. Alors prenez garde, Lucrèce. Prenez garde. »

Alors, Elisabetta la repousse et fait signe à sa dame.

« Je suis fatiguée, déclare-t-elle. Raccompagnez-la. »

*

Lucrèce remonte dans sa chambre, ferme le verrou, allume une chandelle, l'emporte avec elle au lit et tire les tentures. Elle ne répond pas aux coups qu'Emilia ou Clelia frappent à la porte. Elle n'ouvre pas quand elles lui apportent son petit déjeuner, quand elle entend les cahots de ce qu'elle suppose être le carrosse d'Elisabetta qui s'en va, quand elles lui disent des mots de réconfort par la serrure, et même quand Nunciata vient frapper en personne, en lui demandant de les laisser entrer.

Ce n'est qu'au moment où Emilia, à travers la serrure, lui murmure que Son Altesse le duc et son *consigliere* Baldassare sont partis pour Modène, et qu'ils seront absents pour plusieurs semaines, que Lucrèce ouvre les verrous.

Elle demande à Emilia de lui apporter ses fourrures : quelque chose lui dit qu'elle doit prendre l'air. Elle ne peut plus supporter cette chambre, ses murs étriqués ; en outre, Alfonso n'est plus là pour l'obliger à rester enfermée. Elle veut avoir le ciel au-dessus de sa tête ; elle veut sentir le vent lui tirer les cheveux. Elle sait qu'il ne lui sera pas permis de quitter le château – les gardes aux portes ne la laisseraient jamais passer, pas sans la permission expresse d'Alfonso. Elle se tourne donc vers les seuls extérieurs qui s'ouvrent à elle. Elle s'en va dans l'orangeraie, marche d'un mur à l'autre, slalome entre les arbres nus, sans feuilles ni fleurs à cette saison. Elle gravit les marches de pierre de chaque tour, l'une après l'autre, et parcourt chacun des remparts à grands pas. Elle arpente les terrasses, tout en contemplant la ville, ses toits, ses gouttières et, par-delà, la plate vallée d'un côté et, de l'autre, les pics des Apennins.

Elle se sent assaillie, sans savoir pourquoi, et pour la toute première fois, par la nostalgie. Ce sentiment la balaie, la noie, comme une vague qui se fracasserait sur sa tête. Soudain, plus que tout, elle voudrait marcher dans les couloirs du palais de Florence, traverser les enfilades de salles et de terrasses. Elle regrette, avec une douleur aussi vive et accaparante qu'une rage de dents, la vue depuis le point culminant de la promenade d'où elle admirait la place, les têtes des statues, et sentait les effluves cachés de l'Arno. Elle ne peut concevoir que l'hiver s'installe sans elle à Florence. Les arbres ont-ils perdu leurs feuilles ? Les habitants ont-ils revêtu leurs bonnets de laine ? Les gardes suisses sont-ils parés de leurs chauds manteaux ? Tandis qu'elle passe d'un pas mécanique d'une terrasse du château à une autre, elle égrène dans sa tête l'écoulement des jours de sa famille : ils débarrassent à cette heure la table de la pouponnière pour installer le repas de midi. Mon père, à cette heure, est parti faire son exercice. Ma mère, à cette heure, se promène avec ses dames. Elle doit maintenant appeler Isabella pour que celle-ci se joigne à elle dans ses salons. À cette heure, Sofia retire ses sabots et pose les pieds sur le tabouret près du feu.

Comment toutes ces choses peuvent-elles avoir lieu sans elle ? Cela n'a pas de sens, se dit-elle en faisant les cent pas au milieu des orangers, cela n'a pas de sens qu'ils soient là-bas et elle ici. Elle est l'une d'entre eux ; ses yeux ont la même forme que ceux de son père et de ses frères, elle partage avec sa mère et ses sœurs son nez et son front ; tous ont grandi à la même table ; son portrait est accroché parmi les siens. Elle est l'une d'entre eux et pas de ces gens qui se mutilent et se bagarrent, se bannissent, s'emprisonnent, se tuent, se trahissent, se quittent et complotent.

Vers la fin du premier jour d'absence d'Alfonso, Emilia et Clelia commencent à s'inquiéter de son agitation permanente. Clelia, qui n'apprécie guère les hauteurs, refuse de sortir sur les remparts ; elle demeure dans la tour, à pester, à implorer Lucrèce de descendre, de rentrer à l'intérieur, de manger quelque chose et de se reposer, Son Altesse n'aimerait pas la voir rester si longtemps dans le froid, ne serait pas contente si elle l'apprenait à son retour. Emilia, si elle n'est pas davantage à l'aise sur les étroits remparts de pierre, ne quitte pas Lucrèce, cependant. Elle grelotte sous son châle fin ; Lucrèce insiste pour lui prêter l'une de ses fourrures, mais elle refuse. Cela ne serait pas convenable, madame, lui dit-elle. Elle s'accroche aux murs, reste comme elle le peut dans le sillage de Lucrèce, détournant les yeux du vide, tapotant les poings serrés de sa maîtresse, repoussant les mèches qui tombent devant ses yeux, s'efforçant de la convaincre de rentrer dans ses appartements où un bon bouillon l'attend, ainsi qu'un peu de vin, si elle le souhaite.

Mais la nostalgie de Florence, son désir de s'éloigner d'ici sont si puissants que Lucrèce en est malade. L'idée de manger quelque chose lui est insupportable ;

elle ne tient pas en place. Elle ne peut s'asseoir à une table ou se coucher dans un lit ; le fait-elle, des images de Contrari l'envahissent, de son beau visage déformé par l'agonie de la mort, de son cou auréolé de bleus, des mains de Baldassare aux jointures grossières, aux doigts trapus, de la belle Elisabetta, échevelée, hagarde de chagrin. Lucrèce ne restera pas enfermée, malgré les supplications de ses dames. La tristesse persiste à vouloir nouer son poids sur ses poignets et ses chevilles. Elle doit donc continuer à bouger, plus vite, pour la dépasser.

Et ainsi, tandis qu'elle marche, longe une terrasse puis une autre, un rempart puis un autre, tandis qu'elle chemine, Lucrèce se concentre pour recréer dans sa tête une partie du *palazzo*. L'espace séparant deux fenêtres dans la pouponnière – les lattes inégales du plancher qui grincent quand le temps est humide, la frange de la nappe, le bois lisse des chaises, les bruits des pas de ses frères –, ou le plafond peint du salon, chaque visage, chaque drapé, chaque nuage filant sur ses fresques.

Elle demande à Clelia de lui sortir son bureau sur la loggia, ainsi qu'une petite table. Une fois ses meubles installés, elle cesse de déambuler, ramasse une feuille de papier et écrit une lettre à ses parents. *Je vous en prie*, inscrit-elle à l'encre noire. La brise qui s'élève des douves taquine le bout de sa plume, comme si elle cherchait à la lui confisquer. *Permettez-moi de rentrer à la maison.* Elle réfléchit soigneusement à ses formules, à la manière de dire les choses. *Vous me manquez* – tels sont les mots qui se déroulent sous sa pointe. *Pourriez-vous envoyer quelqu'un me chercher ?* Elle songe à la manière de décrire ce qui s'est passé. Elle ne peut former les lettres qui composent son nom

– Contrari, lui siffle son esprit, Contrari, répète-t-il jusqu'à la rendre folle –, préfère l'évoquer sous le titre de chef de la garde. Elle écrit les mots, *mis à mort* ; elle écrit, *forcée à regarder* ; elle écrit, *Elisabetta est partie* et *elle était ma seule amie ici*. Juste avant de signer son nom, elle couche sur le papier ce qu'elle a dans le cœur : *Je ne me sens plus en sécurité ici.*

Elle scelle la lettre, la remet à Emilia, et non à Clelia, pour qu'elle se charge de l'envoyer. Elle n'a pas confiance en Clelia, n'a jamais eu confiance en elle. Ses regards en coin, à la dérobée, cette manière d'observer constamment Lucrèce, ses mains blanches, toujours moites. Clelia, comprend soudain Lucrèce avec une désolante clarté, est depuis le départ l'espionne de Nunciata, lui rapporte toutes les informations et les impressions qu'elle glane sur Lucrèce. Qu'importe – elle ne l'emmènera pas avec elle lorsqu'elle rentrera au *palazzo* ; elle et Emilia iront ensemble, toutes les deux. Alfonso ne peut s'y opposer si la demande émane de son père. Dans un jour, deux peut-être, son père enverra des chevaux et des hommes pour les escorter, leur faire traverser les Apennins dans le sens inverse. Et peut-être qu'à l'aube, elles verront Florence s'étaler devant elles, l'Arno couper à travers les maisons et les bâtisses, la coupole scintiller sous le soleil, les remparts du palais comme les grosses dents d'un ours. Ses parents l'accueilleront avec joie et soulagement, heureux de la voir revenir parmi eux, lui diront qu'elle leur a manqué, elle aussi, admireront comme elle a grandi, comme elle a changé, comme elle est gracieuse.

Au troisième jour d'absence d'Alfonso, une dame de Nunciata vient la trouver. Lucrèce se tient sur la terrasse ducale de l'aile nord-est du château ; elle a donné l'ordre d'ouvrir en grand toutes les fenêtres derrière elle, car elle veut être sûre que les pièces à l'intérieur soient aérées et balayées par le vent. La tête de la dame apparaît par l'une d'entre elles, les sourcils froncés. Elle considère Lucrèce, emmitouflée dans ses fourrures, en train de faire les cent pas sur la terrasse. Elle dit à Emilia et à Clelia de faire rentrer Son Altesse, toute affaire cessante, ou elle attrapera la mort. Lucrèce l'ignore, ne prend même pas la peine de répondre aux supplications d'Emilia qui lui répète de rentrer, de se reposer un peu.

Nunciata apparaît en personne, le lendemain, tout essoufflée au sortir de l'escalier. Elle se plante sur le seuil de l'orangeraie, où Lucrèce a passé la journée à déambuler parmi les branches des arbres. Elle se protège le visage avec un linge, comme pour éviter de se faire contaminer par le mal qui aurait atteint Lucrèce. Puisque Alfonso est parti, c'est à elle, lui annonce-t-elle à travers le tissu, qu'incombe le devoir de s'occuper de la duchesse. Quelle mouche l'a donc piquée, à refuser de rentrer de la sorte ? À quoi rime cette attitude ? Est-ce à cause de la mort de Contrari ? Lucrèce devrait pourtant savoir que cette peine qu'elle affiche avec excès à l'égard de cet homme pourrait être assimilée à une trahison. Sa loyauté doit demeurer, toujours, du côté d'Alfonso. S'en rend-elle bien compte ?

Lucrèce, tournée vers le dehors, vers la ville, répond qu'elle ne souhaite pas discuter de ces sujets qui, ajoute-t-elle, ne concernent pas Nunciata.

« Qui ne me concernent pas ? répète Nunciata dont les mots, derrière son linge, sortent étouffés. Que voulez-vous dire ?

— Vous ne m'avez jamais appréciée, répond Lucrèce d'une voix claire. Et de toutes les manières, je partirai bientôt d'ici.

— Pour aller où ? demande Nunciata avec rudesse depuis le seuil de la porte, en frissonnant sous la brise.

— À Florence, naturellement », répond Lucrèce, qui pense par là mettre un point final à la conversation et voir Nunciata se retirer.

Mais Nunciata ne se retire pas. Elle se tourne à la place vers Clelia et persifle. Lucrèce aurait-elle attrapé une fièvre ? Quelle est donc la cause de cet étrange comportement ? Pourquoi ces histoires insensées sur Florence ? Souffre-t-elle d'un trouble de la peau, d'une toux, d'un mal de gorge ? Chaque fois, Clelia secoue la tête. Alors, quoi ? lui demande Nunciata. Clelia hausse les épaules et donne une vague réponse à propos de nausées, que Lucrèce refuse ses repas, ne veut rien prendre qu'un peu de lait, de temps en temps. Nunciata abaisse son linge protecteur. Elle considère Lucrèce d'un air pensif, de la tête aux pieds, avant de repartir d'un pas plein d'énergie, visiblement exaltée par un motif inconnu.

Lucrèce perd la notion du temps. Elle parcourt chaque loggia, chaque terrasse, chaque rempart du château, encore et encore, ne rentre qu'à la nuit tombée. Ses nuits sont agitées, elle sombre, se réveille, voit le feu mourir, devenir braises, et les bûches qu'on apporte pour le raviver. Du givre, le matin, apparaît sur les carreaux, forme de longues frises à franges, comme si des plumes glacées avaient été imprimées sur le verre. Des bouillons chauds et des aliments en bocal lui sont déposés sur sa table de chevet, mais elle les refuse. Aussitôt que l'aube point, elle enfile ses vêtements les plus chauds et s'en va sur la terrasse ou dans l'orangeraie, Emilia sur ses talons.

Elle gravit l'escalier étroit menant à la tour sud-ouest quand un serviteur apporte une lettre. Elle repère aussitôt l'écriture précise, penchée de sa mère et l'arrache des mains de l'homme. Elle s'assoit sur l'une des marches glacées et l'ouvre.

Le mot est bref, et ne comporte ni invitation ni envoi de chevaux. Lucrèce imagine parfaitement sa mère, sur le point de quitter ses appartements pour rejoindre Cosme dans ses bureaux, s'arrêtant un instant pour prendre place derrière son écritoire, sortir une feuille de papier, rédiger en quelques minutes sa réponse et la jeter entre les mains d'un serviteur avec un impatient, Voilà.

La tenant entre ses mains tremblantes, Lucrèce la parcourt.

Ma chère Lucrè,

Quelle agitation, quelle inquiétude se lisait dans votre dernière lettre ! Il vous faut prendre garde à ne pas vous laisser emporter par votre imagination – vous-même connaissez, j'en suis certaine, cette tendance que vous nourrissez depuis votre plus jeune âge. Souvenez-vous qu'Alfonso est un homme honorable : laissez-le être votre guide, toujours. Je suis désolée d'apprendre que le départ d'Elisabetta vous a bouleversée – la perte d'une amie est en effet une chose triste. Cependant, peut-être ce départ sera-t-il pour vous l'occasion de passer du temps avec dame Nunciata, sans les rivalités que vous évoquiez précédemment. Plus que tout, je vous conseille fortement, ma chère, de veiller à tenir votre rang à la cour, rang qui ne sera réellement assuré que par la naissance d'un héritier. Il ne fait aucun doute que la maternité vous apportera la paix et la sécurité auxquelles vous aspirez tant. Votre père me rejoint sur ce point.

Tout se passe pour le mieux ici. Isabella a appris à tout le monde un nouveau jeu de cartes, nous y passons plus de temps qu'il est raisonnable. Je dois cet après-midi procéder à l'essayage d'une nouvelle robe – en soie couleur crème, avec des pans brodés. Les garçons suivent bien leurs leçons. Nous vous envoyons notre amour et nos prières.

Votre mère qui vous aime

Lucrèce la lit deux fois, rapidement d'abord, puis plus lentement. Elle la met sur ses genoux et baisse la tête, laissant son regard posé sur la lettre, vaguement, jusqu'à ce que les mots et les phrases se brouillent, deviennent des colonnes de fourmis.

Elle se penche alors et plonge un coin de la page dans la flamme du candélabre accroché au mur de l'escalier. L'espace d'une seconde, on croirait voir la flamme, trop étonnée par cette chance inouïe, hésiter à dévorer la feuille. Mais elle se ressaisit et, affirmant sa prise, roussit le papier, le ratatine et l'engloutit.

La lettre brûle vite, joyeusement, projetant sur les marches humides une lueur orangée qui déclenche chez Emilia un petit cri. La servante se précipite sur Lucrèce pour lui secouer le poignet. Quand la lettre tombe par terre, Emilia la piétine, longuement, pour éteindre le feu.

Le portrait de mariage de Lucrèce, duchesse de Ferrare

La forteresse, région de Bondeno, 1561

D'un pas hésitant, elle descend l'escalier de la forteresse, laissant derrière elle Emilia dans la chambre humide. Arrivée devant la grande salle à manger, elle s'arrête dans le couloir le temps de reprendre son souffle, la main posée sur le cadre de la porte. Le Bastianino est là, sur le côté, dans la salle, dos à elle. Il parle de la magnificence de sa mission. Ce travail a été l'un de ses préférés, dit-il, et il espère qu'il sera ne serait-ce qu'un peu à la hauteur de ce qu'attendait Son Altesse, quel honneur, quel privilège pour un humble artiste tel que lui d'avoir pu peindre une dame d'une si grande beauté, d'une si grande vertu, il est certain que jamais, plus jamais dans sa vie ne se représentera de pareille…

Un par un, les hommes présents dans la salle la remarquent devant la porte : Baldassare d'abord, qui se trouve le plus près d'elle, appuyé contre une table, les bras croisés, puis les quatre serviteurs qui attendent dans un coin à l'extrémité de la pièce, puis les deux apprentis, Maurizio et Jacopo, dont les mains tiennent un grand objet plat recouvert d'un drap, puis Alfonso, assis près du feu, les jambes croisées, ses chiens de chasse endormis à ses pieds. L'artiste est le dernier à remarquer sa présence tant l'absorbe son discours sur le portrait.

Ses mots continuent de s'écouler, de tourbillonner autour d'eux, d'hypnotiser tout le monde. Et puis, finalement, il tourne la tête, l'aperçoit, et sa voix se coupe.

Elle se rend compte, en voyant leur air surpris, comme son apparence doit être changée. Elle voit dans les sourcils haussés de Maurizio qu'elle doit être pâle et amaigrie ; dans le bégaiement des derniers mots du peintre, elle sent ses cheveux courts, coiffés en tresses molles, qui retombent dans son cou. Baldassare lui lance quant à lui un regard bref, puis détourne la tête, décroise et recroise les bras, et Lucrèce voudrait aller le voir, lui frapper la poitrine en lui disant, Oui, oui, vous voyez comme j'ai l'air malade, mais savez-vous quoi ? Je suis encore en vie, et vous ne vous débarrasserez pas de moi comme cela.

L'espace d'un moment, personne ne parle, personne ne bouge. Tout reste en suspens dans la salle, comme si ces hommes étaient les personnages d'un tableau, des satyres dans une forêt, des pénitents dans une procession. Puis le charme est rompu. Alfonso, qui mieux que quiconque connaît les rituels, sait ce qui doit être dit ou tu, revient à la vie. Il décroise ses longues jambes, se lève de sa chaise et s'en vient vers elle, la main tendue.

« Mon amour, s'exclame-t-il, vous semblez au plus mal. Permettez-moi de faire appeler le médecin.

— Inutile. » Lucrèce lève le menton pour le regarder dans les yeux. « Je vais déjà mieux. »

Elle le laisse garder sa main dans la sienne pendant encore quelques instants, puis la retire et pénètre plus avant dans la salle, d'un pas déjà plus assuré, s'éloignant de Baldassare.

« Mieux vaudrait tout de même demander l'avis du médecin. Je m'apprêtais justement à monter vous rendre visite dans votre chambre, me demandant pourquoi vous n'étiez pas descendue ce matin, mais le Bastianino est ensuite arrivé inopinément et, regardez… » Il pointe du doigt ce que tiennent les apprentis. « Il a apporté votre portrait. »

Lucrèce considère d'abord Maurizio – son bon sourire, sa dent de devant cassée –, puis se permet de poser les yeux sur Jacopo. Elle sent, et cette sensation est insoutenable, tous les regards qui sur elle pèsent dans la pièce, affluent comme les fils collants et soyeux d'une toile d'araignée. Celui de son époux, quelque part sur sa gauche, juste derrière elle ; celui de l'artiste, qui sans aucun doute compare son apparence de malade hagarde avec celle de la femme qu'il a représentée il y a seulement quelques semaines ; celui de Baldassare, transperçant son dos où les entrecroisements des lacets de son corset couvrent sa colonne vertébrale ; celui de Maurizio, rempli d'empathie ; et celui de Jacopo. Celui de Jacopo diffère de tous les autres. Il est un rayon de compassion entre ses yeux et ceux de Lucrèce. Il exprime des vérités comme une plante tire son eau. Voit-il qu'elle va mourir ? Comprend-il que le temps qui lui reste sur terre est compté, raccourci ? Décèle-t-il toutes ces choses sur son visage, dans la manière dont son époux la regarde, dans la posture de Baldassare, là, prêt à agir, comme un rapace qui attend le bon vent, sur le bord de la table, et dans l'intervalle observe, observe, observe.

« Voyons voir ce portrait, déclare Alfonso. Maintenant que la muse elle-même se trouve parmi nous. »

Le Bastianino joint les mains comme si tout était parfaitement normal dans cette forteresse triste et humide. Avec impatience, il lance des signes à ses apprentis.

Maurizio et Jacopo s'en vont poser la toile, toujours couverte, sur une table, avant de tourner la tête vers le maître, dont ils attendent le signal.

Le Bastianino, toujours enclin à la grandiloquence, s'avance de quelques pas et, après avoir jeté un dernier regard à Alfonso par-dessus son épaule, arrache le drap.

« Ainsi donc, déclame-t-il, le souffle court, le bras en l'air, laissant le drap retomber à ses pieds en tourbillonnant. Admirez la duchesse. »

Devant elle, de part et d'autre de Jacopo et Maurizio, apparaît une image si saisissante qu'elle en étouffe un cri. Sur le tableau se trouve une femme qui lui ressemble, ou plutôt une réinterprétation d'elle-même, un idéal – elle ne saurait trouver le mot juste. Lucrèce se reconnaît et ne se reconnaît pas ; la ressemblance la trouble à l'extrême, tout en ne lui ressemblant pas. Cette femme est Lucrèce, mais aussi quelqu'un d'autre. Cette fille, clairement, est une duchesse, à voir les bijoux qui ornent ses oreilles, son cou, ses poignets, sa tête, la ceinture d'or et de perles à sa taille, les ornements de son corset, les fronces et les broderies de sa jupe. Là, sous vos yeux, semble crier le portrait, n'est pas représenté le commun des mortels, mais une personne d'importance, de haut rang. Cette personne se tient debout, les yeux braqués sur le spectateur, devant des champs verts et les vallées de sa province. Mais il y a autre chose, là dans cet arrière-plan, presque comme une autre présence. Lucrèce, debout dans la salle de la forteresse, le sent, perçoit son odeur, comme celle d'un feu. La fille sur le tableau est près d'une table sur laquelle des livres sont empilés, une plume posée sur le dessus. Sa main est toute proche d'eux – et cette main est bien la sienne, elle la reconnaît à la bague qu'elle porte, celle qu'Alfonso lui a offerte, à ses ongles, et aussi à son pouce légèrement tordu vers la gauche, ce même pouce qu'elle serre, à cet instant, dans son autre main – mais cette main sur le tableau ne ressemble pas à celles que l'on voit en peinture, d'ordinaire, immobiles, languides. Cette main est crispée, les tendons sont visibles, son pouce et son index sont fermés sur un objet : un pinceau. Un pinceau fin, à la pointe étroite, prévu pour les détails, pour un travail de précision. Ce pinceau est tenu entre des doigts fermes, sûrs. Une main dotée d'un but, une main remplie d'intentions. Et, voit-elle à présent, le regard de la fille a quelque chose de lucide, d'alerte. Elle fixe le spectateur avec une assurance proche du défi ; sa tête est haute, ses lèvres montrent l'esquisse d'un sourire. La robe, avec ses plis rouge foncé volumineux et ses motifs qui soit emprisonnent, soit repoussent la couleur, semble domptée, rendue insignifiante, littéralement occultée par la témérité que recèle l'expression de ce visage, par la manière dont il semble questionner le spectateur : que me voulez-vous, pourquoi m'interrompez-vous, qu'avez-vous à me dévisager de la sorte ?

Lucrèce observe le portrait ; elle le regarde fixement ; elle ne peut en détacher ses yeux. Il est à la fois un étalage brûlant et quelque chose de profondément intime. Il affiche son corps, son visage, ses mains, la masse de ses cheveux autrefois longs qui ondulent de part et d'autre de sa robe, dont les motifs géométriques dégagent une sorte d'indifférence insolente ; mais ce tableau met aussi au jour ce qu'elle cache au plus profond d'elle. Elle l'adore, le déteste ; elle est frappée d'admiration ; elle est choquée par sa justesse. Elle voudrait que le monde entier le voie ; elle souhaiterait se ruer dessus et le recouvrir avec le drap.

Elle se tourne vers le Bastianino, comme pour lui dire : Comment saviez-vous, comment avez-vous vu tout cela, mais se rend compte que l'attention du peintre, et celle de tous dans la salle, est dirigée vers une même personne : le duc de Ferrare.

Alfonso examine le portrait tout en tapotant l'une de ses dents du bout de son ongle. Il s'en va d'un côté, la tête penchée, puis de l'autre. Il avance vers la toile, puis recule.

Lucrèce le regarde du coin de l'œil ; elle voit l'angoisse monter chez le peintre à chaque instant supplémentaire de silence, et le muscle de sa joue qui se contracte ; elle voit que le Bastianino s'est rendu jusqu'ici, à la forteresse, parce qu'il n'a plus d'argent. Il doit être endetté ou avoir besoin d'acheter du matériel pour ses nouvelles œuvres – quelque chose comme cela. Elle voit Baldassare qui s'écarte de la table et vient se camper près d'Alfonso, moins pour admirer le tableau – auquel il n'accorde qu'un bref regard – que pour flairer l'éventuel mécontentement du duc, sachant sa présence nécessaire lorsque des mots seront prononcés, sachant qu'il sera celui qui devra parler. Lucrèce, brusquement, réalise qu'elle se sent elle-même absente de cette salle, ou disparue, évaporée. La duchesse est présente sur le tableau. Là, debout. Mais Lucrèce, elle, n'est pas nécessaire ; Lucrèce peut s'en aller. Sa place est occupée ; le portrait prendra son rôle dans la vie.

Peut-être est-ce à cause de ce sentiment d'incorporalité, de déplacement, mais tout se passe comme si ses sens étaient soudain aiguisés, comme si elle était déjà morte, déjà passée de l'autre côté, comme si son âme était sortie d'elle-même, avait débordé, inondant les parages. Elle entend les couinements des bottes d'Alfonso qui arpente la salle ; elle sent l'air que Baldassare inspire dans sa poitrine et recrache. Elle sent l'ennui des serviteurs à l'autre bout de la pièce, les spirales monotones de leurs pensées. Et un regard vers Jacopo lui suffit pour comprendre que c'est lui qui, en réalité, a peint ce portrait.

C'est lui. Elle le sait. Lui qui a mélangé les pigments, préparé la toile, étiré et lissé sa surface, appliqué les couches d'*imprimatura*, décidé où les ombres tomberaient, et la lumière aussi, puis élaboré la composition de manière à ce que les perspectives et les couleurs s'accordent toutes, ensemble, comme dans une phrase avec des noms, des verbes et des participes. Il a ainsi peint ses cheveux, brillants et détachés, a placé la plume peinte sur les livres peints, a glissé le pinceau dans sa main peinte et cette brillance, cette vivacité dans son œil. C'est lui. Sans doute le Bastianino a-t-il ajouté une touche ici et là, a dû dire : Non, pas comme cela, et Oui, comme cela ; sans doute Maurizio a-t-il peint ces collines et ces vergers que l'on aperçoit derrière elle. Mais Jacopo a réalisé ce tableau, est l'auteur de cette œuvre.

Comme s'il lisait ses pensées, comme si lui et Lucrèce, même après tout ce temps, étaient encore connectés par cet étrange événement vécu ensemble dans la galerie de la villa, l'été dernier, Jacopo la regarde.

Malgré le silence, tant de choses se passent à cet instant dans cette salle, au milieu de ces gens qui n'osent donner leur opinion avant que le duc ait parlé. Le Bastianino se demande s'il sera payé, si le duc lui passera commande à nouveau, s'il continuera de travailler sous son patronage. Baldassare essaie de flairer l'humeur d'Alfonso, particulièrement changeante ces derniers temps, de sentir ce qu'Alfonso attend de lui, si son intervention sera nécessaire pour congédier l'artiste et ses gamins, et quelle forme prendra ce congédiement. Maurizio aimerait quant à lui partir, rentrer à Ferrare, s'éloigner de ce lugubre endroit.

Lucrèce et Jacopo se regardent. Elle tourne les yeux vers son portrait, puis vers lui, comme pour lui poser la question. Il la regarde en retour, sans bouger d'un pouce, les mains sur le bord du tableau, prêt à le tenir pour toujours, semble-t-il.

« C'est, finit par faire la voix du duc, rompant le silence, une merveille. »

Le Bastianino manque de défaillir de soulagement, ses épaules s'affaissent, ses genoux flageolent tandis qu'il exécute une profonde révérence en lui disant à quel point il est heureux que son œuvre plaise au duc, qu'il est transporté de joie, qu'avoir Son Altesse comme sujet fut un véritable cadeau, que chaque instant passé sur cette œuvre n'a été que plaisir, pur plaisir.

Le duc hoche la tête, dit qu'il s'agit, selon lui, du meilleur travail de l'artiste à ce jour, si vivant, avec ce jeu de couleurs et de lumière, et cette expression sur le visage de la duchesse – cette profondeur, cette solennité qui la caractérisent tant –, forcément, oui, le Bastianino a forcément été influencé par Michel-Ange. La ressemblance sera remarquée par les spectateurs, assure le duc.

Le Bastianino s'incline, encore et encore, rayonnant. Ce fut un honneur, dit-il au duc, peut-être le plus grand de sa vie ; comme toujours, il est extrêmement reconnaissant à Son Altesse pour son patronage, et lui reste entièrement, entièrement dévoué si Son Altesse voulait faire appel à lui de nouveau.

Un par un, les hommes commencent à quitter la salle. D'abord Alfonso, qui poursuit ses commentaires sur Michel-Ange et son travail au pinceau, puis l'artiste, en claquant des doigts derrière son dos pour signifier aux apprentis de poser par terre le tableau, contre le mur, puis Baldassare et les serviteurs. Tout le monde, en file, franchit tour à tour la porte, le Bastianino ralentissant légèrement le pas pour demander à Baldassare si Son Altesse ne verrait pas d'inconvénient à ce qu'il perçoive un paiement, une simple avance, un paiement partiel, comme il lui plaira, qu'il ne sera jamais trop heureux de se remettre au service de Son Altesse pour une future œuvre.

Lucrèce, seule dans la salle, se sent soudain faible ; elle s'en va chancelante jusqu'à une chaise, juste avant que ses jambes l'abandonnent. Agrippée aux bras de la chaise, elle sent le moelleux de la sciure dans le rembourrage, consciente que le poison de la nuit dernière court toujours dans son sang comme une meute de loups qui s'avance, le museau au ras du sol. Au-dessus de sa silhouette solitaire s'amassent des rangées et des rangées de pierres formant une arche. Pas complètement solitaire, en fait. Car se tient aussi à l'extrémité de la salle, contre le mur, une autre version d'elle, celle qu'elle était avant. Une Lucrèce qui, lorsqu'elle sera morte et enterrée, perdurera, continuera de vivre après elle, qui éternellement sourira sur le mur, une main prête à entamer un tableau.

Des bruits de pas lui font tourner la tête. Et là, sur le seuil de la porte, accompagnés par des bribes de phrases de Maurizio disant, « Nous l'avons laissé dans la salle, allons le récupérer », apparaissent les deux apprentis. Maurizio se précipite vers le tableau, ramasse le drap par terre, le secoue puis commence à le plier, en attrapant ses coins. Lucrèce le regarde, médusée, toujours agrippée aux bras de la chaise, quand elle s'aperçoit que Jacopo se tient juste à côté d'elle.

« Vous êtes en danger », lui dit-il.

La sonorité de ce dialecte, le dialecte de Sofia, lui donne envie de pleurer. Elle lève vers lui un regard interrogateur – lui et ses yeux couleur d'eau, son grand front, les franges de son justaucorps –, mais c'est à elle, cette fois, que manquent les mots, elle qui ne parvient pas à parler.

« Je... » commence-t-elle, mais ce qu'elle voudrait dire meurt dans sa gorge.

Elle essaie de lever la main en direction de la porte et d'Alfonso, mais une terrible léthargie s'est emparée de son bras, et sa main retombe, mollement, sur ses genoux.

« Oui, répond-elle finalement, sa bouche parvenant à prendre ces formes familières, nécessaires pour parler ce dialecte. Mais il n'y a rien à faire. »

Jacopo la regarde. Il n'a pas besoin d'autre information, comme le sait Lucrèce, mais il balaie rapidement du regard la salle avant de la considérer à nouveau.

« Le temps presse, murmure-t-il. Ils ne tarderont pas à revenir. Il y a une entrée pour les domestiques, à l'arrière des cuisines. Maurizio et moi allons bourrer les trous des verrous avec des chiffons quand nous partirons.

— Quoi ? demande-t-elle, dans sa propre langue, soudain distraite et stupéfaite par cette image d'elle, splendide, de l'autre côté de la salle, qu'elle aperçoit derrière le dos de cet homme qui tente d'apprivoiser ce grand carré de tissu bouffant, distraite et stupéfaite par le mal de crâne qui a refermé ses griffes de reptile sur elle, par l'air si froid qui pénètre dans ses poumons, les couvre de givre, par ces mots qu'on lui souffle d'une voix sévère et rauque.

— Pour que vous puissiez l'ouvrir, s'empresse-t-il d'ajouter. Je vous attendrai dehors, dans les arbres, dès qu'il fera nuit. J'y resterai jusqu'à l'aube. Le danger sera trop grand, ensuite.

— Vous m'attendrez ? répète-t-elle, sa langue épaisse et lourde dans sa bouche. Que voulez-vous dire ? »

Il la regarde attentivement, plein d'inquiétude. Puis tend la main et la touche, à l'endroit où s'arrête le col de son corset et où commence son épaule. La surprise lui fait froncer le visage. Une part d'elle aurait envie de lui lancer d'un ton cinglant : Mais comment osez-vous, ôtez votre main, personne n'a le droit de m'approcher, vous n'avez pas idée de ce que mon époux vous ferait s'il vous voyait, de ce que mon père…

Mais le contact de ses doigts – aujourd'hui couverts de croûtes de couleur verte de forme et de taille irrégulières, comme si sa main était l'océan semé d'archipels inconnus – sur sa peau lui procure une sensation qu'elle n'avait jamais ressentie de sa vie. Cette sensation est l'opposé des mouvements frénétiques qui la secouent, la nuit : elle est légère, papillonnante, et fait naître en elle des cercles de chaleur concentriques qui se diffusent dans son bras et son cou. Ce geste recèle de la bienveillance, de l'attention, est loin de tout ce qu'elle a pu ressentir dans le lit de la *delizia*, du château ou de la forteresse. Ce geste détruit un mur bâti au fond d'elle, qui s'écroule sur l'épais buisson de ronces qui avait poussé autour de son cœur, l'avait envahi par nécessité, et faute de réaction de sa part. Ce contact fait sauter les obstacles, les balaie, les projette en l'air.

Elle ouvre la bouche pour parler, pour lui dire qu'elle ne comprend pas ce que cela signifie, qu'il doit avoir perdu la raison, mais aussi pour lui dire : Si seulement je le pouvais, si seulement j'en avais la moindre possibilité.

Maurizio, de l'autre côté de la salle, lance tout bas : Assez, Jacopo, assez, quelqu'un pourrait venir, arrête, maintenant.

Jacopo retire sa main, s'écarte d'elle, et Lucrèce se retient de tendre le bras, de s'accrocher au sien. Le cercle de peau, près de son épaule, reste brûlant et nu.

« Vous ne pouvez demeurer ici, murmure-t-il dans ce langage du sud lointain. Vous le savez. Vous devez partir, et le plus vite possible. Faites en sorte de pouvoir venir. »

Ils s'éloignent sans un dernier regard, et Lucrèce se retrouve seule à nouveau.

Une présence maligne et prédatrice

Le château, Ferrare, 1561

Après la lettre de sa mère, toute envie de bouger quitte Lucrèce. Elle passe toujours ses journées dehors, mais au lieu de marcher, elle demeure immobile, debout, les yeux levés vers le ciel. Elle mange peu, ne désire la compagnie d'aucune courtisane. Nunciata fait venir les castrats un soir, après le dîner, mais Lucrèce sort de la salle avant la fin du récital, prétextant être fatiguée. C'est cela, allez vous reposer ! crie Nunciata derrière elle. Allez vous reposer !

Cette nuit-là, enfermée dans son lit au château, Lucrèce rêve qu'elle erre dans un endroit humide, couvert de brouillard, entouré de rues étroites et de canaux aux eaux étales. Derrière et devant elle marchent des enfants. Ils n'ont pas vraiment de corps mais Lucrèce sait, comme on sait dans un rêve, qu'il s'agit bien d'enfants, d'enfants pas encore nés. Des enfants qui attendent, comme des acteurs sur le point d'entrer en scène, l'oreille tendue, que le signal leur soit donné. Malgré les peurs qui, le jour, la rongent – peur de la conception, de la maternité –, elle désire plus que tout toucher ces créatures, sentir contre elle leurs petits corps, caresser la soie de leurs cheveux et baiser les plis de leurs paumes : cette pulsion palpite en elle, une sensation semblable à un fleuve se séparant en plusieurs affluents, en petits cours d'eau partant dans toutes les directions. Ces enfants-rêves, venus d'un futur qu'elle ne peut connaître, s'échappent pourtant sous sa main. Lorsqu'elle cherche à les attraper, ils s'esquivent, plongent derrière les pas de porte ou bondissent vers de curieux petits ponts de pierre, si bien que ses mains ne se referment sur autre chose que de l'air. Leurs visages sont indistincts, tournés de côté, et leurs petites mains la frôlent, de temps en temps, leurs doigts mobiles s'entrelacent furtivement aux siens. Où êtes-vous ? essaie-t-elle de leur demander. Quel est cet endroit ? Comment puis-je vous trouver, quand viendrez-vous ? Mais ils ne répondent pas ou n'entendent pas ses questions. Ils sont tout occupés à se héler les uns les autres, à gambader le long des allées et des jetées, faisant ricocher leurs voix, l'air brumeux devenu métier à tisser, leurs mots devenus les fils de cette fantasmagorie.

*

Dans le salon, avant de rejoindre son propre lit, Emilia fait brûler de la résine d'ambre dans un bol. Elle veut que Lucrèce dorme bien, et longtemps. Le repos, lui disait toujours sa mère, ne vient qu'avec le sommeil.

Les plumets de fumée grise s'élèvent au-dessus du lit où dort Lucrèce, les yeux fermés très fort, les mains serrées sur les draps.

*

Lucrèce rêve qu'elle est dans l'un des tableaux accrochés aux murs de son père. Elle marche pieds nus sur un sol sombre, couvert de feuilles, semé de boutons de printemps – blancs, rouges, jaune délicat. Elle craint, dans son rêve, d'écraser les fleurs sous ses pieds. Elle poursuit donc son chemin avec précaution, en choisissant bien son trajet, redoutant de sentir sous son pied une tige se briser ou le froid d'un pétale broyé. À travers l'épais feuillage, elle entend les voix de femmes qui chantent ; elle aperçoit leurs robes fines et claires tandis que, réunies en une ronde, elles dansent au hasard. Mais elles restent inatteignables, toujours devant ou à côté d'elle. Quelque part dans les branches se cache une présence maligne et prédatrice : elle le sait ou bien s'en souvient, l'un ou l'autre. Une brise glaciale souffle soudain à travers les troncs d'arbre, lèche la peau nue de ses bras, lui rappelant qu'elle doit toujours rester sur ses gardes, doit éviter à tout prix cette présence. Cette pensée tourbillonne comme de la fumée dans son esprit. Ce qui se cache derrière les branches doit être un demi-dieu, l'incarnation d'un élément, ou bien encore l'esprit d'un arbre vengeur. Cette chose cherche les femmes en robe claire – à moins qu'elle ne soit venue pour elle. Impossible de le savoir. Ces femmes pourraient-elles la sauver ? Lucrèce ne saurait le dire. De ses mains froides, si froides, elle écarte le lierre et les branches qui barrent son chemin et continue à marcher, s'efforçant de garder espoir. Il est important de contourner les fleurs, de ne pas toucher les fruits qui pendent sur les branches basses : elle ne sait que cela.

*

Le château autour d'elle est plongé dans le silence. Lucrèce est recroquevillée dans son lit et Emilia, sur sa paillasse, dort à ses pieds, la bouche ouverte, poussant de petits ronflements. À l'étage inférieur, Nunciata dort également, sur le côté, le bras autour de son épagneul. Et bien, bien loin en dessous d'elles, dans la guérite près des douves, un garde est réveillé par un coup donné sur l'immense porte de bois, puis un deuxième. Encore à demi endormi, il secoue son compagnon et tous deux se lèvent, bâillant et titubant devant leurs matelas de jonc.

Les chaînes du pont-levis ne grincent pas lorsque les gardes l'abaissent : le mécanisme est huilé plusieurs fois par semaine. Cela fait partie de leurs devoirs. Il est primordial, leur a plusieurs fois dit le *consigliere*, que le pont-levis puisse être abaissé et refermé sans que cela réveille personne, afin que le duc puisse aller et venir comme il le souhaite, sans alerter les autres.

Les gardes, toujours ensommeillés, retirent leurs bérets et s'inclinent bien bas alors que deux chevaux font leur entrée au château.

*

Lucrèce rêve à nouveau. Elle se trouve cette fois à l'intérieur d'une structure ronde, un moulin, sûrement. Il y a le bruit de quelque chose qu'on moud, d'une pierre contre une pierre. À sa gauche, elle voit Sofia qui tourne et tourne une manivelle. C'est un travail éreintant et le visage de Sofia est couvert de sueur ; sa main est fermée sur le manche, elle halète sous l'effort. Lucrèce se dirige vers elle pour l'aider, mais Sofia secoue la tête. Sans la regarder, elle lui dit : « Vous savez ce que vous avez à faire. »

Le bruit de la meule devient alors plus fort et Lucrèce, dans son rêve, voudrait pouvoir se boucher les oreilles. « Non, je l'ignore ! crie-t-elle par-dessus le bruit. Que dois-je faire ? »

Sofia, le regard grave, se tourne vers elle. « Vous le savez », répond-elle.

*

Elle se réveille en sursaut, de nouveau consciente, et sur ses lèvres se forment ces mots : Dites-moi, dites-moi.

La chambre est vide. Une lumière blanche, pure, adoucit les lignes du mobilier, nappe les couleurs des tissus. Une odeur de résine brûlée flotte dans l'air et les murs lui semblent étrangement nus.

Elle tourne la tête et trouve Alfonso, assis là au bord du lit, près d'elle, une main posée sur sa hanche à elle. Alfonso, apparemment rentré de Modène, mais pour quelle raison, alors qu'il lui avait été annoncé qu'il ne rentrerait pas avant deux semaines ? Que fait-il là ? Elle ne l'a pas revu depuis le jour où elle lui a rendu la robe du portait, lorsqu'il lui avait ordonné de rester dans ses appartements. À quand remonte ce moment, déjà ? Une semaine, plus peut-être ?

« Je ne voulais pas vous réveiller, murmure-t-il. Avez-vous bien dormi ? »

Elle le regarde, médusée, se pencher vers elle, plus près, plus près. Qu'a-t-il l'intention de faire ? À mesure que son torse et son visage se rapprochent, elle s'enfonce dans les oreillers, mais il n'existe aucun moyen de s'échapper, de mettre de la distance entre eux.

Il dépose un rapide et sec baiser sur sa tempe, puis se redresse, sans avoir remarqué sa réticence, manifestement.

« Vous rêviez, lui dit-il. Vous avez murmuré quelque chose dans votre sommeil – je ne saurais dire quoi. Cela semblait fort sérieux. »

Il continue à parler, à lui décrire comment son chien tressaille en dormant, croyant chasser un lapin, et les cauchemars que faisait Nunciata, enfant, et leurs nourrices qui devenaient étourdies de fatigue à force de se réveiller à cause de ses hurlements, la nuit. Comme il était étrange de la voir crier et se débattre ainsi.

Lucrèce n'en revient pas de le voir ici, dans cette chambre, après cette longue absence, de l'entendre parler de la sorte. A-t-il oublié ce qui s'est passé avec Contrari, et entre eux ? N'a-t-il aucun souvenir de l'avoir assignée à résidence dans ses appartements ? Une fois encore, Alfonso est redevenu l'homme, le duc qu'elle avait croisé au bras de sa sœur, sur les remparts. L'homme à la grimace de souris. L'homme qui l'a épousée devant l'autel de Santa Maria Novella, il y a près d'un an. Cet homme qui possède bien des visages, qu'elle n'a peut-être pas encore tous vus. Cet homme est revenu – amusant et amusé, la tête penchée sur le côté, capable de bavarder, de lui prendre la main, de se comporter avec gentillesse et attention, de retrousser les manches de son veston, révélant la peau brune de ses poignets.

Elle songe à toutes les choses qu'elle voudrait lui dire : qu'elle aurait voulu partir et rentrer à Florence, que ce qu'il a fait à Elisabetta, à Contrari, était inhumain et barbare, qu'elle ne pourra jamais l'aimer, jamais plus, qu'elle le hait depuis ce qu'il a fait, depuis cette nuit, qu'elle est remplie de terreur à l'idée de pouvoir porter son enfant, qu'elle aimerait se trouver loin, très loin de lui. Tous ces mots défilent dans sa tête comme le vent froid dans la forêt de son rêve. Mais elle ne parvient pas à les saisir, à les mettre en voix, pas alors qu'il se trouve si aimablement, si affectueusement assis là, à lui tenir la main, à lui demander comment elle se sent, à lui dire combien il est désolé de la savoir incommodée, mais il a fait appeler le médecin car lui, Alfonso, refuse de la voir souffrir, ne serait-ce qu'un peu.

Il est, assurément, un homme différent de celui qui a commandité la mort de Contrari. Il ne peut pas être le même. Cet homme-là est son époux, qui l'aime, ou du moins semble l'aimer ; l'autre homme était le dirigeant de Ferrare. Ils ne font qu'un ; ils sont distincts. Ils sont les mêmes, et pourtant différents.

« J'ai ouï dire que vous vous sentiez nauséeuse et ne parveniez pas à garder la nourriture. Est-ce exact ? »

Il est penché près d'elle, les doigts enroulés autour de son bras, un sourire asymétrique sur les lèvres.

« Je… Non, c'est davantage… » Lucrèce s'efforce de mettre de l'ordre dans ses pensées. « Qui vous a dit cela ?

— Nunciata m'a écrit. Est-ce vrai ?

— Je me sens… Je n'ai pas d'appétit. »

Sur son visage apparaît un immense sourire.

« Le médecin attend dehors, déclare-t-il en bondissant hors du lit. Puis-je lui demander d'entrer ? »

Lucrèce reste sans voix. Pourquoi Nunciata lui aurait-elle écrit pour lui parler de son appétit ? Et pourquoi se montre-t-il soudain si charmant, si attentif ?

« Cela n'est pas nécessaire, proteste-t-elle. Je n'ai pas besoin d'un…

— Vous n'avez rien à craindre. C'est le meilleur de la région. Il prendra parfaitement soin de vous. J'ai renvoyé vos dames, mais je resterai auprès de vous tout le temps que durera l'examen. »

Lucrèce s'assoit dans le lit.

« Alfonso, pourquoi… »

Mais le médecin a déjà franchi le seuil de la porte et se présente avec une profonde révérence, d'abord à Alfonso, puis à Lucrèce. C'est un homme chauve dont le crâne brille sous la lumière. Il porte avec lui une mallette de cuir rigide.

« Votre Altesse, dit-il en s'approchant du lit. Son Altesse le duc a demandé que je vous examine. Puis-je me permettre de prendre votre pouls ? »

Sa question terminée, il s'incline à nouveau puis, voyant Lucrèce acquiescer, lui soulève le poignet avec ses doigts glacés.

Il attend, les yeux levés vers le plafond. Puis lui demande d'ouvrir la bouche pour examiner sa langue. Il regarde à l'intérieur de ses deux oreilles, puis s'agenouille pour inspecter le contenu du pot de chambre sous le lit. Il pose une main sur son front, son bras ; demande à voir ses seins et son abdomen. Il lui palpe le ventre, d'abord avec précaution, puis plus fort.

« Eh bien ? » demande Alfonso quand le médecin annonce à Lucrèce qu'elle peut rabaisser sa chemise de nuit.

L'homme, voit-elle, semble bouillir sous l'effet d'une angoisse soudaine ; un tendon saille sur son cou, dans ses yeux passe une lueur de dépit.

« Il me paraît improbable que Son Altesse porte un enfant. Son abdomen est souple, ses veines n'ont pas grossi, et j'irais jusqu'à dire qu'elle souffre probablement d’un excès de bile. Son humeur semble basse et peut-être serait-il judicieux de lui… »

Le poing d’Alfonso s’écrase sur le mur, faisant à la fois sursauter Lucrèce et le médecin.

« Croyez-vous, crache-t-il, que je vous aie appelé pour me parler de son *humeur* ? »

Il leur tourne le dos, tête baissée. Le médecin jette un regard désespéré à Lucrèce, qui en réponse hausse les épaules en silence comme pour lui dire : Inutile de chercher en moi une alliée.

Le médecin se redresse, comme pour rassembler son courage, et décide de tenter une autre approche.

« Je comprends que cette nouvelle soit pour Votre Altesse une déception, mais nous ne devons pas céder au désespoir. Il n’existe aucune raison pour que Son Altesse ne nous apporte pas une heureuse nouvelle d’ici peu. Elle est jeune, en pleine santé. Son teint est excellent et son corps ni trop charnu ni trop fin. Son visage est joli, rosé, sa circulation est bonne – tout indique qu’elle concevra bientôt. »

Alfonso se retourne. Il a rentré sa main qui a frappé le mur à l’intérieur de son veston, comme pour dompter de possibles pulsions, s’assurer qu’il ne cédera pas à nouveau. Il lance à Lucrèce un regard long, sondeur, puis quitte la pièce en indiquant d’un geste de la tête au médecin de le suivre. La porte entre la chambre et le salon se referme.

Lucrèce prête l’ouïe un moment. Lorsqu’elle finit par entendre des voix, derrière la porte, elle se lève et colle l’oreille contre le panneau de bois.

« … cela fait presque un an, dit Alfonso à voix basse, et sans doute doit-il arpenter la pièce, car le volume de ses paroles ne cesse de monter et de baisser, comme le bruit de ses bottes. Cela aurait dû suffire, ne pensez-vous pas ?

— Le corps d'une femme, répond l'homme de science, est un subtil instrument. Il faut de l'attention et de la pratique pour obtenir la musique que l'on désire…

— Combien de temps faudra-t-il encore, à votre avis, avant qu'elle engendre ? »

Il y a à cet instant un silence, comme si le médecin évaluait la situation, pesait le pour et le contre, réfléchissait aux conséquences que sa réponse pourrait avoir pour lui.

« Pardonnez-moi ma question, Votre Altesse, répond-il. Mais à quelle fréquence partagez-vous son lit ?

— Cela dépend. Souvent. Toutes les nuits.

— Puis-je suggérer un calendrier régulier, tous les cinq jours, avec une abstinence entre chaque ? Une telle pratique permet à la semence de s'enrichir, de maturer, et de tomber sur un terreau pleinement fertile. Car une trop grande activité pèse à la fois sur le corps et le cerveau de l'homme.

— Tous les cinq jours ?

— En effet, Votre Altesse. Et entre chaque intervalle, faites-lui voir le confesseur, afin de vous assurer qu'elle soit pure. Cette méthode, basée sur la science gréco-romaine, a fait ses preuves. En outre, et avec tout mon respect, et toute l'indulgence de Votre Altesse, puis-je me permettre d'ajouter qu'en ces temps, il serait considéré comme préférable qu'un homme se cantonne exclusivement à des étreintes avec sa femme, et qu'il s'abstienne d'aller… »

Lucrèce trouve intéressant qu'Alfonso arrête le médecin à cet instant, parle par-dessus lui, le coupe.

« Il y a quand même un problème chez elle, marmonne-t-il, et Lucrèce l'imagine parfaitement, les sourcils froncés, faisant toujours les cent pas. Ne le voyez-vous pas ?

— Voir quoi, Votre Altesse ?

— Quelque chose ne va pas. »

Le médecin hésite.

« Ne va pas ? Je ne suis pas certain de…

— Il m'est difficile de le définir. Il y a quelque chose en elle, au fond d'elle, une sorte d'insolence. Je la sens, parfois, lorsque je la regarde – comme si un animal vivait derrière ses yeux. Je ne l'avais pas deviné, je n'en avais pas connaissance avant notre mariage. Je la croyais équilibrée, en bonne santé. Elle semblait docile, étonnamment docile, jeune, innocente. J'ignore comment il se peut que je ne l'aie pas vu. Cela me fait craindre qu'il y ait en elle quelque chose qui jamais ne se soumettra, jamais n'acceptera les règles. »

Le médecin répond par un bruit neutre.

« Son Altesse m'apparaît pourtant des plus…

— Je suspecte, murmure Alfonso, obligeant Lucrèce à tendre encore davantage l'oreille, qu'elle empêche elle-même cette grossesse d'advenir par la force de sa volonté, par son caractère malade. Est-il possible pour une femme que son esprit soit dérangé au point qu'il n'existe aucun espoir qu'un enfant prenne racine en elle ? »

Derrière la porte, Lucrèce entend le médecin hésiter avant de répondre.

« Je n'ai jamais entendu une telle chose, dit-il. Son Altesse descend d'une excellente lignée. Faites-vous par là allusion au tempérament parfois excessif de madame la duchesse ?

— C'est une façon de le dire, oui.

— Il s'agit, je vous l'assure, d'un état assez commun chez la gent féminine. Votre épouse, je me permets de le dire, porte en elle trop de chaleur. Son sang est trop chaud, ce qui excite l'esprit femelle. Il s'agit, bien entendu, d'un problème qu'il m'est possible de traiter. Je préconiserais une série de saignées avec ventouses, et des décoctions à base de plantes et de minéraux. Je veillerai moi-même à les préparer. Elle ne devra plus manger que des aliments froids, un peu de volaille, des légumes verts, de la viande rouge, fromage et lait chaque jour. Plus d'épices, de bouillon, de poivre ou de tomates. Elle devra par ailleurs être entourée d'images douces et fruitées. Ces bêtes sauvages sur ces murs devront être retirées. Ces ossements, ces plumes et ces curieux artefacts également. Des activités précises devront lui être proposées, chaque jour, suivies d'une période de repos après chaque repas, au lit, et après le réveil. Pas d'excitation, de danse, de musique, de loisirs créatifs, de lecture, en dehors des textes religieux.

— Fort bien.

— J'ai la certitude que l'événement que vous attendez arrivera prochainement. »

Il y a alors du mouvement, des bruissements, comme si le médecin, se préparant à partir, s'inclinait puis sortait à reculons. Lucrèce s'apprête à retourner dans son lit au cas où Alfonso reviendrait la voir, mais elle entend le médecin ajouter :

« Oh, et je recommande également qu'on coupe cette chevelure.

— Ses cheveux ?

— Ils ont la couleur du feu, Votre Altesse, dit-il comme s'il y avait là quelque chose d'ennuyeux. Et il y en a trop. Cela représente trop de chaleur, un fort risque d'inflammation. Nous devons faire descendre sa température, souvenez-vous, la contenir. Lui couper les cheveux aidera, je vous l'assure. »

*

Plusieurs serviteurs sont envoyés là-haut. Ils arrivent avec des boîtes et des draps. Clelia supervise le décrochage des tableaux – la fouine, les esquisses de la mule blanche réalisées par Lucrèce, une petite peinture à l'huile d'un renard, une scène avec une biche chassée par des chiens, le portrait d'une femme avec un léopard apprivoisé qu'elle avait trouvé dans un des salons de la *delizia* et qu'elle s'était approprié. Alors que commence le démantèlement de sa collection de plumes, de galets et de morceaux d'écorce, Lucrèce bondit et s'interpose entre les serviteurs et ses trésors. Voyant qu'ils restent sourds à ses protestations, elle tente de récupérer autant d'objets qu'elle le peut, s'en remplit les bras et les mains, mais avant même qu'elle ait pu comprendre quoi que ce soit, deux gardes ont surgi du couloir et lui arrachent ses plumes et ses cailloux, posent ses mains sur elle, l'entravent. Emilia, d'une voix haut perchée, crie, Ne la touchez pas, comment osez-vous, éloignez-vous d'elle, tandis que Clelia la réprimande, lui ordonne de se taire, mais face aux visages des gardes, gris et pitoyables, semblables à ceux des gargouilles de pierre, Lucrèce se résout à aller s'asseoir sur la banquette, sous la fenêtre, et demeure ainsi, la tête enfouie dans ses genoux.

Son petit fagot de piquants de porc-épic lui est confisqué, de même que ses mousses séchées et ses lichens, son bol de noyaux d'abricot, qu'elle retrouve nettoyé, parfaitement propre ; tout est rangé dans des boîtes et emporté.

À leur place, Clelia accroche le tableau d'une coupe de citrons et de figues, une scène classique montrant des hommes alignés en arc de cercle, tenant solennellement des lances, ainsi qu'une représentation d'une Madone au visage inexpressif surmonté d'une auréole mal proportionnée, tenant dans ses bras un bébé Christ passif, emmailloté dans ses langes.

Ses livres lui sont également pris, pour « prévenir toute exaltation », lui explique Clelia, ainsi que ses peintures, ses vélins et ses craies. Seule lui est autorisée une petite quantité d'encre et de papier, pour ses lettres.

*

Un sachet d'herbes médicinales lui est apporté, avec la consigne de boire une décoction avant chaque repas du soir. Clelia verse l'eau chaude sur les plantes séchées, et dans l'air s'élève une vapeur à l'odeur atroce.

Lucrèce baisse les yeux vers la tasse. Le breuvage est vert foncé, et des particules noires flottent au milieu de sa surface écumeuse. Elle porte la tasse à ses lèvres, mais l'odeur est si infecte, si puissante qu'elle se retrouve prise de haut-le-cœur avant même d'y avoir goûté.

« Cela vous fera du bien, lui dit Clelia en l'observant depuis l'autre côté du salon. Cette décoction vous purgera de votre chaleur. Cela fonctionne déjà. »

Retenant sa respiration, elle incline la tasse, essaie d'avaler. La mixture est épaisse, visqueuse ; ses goûts disparates de paillis, de menthe amère, d'anis poivré lui inondent la bouche, lui nappent la langue et les voies respiratoires. Elle est prise d'un nouveau haut-le-cœur, tousse, recrache un peu. Une petite quantité de breuvage descend dans son gosier ; le reste demeure coincé dans sa gorge, dans le fond de sa bouche.

« Vite, lui dit Emilia qui se tient debout près d'elle. Mangez cela. » Elle lui tend un morceau de fromage. « Cela fera passer le goût. »

Lucrèce fait rentrer dans sa bouche le fromage dont la neutralité laiteuse adoucit l'amertume des herbes du médecin. Elle frémit, une fois, puis rend la tasse à Clelia.

*

Un secrétaire est envoyé peu après le repas de midi pour transmettre à la duchesse un rappel de Son Altesse : il lui faut se reposer.

Lucrèce est mise au lit par Clelia et Emilia, qui bordent étroitement les draps sous le matelas de plumes. Elle demeure ainsi, sentant peu à peu la fureur monter en elle. Rester allongée de la sorte en plein milieu de l'après-midi, les yeux rivés sur le baldaquin. C'est insupportable. C'est impossible.

*

Clelia apporte les ciseaux aux poignées en forme de cigogne, ordre du duc qui, suivant les conseils du médecin, a demandé qu'on lui coupe les cheveux.

Lucrèce prend les ciseaux dans sa main et les soupèse, puis glisse les doigts dans les trous ménagés entre les pattes et les becs des cigognes.

Elle ne laissera personne d'autre qu'elle accomplir cette besogne : ni Clelia, ni Emilia, ni Nunciata, qui arrive frétillante à l'idée de se servir des ciseaux, semblant presque exaltée par l'idée de couper toutes ces mèches sur la tête de Lucrèce. Cela vaut mieux ainsi, lui dit Nunciata en essayant de lui prendre la paire des mains. Bientôt, lorsque vous serez mère, vous ne regretterez pas un instant vos cheveux.

Lucrèce lui répond qu'elle les coupera elle-même ou pas du tout.

Elle s'installe debout devant le miroir, les cheveux détachés. Elle sent leur masse soyeuse dans son dos, qui lui caresse le haut des jambes, lui donnant la sensation que son cuir chevelu s'étire jusqu'à ses chevilles. Sa mère, une fois, y avait fait référence en les désignant comme « son seul atout » tout en attrapant dans sa main une poignée de ses cheveux, comme pour se convaincre elle-même qu'un tel cadeau avait effectivement été donné à la moins prometteuse de ses filles. Cette chevelure, Lucrèce le savait, faisait la jalousie de ses sœurs, qui ne parvenaient pas à les avoir aussi longs. Maria et Isabella avaient beau s'enduire la tête de guimauve, se la couvrir de frondes de saule, leurs cheveux, dès lors qu'ils leur arrivaient à la taille, devenaient secs et cassants. Lucrèce, au contraire, qui ne faisait rien d'autre que les brosser une fois de temps en temps, possédait une crinière qui, en poussant, devenait de plus en plus brillante, de plus en plus épaisse, tout en ondulations et méandres, semblable au cours tressé d'une rivière de cuivre et d'or. Maria s'amusait à enrouler son poing autour pour la tirer vers sa propre tête en disant, « Je vais la couper pour m'en faire un postiche », et cette menace faisait toujours hurler Lucrèce – le simple fait d'imaginer Maria se pavaner avec ses cheveux épinglés sur la tête l'indignait au plus haut point. Sofia était obligée d'intervenir et de les séparer.

Maria, cependant, n'avait jamais mis cette menace à exécution. Lucrèce allait le faire elle-même, couper ses cheveux sur sa propre tête ; désormais, jamais Maria ne pourrait les lui voler.

Elle regarde son reflet. Son visage est livide, exsangue, ses yeux ressortent dans leurs orbites. Elle semble invincible, elle semble déterminée. Elle voit sa cascade de cheveux, les rayons de soleil qui illuminent ses ondulations, se logent dans leurs courbes. Cette masse de cheveux, a dit le médecin, lui donne trop chaud, engendre chez elle des envies de rébellion, dérange son ordre naturel, crée un déséquilibre dans ses humeurs.

Elle soulève les lames d'une main et, de l'autre, une poignée de cheveux. Derrière elle, dans le miroir, elle voit Emilia grimacer et se couvrir la bouche. Nunciata, penchée vers l'avant afin de garder Lucrèce dans son champ de vision, poursuit son sermon sur ses grossesses futures et la perpétuation de leur lignée, et les sacrifices que tout le monde doit bien faire dans la vie.

Les doigts de Lucrèce tremblent un peu, pas tout à fait de réticence, mais plutôt d'excitation brute. Elle s'apprête à franchir le pas ; elle va le faire. Elle n'en a pas envie, mais n'a pas d'autre choix. Si elle ne le fait pas, quelqu'un s'en chargera à sa place, mais jamais personne d'autre qu'elle ne coupera ses cheveux. Si cela doit arriver, c'est elle qui s'en occupera. Ces cheveux sont les siens. Cette tête est la sienne. Ils peuvent lui retirer ses dessins et ses tableaux ; ils peuvent lui remplir le corps de médicaments, d'aliments froids et Dieu sait quoi encore ; ils peuvent lui tisonner, lui palper le ventre et regarder dans sa gorge ; ils peuvent l'enfermer dans ses appartements ; mais elle aura coupé ses cheveux avant que quelqu'un ait le temps de s'approcher de ces lames.

Elle les ouvre, les insère sur une mèche près de son oreille, prête à les refermer.

« Non, s'écrie Emilia, pas là.

— Pas si près de la tête, intervient Nunciata. Il n'est pas nécessaire de couper aussi court. »

Emilia s'avance et indique avec ses doigts la bonne hauteur, au niveau du haut du bras de Lucrèce, tout en jetant un coup d'œil à Nunciata dans le miroir pour s'assurer de son approbation. Nunciata secoue la tête. Emilia remonte ses doigts juste en dessous de l'épaule de Lucrèce, ce qui correspond, songe celle-ci, à la longueur des propres cheveux d'Emilia lorsqu'elle ne les enfouit pas sous sa coiffe.

Après un court temps de réflexion, Nunciata hoche la tête.

Lucrèce insère les ciseaux à la hauteur définie et, sans fermer les yeux, presse les lames ensemble.

Le bruit est plus fort que ce qu'elle avait imaginé. Un bruit net, métallique – *chrrrraaach*.

La mèche coupée tombe entre les lames. La voilà, dans le creux de sa main : une vie entière à avoir poussé, la partie la plus foncée, la plus haute, datant à peu près de ses premières années de vie de jeune femme, la partie la plus claire, la plus éloignée, de sa petite enfance. Comme il est incroyable de songer que ces mèches, depuis tout ce temps, ont été rattachées à elle, l'étaient déjà quand elle n'était qu'une toute petite enfant dans la pouponnière, alors que la voilà, à présent, dans ce salon.

Elle dépose avec soin la mèche dans le coffre à côté d'elle, puis plante de nouveau son regard sur son reflet.

Clic, clac, clic, font les lames qui à la fois s'assemblent et s'affrontent, et peu après, tous ses cheveux sont coupés, lui arrivent juste au-dessus des épaules, et Lucrèce voit dans le miroir non pas elle, mais une autre personne, une marionnette, une créature des bois aux grands yeux et au visage blanc éberlué. Une invalide, une pénitente.

Elle dépose la dernière mèche soyeuse dans le coffre et passe sa main sur ses cheveux raccourcis. Les pointes sont comme aiguisées, piquantes sous sa main. Elle s'étonne de constater comme sa tête est légère, tourne bien, et comme son cou lui semble froid et nu.

Derrière elle, Emilia pleure en soulevant les mèches coupées. Elle dit qu'elle les gardera, qu'elle s'en servira pour la coiffer, qu'elle les épinglera aux tresses qu'elle peut encore lui faire. Si le travail est bien exécuté, tout semblera comme avant, si Lucrèce le souhaite.

« Je ne le souhaite pas.

— Mais, madame…

— Brûle-les.

— Je ne peux pas. Je… »

Nunciata, qui a posé son chien par terre, s'avance d'un pas glissé vers elles.

« Alfonso a dit qu'il voulait les cheveux. »

Lucrèce se retourne.

« Alfonso ?

— Oui. Il m'a demandé de…

— Pourquoi ?

— Comment le saurais-je ? rétorque Nunciata avec défi. Il ne nous appartient pas de questionner ses désirs. »

Lucrèce regarde Clelia prendre les cheveux des mains d'Emilia, les nouer, les brosser, les enrouler et les envelopper dans un linge. Nunciata récupère le petit paquet, qu'elle tient devant elle, le bras bien tendu, en sortant du salon, suivie par son épagneul qui jappe au bout de sa laisse.

Lucrèce est gagnée par une furieuse envie de le lui arracher, de le garder, de le détruire. Elle déteste l'idée qu'une partie d'elle-même soit ainsi emportée pour être donnée à Alfonso. Que compte-t-il en faire ? Les garder dans un coffre, les enfermer dans un placard sous clé ?

La porte se referme derrière Nunciata. Les cheveux sont partis. Lucrèce se retourne. Les suivantes balaient le sol, mettent de l'ordre dans les coffres, débarrassent la vaisselle, puis lui préparent sa décoction quotidienne ; la journée tourne, se poursuit, se referme, comme toutes les autres, comme si de rien n'était.

*

Ses beaux appartements sont nus. Lucrèce arpente la chambre d'un mur à l'autre, depuis le lit jusqu'à la fenêtre donnant sur la place. Elle refuse de regarder le tableau de la Madone ou de la coupe de fruits – ces citrons enflés, ces figues sur le point d'exploser. Sa tête ne se tourne pas vers eux. S'ils ne lui laissent pas ses propres tableaux, alors son regard ne se posera jamais sur ceux-là.

Cette rébellion minuscule lui procure un certain réconfort.

*

Elle reçoit la permission de quitter sa chambre pendant un quart d'heure afin de prendre l'air sur la loggia, du moment qu'elle s'emmitoufle dans des fourrures pour se protéger des vents d'hiver humides.

Elle marche aussi vite qu'elle le peut. Son sang court dans ses veines, son cœur bat dans sa poitrine. Elle garde un œil sur le cadran solaire, guette la progression des ombres. Son garde lui dira quand la sortie prendra fin, quand elle devra regagner ses appartements.

*

Emilia a réfléchi à la manière dont elle pourrait la coiffer pour camoufler la perte de longueur. Son idée consiste à enrouler les mèches sur le devant de la tête afin de donner l'impression d'une masse, d'en enrouler d'autres autour des oreilles et d'épingler le reste sur le diadème en perles de son trousseau de mariage.

Clelia déclare que cette coiffure n'est pas de son goût. C'est elle qui, le lendemain, coiffe Lucrèce en se mouillant les doigts pour recréer des boucles.

Emilia dit que cette coiffure ne sied pas au long cou de leur maîtresse.

Le troisième jour, Lucrèce les informe qu'elle se coiffera elle-même.

Les suivantes, du coin de l'œil, l'observent d'un air sombre, sans se regarder l'une l'autre.

Lucrèce invente des messages qu'elle leur fait porter dans des coins reculés du château, ou leur demande d'aller lui chercher des choses dans les cuisines, ou bien encore d'apporter une friandise à sa mule dans l'étable. Tous les prétextes sont bons pour se débarrasser un moment de leur présence pesante, pour être seule avec ses pensées.

*

Tous les cinq jours, Alfonso vient la trouver. Lui aussi congédie les suivantes, mais pour d'autres raisons.

*

Il ne retire maintenant plus ses vêtements pendant qu'il traverse ses appartements, n'arrache plus la couverture pour la regarder. Désormais, il s'agenouille devant la table de chevet, insiste pour que Lucrèce fasse de même et, son chapelet de perles à la main, il conduit leur prière. L'acte, ensuite, est rapide ; ses mouvements sont précis et soignés.

Il n'émet pas une remarque sur ses cheveux.

*

Il se montre toujours courtois, après. Il lui raconte ce qu'il s'est passé à la cour – quels airs ont été chantés pendant le dîner, qui a récité quel poème, qui a pris qui pour amant. Il mentionne des affaires d'État, à Ferrare et ailleurs. Il lui dit s'être rendu dans l'atelier du Bastianino, avoir vu la progression de son portrait de mariage, et que le résultat lui donne plutôt satisfaction. Il lui demande comment elle se sent : calme, plus calme, un peu chaude, plus fraîche ? N'a-t-elle pas trop chaud, faim, soif ? Se sent-elle en paix, reposée ? Sent-elle un quelconque changement en elle, dans son corps ? Aurait-elle une envie particulière de manger, de boire quelque chose ? Peut-il faire quelque chose pour elle ?

*

Elle est, lui rappelle-t-il, dans l'obligation d'aller voir le confesseur. Elle est autorisée à quitter ses appartements pour ce faire.

*

Lucrèce devient très assidue dans ses visites au confesseur. Elle insiste pour la première fois de sa vie pour se rendre au moins une fois par jour à la messe.

*

En la voyant ainsi aller et venir à la chapelle, tout le monde remarque et cautionne cette volonté de s'en remettre au Seigneur pour procréer. Le château tout entier se met à prier pour que leur couple engendre un héritier. Les gardes, les bonnes, les domestiques, les intendants regardent avec des yeux pleins de respect la petite duchesse se signer devant l'autel.

*

Elle doit descendre une volée de marches, longer la loggia, descendre encore un escalier, puis traverser l'orangeraie pour se rendre à la chapelle. Elle doit franchir la porte de la salle de l'Aurore, puis celle d'un autre salon, plus petit. Elle accomplit ce trajet très lentement, comme demandé par son médecin. Toute précipitation est proscrite, car elle doit préserver ses forces. Souvent, elle regarde à la dérobée les courtisans ou les serviteurs qui vont et viennent en courant entre les cuisines et ce petit salon, entre le grand salon et la guérite. Elle peut sans peine retenir les traits de quinze ou vingt nouvelles têtes.

De retour dans sa chambre, elle dessine ces visages, vite, avec l'encre et le papier qui devraient servir à sa correspondance, puis brûle aussitôt les preuves.

Le médecin lui rend régulièrement visite. Au départ, Lucrèce déteste ces rendez-vous, la manière dont ses doigts s'enfoncent sur son corps, l'agrippent pour sentir son pouls, collent sur son dos des globes de verre chauds, extirpent des informations de sa peau, de son cou, de sa langue.

Mais après une semaine ou deux, son arrivée commence à représenter un changement bienvenu, une distraction au milieu de la monotonie. Lucrèce lui pose des questions sur sa famille, lui demande le nom et l'âge de ses enfants, et si sa chienne a mis bas, et comment se porte sa femme ? Ses douleurs aux jambes s'améliorent-elles ? Son aîné montre-t-il toujours des signes de mélancolie ? Sa fille refuse-t-elle toujours de s'exercer à la musique ?

*

Ses saignements mensuels arrivent, le jour prévu. Pendant une semaine, Alfonso ne lui rend pas visite.

*

Lorsque l'ennui devient trop profond, Emilia joue aux cartes avec elle. Ce sont les cartes que Lucrèce a apportées de Florence ; dessus sont peintes des images de tours, de ponts et d'arbres. Leurs rebords ont été émoussés par les nombreuses parties que le jeu a connues dans la pouponnière du *palazzo* : Lucrèce aime les frotter contre sa joue, les sentir, juste au cas où l'odeur de Sofia, d'Isabella ou de ses frères serait restée incrustée à la surface.

À la fin de leurs parties – Emilia se débrouille bien, elle comprend les règles, développe des tactiques –, Lucrèce s'en va s'asseoir à la fenêtre, et parie sur les passants qu'elle voit dans les rues en contrebas : tournera-t-il à gauche ou à droite ? Emilia lui apporte du papier et de l'encre, puis s'en va en feignant de ne pas voir que Lucrèce les utilise pour dessiner plutôt que pour écrire ses lettres.

Et lorsque Lucrèce pleure, la nuit, Emilia vient à son chevet et la serre, fort, comme Sofia le faisait autrefois. Elle dégage les cheveux qui lui tombent sur le front, lui tamponne le visage avec un mouchoir et lui dit, Là, là. Elle lui narre les histoires que sa mère lui racontait – des contes où des fées accordent des vœux, où des lutins manient une épée magique. Elle lui dit qu'à Florence, au palais, bien des serviteurs étaient en admiration devant elle, et certains la craignaient.

Cette nouvelle fait cesser ses larmes. Pourquoi ? veut-elle savoir.

Parce que, lui explique Emilia, il existait une rumeur sur vous. Un homme avait juré qu'à l'époque où vous étiez petite fille, il vous avait vu toucher un tigre. Et que ce tigre, au lieu de vous mordre, vous avait permis de le caresser. Il se disait depuis lors que vous aviez charmé la bête, telle une enchanteresse. Tout cela est impossible, bien entendu, mais…

Pas impossible, répond Lucrèce, pas du tout.

Puis elle ferme les yeux et s'endort. Dans un intermittent sommeil, elle voit les rayures des flancs orange d'une bête lointaine de son passé, aux grosses pattes, au regard d'ambre brûlant.

*

Elle ne parvient pas à identifier clairement ce que lui inspire la perspective d'une grossesse. Elle aimerait que ce confinement dans ses appartements, ces herbes qu'on la force à avaler et ces visites du médecin prennent fin. La seule solution, pour y parvenir, semble être de concevoir.

Mais lorsqu'elle songe à son corps grossissant par-dessus celui d'un bébé, à la mise au monde de cet enfant, à la supervision de son éducation, de sa santé, de sa vie, puis au poids qui pèsera sur elle lorsqu'il s'agira d'en concevoir un deuxième, Lucrèce se sent submergée, ne se sent pas prête. Un petit garçon serait accueilli avec extase et soulagement, mais cet enfant ne serait ensuite modelé qu'en vue d'une chose : devenir duc. Une petite fille, quant à elle, devrait suivre le même destin qu'elle, se voir déracinée de sa famille, de sa ville natale, pour aller vivre ailleurs, dans un lieu où elle devrait apprendre par elle-même à grandir, se reproduire, parler peu, n'en faire pas trop, rester dans ses appartements, couper ses propres cheveux, éviter une trop grande exaltation, éloigner d'elle toute stimulation, se soumettre aux caresses nocturnes qui viendraient l'assaillir.

Que ressentirait-elle si elle tombait enceinte ? Comment accueillerait-elle la nouvelle ? Il lui serait permis de quitter sa chambre, de reprendre part à la vie de la cour. Mais son corps renfermerait alors une personne, un être entièrement séparé, sur la tête duquel pèseraient déjà toutes sortes d'attentes. Le fils d'Alfonso, l'héritier d'Alfonso, le futur duc de Ferrare.

*

Ses saignements mensuels arrivent à nouveau, avec plusieurs jours d'avance, comme par insolence.

*

Face à cette calamité, on appelle le médecin. Il demande à examiner ses habits. Lucrèce attend sur le bord de sa chaise, la tête baissée, les mains glissées sous les fesses, pendant que le médecin informe une Nunciata renfrognée, assise sur la banquette, ainsi qu'Alfonso, debout devant la fenêtre, le dos tourné, que son sang menstruel est « mince » et, oui, « trop chaud ».

*

Une nouvelle décoction lui est donnée, cette fois avec un arrière-goût acide et une odeur surette.

Le médecin décrète qu'il peut lui être permis de dessiner des bébés, mais pas plus qu'une fois ou deux par jour. Des bébés vigoureux, en bonne santé, précise-t-il. Et mâles.

*

Elle couvre des pages et des pages d'enfants. Leurs visages souples, innocents, leurs bras et jambes nacrés. Les enfants qu'elle voit depuis les fenêtres du château, ceux qu'elle voit dans ses rêves, marchant le long des canaux ou perchés sur de petits ponts. Des bébés sur le dos de leurs parents, des bébés dans des berceaux, des bébés sur des chevaux, des bébés dans le ciel, aux ailes couvertes de plumes, se mêlant à l'azur, frôlant les cimes des arbres.

Nunciata, que son rôle de sœur désormais unique semble réjouir, ne paraît que trop heureuse de s'inviter à l'improviste dans les appartements de Lucrèce, plusieurs fois par jour, pour rapporter à Alfonso ce que son épouse fait de son temps. Plantée dans le dos de Lucrèce, elle inspecte ce qu'elle dessine.

Lorsqu'elle découvre les bébés volants, elle fronce les sourcils.

*

Lucrèce dispose une rangée de verres à pied sur le rebord de la fenêtre, qu'elle remplit d'un niveau d'eau chaque fois différent pour créer un carillon en tapant sur leur rebord avec son ongle. Elle s'y entraîne pendant des heures, jusqu'à parvenir à jouer plusieurs airs.

Clelia, depuis l'autre bout du salon, la regarde en silence, tout en embobinant du fil sur le dos d'une chaise.

Lucrèce pioche une poignée de galets – galets qui lui ont été laissés, ou bien oubliés dans le tiroir de sa crédence. Trouvant leur couleur terne, elle les met à tremper dans une coupe d'eau.

Le lendemain, le niveau de l'eau a baissé.

Les galets l'ont-ils bue ?

Elle s'agenouille, fascinée. Elle ramasse l'un des cailloux, le secoue, guette un bruit mouillé.

Emilia lui dit que cela est impossible, que les galets ne boivent pas. C'est à cause de la chaleur que l'eau s'est évaporée. Clelia dit qu'il s'agit d'un tour de son esprit. Nunciata renifle et remarque qu'elle n'a jamais rien entendu d'aussi ridicule de sa vie.

Mais Lucrèce en est sûre. Les galets boivent. Elle leur rajoute de l'eau et couvre la coupe avec un tissu.

Comme de juste, le lendemain, la moitié de l'eau a disparu.

*

Elle en fait part à Alfonso, pendant qu'il se rhabille. Elle lui propose de lui montrer les galets. Il tourne la tête, arrête de nouer les lacets de sa chemise et la regarde un long moment, planté entre le lit et la fenêtre. Son expression est insondable, impassible, une mèche de ses cheveux tombe devant son œil, ses doigts sont figés sur le bord de sa chemise. Il paraît presque triste, et Lucrèce hésite à lui demander, Quel est le problème ? Pourquoi faites-vous cette tête ?

Puis il semble balayer soudainement la pensée qui le préoccupait. Il termine de nouer ses lacets rapidement, dégage ses cheveux de son front et va s'asseoir sur une chaise en face du lit, les bras et les jambes croisés.

« Il me semble, dit-il, que le régime du médecin vous réussit. Ne pensez-vous pas ? »

Lucrèce s'assoit plus droite ; elle doit s'agripper aux draps, en dessous d'elle, pour cacher sa frénésie. Doucement, se dit-elle, garde ton calme.

« Je déteste cela, s'entend-elle dire malgré elle. Je ne supporte plus d'être enfermée ainsi. Cela m'est insupportable. Vous devez me laisser sortir, vous devez me rendre ma liberté. » Elle enfonce ses ongles dans ses paumes de main – N'aie surtout pas l'air d'avoir le sang chaud, reste mesurée. « Je veux dire par là qu'il est certain que ses remèdes me font du bien. Je sens que…

— Je me suis entretenu avec un autre médecin de… » Alfonso hésite un instant, comme s'il essayait de se souvenir. Dans son flot de discours habituel, une telle interruption est un événement rare – Lucrèce se le rappellera ensuite. « … Milan, se décide-t-il. Son conseil irait plutôt dans l'autre sens. Il recommande un changement d'air, un régime normal, de l'exercice. C'est la raison pour laquelle je crois que nous devrions aller à la campagne, vous et moi, pendant une courte période. Afin que vous y retrouviez des forces. Et que nous puissions nous y reposer… ensemble. Loin de la cour. Et de toute cette pression. »

Lucrèce regarde fixement Alfonso.

« À la campagne ? répète-t-elle. Vous voulez dire… »

Elle ne parvient pas à terminer sa phrase, car sa gorge se bloque sous l'effet d'une décharge inédite de joie. Son esprit est rempli d'images de la *delizia*, des allées lumineuses des jardins, des chambres peuplées d'anges au plafond, des gentils serviteurs lui apportant des plateaux de pâtisseries, d'elle et de sa mule aux brides rouges, du corridor où elle avait fait couler de l'eau de miel entre les lèvres d'un jeune homme à l'article de la mort.

« Oh. » Elle ne peut retenir les larmes qui perlent au coin de ses yeux. « J'aimerais beaucoup, oui. La campagne. S'il vous plaît. Allons-y. »

Nous étions heureux là-bas, voudrait-elle lui dire. Contrari n'était pas mort, Elisabetta n'était pas partie, il n'y avait ni médecins, ni remèdes, ni ordre de repos, pas de Clelia pour l'espionner ni de Nunciata pour lui donner des ordres, et Alfonso était un tout autre homme – un homme qui l'appréciait alors, qu'elle n'avait pas encore déçu. Peut-être serait-il possible de revenir en ces temps où elle et lui vivaient en harmonie. Peut-être cherche-t-il à recapturer cela. Peut-être que son corps accèdera à ses demandes, à ce que tout le monde attend. Peut-être que Lucrèce peut encore faire de ce mariage une réussite.

« Fort bien. » Il se lève, enfile ses bottes. « Nous partons demain. »

*

Même si la soudaineté de ce revirement la surprend, Lucrèce s'efforce de ne pas y songer. Emilia et Clelia préparent des boîtes et des sacs avec ses robes, ses sarraus, ses châles. Lucrèce ordonne que ses tableaux et ses pinceaux lui soient rendus ; elle se charge elle-même de les emballer. L'espace d'un instant, elle regarde autour d'elle, certaine d'avoir oublié d'emballer la petite queue en éventail dorée d'un poisson de verre, et aussi un renard bleu marine, mais elle se souvient tout à coup qu'elle se trompe : ses *animaletti* sont morts, cassés, voilà bien longtemps.

Elle s'en va pour la *delizia*, se répète-t-elle, encore et encore, la *delizia*. Elle pourra là-bas déambuler comme bon lui semble, et peut-être que naîtra entre elle et Alfonso une unité nouvelle. Quoi qu'il en soit, c'en est pour elle fini de ces appartements ; elle pourra enfin contempler autre chose que les murs mauvais du château.

Dans la cour, elle s'étonne de découvrir qu'aucun carrosse ne les attend, mais simplement deux gardes, quelques ânes chargés de leurs bagages et deux chevaux – un pour elle, l'autre pour Alfonso.

Alfonso est là. Il ordonne au garçon d'écurie de tenir la bride, de resserrer la sangle de cette selle. Le pont-levis est déjà baissé – pas celui qu'il emprunte d'ordinaire, le grand, devant l'entrée principale du château, mais le petit, sur le côté, si étroit que seule une personne peut y passer à la fois.

« Nous ne partons pas en carrosse ? demande-t-elle.

— Non, répond-il en lui prenant le bras. J'ai pensé qu'il serait plus facile de voyager ainsi. Et plus rapide. »

Il la conduit jusqu'à son cheval et l'aide à monter. Alors qu'elle s'empare des rênes et ajuste ses gants, Alfonso désigne ses suivantes.

« Nous n'emmènerons qu'une seule de vos servantes. Celle-là reste au château », dit-il en désignant Clelia.

Lucrèce se retourne et voit Clelia exécuter une révérence, puis s'éloigner en direction des appartements de Nunciata. Emilia la suit du regard, s'efforçant de cacher sa joie.

« Allons-y, lui dit Alfonso en tirant sur les rênes de son cheval. Les domestiques suivront. »

Ils s'en vont sous le bruit des sabots par l'étroit pont-levis, traversant les douves, puis dépassent la façade rosée de la cathédrale. Lucrèce se sent habitée par une joie étrange, fébrile. L'immensité du ciel au-dessus de sa tête, la vue de tous ces gens, l'air du petit matin, les étals au bord des rues, les habits et les mains et les nez et les souliers de tous ces gens qu'elle ne connaît pas et ne connaîtra jamais.

Les citoyens qui, sur leur passage, s'arrêtent et les regardent veulent voir leur duc monté sur un grand cheval et leur jeune duchesse emmitouflée dans ses fourrures. Eux deux, ensemble, chevauchant, flanqués de leur garde.

Ils franchissent les fortifications de la ville, débouchent sur un grand chemin. Alfonso fait aller son cheval au trot ; la jument de Lucrèce se cale sur son pas. La campagne défile, vergers vides aux branches nues assombries par la pluie, murets de pierre autour des fermes, champs détrempés, maisons aveugles. Lucrèce sent les cahots de sa monture, entend les grincements de sa selle, sent le vent qui tente de lui arracher son chapeau, de glisser ses doigts entre ses vêtements et sa peau, sent les aiguilles de la pluie tomber sur son visage.

Ils suivent le fleuve, et Lucrèce remarque que ce chemin lui est familier : elle reconnaît l'embranchement au sommet d'une petite côte, un ensemble de rochers semblable à une miche de pain. Puis ils bifurquent, longeant un chemin d'un côté duquel s'étalent des cultures en terrasse, où une chèvre pose sur eux son regard triste avant de détourner la tête, comme pour les ignorer ; de l'autre côté coulent les eaux gris-brun du Pô.

« Est-ce la même route que précédemment ? » demande Lucrèce.

Ils ont fait ralentir le pas de leurs chevaux. Le terrain, ici, est plus rocailleux ; elle entend l'un des gardes dire à l'autre qu'il ne voudrait pas abîmer les sabots de sa monture.

« Précédemment ? demande Alfonso.

— Quand nous sommes rentrés de la *delizia*.

— Non, répondit-il. Bien sûr que non.

— Pourquoi cela ?

— Puisque nous n'allons pas à la *delizia*, il semble…

— Comment ? » Elle voudrait tirer sur ses rênes pour arrêter son cheval, mais l'un des gardes le tient par la bride. « Où allons-nous, dans ce cas ?

— À Stellata, répond-il d'un air incrédule, comme s'il s'adressait à quelqu'un de particulièrement étourdi, alors que Lucrèce est certaine qu'il ne le lui a jamais dit.

— Où se trouve Stellata ?

— Juste après Bondeno. Tout près.

— Est-ce une villa ? Comme la *delizia* ?

— C'est un pavillon de campagne, situé non loin du fleuve, un très bel endroit, un bâtiment en forme d'étoile. D'où son nom. J'y passais beaucoup de temps dans mon enfance. Mon père m'emmenait là-bas pour monter à cheval et chasser. J'ai pensé qu'il vous plairait de le connaître. Que ce changement d'air et de décor vous ferait du bien.

— Mais… » Lucrèce, hésitant à formuler tout haut ses réserves, répond : « Comment fera Emilia pour savoir où nous retrouver ? Je lui ai dit que nous allions à la *delizia*, pas…

— Emilia ?

— Ma servante.

— Celle à qui j'ai donné ordre de rester ?

— Non, l'autre. Celle que j'ai amenée de Florence. Elle devait nous suivre et…

— Ne vous inquiétez pas pour cela. Elle sera conduite au bon endroit et… » Il s'interrompt pour lever une main gantée. « Nous y voilà. Voyez-vous ? On aperçoit là-bas l'une des pointes de l'étoile. »

Lucrèce voit, derrière les branches nues et emmêlées des arbres, une tranche de mur haute, sombre, en forme de tête de flèche. Une construction dont la géométrie paraît curieuse au milieu de la campagne. Surtout, Lucrèce remarque sa ressemblance avec le château d'Alfonso, la même répétition d'arches sur les remparts, donnant l'impression qu'on aurait cassé une partie du château pour la déposer ici, au milieu des arbres.

« C'est en effet un bâtiment… » Elle cherche les bons mots – ne veut pas passer pour critique à l'égard de ce lieu qui lui est cher depuis son enfance. « … imposant. Un peu comme une forteresse ou…

— Vous êtes une fille pleine d'intelligence, dit-il en souriant. C'était autrefois, il y a très longtemps, une forteresse, qui permettait la surveillance du fleuve. »

D'un claquement de langue, il fait avancer son cheval. Ils poursuivent leur chemin en direction de la forteresse, puis franchissent son pont-levis, l'un derrière l'autre.

La couche du dessous et la couche du dessus

La forteresse, région de Bondeno, 1561

Lucrèce se fraie un chemin à travers la *fortezza*, laissant derrière elle son portrait achevé dans la grande salle vide. Depuis la cour lui parviennent les voix d'Alfonso et de Leonello, qui disent au revoir au Bastianino, lui souhaitent un bon retour à Ferrare. Elle grimpe les marches de l'escalier, une à une, entre en chancelant dans sa chambre. Emilia l'attrape par le poignet en lui lançant des réprimandes, en lui disant qu'elle n'aurait jamais dû descendre, jamais ; elle aurait dû rester au lit.

Lucrèce l'ignore et va s'asseoir devant son bureau, avachie, la tête posée sur son bras. Cette position lui offre un nouveau point de vue sur les esquisses qu'elle a réalisées la veille au soir. Elle se trouve à leur niveau, les regarde sous un nouvel angle. Est-ce vraiment elle qui a dessiné cette mule, cette licorne ? Pourquoi s'était-elle autant réjouie devant ce résultat ? Elle ne s'en souvient pas, pas du tout. Ces dessins lui semblent vides de toute émotion à présent, de simples traits sur une page.

Elle ferme les yeux. Emilia s'affaire autour d'elle,

lui pose des couvertures sur les épaules, lui demande de retourner au lit, elle a besoin de repos.

Lucrèce ouvre les yeux et voit : les traces de craie, les sabots arrière de la mule, le plateau en bois du bureau semé de nœuds et de cernes et de creux alvéolés, la lumière déclinante filtrant par l'étroite fenêtre, une main inerte recroquevillée près d'un stylet, une bague ornée d'une petite pierre de lune, la dentelle d'une manchette.

« Venez vous coucher, lui dit Emilia. Laissez-moi vous aider. »

Mais Lucrèce secoue la tête, interpellée par les cliquètements de ses épingles à cheveux sur la table. Elle regarde la main à la bague et la manchette en dentelle se déplacer en direction du stylet. Les doigts qui l'agrippent. Le stylet qui se soulève et se loge dans le creux du muscle de la main. Sa pointe s'abaisse vers la feuille de papier, où elle inscrit une marque horizontale qui se recourbe à la fin. Elle s'abaisse une deuxième fois, inscrit une autre marque, qui rejoint la première. Puis elle bouge de nouveau, traçant avec assurance des pattes en mouvement, aux grosses extrémités, quatre pattes, qui courent, filent à toute vitesse. Lucrèce voit sous sa main naître une gueule exaltée, des lacis complexes sur un flanc. Ces traits pourraient, aux yeux du néophyte, passer pour de simples bandes, pour des barres comme celles d'une cage, mais ils sont pour Lucrèce un camouflage. L'animal sur son dessin se retrouve bientôt entouré d'une végétation dense et luxuriante, de lianes, de gros boutons de fleur, et même son impressionnante allure finit par disparaître, par se fondre dans la jungle.

« Superbe, commente Emilia par-dessus son épaule. C'est un léopard ? »

Lucrèce, toujours avachie sur la table, secoue la tête.

« Comme vous dessinez bien. Mais il serait plus avisé de vous…

— Cela aurait dû être le panneau central d'un triptyque, dit tout bas Lucrèce, la tête tournée vers le plateau de la table.

— Hmm ? »

Les doigts d'Emilia s'insinuent pour dénouer les nœuds du col de Lucrèce, pour retirer de ses épaules ses fourrures et ses châles.

« Mais je ne pourrai pas l'achever, continue-t-elle en regardant sa main ramollir, le stylet tomber, le papier s'enrouler sur lui-même, comme doué d'une volonté propre, et le tigre disparaître. Il ne sera jamais fini. »

Emilia ne l'écoute pas. Elle aide Lucrèce à se lever, la soutient, mais tout à coup son mal de tête empire, se resserre, plonge ses doigts dans les nerfs de ses yeux, dans les muscles qui s'étirent depuis son cou. Elle sent son sang se retirer de sa tête, de ses épaules, de ses poumons, et s'amasser vainement dans ses jambes. Elle est obligée de s'accrocher au pilier du lit pour ne pas tomber.

Derrière elle, Emilia lui retire sa robe de chambre, son corset, ses manches, toujours en la réprimandant ; elle a pris soin d'aérer et de réchauffer son lit, lui dit-elle. Elle aide Lucrèce à s'allonger et rabat sur elle les couvertures.

Lucrèce a froid, très froid. Elle n'a jamais eu aussi froid de sa vie. Elle ne sent plus ses jambes ni ses pieds, ses doigts sont de glace. Sa respiration est rauque, crépite dans sa poitrine, et ses dents claquent.

Toutes ses articulations, tous ces endroits de son corps qui fléchissent et se replient sont assaillis par une douleur profonde et lancinante ; jamais, lui semble-t-il, elle ne pourra plus bouger.

Emilia empile sur elle des couvertures et des manteaux, mais ce froid refuse de la quitter. La servante ferme les tentures du baldaquin, va allumer le feu. Elle finit par se glisser sous les couvertures auprès de sa maîtresse pour tenter de la réchauffer, frictionner ses pieds avec les siens, souffler dans les mains recroquevillées de Lucrèce.

« Là, lui murmure-t-elle, tout va s'arranger. »

Lucrèce tourne le visage vers le mur, loin d'Emilia, la mâchoire crispée. Une profonde désolation l'inonde par tous les pores.

« Non, parvient-elle à dire à travers ses dents serrées. Cela ne s'arrangera pas. Je vais mourir ici et…

— Ne dites pas des choses pareilles, proteste Emilia.

— … plus jamais je ne reverrai Florence.

— Pourquoi pensez-vous une telle chose ? Allons, vous êtes simplement tombée malade, mais vous guérirez. Ce n'est qu'une fièvre, attrapée pendant votre voyage et…

— Du poison », articule Lucrèce.

Emilia lui dit gentiment de se taire, lui caresse le front jusqu'à ce que Lucrèce commence à sentir sa conscience s'absenter.

« Dormez, lui dit Emilia. Reposez-vous.

— Ne répond à personne, marmonne Lucrèce. N'ouvre pas le verrou. Quoi que tu fasses, ne le laisse pas entrer. »

*

Lorsqu'elle se réveille, un temps considérable s'est écoulé. L'obscurité remplit la chambre et les carreaux des fenêtres. Lucrèce s'assoit, la bouche sèche, la tête aussi vide qu'un gobelet, seulement habitée par l'écho d'une note, une seule. Elle se frotte le visage. Son mal de tête est parti, mais a laissé derrière lui une sensation d'espace dans son crâne, une clarté singulière, comme si l'agonie qu'elle avait endurée lui avait lavé la tête.

Ses pensées sont aussi lisses que des diamants, taillées avec précision, polies, perspicaces. Elles se suivent, les unes après les autres, comme reliées ensemble par un fil.

Elle a faim ; son ventre est plat et affreusement vide.

Elle est à la *fortezza*.

La mort prochainement va venir, demain si ce n'est cette nuit, ou alors très bientôt.

Personne ne pourra la sauver.

Alfonso enverra l'un de ses hommes. Baldassare, très certainement. Quelqu'un, tout au moins, à qui il accorde son entière confiance.

Ou peut-être s'en chargera-t-il en personne.

Elle va mourir : il souhaite que sa mort survienne. Cela est inévitable. Tel est son destin.

Lucrèce, comme poussée par ce constat, se lève du lit où Emilia dort encore, le visage caché par ses cheveux.

Elle reste un moment debout au milieu de la chambre glaciale. Pourquoi donc s'est-elle réveillée ?

Elle tourne la tête lentement, vers la fenêtre, puis vers la porte, en retenant son souffle, en guettant dehors des voix, des pas, des bruits dans l'escalier. Sont-ils en train d'arriver ? Son heure est-elle venue ?

Mais rien. L'édifice en forme d'étoile se déploie autour d'elle, silencieux, tranquille. Elle n'entend rien, pas un seul bruit humain, pas un seul bruit du tout. Peut-être flotte-t-elle déjà dans les cieux.

Sauf que son ventre gargouille, se rétracte sur lui-même, supplie qu'on lui donne à manger. Son corps doit être vide. Elle ne subsiste que grâce à de l'air.

Elle attend encore un moment, pour s'assurer que personne n'approche de sa porte. Puis elle se penche et, d'un geste vif et plein d'audace, ramasse par terre la robe d'Emilia. Elle l'enfile par le col.

Elle doit manger quelque chose, pour parvenir à réfléchir ensuite. Elle doit trouver de la nourriture, et vite, avant que les autres ne se réveillent. Elle doit trouver elle-même sa pitance, si elle veut être sûre de pouvoir manger sans rien risquer.

Elle a l'impression qu'une autre Lucrèce est avec elle dans la chambre, une Lucrèce qui toujours se trouve recroquevillée au lit, qui plaintivement lui demande ce qu'elle fabrique, l'implore de rester ici, dans cette pièce chaude, à l'abri. Elle répond à cette fille qu'elle emprunte la robe de la servante pour aller chercher à manger, car il lui faut reprendre des forces. Peut-être a-t-elle aussi l'impression qu'une troisième Lucrèce est présente, celle qui figure sur le tableau, et qui lui demande où donc elle s'en va en la considérant d'un regard sévère, un sourcil levé. Cette Lucrèce, la duchesse consort, est horrifiée de la voir porter cette robe de bure. Elle avance vers elle, sous les insupportables froufrous de sa *chioppa*, et tend ses mains d'un blanc de lys comme pour l'arrêter.

Mais elle est trop rapide. La fille en robe de bure l'esquive, s'éloigne du lit. Elle déverrouille la porte et s'échappe de la chambre.

La forteresse est imprégnée d'un air noir et humide ; des filaments de moisissures, des courants d'air chargés de spores flottent à l'intérieur, s'enroulent autour de ses chevilles, se frottent contre son corps. L'édifice bruisse et grince sous la nuit glaciale. Elle noue les cordons de la coiffe d'Emilia et, suivant le mur à tâtons, commence à descendre l'escalier.

Tout semble complètement désert, vide. Les couloirs ne sont remplis que de ténèbres, mais Lucrèce n'est pas dupe. Elle sait que derrière ces portes, aux détours de ces couloirs, dans chaque renfoncement, chaque recoin de ce lieu se cachent des gardes, des serviteurs, des assistants, des officiels.

Tu es en train d'accomplir, entend-elle quelqu'un dire avec entrain dans sa tête, la chose la plus dangereuse de ta vie.

Si quelqu'un la trouvait – quoi, alors ? Que se passerait-il si Alfonso ou l'un de ses hommes tombait sur elle ? Ils s'arrêteraient, interrogeraient cette femme en robe de bure et découvriraient qu'il s'agit, en réalité, de la duchesse.

Sur la pointe des pieds, elle descend un premier escalier, arrive sur un palier carré, puis en descend un second. Les cuisines se trouvent quelque part après la grande salle, elle le sait, après une petite pente, au coin. Mais alors qu'elle s'apprête à sortir du second escalier, elle entend un bruit qui fige le sang dans ses veines.

Des pas, rapides, résolus, qui se dirigent vers la grande salle.

Elle se plaque contre le mur. Pas par ici, par pitié, pas par ici. Elle voit arriver devant l'entrée de l'escalier une lanterne avec à l'intérieur une bougie courte, puis le bras qui la tient, et une épaule, enveloppée de cuir, puis un torse, un visage de profil, à la crinière de cheveux fauve.

Baldassare.

Lucrèce s'agrippe au mur de toutes ses forces, comme si elle voulait l'escalader, comme un lézard cherchant à disparaître dans une faille. Si seulement elle le pouvait. Baldassare continue son chemin dans le couloir, toujours pressé, déterminé, marchant uniquement sur les talons. Il tient dans une main une sorte de baluchon ou de petit sac, et dans l'autre la lanterne.

Et puis, si impossible, si horrible que cela puisse paraître, Baldassare s'arrête. Ses bottes se figent, il attend, immobile, sa lanterne tendue devant lui. Puis il recule d'un pas, et d'un autre, jusqu'à se retrouver, une fois encore, juste devant l'escalier. Juste à côté d'elle, si près qu'elle pourrait le toucher, si près qu'il pourrait l'entendre respirer.

Depuis les ombres, la joue plaquée contre le mur de la forteresse, elle regarde s'échapper les nuages moites et glacés de son souffle. La panique l'assaille comme une nuée d'insectes. Sa fin est arrivée, ici, maintenant. Elle va mourir dans cet escalier ; il va l'attraper, fermer ses mains autour de son cou, et il n'y aura aucun témoin, personne après elle pour raconter, se souvenir, faire le récit de sa fin. Son cou est si mince et si étroit. Comme cette tâche sera facile pour un homme comme Baldassare. En quelques secondes, il la broiera et jettera son corps par terre comme un vulgaire torchon.

Va-t-il se retourner vers l'escalier ? S'il décide de monter, tout est perdu. Deux pas, et il tombera sur elle ; il voudra savoir ce qu'elle fait ici, où elle se rend ; il la reconnaîtra, car il est le genre d'homme à percer les gens à jour sous les déguisements. Cela ne fait aucun doute.

Baldassare semble tendre l'oreille. Il tourne la tête d'un côté, puis de l'autre. Il regarde derrière lui, dans le couloir, puis dans l'escalier.

Lucrèce se tient parfaitement immobile. Elle respire le moins possible. Rien sur elle ne bouge : ni ses yeux, ni ses doigts, ni son visage. Elle sent le fil glacial d'un courant d'air au ras du sol et se demande s'il jouera contre elle, si, faisant bruisser sa robe, il la trahira. Elle ne peut cependant empêcher son cœur de cogner dans sa cage thoracique, comme un fou, bruyamment, comme s'il cherchait à attirer son attention, comme pour l'alerter de la proximité de cet homme qui, très probablement, a reçu pour mission de la tuer.

Du coin de l'œil, elle examine les mains de Baldassare : ses ongles ras, ce coussinet de muscle au bout de son pouce, ces os articulés joignant les doigts à la paume, l'anneau à son auriculaire, gravé de l'aigle des armoiries d'Alfonso. Ces mains, à cet instant, lui paraissent extraordinairement puissantes, d'une grandeur affolante.

Baldassare utilise l'une d'elles pour brandir sa lanterne au-dessus de sa tête. Il regarde le couloir. Il se retourne une nouvelle fois pour vérifier derrière lui.

Puis, après avoir passé ses doigts dans ses cheveux, il s'en va, s'éloigne d'elle, d'un pas rapide, comme pressé de se rendre à sa destination.

Elle attend que l'obscurité l'ait complètement englouti, que l'écho de ses pas ne résonne plus sur les murs de pierre de la forteresse, puis se glisse le long des dernières marches pour déboucher dans le couloir et partir dans la direction opposée.

Elle n'a pas beaucoup de temps, pas beaucoup, non. Si Baldassare est levé, s'il s'affaire déjà, d'autres doivent l'être également. Peut-être des officiels, peut-être des serviteurs. Peut-être Alfonso lui-même.

Pour arriver aux cuisines, elle doit d'abord passer devant la porte de la grande salle. Tandis qu'elle s'en approche, elle pense au portrait, là, à l'intérieur, posé quelque part, attendant qu'on l'accroche. Elle se demande ce qu'il adviendra de lui, ce que l'on en fera à sa mort. Alfonso le renverra-t-il au château ? Sera-t-il exposé quelque part ? Le regardera-t-il, parfois ? Les yeux interrogateurs lui rendront-ils son regard, et sera-t-il capable de le soutenir ?

Rasant les murs, elle dépasse la porte de la salle, puis bifurque, descend la petite pente et s'engouffre dans un couloir bas.

La cuisine est en suspens. Des jambons pendent au plafond. Les casseroles retournées sont posées sur une table, à côté d'une miche de pain entamée. Un cône de cendres, à la base encore rougeoyante, termine de brûler dans la grande cheminée. Une corbeille d'oignons, protégés par leurs couches de peau sèche étiolées, a été laissée à l'abandon sur un tabouret. Par terre, près du feu, deux domestiques dorment sur des nattes, enveloppés dans leurs manteaux, leur bonnet sur le visage.

Elle s'arrête près de la table, une main sur le morceau de pain. Il lui faut à présent regagner sa chambre. La porte pour remonter dans la forteresse se trouve là, derrière elle. Peut-être que tout ira bien. Peut-être que Lucrèce s'est méprise sur les intentions d'Alfonso. Peut-être qu'elle concevra finalement un enfant, donnera un héritier, continuera d'exercer son rôle de duchesse. Peut-être.

Il lui revient à l'esprit, d'un coup, ce que Jacopo lui a dit alors qu'il se trouvait près d'elle dans la grande salle, une main sur son épaule : qu'il bourrerait le verrou de la porte de la cuisine et l'attendrait dans la forêt.

Ce souvenir lui déclenche une grimace. Elle secoue la tête. Quelle absurdité. Comment pense-t-il pouvoir accomplir une chose pareille ? Le simple fait de croire qu'il serait si facile de sortir du périmètre de la forteresse, qu'Alfonso permettrait l'existence d'une telle brèche, frise le ridicule. Un apprenti artiste ne peut soupçonner tout ce que les hommes comme Alfonso mettent en œuvre pour assurer leur sécurité. Il y a des gardes qui l'escortent constamment, aurait-elle dû lui dire, il existe des gens dont le seul travail consiste à effectuer des rondes et à défendre ses bâtiments, jour et nuit. Jamais, jamais une simple porte n'échapperait à leur vigilance.

Elle ramasse le pain et le glisse dans la poche de son tablier. Elle ajoute plusieurs tranches de jambon sec qu'elle dérobe dans une assiette.

Puis elle hésite. Derrière elle attendent la silencieuse forteresse, sa chambre, ses esquisses, son époux, les gardes de son époux, Baldassare, déambulant. Devant elle se présentent la cuisine et ses domestiques endormis, le feu mourant, ainsi qu'une porte semblable à l'écoutille d'un navire, enfoncée dans l'épais mur de défense. Cette porte doit être celle dont parlait Jacopo, celle qui les a fait entrer avec Maurizio, celle qui les a fait sortir.

C'est une petite porte trapue, constituée de planches de bois soudées par des écrous, et qui attire l'œil comme le point de fuite dans un dessin.

Il n'y a aucune chance, se dit-elle, que l'idée de Jacopo ait fonctionné, quand bien même y aurait-il cru réellement, quand bien même aurait-il essayé. Penser que de simples chiffons puissent avoir raison de tout le dispositif de sécurité d'Alfonso, qu'un apprenti puisse déjouer la vigilance d'un duc, de ses hommes, de ses gardes entraînés, d'une forteresse de pierre expressément conçue pour ne pouvoir être attaquée est simplement fou.

Mais malgré tout, la voilà qui se faufile entre les domestiques endormis, trouve dans la pénombre, à tâtons, un premier gros verrou de fer, puis un deuxième, un troisième, dont ses doigts palpent la longueur, la largeur, puis qu'elle fait coulisser. Elle attrape alors la poignée. Va-t-elle tourner ? Jacopo était-il sérieux en disant qu'il boucherait les trous ?

Elle essaie de la tourner. La porte ne bouge pas, mais elle n'est pas surprise, pas du tout, pas déçue, même pas un peu, car elle s'y attendait. Cependant, elle décide quand même de tenter autre chose, juste au cas où, une dernière chose avant de remonter avec son repas improvisé, et de faire face à son destin, quel qu'il soit, car elle n'a pas d'autre choix.

Elle n'a jamais eu le choix. C'est la raison pour laquelle elle tente ce dernier geste, et sent – elle y croit à peine, ce doit être son imagination – un glissement, un mouvement, tout à l'intérieur du mécanisme. Puis un cliquètement sourd retentit, et la poignée cède.

Elle reste là, debout. Elle prend sa respiration une fois, puis deux. Elle insère ses doigts à l'intérieur du trou de chaque verrou et ressort, médusée, un par un, des boules de chiffons imbibées d'huile. Il est incroyable, impensable que de si ridicules morceaux de tissu puissent compromettre le mécanisme d'un gros verrou de fer. Elle tire la porte vers elle, juste pour essayer, toujours sans oser y croire. Alfonso ne permettrait jamais une telle faille, un tel risque. L'idée même qu'une entrée ou une sortie dans son domaine ne soit pas protégée est trop fantasque.

Mais la porte vacille vers elle, juste un petit peu, juste assez pour laisser passer un souffle d'air du dehors, vif et dynamique, qui s'en va en tourbillonnant dans les cuisines, derrière elle.

Courbant le dos, elle franchit la porte et s'arrête sur le seuil en pierre. Elle se tient contre la façade de la forteresse, à quelques mètres du sol, à la pointe de l'une des branches de l'étoile. C'est un mur latéral, qui ne donne pas sur le fleuve, n'abrite pas le pont-levis ni l'entrée principale de l'édifice. C'est un passage pour les domestiques, pour les marchands, pour les apprentis d'un artiste de cour.

Elle s'accroche au cadre de la porte, et dans la poche de son tablier, son morceau de pain se balance. La nuit est froide et givrante, les bourrasques frappent les arbres, les font ployer les uns vers les autres, puis les écartent. Au-dessus d'elle, des lambeaux de nuage défilent comme des bateaux sur une mer noire, fai sant apparaître puis disparaître les points brillants des étoiles et les cartes indéchiffrables du ciel.

Dans son dos se trouve la mort, sa mort. Elle en est certaine, aussi certaine que de la couleur de ses propres yeux, de la manière dont poussent ses cheveux, légèrement irrégulière. Devant s'étale l'inconnu. La mort aussi, elle en est sûre, mais une mort différente. Si elle va, si elle saute par-dessus ce muret, retombe par terre et part en courant à travers les arbres, Alfonso la poursuivra. Il enverra ses soldats et ses gardes et elle sera traquée comme un animal.

Le choix qui s'offre à elle, comprend-elle, accrochée là à la façade de la forteresse, est celui d'une mort par empoisonnement, insidieuse, dans sa chambre, qui peut-être lui donnera d'abord une fièvre, puis des spasmes insoutenables, insupportables, et des vomissements. Ou bien celui d'une mort dehors, quelque part dans les bois ou sur un chemin, ou bien dans la campagne, sous les coups d'Alfonso fondant sur elle avec son cheval, peut-être avec son épée à la main. Elle se retournera, lui fera face, le regardera dans les yeux pour le provoquer, le défier. Voilà ce qu'elle fera, si cette situation se produit. Voilà ce qu'elle fera.

*

Ce que Lucrèce ignore, là contre ce mur, c'est qu'Alfonso ne se lancera pas à sa poursuite. Car Alfonso, à cet instant même, se trouve avec Baldassare, dans l'escalier en colimaçon menant à la chambre de Lucrèce, et qu'arrivé au sommet, il éteint leur lanterne. Il pousse sa porte et traverse la chambre où il fait tellement noir qu'il doit s'arrêter un instant, le temps que ses yeux accommodent. Baldassare, à côté de lui, indique la forme que l'on devine dans le lit, à peine distinguable dans l'obscurité. Ce sont là ses cheveux, lâchés, sa main que le sommeil a déployée. Les couvertures sont remontées bien haut. Alfonso s'agenouille. Il embrasse le bout de ces cheveux, se signe, tire les couvertures, ramasse un oreiller et, ensemble, lui et Baldassare étouffent la jeune duchesse.

La tâche ne sera pas facile. Elle hurlera, se débattra. Luttera. Elle leur lancera des coups de poing, d'ongles, de pied. Elle griffera l'oreiller ; elle se cambrera, se tortillera sous leurs mains. Elle réussira, à un moment donné, à faire sortir sa bouche sous l'oreiller et tous deux l'entendront, au milieu de la nuit épaisse, pousser un hurlement rauque ; elle ira presque jusqu'à leur échapper. Baldassare poussera des jurons ; il se jettera sur elle, finira par la mater, par l'immobiliser. Qui aurait cru que la petite duchesse avait en elle tant de force et de ressources ?

Elle n'est, toutefois, pas de taille face à eux. Deux hommes dans la fleur de l'âge, aux corps entraînés, capables de tuer. Ils sont habitués à travailler ensemble ; ils se font confiance et se connaissent si bien que l'un peut deviner les gestes de l'autre, et inversement. La duchesse ne peut pas gagner, mais elle se bat quand même. Alfonso a toujours dit qu'il y avait chez elle quelque chose d'indomptable. Cela prend plus de temps qu'ils ne l'auraient pensé, mais bien sûr, à la fin, ils triomphent.

*

Lorsque, finalement, elle ne bouge plus, après plusieurs minutes pendant lesquelles Baldassare a écrasé sous son poids son visage et sa poitrine, jusqu'à être bien sûr qu'il ne restait plus en elle un seul souffle d'air, ils se relèvent, s'époussettent, lissent leurs vêtements dans le noir. Baldassare s'en va près de la cheminée et s'essuie la figure avec son mouchoir ; Alfonso recoiffe en arrière ses cheveux dérangés, rajuste ses manches. Puis ils s'en vont, refermant la porte derrière eux. Ce n'est qu'une fois dans le couloir que Baldassare rallume la lanterne. Ils n'échangent pas un regard en redescendant l'escalier. Aucun des deux ne parle.

Une servante des cuisines découvre la duchesse, morte dans son lit, le lendemain matin, et donne l'alarme. Une grande consternation gagne la forteresse. Personne parmi les domestiques de campagne, hormis les deux qui l'ont servie au dîner, n'a jamais vu la duchesse, mais pourtant tout le monde pleure, se lamente devant son jeune corps, si abîmé, si altéré par la crise qui l'a tuée, devant son visage ravagé. Ils refont le lit, remettent en ordre ses cheveux, sa chemise de nuit, avant d'aller porter la nouvelle au duc.

Le duc s'enferme dans sa chambre, pétri de chagrin, le pauvre homme, murmurent entre eux les serviteurs ; la seule personne autorisée à y entrer ou à en sortir est son cousin et conseiller, Baldassare. Des lettres sont envoyées à Ferrare, au pape, à Florence. Le duc Alfonso écrit en personne, le cœur brisé, aux parents de la défunte, pour leur apprendre la terrible nouvelle de sa mort. Une maladie fulgurante, un mal, une crise, une fièvre du cerveau, l'humidité de l'air. Dévasté, il espère que son âme rejoindra les cieux.

Un cercueil est apporté par charrette à la forteresse. Personne ne veut se charger d'y déposer le corps que la maladie a si violemment brutalisé – méconnaissable, se murmurent les serviteurs. Jamais on ne pourrait croire qu'il s'agit de la même femme que sur le portrait exposé dans la salle à manger. Quelqu'un suggère de confier cette besogne à l'une des dames de la duchesse, mais malheureusement, déclare Baldassare, celles-ci sont restées à Ferrare. Au bout du compte, trois femmes viennent du village et étendent la duchesse dans la grande salle à manger, sous le regard de son portrait vers lequel elles n'ont pas le courage de se tourner.

Le corps est ensuite transporté à Ferrare, accompagné par le duc et ses hommes, qui chevauchent derrière, tête baissée.

Pendant ce temps, un émissaire est envoyé de Florence, ainsi que le médecin de la cour. L'ordre provient du grand-duc, qui a ordonné qu'ils se hâtent. Cosme demande au médecin de trouver la cause précise du décès de sa fille, ce qui a pu provoquer une mort si soudaine, si inopinée : il exige des informations, veut savoir qui tenir responsable du décès de cette jeune femme en pleine santé. Le médecin apporte avec lui une lettre, adressée à Alfonso II, duc de Ferrare, marquée du sceau du grand-duc de Toscane, demandant la permission de venir examiner le corps. Ils empruntent la route sur laquelle Lucrèce avait elle-même voyagé, à travers les Apennins, puis la vallée, il y a près d'un an.

À leur arrivée à Ferrare, le duc Alfonso ne les reçoit pas en personne, mais envoie son fidèle conseiller, Leonello Baldassare, dans la cour pour les accueillir. Baldassare leur transmet les regrets du duc qui, trop peiné par la disparition de sa femme, ne peut quitter ses appartements.

Le médecin et l'émissaire florentins sont conduits dans la salle d'apparat du château, dans laquelle un cercueil est posé sur une table. Même depuis la porte, l'odeur est presque insoutenable – odeur écœurante et douceâtre de la décomposition. D'un air désolé, le serviteur campé devant la porte leur apprend que cela fait cinq jours que la duchesse a succombé. Ce que les deux hommes découvrent à l'intérieur du cercueil est décoloré, gonflé, noirci, couvert de bleus, à peine humain : de la matière en décomposition drapée dans une robe de soie rose aux motifs sombres damassés.

Le médecin regarde le chapelet de la duchesse entortillé autour de ses mains, la couleur violacée de ses ongles, la tresse de cheveux pâles qui s'enroule sur son cou – quel étrange phénomène que la mort puisse ainsi décolorer des cheveux ; il reste encore quelques vestiges de roux dans la chevelure de la duchesse, mais le médecin a déjà vu cela, auparavant. Derrière lui, l'émissaire étouffe un haut-le-cœur derrière un mouchoir.

C'est avec un frissonnement léger qu'ils s'éloigneront des portes du château. Ils rentreront sur leurs chevaux et rapporteront ce qu'ils ont vu au grand-duc, en faisant l'impasse sur la putréfaction, l'odeur, les haut-le-cœur. La duchesse semblait tranquille, lui diront-ils à la place, en paix. Elle avait été habillée et apprêtée avec soin : duchesse jusqu'au bout.

*

Une messe sera dite à Florence, à la basilique Santa Maria Novella, où s'était déroulé le mariage de Lucrèce. Sa mère pleurera tout du long ; son père, la mâchoire serrée, le visage blême, serrera la main de sa femme.

Le cercueil de Lucrèce, duchesse de Ferrare, est emporté à travers les rues, en grande cérémonie, depuis le château jusqu'à un monastère dans le sud de la ville. Des haies de gens bordent les rues ; ils jettent des fleurs ; ils pleurent ; ils regardent avec pitié le visage fermé de leur duc, si stoïque, si courageux. La duchesse est inhumée dans le caveau familial, sous une dalle de marbre gravée d'un sceau représentant pour moitié les armoiries de son père et pour moitié celles de son époux, avec les mots : *Épouse d'Alfonso II, duc de Ferrare.*

Le portrait de mariage est toujours accroché dans la chambre privée du duc, recouvert en tout temps de lourds pans de velours. Personne n'est autorisé à le découvrir, à poser les yeux sur le visage de la duchesse sans la permission expresse du duc. Il la garde là, cachée à la vue. Alfonso se retire de la cour, et du monde, pendant des mois, comme on pourrait s'y attendre après une telle perte. On ne le voit ni au château, ni en ville. Certains le disent parti dans l'une de ses villas de campagne ; d'autres prétendent que le duc s'est cloîtré à l'intérieur de ses appartements du château, où il demeure assis, se lamentant devant le portrait de sa femme.

Puis, un jour, un habitant aperçoit sa silhouette familière sur l'une des coursives d'une tour – grande, rapace, les mains derrière le dos –, tournée vers la province. Le fond de la chapelle du château se retrouve de nouveau occupé lors de la répétition quotidienne des castrats. À la fin du printemps, tôt le matin, il est désormais possible d'entendre le fracas des sabots alors que le duc et ses hommes sortent à cheval.

Tandis que l'été touche à sa fin, il se dit dans les rues de Ferrare que le duc est entré en négociation avec une famille d'Autriche pour demander la main de leur fille.

*

Lucrèce, duchesse de Ferrare, referme derrière elle la petite porte trapue de la forteresse. D'un bond, elle enjambe le muret, sa robe de bure bouffant autour d'elle. Elle atterrit sur l'herbe gelée. Ses pieds ont à peine touché terre qu'elle court déjà.

Le sol est irrégulier, semé de trous, de touffes d'herbe, de flaques de boue, mais elle poursuit sa course, chancelante, les jambes faibles, avec peine, manquant de tomber, mais se redressant toujours à temps.

Jacopo l'attend dans les arbres – elle l'espère. Il sera là, il doit l'être. Il a promis qu'il le serait, comme il avait promis qu'il laisserait ouverts les verrous de la porte.

Tous les deux, Jacopo et Lucrèce, s'en iront vers le nord-est, par des chemins dérobés, vers une nouvelle ville inconnue, où terre et mer se mêleront, où les rues seront d'eau, où les maisons sembleront flotter sur des rouleaux de soie turquoise, où elle apprendra à diriger un bateau, debout à la poupe, ses jupons plaqués sur ses genoux, la barre mouillée entre ses deux mains, glissant au milieu des demeures dont les fenêtres encadreront une suite infinie de portraits d'hommes et de femmes allumant des bougies, se tournant les uns vers les autres, soulevant des nouveau-nés, posant des casseroles, secouant des vêtements, vivant, mangeant, s'aimant, bavardant.

Plus tard – bien plus tard –, il y aura dans la ville un engouement débridé pour le travail d'un artiste en particulier. Ses tableaux sont assez petits pour tenir dans le creux de la paume et certains collectionneurs, plutôt que de les accrocher au mur, préfèrent les exposer sur une table pour qu'ils puissent être pris et passés de main en main, comme nouveauté, comme sujet de conversation. Il s'agit, pour la plupart, d'animaux : visons, chats, singes, paons arrogants, guépards tachetés, mules, agneaux, bœufs et colombes. La peinture, bien qu'appliquée par couches minces, recèle malgré tout une intrigante épaisseur, donnée à la *tavola* par la main aimante et méticuleuse de l'artiste. Il se murmure entre ceux qui les collectionnent – les riches, les originaux, les aristocrates, les gouvernants, les nobles, hommes et dames, les courtisans et courtisanes, les banquiers, les princes – que sous la couche extérieure de peinture se dissimulent d'autres images secrètes, cachées, parfois même plusieurs, et parfois aussi aucune. Seuls les plus audacieux, ou peut-être les plus fous, ont déjà tenté de tremper dans un mélange de vinaigre et d'alcool un chiffon et de frotter l'œuvre pour dissoudre les couleurs, pour effacer, laver des ailes iridescentes et des becs ocre, des panaches de plumes resplendissants ou la terre d'ombre luisante de peaux tannées, le brillant des yeux de bêtes à l'affût. Ceux qui se sont prêtés à ce jeu, dit-on, ont découvert sous la surface des scènes d'un tout autre genre : des compositions classiques montrant des divinités en guerre ou des paysages jamais vus par aucun œil humain, des portraits en triptyque, fixant le spectateur. Toujours, sur les sous-couches de ces miniatures, revient le visage d'une femme, au milieu d'une foule, ou bien en arrière-plan, sous les traits d'une dryade. Cette femme, souvent, la tête légèrement tournée, lance au spectateur un regard insondable, énigmatique, toujours avec l'air de quelqu'un qui ne croit pas à sa chance de pouvoir ainsi incarner une nymphe nageant dans une mer chaude, ou bien une paysanne portant un panier de pêches. Mais d'autres, qui ont aussi tenté de dissoudre ces peintures, n'ont rien trouvé en dessous que le bois nu d'une *tavola*, soigneusement poncée pour devenir lisse comme de la soie.

*

Regardez. Lucrèce est là, petite silhouette au coin d'un paysage montrant un fleuve, une forêt, un imposant édifice en pierre. Elle s'en va dans la nuit d'hiver, court, court de toutes ses forces, vers les clémentes cimes des arbres.

NOTE DE L'AUTEURE

Alfonso II d'Este, duc de Ferrare, est considéré comme étant celui qui aurait inspiré à Robert Browning son poème intitulé « Ma dernière duchesse » ; Lucrèce de Cosme de Médicis d'Este, duchesse de Ferrare, est celle qui a inspiré ce roman.

J'ai cherché à me servir du peu d'éléments connus sur sa courte vie, auxquels j'ai fait quelques entorses, au nom de la fiction.

Lucrèce naquit au Palazzo Vecchio, à Florence. En 1550, alors qu'elle était âgée de cinq ans, la famille de Cosme Ier de Médicis partit s'installer sur l'autre rive du fleuve, dans le Palazzo Pitti. Par souci de cohérence narrative, j'ai conservé tout au long de l'histoire le premier lieu.

La vraie Lucrèce fut mariée à Alfonso II à l'âge de treize ans, en mai 1558 (la dot donnée par son père atteignit la somme faramineuse de deux cent mille *scudi* d'or, ce qui représenterait à notre époque environ cinquante millions d'euros). Elle demeura à Florence auprès de sa famille pendant les deux années qui suivirent, alors qu'Alfonso se trouvait en France, participant aux campagnes militaires d'Henri II. À la mort de son père, en 1559, Alfonso devint duc et retourna à Ferrare. Il se rendit à Florence à l'été 1560 pour aller chercher Lucrèce et la ramener à sa cour. J'ai combiné le mariage et le départ de Lucrèce, de sorte que, dans le roman, Lucrèce quitte Ferrare au terme d'un seul événement, à l'âge de quinze ans.

Cosme Ier de Médicis prit la tête du duché de Toscane en 1537, à l'âge de dix-sept ans ; il fut élevé au rang de grand-duc de Toscane en 1569. C'est par ce dernier titre que je me réfère à lui dans le roman, afin de pouvoir le différencier d'Alfonso. Le Palazzo Vecchio a réellement abrité une collection d'animaux exotiques ; la rue qui borde l'arrière du palais porte toujours le nom de via dei Leoni. Plusieurs biographes ont émis l'hypothèse que la puanteur des animaux était l'une des raisons pour lesquelles Éléonore avait insisté pour déménager au Palazzo Pitti. L'histoire de la tigresse et des lions m'a été inspirée par un incident à la ménagerie royale de la tour de Londres, où par mégarde l'un des gardiens avait ouvert la porte communiquant entre les cages des fauves.

Les deux sœurs d'Alfonso II restées à la cour après le départ de leur mère ne portaient pas pour nom Elisabetta et Nunciata, mais Lucrezia et Eleanora. Je me suis permis de les renommer ici pour éviter toute confusion entre les personnages.

Le triste dénouement que connut l'histoire d'amour d'Ercole Contrari, chef de la garde, avec Elisabetta/Lucrezia d'Este eut lieu en 1575 et non 1561.

Le seul portrait de Lucrèce exposé en Europe, au moment où j'écris ces lignes, peut être vu à la galerie Palatine, à deux rues de la Casa Guidi, la résidence de Robert Browning à Florence. Il s'agit d'une petite huile sur toile, de la taille d'un livre, environ, commandée par ses parents peu après le départ de Lucrèce pour

Ferrare ; on l'attribue à l'atelier d'Agnolo Bronzino. On la voit dessus devant un fond sombre, portant à la fois les bijoux des Médicis et des Este ; sur son visage se lit une expression à la fois légèrement incertaine et craintive. La galerie des Offices possède d'autres versions du même portrait parmi ses archives ; un portrait plus grand (et, selon moi, moins flatteur) existe également, peint par Alessandro Allori. Il est exposé au musée d'Art de Caroline du Nord.

Le portrait de mariage de Lucrèce, point de départ du poème de Robert Browning, est, pour autant que je le sache, entièrement fictif. Si quelqu'un parvenait à en retrouver la trace, je serais heureuse de le savoir.

Une dernière information au sujet des femmes assassinées dans la famille de Lucrèce : la seule de ses sœurs ayant survécu, Isabella de Médicis Orsini, mourut d'une manière particulièrement soudaine et suspecte à l'âge de trente-quatre ans, en 1575, à l'occasion d'une partie de chasse en compagnie de son époux, dans leur villa de campagne de Cerreto. D'après la version officielle, relatée par son frère Francesco, désormais grand-duc de Toscane, l'accident avait eu licu « alors qu'elle se lavait les cheveux, le matin [...]. Elle fut retrouvée [par son époux], tombée à genoux, morte d'un seul coup ». Tout le monde, bien entendu, ne fut pas d'accord quant aux causes de sa disparition. La scène qui clôt ce roman, dans laquelle Alfonso et Leonello s'acharnent sur Lucrèce dans un violent rituel, dans la chambre de la forteresse, ainsi que l'état du cadavre qui en résulte, a été inspirée par un autre récit relatant la disparition d'Isabella – celui d'Ercole Cortile, qui officiait comme espion à la cour de Florence pour le compte de nul autre qu'Alfonso II, duc de Ferrare. Après avoir mené sa propre enquête et interrogé des témoins, il écrivit au duc : « Dame Isabella a été étranglée à midi. La pauvre femme se trouvait au lit lorsqu'elle a été appelée par *signor* Paolo [...]. Caché sous le lit se trouvait le cavalier romain, Massimo, qui a prêté main-forte pour le meurtre de la dame. »

Seulement quelques jours après la mort d'Isabella, sa cousine Dianora – alors mariée au plus jeune de la fratrie des Médicis, Pietro – mourut elle aussi mystérieusement dans une villa de campagne, à Cafaggiolo. Pietro écrivit à son frère Francesco ces sinistres mots : « Hier soir, à dix-neuf heures, sont survenus un accident et la mort de ma femme, ainsi donc, Son Altesse pourrait-elle avoir l'obligeance de prendre de son temps pour m'écrire et me dire ce qu'il convient que je fasse, s'il me faut rentrer ou non. » La raison donnée fut un étouffement accidentel pendant son sommeil. Ercole Cortile, dans une autre lettre à Alfonso II, va plus loin : « Elle a été étranglée avec la laisse d'un chien par don Pietro [...] et a fini par succomber après une longue lutte. Don Pietro en porte la trace, ayant deux de ses doigts blessés par des morsures de la dame. »

Les morts d'Isabella et de Dianora furent manifestement approuvées de manière tacite par leur famille. Ni Paolo Orsini, l'époux d'Isabella, ni Pietro de Médicis, l'époux de Dianora, ne furent jamais soupçonnés après la mort brutale et inexpliquée de leurs épouses respectives.

Alfonso II, duc de Ferrare, eut quant à lui deux autres femmes.

Aucun enfant ne fut engendré par ces unions.

REMERCIEMENTS

Merci à Mary-Anne Harrington, Victoria Hobbs, Jordan Pavlin, Georgina Moore, Amanda Betts, Christy Fletcher, Regan Arthur, Josie Kals, Amy Perkins, Yeti Lambregts, Fergus Edmondson, Cally Conway, Hazel Orme, Louise Rothwell, Tina Paul, Jessie Goetzinger-Hall, Rebecca Bader, Elaine Egan, Chris Keith-Wright, Jennifer Doyle, Mari Evans, Alexandra McNicoll, Prema Raj, Tabatha Leggett et Jessica Lee.

Merci à Beatrice Monti della Corte et à la Fondation Santa Maddalena. Merci à Emma Paoli, Anna Castelli et Caterina Toschi de m'avoir aidée à remonter la piste du portrait de Lucrèce à Florence. Merci au personnel du Palazzo Vecchio, du Castello Estense et du Museo Civico di Belriguardo, ainsi qu'aux conservateurs du monastère Corpus Domini, à Ferrare, à l'aimable autorisation de qui je dois d'avoir pu visiter la tombe de Lucrèce, malgré les restrictions liées à la Covid.

Merci au Dr Jill Burke, de l'université d'Édimbourg, pour son temps, sa générosité et son expertise, à Carlotta Moro de l'université de St Andrews pour son enthousiasme et ses conseils. Merci à Penny Reid pour nos discussions sur l'art et le portrait. Inutile de préciser que toute erreur sur la vie ou l'art à la Renaissance serait à m'attribuer.

Toute ma reconnaissance aux auteurs de ces ouvrages : *How to Do it: Guides to Good Living for Renaissance Italians*, de Rudolph M. Bell (University of Chicago Press, 1999) ; *How to Be a Renaissance Woman*, de Jill Burke (Profile Books, 2023) ; *Art of the Italian Renaissance Courts*, d'Alison Cole (Everyman Art Library, 1995) ; *The Rise and Fall of the House of Medici*, de Christopher Hibbert (Penguin, 1974) ; *Medici Women: Portraits of Power, Love, and Betrayal*, de Gabrielle Langdon (University of Toronto Press, 2006) ; *Gli ornamenti delle donne*, de Giovanni Marinello (publié à Venise en 1562, traduit par Jill Burke) ; *Isabella de' Medici*, de Caroline P. Murphy (Faber & Faber, 2008) ; *Art in Renaissance Italy*, de John T. Paoletti et Gary M. Radke (Laurence King, 2011) ; *The Medici: Godfathers of the Renaissance*, de Paul Strathern (Vintage, 2007) ; *Women in Italian Renaissance Art*, de Paola Tinagli (Manchester University Press, 1997). Toute erreur ou invention est de moi.

Un merci tout particulier à JA, IZ et SS.

Et, *last but not least*, merci à toi, Will Sutcliffe, pour tout.

Pour plus d'information :

#lisez! engagé
www.lisez.com

Imprimé sur du papier issu de forêts gérées durablement.

10/18 – 92 avenue de France, 75013 PARIS

Imprimé en France par
CPI Brodard & Taupin

N° d'impression : 3057351
X08380/01